Der Roman spielt hauptsächlich in bekannten Regionen, doch bleiben die Geschehnisse reine Fiktion. Sämtliche Handlungen und Charaktere sind frei erfunden.

FSC
www.fsc.org
MIX
Papier aus verantwortungsvollen Quellen
FSC® C104608

Der CO_2-Ausstoß dieses Druckproduktes wurde mit ClimateCalc berechnet und kompensiert:
www.climatecalc.eu
Cert. no. CC-000094/DK

Bibliografische Information der Deutschen Nationalbibliothek
Die Deutsche Nationalbibliothek verzeichnet diese Publikation in der Deutschen Nationalbibliografie; detaillierte bibliografische Daten sind im Internet abrufbar über http://dnb.ddb.de

www.niemeyer-buch.de

Umschlaggestaltung: C. Riethmüller
Der Umschlag verwendet Motiv(e) von 123rf.com
Druck und Bindung: Nørhaven, Viborg
Printed in Denmark
ISBN 978-3-8271-9385-8

Carsten Schütte

Opferbucht

Ein Profiler-Thriller

CW Niemeyer N

Für Charly

Prolog

Frankfurt, Herbst 2020

Erst als sie tot war, ließ er von ihr ab. Es war ein schreckliches und befreiendes Gefühl zugleich. Sie würde mit niemand anderem außer ihm mehr verbunden sein.

Bleich und ausgeblutet lag sie vor ihm, kaum mehr sie selbst. Doch er kannte sie genau, hatte sie genossen wie kein zweiter.

Ihm blieb die Erinnerung, die er mit niemandem teilen musste. Was sie beide erlebt hatten, sollte ein Geheimnis bleiben. Es würde nur ihnen allein gehören. Für immer, für die Ewigkeit.

Wie eine Zecke hatte er ihr aufgelauert, sie beobachtet, an ihr gerochen, sie gestreift.

Dann irgendwann – vollkommen unbemerkt von ihr – war er in ihre Aura eingedrungen. Sie konnte nichts tun, weil sie ihn nicht wahrnahm, bis er zubiss. Ja, er grub seine Werkzeuge endgültig und tief in ihre Seele und saugte.

Als sie sich voller Schreck seiner Existenz in ihr bewusst wurde, war es zu spät. Die Entwicklung nahm ihren Lauf. Zuerst kam der Schmerz, dann die Ohnmacht.

Schwächer und schwächer wurde sie, wehrlos fast, bis er sich ihrer endgültig bemächtigte und zu Ende brachte, was ihr selbst nicht gelang.

Und doch sah es für einen Unbeteiligten so aus, als wäre sie zuletzt stark und Herr über sich allein gewesen, weil sie die Entscheidung getroffen hatte, selbst aus dem Leben zu scheiden.

Wie konnte jemand ahnen, dass dies der köstlichste und innigste Moment für sie beide gewesen war, als er ihre Schlagadern öffnete. Sein Werkzeug war ihr willkommen gewesen. Und er vollendete, was er begonnen hatte. Mit jedem pulsierenden Blutschwall machte er nach ihrem Geist auch ihren Körper ein für alle Mal und vollkommen widerstandslos zu dem seinen.

Kapitel 1 – Vorfreude

Er war wieder hungrig. Also folgte er ihr, biss sich fest und grub sich in ihr Leben ein. Immer tiefer und tiefer.

Er verfolgte jede ihrer Radiosendungen, wünschte sich Musiktitel und nahm an allen Gewinnspielen des Senders teil. Er inhalierte ihre sanfte Stimme, schloss die Augen und ließ seine Fantasie spielen.

Er war überall in den sozialen Medien mit ihr befreundet und tauchte über Facebook und Instagram in den Teil ihres Alltags ein, den sie von sich preisgeben wollte. Zudem war er ein leidenschaftlicher Sammler, der durch ihre aktuellen Informationen, ihre persönlichen Fotos und Kommentare sein Puzzle zusammensetzte.

Mit jedem neuen Detail drang er tiefer in ihr Leben ein, bis die noch blinden Flecke zunehmend gefüllt wurden. Die Sehnsucht nach ihr ließ ihm keine Ruhe mehr und hatte längst seinen Alltag bestimmt. Alles was ihm früher wichtig gewesen war, trat in den Hintergrund. Er wachte mit ihrer Stimme auf, sie begleitete ihn durch den Tag. Spätabends schlief er mit ihr ein und genoss sie in seinen Träumen.

Der erste Teil seines Puzzles der fünf Sinne war mittlerweile fast vollständig. Sein Gehör schien vorerst befriedigt zu sein.

Ihre Stimme konnte er von Millionen anderen unterscheiden. Sie war ihm vertraut, dennoch musste er dringend wissen, ob sie live und ohne Lautsprecher eines Radios eine ebenso erotische Wirkung auf ihn ausstrahlte.

Den zweiten Teil, das Sehen, konnte er bislang nur über das Netz befriedigen, doch das war immerhin ein Einstieg.

Er tastete sich langsam vor. Seine Vorfreude stieg Tag für Tag, von Stunde zu Stunde. Freitag sollte es endlich so weit sein. Der Radiosender hatte einen Tag der offenen Tür angekündigt und warb mit dem Slogan „Radio zum Anfassen".

Genauso stellte er es sich vor. Die Moderatoren boten Führungen durch den Sender an und gestatteten es den Besuchern sogar, einen Musiktitel oder die Verkehrsnachrichten anzusagen. Auf diese Weise könnte er auf ihrem Stuhl sitzen. Hoffentlich klappte es und war nicht so voll.

Vielleicht gelang es ihm sogar schon am Freitag, die ersten Puzzleteile im Bereich des Geruchssinns und ebenfalls die des Haut- sowie Tastsinns zusammenzusetzen.

Er hatte viele Ideen und war jemand, der fokussiert plante, um sein Ziel zu erreichen und es dann in vollen Zügen zu genießen.

Er war schon ganz aufgeregt. Hannah bestimmt auch.

Die Zecke hatte ihren neuen Wirt gefunden und war bereit zuzubeißen.

Kapitel 2 – Hannah

Hannah Rhode war die Stimme des „Radio Kröpcke“, einem angesagten Sender Hannovers. Durch die Unterstützung vieler niedersächsischer Firmen war es dem Sender nach nur drei Jahren gelungen, sich eine Zuhörerschaft in unterschiedlichen Altersgruppen zu sichern, die kulturell interessiert waren. So wurde jungen Nachwuchsbands und Start-ups aus der Region die Möglichkeit geboten, sich selbst, ihre Musik und ihre Ideen vorstellen. In Interviews mit lokalen Künstlern und Gastronomen konnten Events, Lesungen und Ausstellungen präsentiert und beworben werden, die sich dadurch einer immer größeren Resonanz erfreuten. Der Musikstil war gemischt und wurde teilweise von den Zuhörern zusammengestellt. Durch die Unterstützung ansässiger Unternehmen konnte der Sender völlig auf die sonst übliche, oft nervige Werbung verzichten.

Hannah Rohde war das Zugpferd des Senders und begleitete die Hörer von 7 bis 15 Uhr durch den Tag. Auf kulturellen Veranstaltungen, die „Radio Kröpcke“ im Umland Hannovers durchführte, übernahm Hannah meist die Moderation. Sie war stets präsent und ein

Sympathieträger. Dreimal in der Woche interviewte sie Menschen aus der Region, die Interessantes zu berichten hatten. Hannahs charismatische Ausstrahlung war sowohl über den Äther als auch im persönlichen Umgang einfach ansteckend. Mit ihren 48 Jahren wirkte sie sehr sportlich, hatte einen blonden Kurzhaarschnitt, kleidete sich modisch und war äußerst attraktiv.

Leider gab es im Leben auch andere Seiten, die jenseits des Glamours und der öffentlichen Fassade zutage traten, wenn keiner mehr hinschaute oder zuhörte. Hannah hatte sich von ihrem Mann getrennt, ihre Ehe war vor sechs Wochen nach 15 Jahren Dauer geschieden worden.

Ihr Ex-Mann hatte die große Altbauwohnung in der List behalten und Hannah ausgezahlt. Die Trennung war relativ harmonisch abgelaufen. Finanziell hatte man sich einigen können und verstand sich jetzt mit dem Abstand besser als zuvor. Oliver war als Ingenieur der Firma Siemens momentan in Oman und hatte ihr angeboten, so lange in der Wohnung zu bleiben. Hannah aber war Abstand wichtiger gewesen. Sie hatte sich ein kleines renoviertes Backsteinhaus in Großgoltern gekauft, in einem kleinen Dorf mit Blick auf den Deister. Ihre ständige Präsenz in Hannover ließ sie kaum abschalten. Sie hatte es lange genossen, gemeinsam mit ihrem Mann über die Lister Meile zu flanieren. Einen Café bei Ecco oder Da Toni, Hannah hier, Hannah da. Abends durch die Kneipenszene, leckere

Restaurants, immer mittendrin. Sie hatten sich keine Zeit für sich gegönnt, keine kleinen Fluchten. Was sich rächen sollte. Jetzt genoss sie die Ruhe auf dem Land und hatte den Kontakt zu ihren langjährigen Freundinnen aus dem Raum Barsinghausen endlich wieder verstärkt. Die intensiven Gespräche beim gemeinsamen Kochen und einem guten Rotwein am Kaminfeuer hatte sie lange vermisst. Langsam fasste sie nun wieder Mut. Ihre Leidenschaft, sich in die Moderation bei „Radio Kröpcke“ im Kontrast zum ruhigen Landleben wieder engagiert einzubringen, brodelte von Neuem auf. Jede Veränderung war auch immer eine Chance, der sie sich nun bewusst wurde. Sie war zurückgekehrt.

Das Studio von „Radio Kröpcke“ befand sich im alten Karstadtgebäude nahe an dem gleichnamigen Platz, der an das historische Café erinnern sollte und seit Langem ein Mövenpick-Restaurant beherbergte.

„Radio zum Anfassen“ lockte Hunderte Besucher ins Studio. Am Eingang wurden Besuchergruppen von maximal 50 Personen im Halbstundentakt eingelassen. Man musste sich im Vorfeld anmelden und bekam eine Besuchszeit zugewiesen. Der Puzzlespieler befand sich in der Gruppe um halb zwölf, was ihm sehr wichtig war. Bis 12 Uhr führte Hannah Rhode durch den Sender. Nach einer Mittagspause bis 13 Uhr übernahm dann ihr Kollege Max Frisch, der allein wegen seines Namens die Frühschicht hätte bestreiten müssen, fand er und schmunzelte.

Die Gäste wurden im Besucherraum empfangen. Eine Mitarbeiterin des Senders, die sich als Frau Stich vorstellte, hielt einen Vortrag über die Entstehung sowie Philosophie des Senders und ging auf die Historie des ehemaligen Karstadt-Gebäudes ein. Sie kündigte an, die Gruppe nunmehr zu teilen und übergab die weitere Führung an zwei Volontärinnen. Gruppe I durfte im Studio beginnen, Gruppe II in den Redaktionsräumen. An der großen Studiotür leuchtete eine rote Warnlampe mit der Aufschrift „Live-Sendung – kein Zutritt". Die junge Mitarbeiterin des Senders legte ihren Zeigefinger auf die Lippen und mahnte zur Ruhe. Kurz nachdem das rote Licht grün wurde, öffnete sich die Tür und eine gut gelaunte Hannah Rhode bat die Gäste ins Sendestudio.

„Liebe Gäste, vielen Dank für Ihren Besuch. Wir haben aktuell etwa fünf Minuten, das heißt zwei Songs Zeit. Dann darf einer von Ihnen die nächsten beiden Titel ansagen. Anschließend haben wir zwei weitere Lieder Zeit, um Ihre Fragen zu beantworten. Also dann: Herzlich willkommen im Herzstück von ‚Radio Kröpcke'", begrüßte die Moderatorin ihre Gruppe und legte los. Hannah stellte ihren Werdegang bei „Radio Kröpcke" und ihre Aufgaben in den verschiedenen Sendungen vor. Als sie auf die rote Digitalanzeige über dem Sendepult wies, die gerade von 120 Sekunden herunterzählte, fragte sie in die Gruppe: „Wer von Ihnen sagt die nächsten beiden Songs an? Es sind ‚Horny' von ‚Mousse T.' und ‚Wind of Change' von den ‚Scorpions'.

Natürlich beide aus Hannover. Wer möchte? Es kann nichts passieren. Sie dürfen sogar noch jemanden grüßen, wenn Sie mögen."

Er zuckte kurz, hielt sich aber zurück. Es war zu früh und zu offensiv. Während er der Versuchung widerstand, wählte Hannah eine Hörerin Mitte fünfzig namens Angela aus, und die Moderatorin war in ihrem Element.

„Liebe Fans von ‚Radio Kröpcke', die leider nicht live im Studio sein können. Ich freue mich, gerade 25 treue Hörer im Studio begrüßen zu dürfen. Vor mir steht also meine heutige Kollegin, die euch die nächsten beiden Songs präsentieren wird. Liebe Angela, stell dich bitte kurz vor – und los geht's", kündigte Hannah an.

Angela war zwar aufgeregt, moderierte die beiden Songs aber sicher an und grüßte ihre Familie aus Davenstedt. Dann hatte Gruppe I noch fünf Minuten.

Er stand in der hinteren Reihe und genoss den Anblick. Hannahs frecher Kurzhaarschnitt passte zu dem taillierten Hosenanzug, der ihre durchtrainierte Figur betonte. Ihr Lächeln war ehrlich, und ihr Blick schweifte durch die Gruppe. Als sich ihre Blicke trafen, bemerkte er ein Blinzeln und ein lächelndes Zucken um ihre Mundwinkel. Sie hatte ihn wahrgenommen und angelächelt. Diese liebevolle Reaktion stellte er nur bei sich fest. Den anderen Gästen begegnete sie zwar höflich, aber nicht so offen wie ihm. Ohne sich in den Vordergrund zu spielen, rief er aus der letzten Reihe: „Hannah, machst du wieder ein Selfie mit uns im Hintergrund?"

Er hatte das schon online bei früheren Gruppen beobachtet. Hannah nickte, nahm ihr Handy und hielt es über ihren Kopf, drehte sich mit dem Rücken zu ihren Fans und rief: „Frisbee!“

Dann folgten die Selfies mit ihren Fans. Die Uhr zählte runter. Ihm blieb nicht viel Zeit. Hannah hatte ihr Handy auf das Studiopult gelegt, während sie mit ihren Gästen posierte. Schnell, bevor sich die Bildschirmsperre einschaltete, griff er das Handy. Gott sei Dank, es war noch offen. Er aktivierte Bluetooth, legte sein iPhone direkt auf den Bildschirm von Hannahs Telefon, tippte etwas ins Display und beobachtete die Stoppuhr. Noch 65 Sekunden ...

„So, ihr Lieben, leider muss ich euch jetzt wieder hinausbitten. Toll, dass ihr uns besucht habt. Viel Spaß noch und bis bald“, verabschiedete sich Hannah unter dem Beifall der Gruppe.

Sie blickte suchend auf den Moderationstisch. Er bückte sich, versuchte einen Blickkontakt zu vermeiden und gab ihr das Handy zurück.

„Sorry, das ist wohl runtergefallen“, rechtfertigte er sich. Als sie ihn dabei an seiner Hand berührte, explodierte es in ihm. Er musste sich bemühen, in der Gruppe unauffällig unterzutauchen, die das Studio unter Führung der Volontärin wieder zu verlassen hatte. Würde man das Selfie von Hannah mit ihren Fans auf der Homepage des Senders betrachten, wäre er wohl der Einzige in Gruppe I gewesen, der verdeckt in der hinteren Reihe stand. Bei der Besichtigung der Redaktionsräume ließ er sich zurückfallen und inhalierte den Geruch an seinem Handrücken, an dem ihn Hannah berührt hatte. Es war so, als ob er ihn für immer und ewig auf seiner emotionalen Festplatte ablegen wollte. Als er mit seiner Zunge genüsslich über die Stelle fuhr, ließ er seine Fantasie spielen und speicherte auch ihren Geschmack ab. In seinen Gedanken führte er die neuen Puzzleteile hinzu, lächelte verschmitzt und dachte an die Teile, die er nun sukzessive ergänzen würde. Er war zufrieden und auf einem guten Weg.

Ihm war bewusst, dass Hannah bald Feierabend hatte. Also postierte er sich mit seiner BMW R 1200 GS so, dass er die Ausfahrt der Tiefgarage für die Mitarbeiter im Blick hatte. Auf einem ihrer Instagram-Fotos war ein roter Audi TT Roadster zu sehen gewesen. Er musste nicht lange warten. Kurze Zeit später schoss Hannah mit ihrem Cabrio die Garagenauffahrt hoch und hatte bereits das Dach geöffnet. Für März war das Wetter super, denn die Sonnenstrahlen verursachten schon Frühlingstemperaturen. Er hätte sich gar keine Mühe geben müssen, um ihr Auto zu identifizieren, denn ihr Kennzeichen lautete „H-HR 1973". Wie einfach.

Mit seiner großen BMW war es einfach, ihr trotz ihres flotten Fahrstils unauffällig durch die Rushhour Hannovers zu folgen. Ihm war bekannt, dass sich Hannah von ihrem Mann getrennt hatte und dass sie aus der gemeinsamen Wohnung in der List ausgezogen war. Mit seinen Möglichkeiten hatte er aber noch keine neue Adresse herausfinden können. Sie hatte sich offensichtlich noch nicht umgemeldet. Über den Bremer Damm, den Westschnellweg und den Deisterkreisel fuhr Hannah recht sportlich auf die Bornumer Straße, wobei sie die geltenden Geschwindigkeitsregeln ignorierte. Als er beruhigt feststellte, dass ihre GPS-Daten sicher übertragen wurden, ließ er sich zurückfallen, damit sie ihren Verfolger nicht bemerkte. In der kurzen Zeit, in der er ihr Handy ungesichert zur Verfügung gehabt hatte, war es ihm gelungen, einen Trojaner zu installieren, der nicht nur ihre Standortdaten übertrug, sondern ihm Zugriff auf sämtliche Dateien ihres Handys ermöglichte.

Er hatte es geschafft und sich in ihr wie eine Zecke festgebissen. Er steckte in Hannah fest und hatte nicht vor, sie jemals wieder zu verlassen. Er war ein Teil von ihr, nur dass sie den Biss noch nicht bemerkt hatte oder je bemerken würde, bevor es zu spät war.

Sie fuhr weiter auf die B65, an Gehrden vorbei, durch Leveste in Richtung Deister. Er kannte die Strecke gut. Sie führte in den kleinen Gebirgszug im Westen Hannovers, den Nienstädter Pass, der für seine kurvenreichen Serpentinen besonders bei Motorradfahrern beliebt war. Sie ließ Eckerde hinter sich und bog in Großgoltern in die Gutsstraße, die direkt zu einem Rittergut führte. Hier stoppte sie. Das Rittergut Großgoltern war eine angesagte Eventlocation für Hochzeiten und Ausstellungen. Er fuhr nach rechts in die Hauptstraße Richtung B 65 ab, drehte auf dem Parkplatz des Freibades Goltern und tuckerte gemütlich durch den Ort. Dann bog er zum Rittergut rechts ab und folgte dem roten Blinken auf seinem Handy. Der Audi TT war auf dem Hof vor einem kleinen Backsteinhaus gegenüber der Gutsanlage geparkt worden. Er bewegte seine schwere BMW auf den Hof des Gutes und stellte fest, dass in der alten Maschinenhalle, dem größten Veranstaltungsraum des Gutes, gerade die Tische für eine große Feier, vermutlich eine Hochzeit, eingedeckt wurden. Hier schien eine Gesellschaft von über 100 Personen zu erscheinen, sodass am heutigen Abend viele Fahrzeuge parken und etliche Menschen auch noch zu später Stunde unterwegs sein würden. Da fiel er gar nicht auf, dachte er, und sagte mit leiser Stimme zu sich: „Bis heute Abend, Hannah.“

Kapitel 3 – Jan

Jan war besessen. In wohligen Gedanken steuerte er seine Maschine routiniert und sicher durch den Feierabendverkehr nach Garbsen, einer Stadt am Rande Hannovers. Im Stadtteil „Auf der Horst" war er in einer kritischen Zeit dieser Gegend aufgewachsen und zur Schule gegangen. Auch sein Elternhaus hatte enorm zu seiner Entwicklung beigetragen. Dort waren Alkoholkonsum und häusliche Gewalt ständige Begleiter gewesen. Als sein Vater an einer Leberzirrhose starb, hatte Jan gerade einmal das zwölfte Lebensjahr erreicht. Seiner Mutter mussten wegen der schweren Diabetes und des starken Tabakkonsums kurze Zeit darauf beide Unterschenkel amputiert werden. Sie war drei Jahre später in einem Pflegeheim gestorben. Im Alter von 15 Jahren hatte seine zweijährige Odyssee in verschiedenen Jugendeinrichtungen begonnen, in denen Gewalt, auch sexueller Art, an der Tagesordnung gewesen war. Als der Bruder seines Vaters verstarb, bot seine Tante Mimi ihm an, zu ihr zu ziehen. Jan überlegte nicht lange, denn so konnte er wieder nach Garbsen in den Stadtteil Berenbostel übersiedeln. Tante Mimi wohnte in einer Dreizimmerwohnung im Seeweg, gegenüber einem handwerklichen Bildungszentrum direkt am Berenbosteler See.

Ursprünglich war Jan ein guter Schüler gewesen, den seine damalige Lehrerin ins Herz geschlossen hatte. Sie versuchte seinerzeit vergeblich, auf die Eltern Einfluss zu nehmen und Jan schulisch zu fördern. Ihre Bemühungen misslangen. Als Jan seine Tante einmal bei einem Einkauf begleitete, traf er im „Shopping Plaza“ seine ehemalige Lehrerin. Beide waren dieser Begegnung gegenüber so aufgeschlossen, dass sie sich in der dortigen Eisdiele eine ganze Stunde über Jans Entwicklung und die Rückkehr nach Garbsen austauschten.

Durch ihre Vermittlung war es Jan gelungen, wieder schulisch Fuß in der IGS Garbsen zu fassen. Der Nachzügler bestand sein Abitur, schloss 2017 sogar ein Informatikstudium ab und gründete eine bis heute erfolgreiche kleine Firma für Softwareentwicklung für Sicherheitsunternehmen.

Tante Mimi unterstützte Jan während des Studiums auch finanziell. Dankbar besuchte Jan sie in dieser Zeit regelmäßig und organisierte in ihrem letzten Lebensjahr einen Pflegedienst für sie, der Mimi täglich aufsuchte. Er selbst war leider nicht mehr vor Ort. Jan hatte mit der Firmengründung gleichzeitig auch seinen Wohnsitz in Frankfurt gewählt. Hier bemühte er sich, die ansässigen Banken und Versicherungen als Kunden zu gewinnen, was ihm sukzessive auf unkonventionelle

Weise gelang. Er hackte sich in die Systeme der Firmen und zeigte ihnen nicht nur die Sicherheitslücken, sondern auch seine Softwarelösung auf, um das Leck zu schließen.

Seine Tante war inzwischen verstorben und hatte Jan die Eigentumswohnung vererbt, die er zwar für den Verkauf vorbereitete, wobei er sich aber Zeit ließ. Manchmal war ein zweiter Wohnsitz, an dem er nicht gemeldet war, sehr nützlich. Zudem war es von Berenbostel nach Großgoltern ein Katzensprung.

Jan hatte seine schwere BMW in der Tiefgarage geparkt und bereitete sich für einen schönen Abend mit Hannah vor. Sein ehemaliges Zimmer war von Mimi nie verändert worden. Jan hatte es mittlerweile wie eine Gedenkstätte samt Altar eingerichtet. Nur dass Hannah Rhode noch mitten im Leben stand und starr vor Schreck gewesen wäre, wenn sie erahnt hätte, welche Informationen Jan bereits über sie gesammelt hatte. Der Biker zog seine Lederkombi aus und setzte sich ungeduldig in Unterwäsche vor seinen Computer. Virtuell bediente er die Tastatur und konnte gleichzeitig auf drei Monitoren Hannahs Profile bei Facebook, WhatsApp und Instagram betrachten. Doch das war nicht alles. Er konnte sie darüber hinaus auch einhacken. Jan war erleichtert, dass alles so funktionierte, wie er es geplant hatte, und schmunzelte, als er den Chat zwischen Hannah und ihren Freundinnen las. Mit Lisa und Kristin hatte sie sich um 19 Uhr in Großgoltern zu einem leckeren Essen samt Plausch über alte Zeiten bei Kaminfeuer und Rotwein verabredet.

Da blieb ihm noch genug Zeit, sich auf einen schönen Abend mit den Damen vorzubereiten. Voller Vorfreude genoss er die heiße Dusche und sein Kopfkino.

Eine halbe Stunde später warf sich Jan in Schale, überprüfte den Sitz seines dunkelblauen Anzuges und zog die Krawatte über dem weißen Hemd zu, die er passend in dunkelrot gewählt hatte. So würde er Hannah gefallen, hoffte er. Jan war mittelgroß, schlank, fast schlaksig und wirkte mit seinem Ansatz zur Glatze eher bieder. Er wurde stets älter als seine 38 Jahre geschätzt, was dem zehnjährigen Altersunterschied zu Hannah entgegenkam.

Wie immer war Jan gut vorbereitet. Für die nächsten zwei Wochen hatte er sich einen unauffälligen VW Golf von Sixt am Flughafen Langenhagen geliehen. Die Flotte an Leihwagen war hier so groß, dass nicht nur baugleiche Fahrzeuge, sondern exakt identische Modelle angeboten wurden, die sich in Nuancen durch verschiedene Ziffern in den Kennzeichen unterschieden. Er ließ sich zwei solcher Kennzeichendoubletten bei einem Schildermacher anfertigen, druckte sich die kopierten TÜV- und Zulassungsstempel als Aufkleber aus und konnte feststellen, dass es überhaupt nicht auffiel. Welche Polizeistreife hielt schon einen VW Golf einer Autovermietung an, in dem ein biederer Herr mit Glatze saß? Bei einer Halterüberprüfung war der Leihwagen der Firma Sixt zuzuordnen, und selbst bei einem Blick in die Papiere musste man schon besonders aufmerksam sein, denn das Kennzeichen unterschied sich nur durch eine Ziffer. Mit dem Risiko, dass sich in Hannover beide VW Golf mit dem identischen Nummernschild begegnen würden, konnte er leben. Er schätzte es zwar nicht als unwahrscheinlich ein, doch welcher Nutzer kannte schon das Kennzeichen seines Leihwagens, schmunzelte er zu Recht. So fuhr er gut gelaunt und gestylt nach Großgoltern, um einen schönen Abend zu verbringen.

Sein Plan schien aufzugehen. Der Andrang der Hochzeitsgäste war wie zu erwarten stark und die ausgewiesenen Parkplätze auf einer nahen Wiese bereits gefüllt. Wie auch Jan, suchten die späten Gäste in der Dämmerung einen Platz in den umliegenden Gassen und parkten wild auf den Grünstreifen. Fußwege oder gar Parkbuchten boten sich in dem kleinen Ort lediglich auf der Hauptstraße an. Abseits der Gutsstraße fand Jan seine Lücke und machte sich auf den Weg zum Rittergut, der direkt an Hannahs gemütlichem Backsteinhaus vorbeiführte. Erste Blüten bildeten sich an den Bäumen und Sträuchern aus. Das Blattwerk hatte sich noch nicht entwickelt, sodass die Gärten und beleuchteten Häuser frei einsehbar waren. Hannah hatte zudem ihren Garten geschmackvoll mit Lichtkugeln in unterschiedlichen Größen illuminiert. Jan freute sich, dass ihm der

Einblick in das Wohn- und Esszimmer samt des gemütlichen Kaminfeuers gewährt wurde. In der Einfahrt parkte hinter dem roten Audi TT unter dem Carport ein MINI Cooper in British Racing Green. Er sah, wie Hannah die beiden Freundinnen umarmte und ihnen ein Begrüßungsgetränk reichte, wobei es sich aufgrund der Glasform um einen Sekt oder Prosecco handeln durfte. Wie gern hätte er mit angestoßen.

Durch den milden Frühjahrsabend drangen nur wenige Geräusche aus der Maschinenhalle nach außen. Jan vernahm einen Tusch des DJs und vermutete die Ankündigung der Willkommensrede des Brautpaares. Er vermutete, dass nun alle Gäste eingetroffen sein durften, die das Hochzeitsbuffet und später die Party genießen würden. Draußen war es mittlerweile ruhig und einsam. Jan schlug den Kragen seines Mantels über dem Anzug höher, steckte sich seine Bluetooth-Kopfhörer in die Ohren und lehnte sich an einem Kastanienstamm. Dort öffnete er ein selbst entwickeltes Programm in seinem Xiaomi, mit dem er auf das Mikrofon von Hannahs Samsung Galaxy S21 zugreifen konnte. Jetzt war er Teil dieses gemeinsamen Kaminabends, wobei er trotzdem neidisch war, nicht direkt mit dabei zu sein, denn es wurde merklich kühler. So musste er sich mit den warmen Gedanken, die sich in ihm ausbreiteten, vorerst zufriedengeben.

In den folgenden Gesprächen konnte er die Freundinnen, die er bislang nur aus den WhatsApp-Kontakten als Lisa und Kristin wahrgenommen hatte, schließlich zuordnen. Lisa war Mitte vierzig und hatte ihre langen, braunen Haare zusammengebunden. Sie war schlank, modisch gekleidet und recht attraktiv. Auch Kristin schätzte er im gleichen Alter ein. Mit ihrer durchtrainierten Figur wirkte sie entsprechend agil und trug kurze, wilde, rotbraune Haare.

Das Trio unterhielt sich über alte Zeiten. Hannah gewährte ihren Freundinnen tiefe Einblicke in ihr früheres Eheleben samt ihrer Scheidung. Jan war beruhigt, dass sie ebenso erwähnte, weder einen neuen Partner zu haben noch suchen zu wollen. Hannah war ihre aktuelle Unabhängigkeit wichtig, erklärte sie den beiden. Ihre aktuelle Situation sah sie als Chance, ihr Leben neu zu strukturieren. Dabei kam sie überraschend gut zurecht. In den bestärkenden Reaktionen ihrer Freundinnen und den typischen Floskeln: „Und wie geht's euch so?", erfuhr Jan, dass Lisa als Gynäkologin im Krankenhaus Gehrden und Kristin beim LKA Niedersachsen arbeitete. Jan stutzte kurz. Er empfand diese Information aber nicht als Gefahr, sondern sah darin eher eine Herausforderung, seine Pläne noch detaillierter vorzubereiten. In diesem Moment war Jan derart auf das Gespräch und die Mimik der Freundinnen konzentriert, dass er den Hundehalter samt seines frei laufenden, dunkelbraunen Labradors nicht wahrnahm. Der kräftige Rüde lief ins Gebüsch, blieb an der Kastanie stehen und schlug so laut an, dass die Frauen ihre Unterhaltung unterbrachen und in den Garten schauten. Jan erschrak völlig unvorbereitet, fing sich aber schnell wieder. Der Hundehalter rief seinen Hund zurück, als Jan vorsichtig hinter dem Baum vortrat.

„Guten Abend, der passt aber gut auf und hat mich doch tatsächlich beim Gassigehen erwischt.“ Er grinste. „Entschuldigung, ich musste auch mal hinter einen Baum“, rechtfertigte sich Jan, zog bezeichnend seine Hose hoch und trat auf die Straße.

„Habt ihr auf der Feier denn keine Toiletten?“, fragte der Hundehalter, wartete die Antwort aber nicht ab, sondern trottete kopfschüttelnd mit seinem Labrador weiter.

Jan blickte sich kurz zum Backsteinhaus um, stellte aber beruhigt fest, dass die Frauen wieder in ihr Gespräch vertieft waren. Niemand war misstrauisch geworden. Sie hatten ihn nicht bemerkt. Jan zog es nun vor, die Beobachtung abzubrechen und über einen Bogen an der Maschinenhalle vorbei zu seinem VW Golf zurückzukehren. Trotz seines Mantels war er durchgefroren. Daher ließ er sich auf der Rückfahrt nach Garbsen von der Sitzheizung und seiner Fantasie durchwärmen. Auf einem nahe gelegenen Parkplatz an der B65 hielt er kurz an. Seine installierte Software ermöglichte ihm, sowohl das Mikrofon als auch die Kamera von Hannahs Handy aus der Ferne zu aktivieren. Erneut lauschte er den anregenden Unterhaltungen der Freundinnen, lehnte sich zurück und legte seine Hände in den Schoß.

Kapitel 4 – Unbekannter „Verehrer“

Es war ein toller Abend gewesen. Lange hatte Hannah nicht mehr so viel Wein getrunken. Sie musste mit ihren Freundinnen Jahrzehnte nachholen, in denen sich ihr Kontakt gelockert und sie sich aus den Augen verloren hatten. Damit das nicht noch einmal passierte, war zum Abschied gleich ein neuer Termin vereinbart worden. Alle drei wollten sich in 14 Tagen bei Lisa in Gehrden treffen, um die tiefe Freundschaft wieder aufleben zu lassen. Gestern hatte Hannah vor den beiden sprichwörtlich die Hosen heruntergelassen und Dinge von sich preisgegeben, die sie nüchtern sicher für sich behalten hätte. Aber eigentlich waren genau dafür echte Freundinnen da, und Hannah war sich sicher, dass ihre intimen Geheimnisse diesen Kreis nie verlassen würden.

Als hätte sie den Verlauf des Abends erahnt, hatte sie im Vorfeld ihre Frühschicht gegen das Nachmittagsprogramm getauscht und war einigermaßen ausgeschlafen. Sie ließ sich auf der Fahrt nach Hannover den Wind um die Ohren pfeifen und hatte das neue Album von „Fury in the Slaughterhouse“ aufgedreht. Sie liebte es, offen zu fahren, und nutzte ihren Audi TT Roadster ganzjährig. Hannah war gut drauf und freute sich auf die Moderation ihrer Sendung.

Auch Jan fühlte sich ausgeschlafen. Er blickte von seinem Balkon auf den Berenbosteler See, während er an einem Becher mit heißem Kaffee nippte. Obwohl er den gestrigen Abend der drei Freundinnen bis zu ihrem Abschied live mitgehört hatte, ließ er es sich zur Einstimmung des neuen Tages nicht nehmen, den Besuch immer und immer wieder Revue passieren zu lassen. Jan lachte und fühlte mit den Frauen, als hätte er neben dem Trio auf dem Sofa gesessen.

Dass seine Überwachungstechnik problemlos funktionierte, machte Jan zufrieden und stolz. Er hatte sich sogar in die Audi-App gehackt und war jetzt nicht nur in der Lage, den Standort des Audi TT zu orten. Nein, er vermochte den Roadster sogar zu öffnen und wieder zu verschließen. Das konnte sich noch als nützlich erweisen.

Zufrieden schwang sich Jan auf seine BMW und kaufte in einem Blumenladen in der „Roten Reihe" in Berenbostel eine langstielige, weiße Baccararose für Hannah. Er wollte ihr eine Freude bereiten. Vorsichtig steckte er die Rose in seine große, seitliche Packtasche, bevor er sich auf den Weg in die Innenstadt von Hannover machte. Jan kurvte durch den Stadtkern und die angrenzenden Stadtteile. Stets suchte er nach alternativen Fahrtrouten, um Strecken abzukürzen und eventuelle Verfolger abschütteln zu können. Er war gerne vorbereitet.

Kurz nach halb sieben kam es endlich: Das Signal auf seinem Handy zeigte eine Bewegung des Audi TT an, als Hannah die Tiefgarage des Senders verließ. Die Moderatorin steuerte ihren Roadster über den Königsworther Platz und den Bremer Damm zum Deisterkreisel. Dort wartete Jan und hängte sich in der Bornumer Straße in sicherer Entfernung an das Cabrio. Er musste nicht lange warten, denn Hannah bog links auf den Kaufland-Parkplatz ab und parkte den Audi, ohne das Verdeck zu verschließen. Als sie den Supermarkt betrat, fiel ihr der Motorradfahrer, der sich ihrem TT näherte, nicht auf.

Jan schmunzelte. So einfach hatte er sich den Einstieg in Hannahs Leben gar nicht vorgestellt. Er passierte mit seiner schweren BMW langsam das offene Cabrio und platzierte die Baccararose heimlich auf dem Fahrersitz.

Im Supermarkt hatte Hannah ihren Weinvorrat wieder aufgestockt und sich gut eingedeckt. Als sie beim Einsteigen die langstielige Baccararose bemerkte, sah sie sich um und hoffte vergeblich, den Verehrer unter den vielen Nutzern des Parkplatzes ausmachen zu können. Ihr zweiter Blick fiel unter die Scheibenwischer oder an die Seitenscheiben, ob jemand seine Visitenkarte hinterlassen hatte. Nichts. War das wieder irgend so ein Wahlkampf, in dem Rosen an potenzielle Wähler verteilt wurden? Aber in solchen Fällen diente die Rose ja als Türöffner, um mit dem Kandidaten ins Gespräch zu kommen. Dass so jemand Blumen einfach ins Cabrio legte, passte nicht ins Bild. Egal, Hannah freute sich und hoffte, den unbekannten Verehrer irgendwann einmal kennenzulernen. Lächelnd fuhr sie vom Parkplatz, was Jan nicht verborgen blieb. Ihm wurde warm ums Herz. Seine Partie war eröffnet.

Im Gegensatz zu Hannah hatte sich Kristin Bäumer nach dem gemeinsamen Abend freigenommen. Sie verfügte durch ihre Einsätze stets über einen Puffer an Überstunden, den sie für solche Gelegenheiten nutzen konnte. Das OFA-Team des LKA Niedersachsen hatte gerade eine Fallanalyse von zwei Cold Cases abgeschlossen, die sie zu einer Tatserie zusammenführen und einem Serientäter zuordnen konnten, der bislang leider noch nicht ermittelt worden war. Das Team bereitete gerade die Präsentation vor der Mordkommission in Cuxhaven sowie das Analyseprotokoll vor, in dem die methodischen Arbeitsschritte und Tathypothesen samt Täterprofil transparent erläutert wurden.

Das unwiderstehliche Lächeln von Hannah ging Jan nicht mehr aus dem Kopf. Seine Aktivitäten ihr gegenüber wurden direkter. Die nächste Rose klemmte morgens unter dem Scheibenwischer ihres Audi TT, der zu Hause unter dem Carport geparkt war. Die Botschaft des Verehrers lautete: „Ich weiß auch, wo du wohnst", und verursachte Unbehagen bei Hannah. Er bombardierte sie rund um die Uhr mit Anrufen, WhatsApp-Mitteilungen und Nachrichten sowie Freundschaftsanfragen auf Facebook. Die Moderatorin tat es anfangs als wirres Zeug eines Spinners ab. Das sollte sich jedoch ändern.

Es geschah an einem sonnigen Frühlingsmorgen. Hannah war froh, ihn ohne den Trubel der Großstadt beginnen zu können. Noch vor der heißen Dusche ging sie aus der Küche hinaus und gönnte sich einen Kaffee im Garten mit Blick in die Zeitung. Nur zufällig sah sie in Richtung der Wohnzimmer-Terrassentür und erstarrte. Dann schrie sie plötzlich auf und ließ ihren Becher fallen. Sämtliche Fenster zum Garten waren mit Fingermalfarben bekritzelt. Von roten Herzen, aus denen Blut floss, über weibliche Körper mit eingeführten Messern bis hin zu sexualisierten Darstellungen war alles vertreten.

Sie verspürte Ekel und hatte Angst, einfach nur pure Angst.

Die alarmierte Polizei aus Barsinghausen nahm den Sachverhalt auf und erfragte, ob Hannah Strafantrag wegen Sachbeschädigung stellen wolle.

„Wegen Sachbeschädigung? Ich werde belästigt, ja sogar bedroht, und Sie sprechen von Sachbeschädigung?“, empörte sie sich voller Unverständnis.

Die Beamten versuchten ihr die Rechtslage zu erklären. Sie müssten erst einen Tatzusammenhang zu den anderen angezeigten Handlungen prüfen.

Völlig außer sich rief Hannah ihre Freundin beim LKA an, die zusagte, nach ihrem Dienst bei ihr vorbeizuschauen.

Doch vorher nahm der Tag seinen Lauf. Die Moderatorin war ein Profi im Job und ließ sich in der folgenden Morgensendung nichts anmerken. Sie scherzte redegewandt mit den Zuhörern und erfüllte live Musikwünsche.

„Hallo, hier ist Hannah Rohde von ‚Radio Kröpcke'. Wen habe ich der Leitung?", sprach sie den nächsten Hörer an.

„Hi, Hannah, ich bin's. Der Fenstermaler." Stille.

Sie schluckte unhörbar und fing sich wieder. „Hallo Fenstermaler, was möchtest du hören?"

„‚Once Upon a Time in the West' von Ennio Morricone", antwortete der Hörer mit monoton tiefer Stimme.

Mit leichter Unsicherheit wollte Hannah die Situation retten. „Sorry, wir sind ein fröhlicher Sender, und den Titel haben wir nicht in der Liste. Kann ich dir eine Alternative anbieten?"

„Das ist der Titelsong von ‚Spiel mir das Lied vom Tod' von Sergio Leone. Er ist für dich. Spiel es oder ich komme wieder, Hannah", hauchte er in den Äther wie in einem schlechten Horrorfilm. Hannah schluckte.

„Sorry, Fensterputzer. Wir wollen unsere Hörer unterhalten und nicht erschrecken. Vielleicht ist die Telefonseelsorge der bessere Ansprechpartner. Hallo, hier ist Hannah von ‚Radio Kröpcke'. Wen habe ich in der

Leitung?“, moderierte sie mit deutlich zittriger Stimme weiter und hoffte auf einen Musikwunsch mit einem langen Song. Der Aufnahmeleiter entschied, 30 Minuten nonstop aus der Retorte weiterzusenden, und ließ die völlig verstörte Hannah ablösen.

Die Moderatorin berichtete ihrem Team unter Tränen von der Entwicklung der letzten Tage, die sie anfangs nicht ernst genommen hatte. Nicole, die für den Schnitt verantwortlich war, nahm ihre Kollegin tröstend in den Arm, als der Tontechniker auf sie zukam.

„Hannah, das wird jetzt ganz bitter, aber schau mal bitte.“

Er zeigte ihr eine öffentliche Facebookseite, auf der sie als ‚geilste Moderatorin von Radio Kröpcke‘ mit provokativen Nacktfotos für frivole Hörerwünsche warb. Hannah brach völlig zusammen und kauerte heulend am Boden.

Kapitel 5 – Observation

Kristin ließ ihre Beziehungen im LKA zur forensischen IT-Abteilung spielen, die bei der Auswertung von Hannahs Samsung S21 einen Trojaner identifizieren konnten.

„Kristin, du kannst davon ausgehen, dass jemand einen Vollzugriff auf das Handy deiner Freundin hat. Um diese Spy-App zu installieren, musste er jedoch etwa eine Minute unmittelbaren Kontakt zum Handy gehabt haben. Diese App bietet dem Hacker die Möglichkeit, selbst E-Mails und Chats in ihrem Namen zu führen. Er kann sich sämtlicher Fotos bedienen und nach Belieben das Mikrofon und auch die Kamera ein- und ausschalten, wann und wo er will. Es ist zudem ein Kinderspiel, mit diesen Zugriffen auch Facebook-Accounts zu eröffnen und ihre Fotos durch Montagen in sexistischen Darstellungen zu veröffentlichen“, bestätigte die Gutachterin.

„Das haben wir uns schon fast gedacht, Heike. Gibt es eine Möglichkeit, an die Daten des Stalkers zu kommen und die Zugriffe zurückzuverfolgen?“, erkundigte sich die Profilerin.

„Leider nein. Ich kann euch nur anbieten, den Trojaner zu neutralisieren“, bot die Forensikerin an.

Kristin Bäumer wägte ab: „Ich glaube, dass wir diesen Umstand als Vorteil nutzen sollten. Vielleicht können wir den Stalker aus seinem Versteck locken. Jetzt sind wir ihm erstmals einen Schritt voraus. Ich halte dich auf dem Laufenden, Heike. Vielen Dank für dein Engagement."

Dieses Ergebnis stellte Kristin im OFA-Team vor, das sensibel und auch mit Sorge aufgenommen wurde.

„Hannah hat bereits Anzeige im Kommissariat in Barsinghausen erstattet. Die bisherigen Nachstellungen des noch unbekannten Stalkers waren strafrechtlich bisher nicht verfolgbar. Ihr wurde die Hinzuziehung eines Anwaltes und die Dokumentation sämtlicher Handlungen, die sie dieser Person zuordnet, angeraten. Einem unbekannten Täter können nun mal selbst über einen Anwalt keine Unterlassungsverfügungen zugestellt werden. Die Ratschläge der Beratungsstellen, die sie konsultiert hat, lassen sich nicht umsetzen. Wie soll sich eine bekannte Radiomoderatorin aus allen sozialen Medien und der Öffentlichkeit zurückziehen? Hannahs Hilflosigkeit und Verzweiflung ist kaum noch ertragbar. Können wir ihr trotzdem helfen?"

„Ich schätze, dass du die Antwort auf deine Frage schon kennst. Was ist deine Idee, Kristin?", fragte Thorsten Büthe, Chef der OFA, der seine Vertreterin seit fast dreißig Jahren kannte.

„Wir setzen eine Ente auf den Teich. Ich verabrede mich mit Hannah über ihr Telefon, und wir treffen uns in Hannover mit dir, Carlotta. Ich biete ihr deinen psychologischen Rat an, um den Stalker neugierig zu machen. So wie ich ihn einschätze, wird er sich nicht nur mit dem Wissen des Treffens zufriedengeben, sondern auch sehen und erleben wollen, was und wer sich dahinter verbirgt. Wie früher, seid ihr, Thorsten, Maik und Thomas das Observations- und hoffentlich auch das Zugriffsteam und schlagt zu, wenn wir ihn identifiziert haben. Was meint ihr? Macht ihr mit?“, versuchte Kristin die Runde zu überzeugen.

Der OFA-Chef rümpfte die Nase: „Also eine private Freizeitaktion der OFA unter psychologischer Aufsicht? Meinst du das, Kristin?“

„Da offiziell niemand was macht, genau so“, reagierte Kristin schnippisch.

Thorsten Büthe blickte in die Runde und erahnte die Antwort seines Teams.

Thomas Schulte warf in seiner erfrischenden Art ein: „Wir waren lange nicht mehr gemeinsam auf der Piste. Ich bin dabei.“

Maik Holzner gab zu Bedenken: „Grenzwertig, aber ergibt Sinn.“

Die Psychologin Carlotta Bayer-Westholdt blieb ihrer Art entsprechend zurückhaltend, aber aufgeschlossen.

„Okay, dann sind wir einstimmig im Boot. Ich gehe weiter davon aus, dass du auch eine Idee hast, wo wir dieses Treffen optimal umsetzen können, Kristin“, vermutete Thorsten.

„Na klar. Was haltet ihr vom Parkdeck? Im Beachclub ‚Schöne Aussichten 360°' gegenüber der Markthalle haben wir alles unter Kontrolle. Ein Zugang von Personen ist nur über die Fahrstühle oder das Treppenhaus möglich. Wir können sogar die einfahrenden und geparkten Fahrzeuge überprüfen. Wenn er unser Treffen beobachten will, muss er auf das Parkdeck kommen und kann uns nicht durch die Lappen gehen", überzeugte Kristin.

„Coole Idee und tolle Location", lobte Thomas.

„Okay, dann müssen wir uns und dann noch mit deiner Freundin über einen Termin abstimmen", schlug Thorsten vor.

Bevor jemand aus dem Team antworten konnte, warf Kristin ein: „Freitag 19 Uhr! Passt das allen? Hannah hat schon zugesagt, ein Tisch ist reserviert."

Als sich alle verwundert ansahen, ergänzte Kristin: „Kenne ich euch oder kenne ich euch nicht?"

Nach der fast erzwungenen gemeinsamen Zustimmung des Teams erinnerte Thorsten: „Okay, denkt bitte daran: Das ist ein Freizeittreffen, kein Dienst. Also keine Waffen, keine Funkgeräte. Ist das klar?"

Alle nickten, wobei Thomas resümierte: „Prima, ich melde mich freiwillig zur Observation des Treppenhauses. Von der Cocktailbar habe ich einen prima Blick und Alkoholkonsum ist super als Tarnung. Konspirativer geht es nicht."

Kristin und Hannah verabredeten sich über das infizierte Handy, und die Profilerin pries die psychologische Beratungskompetenz ihrer LKA-Psychologin zum Thema Stalking an.

Hoffentlich biss er an.

Die Profiler nahmen schon um 18 Uhr ihre Positionen ein. Maik genoss im Außenbereich des Burgerladens „Kunstwerk" vor dem Haupteingang des Parkhauses seine Position und hatte so sämtliche Zugänge von Personen und Einfahrten aller Fahrzeuge im Blick. Thomas saß im Eingangsbereich der Bar auf dem Parkdeck und jeder, der den Dachgarten betrat oder verließ, musste ihn passieren. Thorsten hatte sich einen Platz an der Hauptbar gesichert, um sowohl den später reservierten Tisch als auch Thomas am Haupteingang im Blick zu haben.

Auch Jan war früh unterwegs. Er steuerte seine schwere BMW aufmerksam von der Osterstraße durch die Röselerstraße zur Markthalle. Dabei bestätigte sich, was er vermutet hatte. Im Burgerladen neben dem Parkhaus konnte er einen der LKA-Profiler erkennen, der sich gerade bei einem vermutlich alkoholfreien Bier einen Burger schmecken ließ. Es war einfach, denn die OFA war des Öfteren in den Medien samt Fotos präsent, was sich nun rächte. An einen Zufall dachte er dabei nicht. Durch die erst reaktivierten Standortdaten des Handys von Hannah war er misstrauisch geworden und hatte Zugriffe in tiefe Menüstrukturen des Samsung S21 festgestellt, die er nicht von Hannah erwartet hätte. Die Beamten waren nun sensibel und hatten seinen Trojaner entdeckt. Anstatt diesen einfach nur zu eliminieren, hatten sie das Treffen arrangiert, um ihn zu identifizieren. Nicht schlecht, aber Jan gab nicht so leicht auf, sondern stellte sich der Herausforderung. Er parkte sein Motorrad am Aegi. Hier trafen sich an jedem Freitagabend hannoversche Motorradfahrer zum fachlichen Austausch, sodass die BMW nicht auffiel. Er schlenderte mit seinem Rucksack vor das Rathaus und nahm auf einer Parkbank Platz. Es war ja noch früh.

Pünktlich um 19 Uhr erschien Hannah im Sichtfeld von Maik vor dem Parkhaus. Sie traf auf Carlotta und Kristin, die ihrer Freundin die LKA-Psychologin vorstellte. Das Trio fuhr mit dem Fahrstuhl auf das oberste Parkdeck 6, das sich im Sommer in die Strandbar „Schöne Aussicht 360°“ verwandelte. Sie wurden an ihren reservierten Tisch begleitet, nutzten die Happy Hour und bestellten drei Mojitos. Die drei Observanten verständigten sich über WhatsApp in der OFA-Gruppe. Keiner von ihnen hatte eine verdächtige Person bemerkt. Auch Kristin hatte ihre Freundin nicht in die Überwachung eingeweiht, um das Gespräch so unbefangen wie möglich führen zu können, ohne dass es dem Stalker auffiel. Sie gingen weiter davon aus, dass er über das Mikrofon von Hannahs Handy mithörte.

Kristin und Thorsten verstanden sich blind. Als sich ihre Blicke trafen, erkannte sie in seiner Mimik, dass es noch keinen verdächtigen Kontakt gab.

Sie klönten und das Team wartete weiter.

Aber Jan war ein geduldiger Jäger, der bis zum richtigen Zeitpunkt ausharrte. Um Viertel vor acht entschloss er sich zu agieren.

Während sich die drei Damen angeregt unterhielten, nahm Thorsten als Erster das penetrante Summen einer überdimensionalen Hornisse wahr, erschrak und rief sofort seinen Kollegen im Burgerladen an.

„Maik, er nutzt eine Drohne! Sieh dich um! Von irgendwo her muss er sie steuern. Ich schicke dir Thomas mit runter“, brüllte der OFA-Leiter in sein Handy.

Sein Kollege an der Bar verstand sofort und sprintete das Treppenhaus herunter zu Maik Holzner.

Thorsten Büthe konnte nichts weiter tun, als die Flugbahn der Drohne zu verfolgen und mit seinem iPhone aufzunehmen.

Das fliegende Auge erfasste den Tisch der drei Frauen und flog im Sturzflug sogar unter den Sonnenschirm, der an dem Tisch aufgestellt war.

Hannah schrie vor Schreck panisch auf und lief zum Ausgang, Carlotta folgte ihr. Kristin drehte mit voller Kraft wie auf einer Segelregatta an der Kurbel des Sonnenschirmständers, um die Drohne unter dem Schirm zu blockieren. Der Pilot war allerdings derart versiert, dass er sein Fluggerät kurz zur Seite kippte und geschickt wie ein Kunstflieger auswich. Anstatt sich nun zurückzuziehen, steuerte er die Drohne zuerst direkt auf Kristin, dann auf Thorsten zu. Dabei stoppte er unmittelbar vor den Gesichtern der Profiler und wedelte die bedrohliche Hornisse hin und her, als würde sie den Kopf schütteln. Nach dieser Show hob sie ab und schoss über die Markthalle hinweg in einem großen Bogen in Richtung der Aegidienkirche. Thorsten wollte seinen Kollegen die aktuelle Flugrichtung durchgeben, als er eine erneute Positionsänderung in Richtung des Landtages wahrnahm. Es hatte keinen Zweck.

Kristin stellte Hannah ihren Chef vor, während sie weinend in den Armen von Carlotta lag.

„Du bist in Sicherheit, er ist weg", versuchte Kristin ihre Freundin zu beruhigen.

Anschließend informierte sie Hannah sensibel über das Ergebnis der Handyuntersuchung und klärte sie über den eigentlichen Zweck dieses Treffens auf. Die Radiomoderatorin starrte entsetzt auf ihr Handy und warf es schreiend über die Brüstung des Parkdecks. Es zerschellte auf dem Asphalt der Marktstraße, ohne jemandem zu schaden.

Maik und Thomas kamen völlig außer Atem mit roten Gesichtern zurück und schüttelten resigniert den Kopf. Sie hatten nichts. Die gepeinigte Hannah saß mit leerem Blick in einem Strandkorb, hielt eine Tasse heißen Kaffee vor ihr Gesicht und fixierte den Dampf, der aus ihr aufstieg.

Carlotta nahm Kristin an die Seite und flüsterte ihr zu: „Wir können Hannah in diesem Zustand unmöglich alleine in ihrem Haus lassen. Kannst du sie begleiten oder sie erst mal bei dir aufnehmen?"

„Das würde ich gern tun, aber nach dieser Nummer heute ist uns allen klar geworden, mit welchem Kaliber wir es hier zu tun haben. Wir müssen umgehend gemeinsam klären, wer jetzt aktuell welche Maßnahmen zum Schutz von Hannah trifft und wie wir diesen Typen schnellstmöglich stoppen. Ich habe da ein ganz ungutes Gefühl", orakelte Kristin und ergänzte in der ganzen Runde: „Thorsten, wir können uns hier nicht mehr ausklinken. Wir sollten diese Aktion im Gesamtkontext einer sicherlich nicht mehr abstrakten Gefährdung sehen und komplett einsteigen. Was meinst du?"

„Da hast du absolut recht. Dieser Stalker ist nicht nur technisch versiert, sondern derartig abgebrüht, wie ich es kaum erlebt habe. Er hat unsere Maßnahmen komplett einkalkuliert und ausgehebelt. Jeder andere Täter hätte sich zurückgezogen, dieser Typ sucht gezielt die Konfrontation, lässt seine Drohne provokativ vor unserer Nase tanzen und uns als Deppen dastehen. Wir stimmen uns mit den Kollegen in Barsinghausen über erforderliche Schutzmaßnahmen ab und müssen Hannah aus der Schusslinie nehmen. Du hast den besten Draht nach Basche (so wird Barsinghausen von den Einheimischen genannt), kannst du die Absprachen treffen?", bat Thorsten Büthe.

„Mache ich. In Anbetracht der Arbeit, die jetzt vor uns liegt, kann ich mich nicht auch noch um Hannah kümmern. Ich werde unsere Freundin Lisa bitten, sie vorerst bei sich aufzunehmen. Sie haben in Gehrden ein großes Anwesen mit einem kleinen Gästehaus", bot

Kristin an und griff direkt zum Handy. Bei Lisa waren keine großen Erklärungen nötig, sie stimmte sofort zu.

„So, das geht klar. Lisa bereitet alles vor, sodass Hannah heute schon einziehen kann. Maik, Thomas, lässt euer heutiger Alkoholkonsum zu, dass ihr nach Großgoltern fahrt, mit Hannah ein paar Sachen holt und sie nach Gehrden bringt?", hinterfragte Kristin vorsichtig.

Die beiden grinsten: „War alles alkoholfrei."

Thomas hatte seinen VW Bus vor der Markthalle geparkt und bot sich an zu fahren.

„Prima, ich werde sofort veranlassen, dass sich ein Streifenwagen vor ihrem Haus postiert, damit ihr keine bösen Überraschungen erlebt", entschied Thorsten Büthe und ergänzte: „Ach ja, passt auf, dass euch niemand folgt, und lasst den Bulli nicht aus den Augen. Nicht, dass euch der Stalker noch einen Peilsender ranhängt. Carlotta, kannst du Hannah bis Gehrden noch begleiten und mitfahren?", bat Thorsten.

Die Psychologin nickte, hakte Hannah ein und alle gingen gemeinsam nach unten.

Kristin und Thorsten scannten auf dem Parkplatz das Umfeld, konnten aber keine verdächtigen Personen ausmachen. Am Straßenrand vor der Sparda-Bank sammelte Maik die Reste des total zerstörten Samsung S21 auf.

Hannah übergab ihrer Freundin den Schlüssel für ihren Audi TT, der ebenso auf dem Parkplatz vor der Markthalle abgestellt war.

„Ich nehme den TT mit ins LKA. Dort schauen wir, ob der Täter nicht auch hier einen Sender angebracht hat. Wir folgen euch bis zum Waterlooplatz und checken, ob ihr verfolgt werdet", klärte Kristin die anderen auf.

Jan hatte es sich im stark frequentierten Außenbereich des Fischrestaurants „Gosch" gemütlich gemacht. Er genoss ein Brötchen mit frischem Stremellachs, ein alkoholfreies Bier und den freien Blick auf die Einmündung zur Röselerstraße sowie den geparkten Roadster seiner Angebeteten. Enttäuscht musste er feststellen, dass sein Zugriff auf Hannahs Handy nicht mehr möglich war, und ging davon aus, dass sein Trojaner jetzt deinstalliert wurde. Von dem Sturz auf den Asphalt hatte Jan nichts bemerkt. Er konnte die Gruppe um Hannah beobachten, als sie mit zwei Polizisten und einer Frau, die er schon über das Video der Drohne gesehen hatte, in einen weißen VW Bulli T6 mit Campingausstattung und einem Kennzeichen aus Hildesheim stiegen. Sie alle sahen sich prüfend um, konnten ihren Beobachter in der Menge der Gäste bei „Gosch" allerdings nicht ausmachen.

Kristin stieg in das Cabrio von Hannah, der andere Polizist in einen BMW X2. Alle drei Fahrzeuge fuhren langsam über den Parkplatz in Richtung Landtag.

Jetzt war Jan froh, dass er bei „Gosch" im Rahmen der Selbstbedienung bereits gezahlt hatte, und eilte zum

Aegi, wo noch immer seine BMW abgestellt war. Das Signal des Audi TT sendete noch, und er hoffte, dass sich die Fahrzeuge nicht trennten.

Vollkommen außer Atem ließ er sein schweres Motorrad aufheulen und raste vom Aegi über den Friedrichswall in Richtung Waterlooplatz. In Höhe Friederikenplatz zeigte sein Handy an, dass der Audi von der Lavesallee nach links zum LKA Niedersachsen abbog. Als sich Jan schon links eingeordnet hatte, konnte er auf der Ihmebrücke gerade noch das weiße Aufstelldach des VW Bullis sehen und entschloss sich, geradeaus zu fahren. An der Ampelkreuzung Ritter-Brüning-Straße/Allerweg stand er im Abstand von drei Fahrzeugen hinter dem weißen VW Bus mit dem Hildesheimer Kennzeichen und war sich sicher, die richtige Entscheidung getroffen zu haben.

Jan wunderte sich über den starken Verkehr für einen Freitagabend, konnte aber anhand von Hupkonzerten auswärtiger Fahrzeuge feststellen, dass Hannover 96 gerade gespielt hatte. Augenscheinlich waren die 96-Fans in ihren Fahrzeugen zurückhaltender, denn er sah aus offenen Fenstern Fahnen von Hansa Rostock wehen, die offensichtlich gewonnen hatten. Der Verkehr staute sich vor dem Deisterplatz mehrspurig, als auf dem linken Fahrstreifen Fans beider Mannschaften in ihren Fahrzeugen aneinandergerieten. Die Aufmerksamkeit aller Verkehrsteilnehmer galt der bevorstehenden Schlägerei, so auch der Insassen des Bullis vor ihm. Wie für Motorradfahrer nicht unüblich, jonglierte Jan seine schwere BMW souverän rechts an dem VW Bus zwischen den Fahrzeugen im Stau vorbei. Niemand bemerkte die unauffällige Bewegung, mit der Jan den fingernagelgroßen magnetischen Sender am hinteren rechten Radkasten befestigte. So konnte er sich aus dem Stau lösen und sich wieder auf seine Technik verlassen, ohne aufzufallen.

Hinter dem Deisterplatz setzte sich der Stau auf dem Westschnellweg fort, der direkt zur Autobahn, der BAB 2, führte. Thomas steuerte seinen Bulli auf die Bornumer Straße und konnte bis zur B65 störungsfrei durchfahren. Maik hatte den nachfolgenden Verkehr im Blick und schloss in diesem Verkehrschaos eine Verfolgung des Stalkers beruhigt aus. Als sie in Ditterke die B65 nach links verließen, waren alle Scheinwerferpaare hinter ihnen verschwunden, sie waren allein und unbeobachtet. Durch Leveste hindurch erreichten sie ungehindert Großgoltern und wurden an dem Backsteinhaus von Hannah Rohde von uniformierten Kollegen des Polizeikommissariats Barsinghausen erwartet.

Jan hatte sich deutlich zurückfallen lassen und verfolgte vom Aldi-Parkplatz in Gehrden aus die Fahrstrecke, die er schon erahnt hatte. Die Polizei war nun so sensibilisiert, dass er wirklich aufpassen und seine nächsten Schritte genau abwägen musste.

Die Beamten Maik und Thomas betraten als Erste das kleine, gemütliche Häuschen der Radiomoderatorin. Sie checkten die Räumlichkeiten und prüften Türen und Fenster.

„Alles sauber, ihr könnt rein. Hannah, achte jedoch trotzdem darauf, ob irgendetwas verändert ist. Schau bitte auch, ob alle Hausschlüssel vollständig sind", gab Maik zu bedenken. Thomas passte draußen auf, dass sich niemand seinem Campingbus näherte.

Ungefähr eine halbe Stunde hielten sich Carlotta und Hannah im Haus auf, dann kehrten sie mit einem Koffer und einer Reisetasche zurück und ließen sich gemeinsam weiter nach Gehrden zu Lisa Schubert chauffieren. Der Funkstreifenwagen durchkämmte noch wenige Minuten den Bereich um Großgoltern und fuhr ohne weitere Feststellungen oder Vorkommnisse zurück ins Kommissariat Barsinghausen.

Das Ehepaar Schubert wohnte in einer absoluten Toplage in der Bismarckstraße in Gehrden, direkt hinter dem Robert-Koch-Klinikum, was ihrem fußläufigen Arbeitsweg entgegenkam. Lisa war Gynäkologin auf der Geburtsstation und ihr Mann, Siegbert, Oberarzt in der Kardiologie. Sie hatten sich im Medizinstudium kennengelernt und führten während ihrer fachärztlichen Entwicklung eine mehrjährige Fernbeziehung. Siegbert hatte einige Jahre in Kalifornien und Lisa drei Jahre in Dänemark gearbeitet. Sie hatten sich seit Langem eine Familie und einen gemeinsamen Arbeits- und Wohnort gewünscht, den sie vor drei Jahren endlich in Gehrden gefunden hatten. Der Kinderwunsch war leider unerfüllt geblieben, sodass sie ihr Leben mit Reisen, Sport und ihrer Leidenschaft für Kunst und Kultur genossen. Die Villa aus dem 19. Jahrhundert hatten sie geschmackvoll restauriert und mit einer Kombination aus modernem und stilvoll antiquarem Mobiliar eingerichtet. Durch ihre weltweiten Kontakte empfingen sie gerne Besuch, mit dem sie ihre Leidenschaft für gutes Essen und edle Weine teilten. Zu diesem Zweck hatten sie auf dem großzügigen Anwesen ein kleines Gästehaus errichtet, welches nun Hannah zur Verfügung stand.

Auf ihr Klingeln hin öffnete sich das elektrische Tor, sodass der Bulli direkt vor das Portal des Hauses fahren konnte. Lisa begrüßte Hannah liebevoll mit einer anhaltenden Umarmung.

„Du kannst so lange bei uns bleiben, wie du möchtest. Fühl dich bitte wie zu Hause, Hannah."

Die Moderatorin seufzte mit Tränen in den Augen und war dankbar, nicht alleine sein zu müssen.

Die Hausherrin ging auf Hannahs Begleiter zu und begrüßte sie herzlich: „Hallo, Sie müssen Kristins Kollegen sein. Ich habe schon viel von Ihnen gehört, und ich bin froh, dass Sie sich in dieser schweren Zeit um Hannah kümmern."

Carlotta sprach Lisa mit Frau Dr. Schubert formell an und stellte sich und die beiden Profiler vor.

Die Gynäkologin lächelte. „Wir wollen es jetzt nicht bürokratischer als nötig machen. Wenn das für alle okay ist: Ich bin Lisa."

Damit war der Bann gebrochen und erleichterte die Absprachen, die zu treffen waren. Kristin hatte ihre Freundin vollständig eingeweiht. Sie vertrauten sich gegenseitig, sodass keinerlei Zurückhaltung angebracht war.

Das OFA-Team bat Lisa um Mitteilung aller ungewöhnlichen Feststellungen und ließ die beiden allein.

„Komm, wir wollen ins Wohnzimmer gehen. Ich habe schon einen Rotwein geöffnet, und wir können die ganze Nacht quatschen. Morgen kann ich ausschlafen, denn ich habe Spätschicht. Siegbert muss die ganze Woche Nachtschicht schieben. Die Station hat nicht genug Personal, da muss auch der Oberarzt mit ran", erklärte Lisa.

Als es um 23 Uhr an der Tür klingelte, erschraken beide Frauen, waren aber erleichtert, als sie Kristin auf dem Monitor der Eingangskamera erkannten.

„Ich komme jetzt erst aus dem Büro und habe im Vorbeifahren noch Licht gesehen. Vielen Dank, Lisa, dass alles so unkompliziert geklappt hat", freute sich Kristin.

Kurze Zeit später saßen sie – früher als geplant – wieder bei einer Flasche Rotwein zusammen, wobei dieser Anlass alles andere als angenehm war. Die Freundinnen schmiedeten Pläne, wie sie Hannah auf andere Gedanken bringen konnten, wobei der Rotwein die wildesten Varianten begünstigte. Als Moderatorin war Hannah derzeit psychisch nicht in der Lage zu arbeiten, was im Sender mit großem Verständnis aufgenommen und auch unterstützt wurde. In der Weinlaune schlug Lisa plötzlich vor: „Wisst ihr was, wir hauen einfach ab, fliegen in die Sonne, dann soll der Typ doch stalken, wen er will, dich auf jeden Fall nicht mehr, Hannah. Was meint ihr?“, zwitscherte Lisa euphorisch in die Runde.

Alle waren begeistert und stießen auf die geniale Idee an, die allerdings zunächst nicht weiter vertieft wurde.

Stalker Jan hatte das GPS-Signal des VW Bulli aus der Ferne verfolgt. Er musste sich bremsen, nicht in die Bismarckstraße 92 zu fahren, um zu schauen, was ihn dort erwartete. Das Risiko konnte er nicht eingehen, beschloss er, und überholte den Bulli erst auf der Bornumer Straße in Hannover. Er sah im Innenraum nur noch drei Personen, nämlich die beiden Profiler und die Frau, die Hannah begleitet hatte. Er ahnte, warum. Jan musste sich zwingen, geduldig zu sein, denn er hatte jetzt ein schwerwiegendes Problem:

Er hatte die Kontrolle über Hannah verloren.

Kapitel 6 – Kontrolle

Jan war bissig, zielstrebig und ein akribischer Planer. Er hasste Loser und tat alles, um nicht zu verlieren, egal, wie hoch sein eigenes Opfer war.

Hannah war unter der Kontrolle der Polizei. Sie würden den Sender an ihrem Cabrio bereits gefunden haben oder ihn in Kürze entdecken. Sie wussten um seine Fähigkeiten, die er ihnen bislang gezeigt hatte. Selbst die Profiler des LKA hatten sich nun der Sache angenommen. Was andere Täter abgeschreckt hätte, bestärkte Jan. Er empfand es sogar als eine gewisse Wertschätzung, die ihm entgegengebracht wurde. Mittlerweile hatte er sich mit den Aufgaben der OFA beschäftigt. Sie kamen erst ins Spiel, wenn besondere Täter agierten. Sie erstellten Täterprofile von Serienmördern und hochkarätigen sexuellen Gewalttätern. Nun hatten sie ihn genau in dieser Liga aufs Schild gehoben. Er fühlte sich wohl und bekräftigt, dieses Niveau zu halten und sogar noch zu toppen.

Im Internet besorgte er sich wieder ein neues Kennzeichen für seine BMW. Er hatte eine baugleiche Maschine beim Motorradtreffen am Aegi fotografiert und sich diese Kennzeichenkopie zuschicken lassen. Er hatte sogar den Anbieter gewechselt, um nicht mit der Doublette des Leihwagens in Verbindung gebracht zu werden. Die Aufkleber der Region Hannover und des TÜV hatte er gleich im Set anfertigen lassen.

Wie sollte er nun weiter vorgehen? Als Erstes musste er den Sender von dem VW Bulli entfernen. Er hielt über Nacht in einem kleinen Ort bei Hildesheim. Jan konnte am Samstagmorgen ein Grundstück in Harsum ausmachen. Hier stand der Bus unter einem Carport auf einem umzäunten Grundstück. Zu unsicher. Aber er musste nicht lange warten, bis der Profiler mit zwei Kindern in den Bulli stieg und mit ihnen zum Einkauf in einen Edeka-Markt fuhr. Auf dem Parkplatz war es für den Stalker ein Leichtes, den Sender wieder unauffällig an sich zu nehmen.

Anschließend wagte sich Jan mit dem neuen Kennzeichen nach Gehrden und tastete sich vorsichtig an die Bismarckstraße heran. Selbst wenn es zu einer Verfolgungssituation mit der Polizei kommen sollte, hatten sie gegen die schwere und geländegängige Maschine keine Chance.

Die Polizei schien sich bei der Auswahl des Anwesens sicher zu sein. Keine Beobachtung, keine Kamera, hier war die Welt noch in Ordnung. Das Namensschild am Zugangstor zur Bismarckstraße 92 war auch von der Fahrbahn aus gut zu lesen. Jan musste nicht einmal anhalten. „Dr. Schubert", sprach er in seinen Integralhelm. „Schön wohnst du hier, Lisa."

Wider Erwarten konnte er auf den ersten Blick keine Sicherheitstechnik wahrnehmen, keine Kameras, keine Alarmanlage, was ihn sehr wunderte. Das war wenig wahrscheinlich. Er musste sich noch einmal in Ruhe umsehen und nachts wiederkommen.

Nach einigem Überlegen hatte Jan beschlossen, die Kommunikation zu Hannah über Lisa aufzunehmen. Kristin war viel zu sensibel und zu aufmerksam. Auch eine Observation in der Bismarckstraße war zu offenkundig. Hier fiel jeder Fremde, jedes Auto, was hier nicht hingehörte, störend auf. Er musste andere Wege gehen. Also reihte sich Jan in die Besucher des Krankenhauses Gehrden ein. Mit frischen Blumen tastete er sich bis zur Geburtsstation vor und erregte keinerlei Aufmerksamkeit. Selbst sein Besuch in der Kardiologie blieb völlig anonym und wurde kaum wahrgenommen. Er spürte eine hohe Anspannung bei den Stationsärzten und dem Pflegepersonal, die normalen Besuchern ohne Fragen keinerlei Aufmerksamkeit schenkten. Es gelang ihm sogar, auf beiden Stationen den aushängenden Schichtplan von Lisa und ihrem Mann, Dr. Schubert, einzusehen, was für seine weitere Planung sehr nützlich war.

Das Pflegepersonal sowie die Ärzteschaft nutzten die Cafeteria gemeinsam mit Patienten und Besuchern. Lisa rauchte nicht, sondern gönnte sich fernab der Hektik ihrer Station einen heißen Kaffee im Außenbereich. Dort schrieb sie SMS, WhatsApps und telefonierte auch mit Kristin und Hannah. Niemals hätte die Gynäkologin damit gerechnet, an diesem Ort beobachtet zu werden. Sie fühlte sich vollkommen sicher. Da Lisa oft allein oder mit einer Kollegin im Gespräch war, sah Jan keine Chance, an ihr Handy zu gelangen, um seine Trojaner zu installieren. Die Ärztin nutzte zudem keinen Code zum Entsperren, sondern ihren Fingerabdruck, was es nicht einfacher machte.

Er musste die Nacht nutzen.

Jan parkte seine BMW in einer Ecke des Krankenhausparkplatzes und musste sich für seine Erkundungstour auf dem nahe gelegenen Grundstück der Schuberts nicht einmal umziehen. Sein Motorradoverall aus Goretex quietschte nicht, wie seine Lederkombi, und war zudem leichter. Die Sturmhaube trug er eh unter dem Helm. In der Dunkelheit schlich sich Jan wie ein Indianer an das Grundstück heran. Er prüfte jeden Schritt, um zu vermeiden, dass er einen Alarm auslöste. Außerdem hoffte er, dass das Ärztepaar auch zu wenig Zeit für Hunde hatte, was sich bestätigte. Dr. Schubert hatte Nachtschicht, seine Frau war allein im Haus. Hannah hatte in der ersten Nacht im Haupthaus übernachtet und schlief jetzt erstmals im Gästehaus. Leider stellte er bei näherer Betrachtung doch Glasbruchmelder an den weißen Holzfenstern im Erdgeschoss fest. Nichtsdestotrotz war er perfekt vorbereitet. Mit seiner dimmbaren LED-Taschenlampe konnte er die Farben so mischen, dass der Lichtschein kaum wahrnehmbar war. Durch ein Eckfenster zum Wohnzimmer hatte er einen Blick auf den inneren Griff an der Tür zur Hauptterrasse. Der Griff war abschließbar, ein Schlüssel steckte nicht. Auch die Türinnenseite der Nebenterrasse konnte er einsehen. Hier steckte der Schlüssel, und er hoffte, dass er nicht umgeschlossen worden war. Er setzte einen 8er-Bohrer mit einem Akkubohrschrauber in das Holz unterhalb des Türgriffes an, was akustisch überhaupt nicht wahrnehmbar war. Dann führte er einen vorbereiteten starken Draht durch das Bohrloch, der sich um den Türgriff legte. Jetzt kam es darauf an. Ja, es klappte, die Tür war nicht verschlossen, der Türhebel ließ sich umlegen, und Jan konnte das Wohnhaus geräuschlos betreten. Mit einem mitgeführten Panzertape fixierte er die verursachten Holzspäne auf der Klebefläche und steckte es ein. Ein weißes Isolierband klebte er geschickt über die Bohrlöcher, dass die Beschädigung im Holz nicht mehr zu erkennen war. Er legte den Türhebel wieder um und drehte den Schlüssel, den er aber bewusst im Schloss stecken ließ.

Wie ein Einbrecher orientierte Jan sich im Erdgeschoss und stellte beruhigt fest, dass eine massive Steintreppe ins Obergeschoss führte, wo er das Schlafzimmer vermutete. So knarrte sie zumindest nicht. Völlig geräuschlos gelangte er ins Schlafzimmer und fand Lisa in dem großen Doppelbett alleine im Tiefschlaf vor. Ihm fiel ein Stein vom Herzen, als er ihr Handy mit angeschlossenem Ladekabel auf dem Nachttisch vorfand.

Lisa lag auf der linken Körperhälfte wie in einer stabilen Seitenlage. Ihre rechte Hand hatte sie auf dem Kopfkissen aufgelegt. Im Krankenhaus hatte Jan beobachtet, dass sie ihr Handy mit dem rechten Zeigefinger entsperrte. Genau das musste ihm hier und jetzt gelingen. Er kniete sich in Kopfhöhe vor ihr Bett, entfernte das Handy vom Ladekabel und schob es Millimeter für Millimeter auf dem Kopfkissen unter ihre Hand. Dabei konnte er ihren Atem trotz seiner Sturmhaube im Gesicht spüren. Seine schwarzen Nitril-Handschuhe griffen ihren Zeigefinger, um ihn auf den Fingersensor des Displays zu platzieren. Es klappte auf Anhieb, jedoch wurde das Display aktiviert und blendete sowohl Jan als auch Lisa, die abrupt nach Luft rang und den Kopf hob. Der Täter ließ sich instinktiv fallen und drückte das Handydisplay auf seinen Oberkörper, um den Lichtschein zu unterbinden. Lisa wälzte sich hin und her und stieg plötzlich aus dem Bett. Der Täter quetschte sich unter das hohe Bett und konnte nur um Millimeter verhindern, dass Lisa auf ihn trat. Hatte sie ihn bemerkt?

Lisa streckte sich, gähnte und verließ das Schlafzimmer. Noch immer wagte Jan kaum zu atmen und verharrte eingequetscht unter dem Bett. Kaum hörte er die Toilettenspülung, da kehrte die Ärztin zurück und legte sich wieder ins Bett. Minuten kamen Jan jetzt wie Stunden vor. Als der Atem seines Opfers wieder einen Schlafrhythmus gefunden hatte, wagte er sich langsam hervor. Lisa lag nun auf der anderen Körperseite. Jan musste auf die Bettseite steigen, auf der normalerweise ihr Mann schlief, um an ihre rechte Hand zu kommen. Sicherheitshalber hatte er sein Messer auf die Matratze gelegt, das er bereit war einzusetzen, falls etwas schiefging. Aber diesmal gelang es. Jan konnte das Handy mit ihrem Fingerprint entsperren und hielt das Display dabei abgedeckt. Anschließend legte er sich auf den Boden und übertrug per Bluetooth die nötigen Trojaner für den Vollzugriff auf Lisas Handy. Nach nur einer Minute kroch er auf die andere Bettseite, schloss das Handy wieder an das Ladekabel und verließ das Schlafzimmer. Genauso ruhig und bedacht trat er den Rückweg durch das Haus an.

Allerdings ging er jetzt zum Haupteingang, öffnete einen Flurschrank und entdeckte das Schlüsselbrett. Die Schlüssel für die Eingangstür waren durch ihre besondere Art schnell auszumachen. Hier fand sich ein Schlüsselbund samt Fahrzeugschlüssel, vermutlich von Lisa. Einen weiteren Schlüsselbund würde Dr. Schubert mitführen. Momentan hingen dort noch zwei weitere einzelne, anscheinend Ersatzschlüssel, die Jan in der Haustür ausprobierte. Sie passten beide. Ein weiterer Anhänger ließ ihn vor Freude fast in Jubel ausbrechen. Darauf stand „Gästehaus". Doch er widerstand. Er kam ja jetzt jederzeit wieder dran, dachte er. Einen Hauptschlüssel nahm der Einbrecher an sich, öffnete die Haustür und verschloss sie von außen wieder. Um die Bewegungsmelder nicht zu aktivieren, schlich er an der Hauswand entlang in den Garten. Er stoppte am Gästehaus und sah durch die Fenster. Obwohl die Vorhänge zugezogen waren, konnte er durch einen leichten Spalt das Bett sehen, in dem Hannah schlief. Instinktiv dachte er an den Schlüssel zum Gästehaus. Er durfte das Schicksal nicht weiter herausfordern. Heute Nacht hatte alles geklappt, und Vorfreude war nun mal die schönste Freude. Für den Moment musste sich Jan zwingen, Hannah in Ruhe zu lassen, damit die Sicherheitsvorkehrungen nicht verschärft wurden. Denn dann hatte er kaum noch eine Chance.

Bis bald, Hannah!

Das OFA-Team traf sich am Samstagnachmittag in der Dienststelle, um sich über den aktuellen Stand auszutauschen.

Thorsten Büthe eröffnete die Runde. „Weder am Wochenende noch nächste Woche sind unsere Experten für ein solch niederschwelliges Delikt in der Lage, den Audi TT von Hannah technisch zu untersuchen. Ich habe daher einen Kollegen von der Operativtechnik gebeten, den ich gut kenne, sich die Kiste einmal anzuschauen. Es hat einen GPS-Tracker unter dem hinteren Stoßfänger gefunden. Der Stalker konnte daher neben den Handydaten auch die Position des Audi TT bestimmen."

„Nach der gestrigen Nummer mit dem Smartphone und der Drohne wundert das wohl keinen mehr von uns, oder?", stellte Kristin fest.

„Hannah ist erst mal aus der Schusslinie und bei Lisa Schubert gut aufgehoben. Es hat derzeit keinen Zugriff auf Handy und Pkw gegeben, sodass eine Gefährdung minimal ist. Lisa und ich möchten Hannah gern auf andere Gedanken bringen. Wir würden gern mit ihr verreisen und könnten spontan ab Mittwoch eine Kreuzfahrt in der Adria buchen. Wäre das okay für euch? Dort ist sie sicher, und ich wäre euch dankbar, wenn ihr die Zeit nutzen könntet, dem Stalker auf die Schliche zu kommen und ihn festzunageln. Der Typ muss von der Straße, bevor noch mehr passiert", schlug Kristin vor.

„Von mir aus ist das okay. Dann können wir uns komplett um den Täter kümmern. Gibt es Einwände von euch?", fragte Thorsten in die Runde.

Carlotta warf ironisch ein: „Bei Kreuzfahrten mit OFA-Beteiligung habe ich immer ein ganz komisches Gefühl. Tut es nicht auch ein Bauernhof am Chiemsee?"

„Dann sollten wir wohl zur Sicherheit aller mitkommen", schlug Thomas lachend vor.

„Okay, wann geht's dann los, Kristin?", erkundigte sich der Teamleiter.

„Abflug ist Mittwoch um 7:20 Uhr von Hannover nach Korfu. Die Adriana legt dort um 22 Uhr in Richtung Venedig ab. Als Häfen werden Zadar und Dubrovnik in Kroatien, Kotor in Montenegro und Bari in Italien angefahren. Der Abflug ist nach einer Woche wieder von Korfu. Donnerstag bin ich wieder im Job, um dem Täter, den ihr dann ermittelt habt, tief in die Augen zu schauen. So ist der Plan", erhoffte sich Kristin.

„Dann hast du hiermit grünes Licht. Es ist sicher sinnvoll, dich bis dahin direkt um Hannah zu kümmern. Vielleicht fällt ihr vor eurem Abflug oder in der Urlaubswoche noch etwas ein, was uns bei den Ermittlungen helfen kann. Ich glaube zudem, dass es sinnvoll ist, euch zum Flughafen zu begleiten. Ist das okay?", schlug Thorsten Büthe vor.

„Prima, so machen wir das. Vielen Dank", bestätigte Kristin erleichtert.

Die Reisevorbereitungen wurden per Handy und E-Mail zwischen Lisa und Kristin und mit Hannah nur persönlich ausgetauscht. Die Moderatorin hatte momentan weder ein Bedürfnis, per Handy erreichbar oder gar über Facebook präsent zu sein.

Niemand rechnete mit Jans Teilnahme. Er verfolgte den E-Mailverkehr und die Einsicht in die Reiseunterlagen euphorisch und buchte sich auf dem Schiff in einer Doppelkabine ein. Man wusste ja nie, für wen man sie brauchen konnte. Er zog es allerdings vor, bereits am Dienstag ab Frankfurt zu fliegen, um nicht aufzufallen und um auf Korfu noch einiges vorbereiten zu können.

Seine Vorfreude wuchs stündlich, und er informierte sich über die bereits geplanten Ausflüge der drei Damen auf einer spannenden Adriatour.

So konnte er den ganzen Ermittlungsdruck der Profiler hinter sich lassen und sich vollkommen auf seine Mission konzentrieren.

Jan war wieder im Spiel.

Kapitel 7 – Reisevorbereitungen

Während Jan die Reisevorbereitungen der Freundinnen nun wieder ungestört und sicher vor einer möglichen Entdeckung verfolgen konnte, beauftragte Thorsten die versierte Analytikerin der Zentralstelle Gewalt, Jana Strassfurt. Sie sollte sich mit Recherchen um Stalkingfälle und die Einsätze von Drohnen in solchen oder ähnlichen Konstellationen befassen.

Die OFA selbst stand momentan vor personellen Veränderungen. Nina Bachmann hatte sich auf einem BKA-Lehrgang in einen Schweizer Kollegen verliebt. Kurz darauf war sie dem Angebot, in Bern als Profilerin zu arbeiten, nachgekommen. Die neuen Kollegen hatten sie bei der Suche nach einer bezahlbaren Wohnung unterstützt, in die sie mit ihrer Tochter nun schon Anfang Mai einziehen konnte.

Ninas Abschiedsfeier war in der Woche nach der Kreuzfahrt geplant, damit auch Kristin daran teilnehmen konnte.

Aktuell stand die OFA in der Vorbereitung einer Cold-Case-Analyse aus 1992. Im Bereich Duderstadt war seinerzeit ein fünfjähriger Junge entführt und drei Wochen später ermordet aufgefunden worden. Vor seiner Tötung hatte man ihn sexuell missbraucht. Ein Täter konnte bislang nicht ermittelt werden.

Das Profiler-Team hatte die kompletten Fallakten samt der noch vorhandenen Spurenlage bereits ausgewertet und wollte mit Auslaufen der Adriana auf Korfu die Fallanalyse beginnen.

Durch die spontane Kreuzfahrt von Kristin konnten neben Thorsten Büthe und der Psychologin Carlotta Bayer-Westholdt auch noch Maik Holzner und Thomas Schulte an der Fallanalyse teilnehmen. Somit war die gesamte OFA in diesen Cold Case eingebunden.

Parallel musste die personelle Nachfolge von Nina vorbereitet werden. Dies gestaltete sich schwierig. Ihre fallanalytische und sozialwissenschaftliche Kompetenz war schwer zu ersetzen. Für die OFA-Dienststellen galten bundesweit sogenannte Qualitätsstandards, die die Vorqualifizierungen der Bewerber einheitlich regeln. Die neuen Teammitglieder sollten bereits mehrere Jahre praktische Erfahrungen in Fachkommissariaten für Tötungs- und Sexualdelikte gesammelt haben. Es war unerlässlich, dass Themen wie kriminaltechnische und rechtsmedizinische Herausforderungen in diesen Deliktsbereichen beherrscht werden mussten, um in der OFA einsteigen zu können. Ein weiterer, aber wesentlicher Aspekt war die uneingeschränkte Fähigkeit, sich in dieses Team integrieren zu können. Durch die enge, fachlich qualifizierte und oft auch belastende Arbeit in der OFA war auch die soziale Zusammensetzung ein prägender Schwerpunkt, damit das System OFA als kompetentes Beraterteam funktionierte. Wie bei den vergangenen Neubesetzungen, suchte man stets die Nadel im Heuhaufen. Neben den allgemeinen Qualifikationsmerkmalen gab es ein immens wichtiges Kriterium bei der Personalauswahl, das als ein Garant für Arbeitsbereitschaft, -moral und Kompetenz galt: Leidenschaft.

Neue OFA-Mitglieder mussten brennen, um die Mitglieder der Mord- und Ermittlungsgruppen oder die der Sonderkommissionen in der Beratung anstecken zu können. Brannten schon die Berater nicht, ließ sich auch kein Feuer entfachen, welches in den Ermittlungen für Dynamik und Kreativität sorgte. Daher wurde in den internen sozialen Medien und Netzwerk-Veranstaltungen viel Zeit und Fleiß investiert, um schon im Vorfeld unverbindliche Aufklärungsgespräche mit interessierten Kollegen und Kolleginnen zu führen. Ziel war es, sich kennenzulernen und gegenseitig einschätzen zu können.

Thorsten wäre eigentlich zu diesem Zeitpunkt gerne etwas kürzergetreten und flexibler geblieben, da seine älteste Tochter Celina in den nächsten Tagen ihr erstes Kind erwartete. Ja, Vicci und Thorsten wurden Großeltern. Ein tolles Gefühl und sowohl die Vorfreude als auch die Aufregung waren riesig. Vicci und Celina tingelten in den letzten Wochen ausgelassen durch Kinderläden, um die kleine Lea, wie der kleine Fratz heißen sollte, gebührend auf dieser Welt begrüßen zu können.

Thorsten war zuversichtlich, seiner Tochter Celina und Vicci dann zur Seite stehen zu können, wenn er als frischgebackener Opa gebraucht wurde.

Alles schien perfekt. Hannah war in den Händen seiner Stellvertreterin Kristin gut aufgehoben und auf der Adria aus der Schusslinie des Stalkers, sodass für die nächste Woche nicht mit aktuellen Einsätzen zu rechnen war. Eine Cold-Case-Analyse war zudem auch von den Arbeitszeiten her kalkulierbar, sodass der OFA-Leiter einen gewissen Freiraum für seine neue Großvaterrolle haben würde.

Er sollte sich täuschen.

Kapitel 8 – Start

Jan hatten seinen Flug von Frankfurt nach Korfu gut überstanden und landete bei 25 Grad auf der zweitgrößten und nördlichsten Insel im Ionischen Meer. Die 20 Kilo Freigepäck hatte er voll ausgeschöpft und sich bewusst auf ein Equipment konzentriert, dass er auf der Fahrt nutzen und auch ohne Probleme durch die strengen Sicherheitskontrollen im Flughafen sowie durch die der Adriana schleusen konnte.

Im Hotel Corfu Mare war er für eine Nacht untergekommen, damit er die quirlige Altstadt erkunden konnte, falls sich die drei Freundinnen vor dem Auslaufen noch einen Bummel gönnen sollten.

Mit dem Taxi benötigte er nur 15 Minuten. Das Hotel lag in fußläufiger Entfernung zum Anleger der Adriana, sodass Jan frühestmöglich einchecken konnte. Schließlich musste er sich an Bord vorab orientieren, um allen Situationen gewappnet zu sein.

Er nutzte den Dienstagabend für einen Altstadtbummel, genoss die typische ionische Küche in einem Hafenrestaurant mit Blick auf den Anleger, an dem die Adriana gegen 8 Uhr am Mittwochmorgen anlegen würde.

In seinem Kopfkino, welches durch ein zartes Lammcarré kulinarisch bereichert wurde, liefen Szenarien aus einem Thriller mit hohen sexuellen Anteilen ab. Nur hatte Jan nicht die Rolle des MI6-Agenten James Bond, sondern die des Phantoms, das sich nahm, was ihm gehörte. Konsequent und – wenn es sein musste – auch mit Gewalt. Er fühlte sich in dieser Rolle wohl und traute sich zu, sie kompetent auszufüllen. Jan hatte schließlich schon viel Zeit, Energie und auch eine Menge Geld investiert, um Hannah für sich zu gewinnen. Hätte sie ihn bereits in Hannover beachtet und auf seine Signale positiv reagiert, wäre dieser Aufwand nicht nötig gewesen. Sie hätten diesen Abend gemeinsam vor dem Kamin in ihrem kleinen Häuschen in Großgoltern verbringen können. Vor allem die negativen Einflüsse von Lisa und Kristin machten ihn rasend. Ohne ihre Manipulationen wären Hannah und er vielleicht schon längst ein Paar. Seine Gewaltfantasien projizierte Jan auf die Freundinnen und bedachte sie mit allen sadistischen Facetten seiner Problemlösungsstrategie.

Die skurrilen Tagträume steigerten sich über die Nacht hinaus, wobei er sich am Mittwochmorgen mit einem zynischen Lächeln gern an jedes Detail erinnerte und voller Vorfreude in den sonnigen Frühlingstag startete.

Während des Frühstücks beobachtete Jan das Anlegemanöver der Adriana und das Ausschiffen der Passagiere. Die Mädels würden gegen 10 Uhr auf Korfu landen und samt Gepäckservice und Transfer etwa um

11 Uhr am Anleger sein. Jan hoffte, eher einschiffen zu können und das Trio, wenn auch erst konspirativ, an Bord zu begrüßen.

Kapitel 9 – Kreuzfahrerinnen

Thomas Schulte und Maik Holzner hatten sich mit zwei LKA-Dienstwagen schon früh auf den Weg gemacht, um ihre Kollegin Kristin abzuholen und dann Lisa sowie Hannah in Gehrden mitzunehmen. So konnten sie mit Kristin die letzten Absprachen treffen und sich auf den aktuellen Stand bringen lassen.

„In den letzten Tagen gab es keine Vorfälle, die mit dem Stalker in Verbindung zu bringen waren. Hannah ist konsequent geblieben und hat sich kein neues Handy bestellt. Ihren Facebook- und Instagram-Account hat sie in Absprache mit mir laufen lassen, um zu schauen, wer sich dort alternativ tummelt. Aber auch dort waren keine Auffälligkeiten festzustellen. Die Überwachungen der Kollegen aus Barsinghausen verliefen ebenfalls negativ, sodass wir wohl beruhigt auf große Fahrt gehen und euch hier das Zepter überlassen können“, resümierte die stellvertretende OFA-Leiterin.

Während Maik den VW Bulli mit verdunkelten Scheiben um halb sechs morgens vor der Villa des Ehepaares Dr. Schubert parkte, beobachtete Thomas die Lage in einem unauffälligen VW Polo GTI am Rand der Bismarckstraße. Zu dieser Zeit war in dem noblen Viertel noch niemand unterwegs. Die Anwohner der Villengegend mussten nicht so früh in ihren Kanzleien oder Arztpraxen erscheinen. Selbst Fahrzeuge waren kaum auf den Straßen geparkt. Die meisten standen geschützt in Doppelgaragen oder zumindest auf den großzügigen Grundstücken. Maik fuhr vorsichtshalber noch durch die Straßen, die in den Ortskern führten. Aber auch hier fiel ihm nichts auf, was ihnen gefährlich werden konnte.

Doktor Schubert trug seiner Frau und Hannah die Koffer in den VW Bus, während Thomas die Straße und das Umfeld im Blick behielt. Das Ärztepaar verabschiedete sich mit einem innigen Kuss voneinander. Hannah nahm Siegbert Schubert herzlich in den Arm, küsste ihn auf die Wange und flüsterte fast: „Vielen Dank für alles, Siggi, und bis bald."

Während Thomas die Kreuzfahrerinnen sicher durch den beginnenden Berufsverkehr chauffierte, folgte Maik in sicherem Abstand. Er achtete auf Fahrzeuge, die dem VW Bulli über kleine Landstraßen auf dem nicht immer kürzesten und eher indirekten Weg zum Flughafen folgten. Maik teilte Thomas in Seelze über Funk mit, dass er nun ohne Bedenken direkt über die Autobahn zum Flughafen fahren könne. Eine Verfolgung konnte Maik ausschließen. Die beiden Profiler begleiteten das Urlaubstrio zum Check-in in Terminal C. Dann verabschiedeten sie sich. Hannah und Lisa wünschten sie eine tolle, erholsame Woche.

Maik hakte bei Kristin nach: „Sollen wir die Passagierliste kopieren und die männlichen Fluggäste checken, Kristin?"

„Ich glaube nicht, dass es erforderlich ist. Wenn wir die Kreuzfahrt nicht überleben sollten, könnt ihr das immer noch nachholen", scherzte Kristin und winkte ihren Kollegen zu, die nun doch ein wenig neidisch zurückblieben.

Lisa und Hannah passierten den Check-in-Bereich gut gelaunt und ließen sich unbefangen in die Ledersitze des Abflugterminals sinken. Kristin beobachtete die anderen wartenden Fluggäste. Sie versuchte insbesondere, allein reisende Männer zu scannen, ob sie ein auffällig unauffälliges Interesse für Hannah zeigten. Lisa fiel dieser Blick und die mangelnde Konzentration von Kristin in ihren Gesprächen auf.

„Na, Bodyguard, komm mal runter, oder glaubst du, unser Flieger wird entführt?", mahnte Lisa.

„Du hast ja recht. Manchmal geht die Polizistin in mir mit mir durch", rechtfertigte sich die Profilerin und ärgerte sich über sich selbst.

Wie hätte der Stalker auch von dieser Reise erfahren sollen? Sie hatten Hannahs Social-Media- und Handykontakte komplett blockiert und ihr Haus technisch überprüfen lassen. So langsam musste sich auch Kristin an den Urlaubsmodus gewöhnen und sich wieder auf die euphorischen Planungen für die Landausflüge einlassen. Jetzt hieß es einfach nur noch richtig entspannen.

Sie hatten nach einer kompetenten Beratung eine Verandasuite gebucht, in der sie zu dritt genug Platz und eine tolle Aussicht am Bug der Steuerbordseite hatten.

Wider Erwarten war diese Variante sogar preisgünstiger als eine Doppel- und eine Einzelkabine gewesen.

Während des Fluges war ein fescher Steward für ihren Bereich zuständig, der Hannah, die ausgerechnet auch noch am Gang saß, ein smartes Lächeln zuwarf, was Hannah geschmeichelt erwiderte. Er schien sich seiner Wirkung auf die weiblichen Gäste durchaus bewusst zu sein.

„Hey, Hannah, Vorsicht, sonst wird er von Kristin gleich zu Boden gerissen und über der Adria aus dem Flieger geworfen", scherzte Lisa.

„So wie der aussieht, hat er andere Vorlieben als Frauen in der Midlife-Crisis. Ich kann ja mal an der Kabinentür zum Cockpit klopfen. Ich glaube, der Kapitän ist um die 50 Jahre alt, das passt dann wieder", vermutete Hannah lachend.

„Lieber nicht. Wenn Kristin ausgerechnet den Kapitän festsetzt, wird's gefährlich", schmunzelte Lisa.

Kristin lachte und ersparte sich einen entsprechenden Kommentar.

Der Flug und auch die Ankunft auf Korfu verliefen problemlos, neue Beziehungen hatten sich nicht ergeben. Selbst Kristin stellte nach einer doch intensiven Prüfung der männlichen Fluggäste am Kofferband im Ankunftsterminal keine Auffälligkeiten fest und spürte endlich ein leichtes Urlaubsfeeling. Bei sommerlichen Temperaturen traten die Freundinnen aus dem Flughafen und ließen sich in einem Taxi zum Anleger der Adriana chauffieren. Das Kreuzfahrtschiff fasste bei Vollbelegung 2500 Passagiere, überragte mit seiner Größe selbst die hohen Hafengebäude und war aus dem Taxi schon von Weitem zu sehen.

Die Freundinnen jubelten ausgelassen, wobei sich Kristin auf dem Beifahrersitz erst anschloss, als Lisa ihr in die Rippen boxte. Ihr Taxifahrer lachte und stellte die Lautstärke des griechischen Folkloresenders lauter. Die Reaktion seiner Fahrgäste war ihm nicht unbekannt, und je mehr er die Stimmung anheizte, desto großzügiger fiel das Trinkgeld aus, was sich bestätigte, als er das Gepäck der drei Freundinnen auslud.

Ausgelassen wie Teenager liefen sie mit ihren großen Rollkoffern auf das Cruise-Terminal zu, als würden sie schon in den nächsten Sekunden auslaufen. Beinahe enttäuscht mussten sie sich jedoch in der Schlange der weiteren Passiere anstellen und sich durch eine mit Absperrbändern markierte Zickzackstraße allmählich vorarbeiten. Als Kristin auch hier noch ihren dienstlichen Blick durch die Passagiere schweifen ließ, stupste Lisa sie kurz an und warf ihr nur einen Blick zu. Kristin lächelte leicht, konnte aber nicht aus ihrer Haut und scannte erneut die männlichen Mitreisenden. Hannah war gut drauf und kam mit einer Gruppe aus drei Pärchen ins Gespräch, die aus Düsseldorf angereist waren und sich als erfahrene Adriana-Gäste mit einem sogenannten Goldstatus outeten. Sie hatten mit der Reederei schon über 150000 Seemeilen gesammelt und genossen besondere Vorteile an Bord. Leider gehörte die bevorzugte Abfertigung beim Check-in nicht dazu. Vor ihnen lag dieselbe Sicherheitsüberprüfung, die sie bereits am Flughafen Hannover absolvieren mussten, was Kristin etwas beruhigte. Waffen oder gefährliche Gegenstände an Bord zu schmuggeln, war durch die strenge Kontrolle schlicht unmöglich.

Die großen Koffer, die ihr Maximalgewicht von 20 kg erreicht hatten, wurden vor die Suite gebracht, sodass sie, wie in der Sendung „Das Traumschiff", lediglich mit ihrem Handgepäck die Gangway hochliefen. Am Counter der Rezeption wurde jeweils ein digitales Foto geschossen und ihre Ausweisdokumente gegen die durch Lichtbild personalisierte Bordkarte ergänzt. Diese Bordkarte diente während der Landausflüge als offizielles Ausweisdokument und ebenso als Zahlungsmittel an Bord. So war es auf der Adriana nicht erforderlich, Bargeld oder Kreditkarten mitzuführen. Alles war im Safe der Kabine gut aufgehoben. Die Gesamtsumme wurde erst nach der Reise beim Auschecken fällig. Unkomplizierter konnte man sein Geld an Bord nicht ausgeben.

Auf Deck 12 betraten sie ihre Suite, die über eine erstaunliche Größe von fast 40 Quadratmetern und eine fast komplette Verglasung entlang der Veranda verfügte. Von hier aus genossen sie einen uneingeschränkten Blick auf den Hafen von Korfu-Stadt.

„Wow, das war ein toller Tipp und kein Vergleich zu einer Balkon- geschweige denn einer Einzelkabine", stellte Lisa fest.

Sie köpften die Prosecco-Flasche, die in einem Sektkühler mit Eiswürfeln und drei Gläsern als Begrüßung für sie bereitgestellt war, und genossen den Ausblick von ihrer Veranda.

Sie waren endlich angekommen und hatten eine unbeschwerte Woche an Bord samt toller Destinationen an der Adria vor sich. Der eigentliche Grund dieser Reise und auch der Stalker selbst waren in diesem Ambiente kein Thema mehr.

Auch nicht bei Kristin, was sich ändern sollte.

Kapitel 10 – An Bord der Adriana

Jan hatte sein normalerweise biederes Äußeres gegen ein modernes Outfit mit Sneakers, sportlichen Shorts und einem Skater-T-Shirt getauscht. Er hatte seinen Haarkranz glatt rasiert und fand sich mit Vollglatze fast attraktiver und durchaus cooler als zuvor. Um sich nicht gleich einem Sonnenstich auszusetzen, trug er eine farblich abgestimmte Basecap. Im Spiegel betrachtet, war er sich selbst fremd, was für seine Zwecke auf der Adriana förderlich war. Er musste feststellen, dass er sich in seiner neuen Rolle durchaus gefiel.

Nach seinem frühen Einchecken stand Jan geduldig mit einer Vielzahl weiterer Passagiere auf Deck acht und beobachtete die ankommenden Gäste, die über die Gangway auf Deck fünf zur Rezeption geführt wurden.

Endlich! Da kamen sie. Ausgelassen schossen die drei Freundinnen Selfies von der Adriana, bevor sie die Gangway erreichten. Hannahs helle Kurzhaarfrisur strahlte im Sonnenlicht Korfus. Ihre sportliche Figur und die grazilen Bewegungen in dem leichten Sommerkleid lösten umgehend erotische Fantasien bei ihm aus. Er genoss die Vorstellung, mit Hannah Teil dieser kleinen Stadt auf dem Wasser mit nur 3100 Einwohnern samt Besatzung zu sein. Wenn auch das Platzangebot der Adriana sehr großzügig wirkte, so war es doch auch begrenzt, insbesondere, wenn man seine Fluchtmöglichkeiten auf hoher See bedachte. Für einen Jäger waren das dennoch ideale Bedingungen, um sein Wild in die Enge zu treiben, um es letztendlich festzusetzen und dann zu ...

Jan zügelte sich und atmete tief durch. Er wollte sich an Bord inspirieren lassen, welche Möglichkeiten sich ihm hier und auf den Landausflügen boten. Noch hatte er keinen festen Plan; und wenn er einen hatte, würde er daran feilen, bis alles perfekt war. Der Informatiker war projektaffin und sequenzierte seine Ziele. Hatte er eines erreicht, wurde das nächste definiert, der Weg und Aufwand zur Zielerreichung abgewägt und umgesetzt.

Sein erstes Projekt betitelte er als „erste Aufklärung“. In dieser Phase suchte er sich einen Platz in der Ocean-Bar und war gespannt, mit welcher Kabinennummer sich Lisa im Bordportal anmelden würde. Hierüber bekam er jede Information – selbst welche Ausflüge sie buchte und welche Getränke sie in welcher Bar konsumierte, konnte er einsehen.

Er war dran, wollte sich langsam an seine Beute heranschleichen und zuschlagen, wenn niemand damit rechnete.

Kapitel 11 – Alltagsroutine

Das restliche OFA-Team des LKA Niedersachsen hatte sich im Analyseraum versammelt und klärte die Fragen zu der Cold-Case-Analyse des getöteten fünfjährigen Hannes. Den Posten des sogenannten Verantwortlichen Fallanalytikers hatte Maik Holzner übernommen, um Thorsten in Aussicht auf die Geburt seiner Enkeltochter zu entlasten. Eine Aufgabe dieses Postens war die Vorbereitung und Moderation der Fallanalyse. Maik hatte die komplette Ermittlungsakte aus insgesamt acht Bänden samt 153 Spurenordnern mit etwa 1200 Seiten gelesen.

Die Aufgabe der OFA bestand primär darin, die Tat anhand der möglichst vollständigen und unbefangenen Opferpersönlichkeit, den rechtsmedizinischen Befunden sowie der objektiven Spurenlage am Leichnam und Tatort zu rekonstruieren. Dazu war es erforderlich, dass der Moderator die Aktenauszüge für das Analyseteam nicht nur strukturierte, sondern von subjektiven Eindrücken wie zum Beispiel Zeugenaussagen, eigenen Rekonstruktionen der aktuellen oder damaligen Mordkommission sowie bereits in den Fokus geratenen Tatverdächtigen freihielt. Diese nicht validen Aussagen könnten den in der OFA-Analyse erforderlichen unbefangenen, objektiven Ansatz massiv gefährden und zu falschen Aussagen führen. Durch diesen methodischen Ansatz galt das Team als Korrektiv und hinterfragte dementsprechend sämtliche Angaben und Aussagen, die sich nicht aus dem ihnen bekannten Aktenbestand ergaben.

Neben Maik Holzner hatten sich der OFA-Leiter, Thorsten Büthe, die Psychologin Carlotta Beyer-Westholdt und Thomas Schulte im Analyseraum zum Briefing eingefunden. In diesen Runden waren Handys auf dem Tisch absolut tabu, wobei das Team ausnahmsweise für Thorsten eine Ausnahme zuließ. An diesem Tag blieb bei Celina jedoch alles ruhig und noch entspannt.

Die Profiler gingen die Tatort- und Obduktionsfotos Schritt für Schritt durch und erörterten entsprechende Fragen, die sich aus dem Aktenstudium ergeben hatten. Ließen sich diese Sachverhalte nicht im Team klären, mussten Rechtsmediziner und entsprechende Wissenschaftler im LKA konsultiert werden, um deren Expertise einzuholen.

Hannes war 1992 in Göttingen obduziert worden. Das Team sah es als erforderlich an, mit Professor Graumann, Leiter des Instituts für Rechtsmedizin an der Universitätsklinik in Göttingen, persönlich zu sprechen und mit ihm einige Passagen aus dem Sektionsprotokoll für alle verständlich abzuklären. Hier galt es die Umstände der diagnostizierten sexuellen Gewalthandlungen und der Tötung an sich detailliert zu skizzieren. Nur so gelang dem OFA-Team eine mögliche Aussage über die sexuellen Neigungen und Machtbedürfnisse des Täters zu treffen.

Das Analyseteam verband diesen Termin mit einer vorherigen Tatortbesichtigung in dem kleinen Dorf Breitenberg, nordöstlich von Duderstadt. Hier war Hannes auf seinem Kinderrad letztmalig in der Straße vor seinem Elternhaus gesehen worden. Seinen Leichnam hatte man drei Wochen später in Thüringen, südöstlich der Ortschaft Ecklingerode, in dem kleinen Fluss Brehme tot aufgefunden.

Das Team fuhr das Umfeld und sämtliche möglichen Wege der relevanten Tatörtlichkeiten ab, um sich ein Bild über die geografischen Umstände machen zu können. Die direkte Entfernung vom sogenannten Verschwindeort bis zum Leichenfundort betrug lediglich vier Kilometer.

Bei solchen Delikten blieb jedoch stets die Ungewissheit, wo genau Hannes sexuell missbraucht und getötet wurde. Das konnte auf dem direkten Weg, in einem Gebäude, einem Fahrzeug oder auch an einem für den Täter ungestörten Platz in der Natur oder auch fernab dieser bereits bekannten Örtlichkeiten sein.

Die Profiler prüften, ob es dem Täter in Breitenberg gelungen sein konnte, Hannes kampflos in ein Fahrzeug zu sperren oder ob er Gewalt anwenden musste. Hier war es relevant, wie einsehbar dieser Ort von Anwohnern war, wenn sie überhaupt zu Hause waren. Das

Team wechselte die Perspektiven von Opfer, Täter und etwaigen Beobachtern und versicherte sich stets anhand der damaligen Tatortfotos, welche Situation seinerzeit geherrscht und was sich heute verändert hatte.

Mit diesen Eindrücken suchten sie gut vorbereitet Professor Graumann auf, dem das Sektionsprotokoll von 1992 vorlag. Der damalige Obduzent war sein Vorgänger gewesen, mit dem er noch als junger Rechtsmediziner zusammengearbeitet hatte. Der leitende Rechtsmediziner kannte daher auch individuelle Formulierungen, die sein Vorgänger benutzt hatte, und war somit ein kompetenter Berater des OFA-Teams.

Eine wesentliche Frage der Profiler war, ob Professor Graumann nach aktuellem medizinischen Kenntnisstand beurteilen konnte, ob zwischen Tötung des Jungen und Einbringen des Leichnams in die Brehme ein bestimmbarer Zeitraum lag oder ob der Täter sein Opfer zeitnah zur Tötung im Wasser abgelegt hatte.

Ein weiterer wesentlicher Aspekt war die Liegezeit im Wasser. Betrug sie weniger als drei Wochen, musste das Profiler-Team von einer Zwischenlagerung nach zeitnaher Tötung zur Entführung oder gar von Tathandlungen über einige Tage nach der Entführung und einer späteren Tötung ausgehen. Diese Umstände waren ein wesentlicher Bestandteil für eine Einschätzung der Tätertypologie und unterschieden sich erheblich.

Professor Graumann war ein absoluter Experte in seinem Fach, aber kein Hellseher und Zauberer. Nach tage- oder gar wochenlanger Liegezeit im Wasser ließen sich Verletzungsmuster und eine Todeszeitbestimmung nicht mehr detailliert diagnostizieren. Das OFA-Team machte sich voller wichtiger Eindrücke, aber nicht umfassend zufrieden, zurück auf den Heimweg. Thorstens Handy blieb ruhig. Mit diesen neuen Informationen hatten sie sich für den nächsten Morgen zur ersten Phase der Fallanalyse, der Tathergangsrekonstruktion, verabredet.

Noch aus dem Büro rief Thorsten bei seiner Frau Vicci an: „Und?“, fragte er nur.

„Falls du mit ‚und‘ die Frage meinst, ob dein Enkelkind geboren worden ist, kann ich nur mit einem klaren ‚Nein‘ antworten. Denkst du nicht, dass ich es dir gesagt hätte?“, konterte Vicci mit einem leichten Zynismus und ergänzte: „Celina ist bei uns und wartet auf dich. Bist du auf dem Weg?“

Der Opa in spe sprintete fast aus dem Gebäude am Waterlooplatz, forderte seinen BMW X2 in der Rushhour aufs Äußerste und kam nach 30 Minuten in der Doppelhaushälfte in Isernhagen an. Der 3er-Kombi von Celina und ihrem Mann Bastian parkte direkt vor dem Grundstück. Hier wurde Thorsten von Vicci und Celina mit einer innigen Umarmung begrüßt, die bei seiner hochschwangeren Tochter kaum noch möglich war.

Nachdem sie am Esstisch Platz genommen hatten, fiel Thorsten auf, dass sein Schwiegersohn gar nicht da war. „Wo ist denn Basti?“, fragte er verwundert.

Celina antwortete selbstbewusst: „Der bringt die Fußleisten im Erdgeschoss an. Wieso fragst du, Paps?“

Bastian und Celina hatten in Hannover-Buchholz ein altes Haus gekauft und waren seit mehr als einem Jahr mit dem aufwendigen Umbau beschäftigt. In der aktuellen Situation im Baugewerbe war es ein Segen, dass Bastian und sein Bruder handwerklich talentiert waren. Mit ihren Hilfsarbeitern, zu denen sich auch Thorsten zählte, stellten sie viel in Eigenleistung fertig.

Thorsten war nicht nur verwundert, sondern auch ein wenig sauer. „Basti lässt dich in deinem Zustand noch allein Auto fahren?"

Celina kannte ihren Paps und wusste auch, dass er sich einfach nur sorgte. „Ich bin schwanger und nicht behindert. Manchmal nutze ich sogar den Kick-down, um sofort wieder abzubremsen, damit es endlich losgeht", konterte sie ironisch.

„Und was ist, wenn es jetzt losgehen würde?", bohrte der besorgte Vater weiter.

„Wenn die Fruchtblase hier platzt, kannst du mich ja fahren. Dann saue ich deinen schönen X2 ein und Basti kann noch die Fußleisten fertigmachen", frotzelte Celina.

Jetzt mussten alle drei lachen, und die Lage war bereinigt.

Nach dem gemeinsamen Abendessen und einer Portion für den fleißigen Schwiegersohn machte sich Celina auf den Rückweg.

„Melde dich, wenn du angekommen bist, okay?", bat Thorsten, worauf ihm seine Tochter zuzwinkerte und ihren Eltern aus dem Auto noch einen Flugkuss zuwarf.

Dann schoss sie mit zügiger Fahrweise die Anliegerstraße hinunter.

„Das macht sie jetzt extra", ärgerte sich Thorsten, worauf Vicci ihn unterhakte und liebevoll zurück ins Haus führte.

„Na, du Superbulle, das ist jetzt zu viel Aufregung für dich", lästerte Vicci mit einem Seitenhieb, der es auf den Punkt brachte.

Der Profiler-Chef war privat sanft, fürsorglich und würde alles für Vicci, Celina und Emma, seine jüngste Tochter, sowie sämtliche künftigen Enkelkinder geben.

Kapitel 12 – Korfu

Die Freundinnen hatten sich in ihrer Suite eingerichtet und berieten, wie sie den Tag noch gestalten wollten. Die Adriana sollte erst um 22 Uhr ablegen, sodass alle Passagiere bis halb neun an Bord sein mussten.

„Wollen wir erst mal das Schiff besichtigen?", schlug Lisa vor.

Kristin war kreuzfahrterfahren und bot eine Alternative an:

„Viele Passagiere reisen heute noch an, die Läden an Bord bleiben geschlossen, und wir haben morgen einen ganzen Seetag vor uns, bevor wir in Venedig anlegen. Vor unserer Nase liegt eine der schönsten Hafenstädte der Welt, die historisch fast 500 Jahre zu Venedig gehörte. Allein architektonisch erinnert die Altstadt Korfus sehr an die italienische Lagunenstadt und nicht ohne Grund gehört sie zum UNESCO-Weltkulturerbe. Wir haben noch fast acht Stunden Zeit, um durch die kleinen Gassen mit den einladenden Boutiquen zu schlendern. In den Hinterhöfen befinden sich Kneipen und Restaurants, in denen wir schlemmen können. Wollen wir dort mit einem leckeren Glas Wein auf die Tour anstoßen? Was meint ihr?"

Ihre beiden Freundinnen zeigten sich erstaunt: „Donnerwetter, hast du einen Reisebericht auswendig gelernt oder warst du schon öfter hier?“

„Wir haben die Tour vor sechs Jahren mit unseren beiden Jungs unternommen und waren von dem historischen Vortrag eines Lektors an Bord begeistert. Mit diesem Hintergrundwissen haben wir Korfu und auch Venedig von einer ganz anderen Seite betrachtet. Das war für uns alle unheimlich interessant. Wir lieben es, auf unseren Reisen über den touristischen Tellerrand zu schauen. So entdecken wir meist wunderschöne Ecken abseits der bekannten Attraktionen“, klärte Kristin auf.

„Da haben wir ja die ideale Reiseleiterin im Team. Ich bin dabei. Was meinst du, Lisa?“, positionierte sich Hannah.

Lisa stimmte zu, sodass sich das Trio auf den Weg von Bord in die Altstadt machte. Ihre Kreditkarten nahmen sie sicherheitshalber mit. Man konnte ja nie wissen, was für ein Schnäppchen einem über den Weg lief.

Durch winzige Straßen und Gässchen ließen sie sich von Kristin leiten. Ein kurzer Fußweg führte sie auf eine kleine Halbinsel am Hafen. Hier stand die alte Festung von Kerkyra, wie Korfu-Stadt eigentlich genannt wurde. Von dort aus hatten sie einen direkten Blick auf den Liegeplatz der Adriana, den sie für die ersten Erinnerungsfotos und Selfies als Kulisse nutzen. Euphorisch schlenderten sie durch die Läden unter den Kolonnaden, die zwar ziemlich touristisch orientiert waren, aber ein Muss für jeden Korfu-Besucher darstellten. Anschließend besuchten sie die zwei beliebtesten Kirchen der Stadt, die Mitropolis und Agios Spiridon, bevor sie in das Studentenviertel Kerkyras eintauchten und sich von einem Laden in den nächsten treiben ließen. Hier fanden sie auch die kleinen Kneipen mit den landestypischen Leckereien, fernab der touristischen Hotspots. In einem entzückenden Hinterhof, unter Leinen voll frisch gewaschener Wäsche, kehrten sie in einer Taverne ein und genossen ionische Spezialitäten, die in Form von Tapas gereicht wurden. Mehrfach orderten sie den fruchtig aromatischen Rotwein nach. In einer Runde junger Menschen waren sie die Einzigen, die sich auf deutsch unterhielten. Der Gast mit der Baseball-Cap, der an der Theke saß, sein alkoholfreies Bier trank und mit den Airpods in seinen Ohren versunken in sein Handy starrte, fiel ihnen nicht auf. Trotz der lauten und gut gelaunten Gespräche der griechischen Studenten konnte er der Konversation dieser deutschsprachigen Gruppe folgen und genoss dabei die anonyme Atmosphäre dieser Hinterhofkneipe.

Gegen 20 Uhr kehrten sie nach einem viel zu kurzen, aber intensiven Streifzug durch die Altstadt in angenehmer Weinlaune an Bord der Adriana zurück. Die Ausflüglerinnen brachten ihre Einkaufstüten ohne Beanstandungen durch den Sicherheitscheck und zeigten sich in ihrer Suite gegenseitig die neuen Kleider, Blusen und Röcke, die sie gerade erstanden hatten. So begann eine vielversprechende Urlaubswoche an Bord der Adriana.

Jan hatte auf ihre spontanen Ausflugspläne rechtzeitig reagieren können und hängte sich in sicherem Abstand an das Trio. Er war erstaunt, mit welcher Ortskenntnis die Profilerin ihre Freundinnen durch Gassen und an Plätze führte, die er als normaler Tourist nie aufgesucht hätte. Auch er war von Kerkyra derart begeistert, dass er fast seine Observation vernachlässigt hätte. Mittels seiner Spy-App behielt er jedoch stets die Kontrolle über seine Zielpersonen. Und durch den Zugriff auf das Mikrofon von Lisas Handy blieb er auch akustisch auf dem Laufenden. Es beruhigte und bestätigte ihn insbesondere in seiner Planumsetzung, dass nicht einmal die LKA-Beamtin auch nur den Ansatz eines Argwohnes verspüren ließ. Dennoch durfte er sie nicht unterschätzen und musste achtgeben, nicht zu mutig zu werden.

Pünktlich um halb acht meldete sich der Kapitän, der sich als Jörg Michelsen vorstellte. Er berichtete, dass alle Passagiere nun an Bord seien, begrüßte seine Gäste und informierte, dass sie pünktlich um 22 Uhr ablegen würden. Nahezu alle Gäste fanden sich auf dem Pooldeck und den offenen Deckbereichen ein, um das Auslaufen aus dem illuminierten Hafen Korfus mitzuerleben. Die Crew hatte ein kostenfreies Sektbüfett im Poolbereich aufgebaut und versorgte die neuen Passagiere mit diesem Begrüßungsgetränk. Auf der Außenbühne stellte sich der Entertainment-Manager Tobi vor und zählte klatschend von zehn auf null runter, um den Auslaufsong der Adriana „Sail away“ anzukündigen.

Gleichzeitig schlug das Schiffshorn mehrfach an. Man verabschiedete sich damit aus dem historischen Hafen Korfus. Wie viele Pärchen, lagen sich auch die Freundinnen aus Niedersachsen in den Armen und erhoben mit den anderen Gästen ihre Gläser, um auf die bevorstehende Kreuzfahrt anzustoßen.

Kapitel 13 – Vincent

Nicht nur bei Jan blieb das attraktive Trio im Visier. Auch andere zeigten Interesse. Andreas und Vincent hatten jeweils eine Einzelkabine gebucht. Letzterer war nach 15 Jahren von seiner Langzeitfreundin während eines One-Night-Stands mit einer Gespielin überrascht und anschließend verlassen worden. Sie hatte es sattgehabt, seinem großen Herzen, das sich gerne auch anderen Damen widmete, immer wieder zu verzeihen. Vincents ausgeprägtes Ego sorgte dafür, dass er sich auch mit mittlerweile 51 Jahren immer noch für unwiderstehlich hielt. Er war Geschäftsführer einer erfolgreichen Werbeagentur in Hamburg, wobei er sich nach außen auch gern als Inhaber und kreativer Kopf ausgab. Diese Position präsentierte er narzisstisch durch pompöse Uhren, überteuerte Designerkleidung und grell lackierte Luxusschlitten. Bei der Auswahl seines Outfits war es ihm enorm wichtig, dass die Logos der Kleidung auch für Sehschwache deutlich sichtbar waren und dass das Gewicht seiner Luxusuhren dem von Kurzhanteln glichen. Er war in der hippen Szene Hamburgs präsent und genoss seine prominente Rolle. Problematisch war nur leider der Umstand, dass seine Lebensgefährtin die

Agenturinhaberin und sie der kreative Kopf der Firma war. Das Kapital war in der Gründungsphase von ihren Eltern beigesteuert worden, die in Hamburg mehrere florierende Gastronomiebetriebe unterhielten. Vincent hatte schulisch nicht den allerbesten Abschluss und sehr früh erkannt, dass ihn seine Attraktivität und das kommunikative Talent viel weiterbrachten als jegliche Art von Strebsamkeit und Bildung. So tingelte er in Hamburgs Gastro-Szene von Job zu Job, bis er vor 15 Jahren Janice Hartung, die etwas übergewichtige Tochter des Chefs, kennenlernte. Sein Instinkt veranlasste ihn, seinen gesamten Charme einzusetzen, um Janice zu umgarnen und sie von seinen vielseitigen Talenten zu überzeugen. Ihm bot sich damals mit Mitte dreißig die Chance, erstmals sein bis ans Limit ausgereiztes Girokonto auszugleichen. Er gab alles und konnte zumindest Janice überzeugen, dass er der Mann ihrer Träume war, der nun endlich vor ihr stand. Janice war total verschossen und geblendet gewesen. Sie wurden ein Paar und zogen im Hamburger Nobelstadtteil Eppendorf zusammen. Das hieß natürlich: Vincent zog in ihre großzügige Eigentumswohnung, die ihr ihre Eltern gesponsert hatten. Doch die Erfahrungen in der hart umkämpften Gastro-Szene Hamburgs hatten den Eltern von Janice eine durchaus kompetente Lebenserfahrung und Menschenkenntnis beschert. Sie mochten Vincent von Anfang an nicht und entlarvten ihn als Blender und Schmarotzer. Andererseits nahmen sie aber auch wahr, dass Janice nach vielen gescheiterten Beziehungen mit Vincent endlich glücklich war. Er holte ihr die Sterne vom Himmel, die sie allerdings stets selbst finanzierte, wobei ihr die Schmeichelei und die Wertschätzung trotzdem gut taten. Sobald allerdings von einer Hochzeit gesprochen worden war, versuchten die Eltern alles, um genau diesen Schritt zu verhindern.

Janice hatte sich aus der Gastronomie zurückgezogen und dank des finanziellen elterlichen Polsters eine Werbeagentur in der HafenCity gegründet. Nach einem Masterstudium im Bereich Design und Marketing in London, das sie mit Auszeichnung abgeschlossen hatte, konnte sie sich mit der eigenen Agentur einen Traum erfüllen. Innerhalb kürzester Zeit war es ihr gelungen, lukrative Aufträge führender Wirtschaftsunternehmen zu bekommen. Mittlerweile erwirtschaftete Janice enorme Umsätze, was ihre Eltern mit Stolz erfüllte. Allerdings verbrachte sie täglich 12 – 16 Stunden in der Agentur und war in Kundengesprächen, während Vincent den Erfolg der Agentur nach außen als Geschäftsführer darstellte – leider ohne wesentliche Aufgaben und mit noch weniger Talent oder gar einer Qualifikation. Diesem Arbeitspensum fiel die Attraktivität von Janice zum Opfer. Es blieb weder Zeit für sportliche Betätigung noch eine gesunde, ausgewogene Ernährung, was sich im Laufe der Jahre immer stärker bemerkbar machte. Aufgrund dieses Umstandes fühlte sie sich schuldig, dass sich Vincent mit anderen, in ihrer tiefsten Überzeugung auch hübscheren Frauen vergnügte. Sie nahm es hin und war froh, dass dieser attraktive Mann weiterhin an ihrer Seite blieb. Mit ihrer Gesundheit litten jedoch sowohl die Arbeitsleistung als auch die Kreativität. Sie begab sich in die Hände eines Coaches, dem es gelang, ihr die Augen zu öffnen. Eigentlich bestätigte er nur die Befürchtungen ihrer Eltern, allerdings begriff sie durch den objektiven Ansatz und die rigorose Selbstreflexion erst jetzt, dass sie viel zu lange gewartet hatte. Die dann festgestellte klare Diagnose einer bereits bestehenden Depression samt der Prognose, zeitnah nicht mehr arbeitsfähig zu sein, wenn sie nicht sofort für sich Konsequenzen ziehe, löste den lange überfälligen Impuls aus, ihr Leben schlagartig zu ändern. Trotz des vollen Terminkalenders fuhr sie in ihre gemeinsame Wohnung am Isemarkt. Nach dem Öffnen der Wohnungstür fiel ihr der Geruch fremden, weiblichen Parfums auf. Die im Flur abgestellten Overknees aus weißem Lackleder ließen erahnen, wem sie die stöhnenden Geräusche aus ihrem gemeinsamen Schlafzimmer zuordnen musste. Vincent lag rücklings auf ihrem Boxspringbett und ließ sich von einer operierten Blondine reiten, die Janice sofort bemerkte. Die Reiterin erschrak allerdings nicht, sondern warf ihren Kopf mit einem triumphierenden Lächeln in den Nacken und legte mit ihren kreisenden Hüften noch eine Schippe drauf. Auch Vincent schaute kurz zu Janice und stöhnte nur: „Nicht jetzt. Raus hier!“

Janice schäumte vor Wut, war aber zu stolz für heulende Kurzschlussreaktionen. Die Kleidung der beiden lag verstreut im Wohnzimmer. Sie nahm das Portemonnaie ihres Lebensgefährten, den Schlüsselbund für die Wohnung, die Agentur und seinen roten Ferrari sowie seine protzige Rolex, die sie ihm zum zehnjährigen Jahrestag geschenkt hatte. Allein dieses Geschenk war ihr seinerzeit 24.000 Euro wert gewesen. Dabei, überlegte sie, hatte er die Uhr beim Sex mit ihr noch nie abgenommen. Janice machte sich ihr sexuelles Insiderwissen zunutze und positionierte sich im Masterbad ihrer Wohnung. Vincent hatte die Angewohnheit, falls er sich mal zum Sex mit ihr herabgelassen hatte, anschließend sofort aufs Klo zu gehen. Also lehnte sie sich lässig an den Granitwaschtisch. Überraschend selbstsicher stand sie da und wartete.

Sie musste sich nicht lange gedulden, bis Vincent mit seinem Alabasterkörper ins Bad kam und sich in seiner arroganten Art rechtfertigte: „Mach jetzt keinen Stress. Es hat nichts mit dir zu tun. Was machst du eigentlich hier? Gibt's im Büro nichts zu tun?"

Nach außen hin war Janice die Ruhe selbst, was Vincent total verunsicherte. Dann sprach sie leise und eindringlich. „Ich war nicht im Büro. Ich habe mich intensiv beraten lassen und werde hier und jetzt mein Leben ändern, in dem du keinen Platz mehr hast, Vincent."

Er versuchte sich einzuschmeicheln, was ihm die Jahre zuvor immer erfolgreich gelungen war.

„Schatz, das ist jetzt für uns alle drei eine blöde Situation. Am besten fährst du ins Büro, um auf andere Gedanken zu kommen. Heute Abend fahren wir zu Enzo, essen was Leckeres und sprechen uns bei einer Flasche Wein aus. Okay?", schlug er säuselnd vor.

„Sweetheart, schau mal. Das ist dein Schlüsselbund, und das war deine geliebte Rolex, die du jetzt ja nicht mehr benötigst, denn deine echte Geliebte kuschelt ja noch in unserem Bett", flötete Janice, ließ seine Schlüssel samt der teuren Uhr in die Kloschlüssel fallen und spülte.

Vincent war fassungslos. Er hatte eine Szene und eine heulende Frau erwartet, die er schon wieder beruhigt hätte. So hatte er Janice in den letzten 15 Jahren noch nie erlebt.

„Spinnst du jetzt total?", warf er ihr vor und drehte zur Hochform auf. „Was wirfst du mir vor? Dass ich mir mal eine attraktive Frau in die Kiste hole? Guck dich doch mal an. Du hast nur noch deinen blöden Job im Kopf. Die Agentur, die Agentur, die Agentur. Ich bin auch noch da und habe Bedürfnisse. Und was willst du jetzt von mir?"

Janice blieb cool, was sie selbst überraschte. Sie hatte es geschafft und konnte sich lösen. Kein Wenn, kein Aber. Sie war sich sicher wie nie.

„Lieber Vincent, vielen Dank für deine Offenheit. Ich habe dich jetzt 15 Jahre durchgefüttert und alles ertragen. Ich habe mich bei meinen Eltern vor dich gestellt, dir stets den Rücken gestärkt und mich total vernachlässigt. Du hast mir gerade genau diesen Spiegel vor Augen gehalten und hast recht. Ich muss mich ändern. Schnapp dir Blondie und verpiss dich", forderte Janice unmissverständlich und ergänzte vorsichtshalber mit einem zynischen Lächeln: „Ach ja, noch ein kleiner Tipp. Mein Vater ist auf dem Weg zu mir, und ich schätze, er wird dich töten, wenn du ihm noch mal unter die Augen trittst."

Bevor er antworten konnte, hörten sie, wie die Wohnungstür zugeschlagen wurde. Seine Geliebte hatte offensichtlich das Feld geräumt.

Schäumend vor Wut verließ er das Badezimmer, raffte die wichtigsten Sachen zusammen, stopfte sie in seinen Louis-Vuitton-Weekender und blaffte Janice an: „Du wirst sehen, was du davon hast. Ich melde mich."

Seine nun Ex-Partnerin genoss ihre Entscheidung sichtlich. „Das musst du nicht, Schatz. Schick mir einfach deine neue Adresse, ich lasse dir deine Sachen per Kurier zustellen."

Dann hörte sie nur noch die Tür knallen. Der nächste Anruf galt ihrer Bank. Sie ließ sämtliche Konten und Kreditkarten, zu denen Vincent ursprünglich Zugriff hatte, sperren. Als sie zudem seine Mobilfunknummer, die auf die Agentur abgeschlossen worden war, stilllegen ließ, fühlte sie sich frei wie nie.

Vincent fuhr in einem Taxi nach Altona, um vorerst bei seinem alten Kumpel Andreas unterzukommen, und versuchte sich telefonisch bei ihm anzukündigen. Als ihm weder ein Telefonat noch der Zugriff auf das Internet oder WhatsApp möglich war, wurde ihm der Ernst der Lage bewusst. Bei Zahlung des Taxis war das weder mit seiner Visa- noch mit der EC-Karte möglich.

„Diese miese Schlampe", fluchte er, überließ dem Taxifahrer sein neuwertiges iPhone und heulte sich bei Andreas aus.

Jetzt waren beide auf der Adriana, um Vincent wieder in eine Partnerschaft zu bringen, die ihm ein unkompliziertes und finanziell unabhängiges Leben ermöglichte. Mit Anfang 50 noch mal von unten anzufangen und für Geld ehrlich zu arbeiten, war weder sein Stil noch lag es auch nicht in seinen Möglichkeiten. Er tat das, was er immer tat, und was er zugegebenermaßen hervorragend beherrschte. Vincent tänzelte sich mit Andreas im Schlepptau an die Sektbar und mit fünf neuen Gläsern an die drei Freundinnen heran.

„Hey, ihr drei, wie ich sehe, habt ihr auch jede Menge Spaß. Willkommen an Bord! Lasst uns auf eine wunderschöne und ereignisreiche Woche anstoßen", eröffnete Vincent seine Show. Durch die ausgelassene Stimmung, den ersten Alkoholkonsum und die anregende Musik waren zumindest Lisa und Hannah aufgeschlossen, den beiden feschen Jungs zuzuprosten. Kristin hasste solche Checker und nahm eine deutliche Abwehrhaltung ein, wollte aber nicht die Stimmungsbremse des ersten Abends sein.

Sie stellten sich gegenseitig vor und kamen ins Plaudern. Der smarte Typ, der sich als Vincent Nansen vorstellte, war Chef einer erfolgreichen Werbeagentur in Hamburg und schien nicht nur das Leben an sich, sondern alle hübschen Frauen der Welt zu lieben, womit er offen umging. Lisa und Hannah verfielen mit den beiden attraktiven Passagieren in einen typischen Small Talk, wobei Andreas mit seiner Zurückhaltung punktete. Er war im gleichen Alter, aber einen Kopf kleiner als Vincent, eher lässig gekleidet und einfach sympathischer.

Kristin brachte das Gespräch immer wieder in eine Richtung, um von ihnen berufliche und private Hintergründe zu erfahren. Seine Kenntnisse und auch Angaben über die Hamburger Agentur schienen authentisch zu sein, was sie aber noch überprüfen wollte. Das Angebot der beiden fast aufdringlichen Passagiere, noch weiter in einer der zahlreichen Bars des Schiffes den Abend zu verbringen, schlugen die Freundinnen aus und zogen sich in ihre Suite zurück.

Jan hatte die Gruppe und insbesondere die Aktivitäten der beiden Typen intensiv beobachtet, wobei Lisa ihr Handy in der Handtasche aufbewahrte, weswegen er nicht alle Gesprächsinhalte mithören konnte. Er nahm verärgert wahr, dass ausgerechnet der schmierige Typ Hannah ins Visier genommen und sie sich darauf sogar eingelassen hatte. Eine spannende Woche mit vielen Herausforderungen lag vor ihm.

Kapitel 14 – der erste Seetag

Die Adriana verfügte über mehrere Restaurants, in denen neben dem Mittag- und Abendessen auch ein Frühstücksbüfett angeboten wurde. Je nach den kulinarischen Wünschen der Gäste konnte man sich beim Essen zwischen den beiden im Reisepreis enthaltenen mediterranen Restaurants in Büfettform entscheiden. Dort war alles inklusive. In einem asiatischen Restaurant mit Bedienung am Tisch waren die Getränke nicht im Preis inbegriffen. Exklusiver konnte man in einem Steakhaus und einem Gourmetrestaurant speisen. Allerdings mussten hier sowohl die Gerichte als auch die Getränke bezahlt werden. Ihr Frühstück konnten die Passagiere am Büffet des Markt- und italienischen Restaurants einnehmen. Die exklusiveren Restaurants waren morgens den Passagieren mit Goldstatus und den Suitengästen vorbehalten. Dass das ein enormer Vorteil war, war den Freundinnen erst aufgefallen, als sie an den Schlangen der Gäste vorbeigingen, die an den Büfettrestaurants anstanden. Sie selbst mussten sich einfach nur auf Deck 10 begeben. Hier konnten sie die ruhige Atmosphäre des Steakhauses und ein exzellentes Frühstück mit erstklassigem Tischservice genießen.

„Wow, das ist mal ein Start in den Tag", staunte Hannah, lehnte sich mit ihrem Latte macciato lässig in ihrem bequemen Sessel zurück und genoss die Aussicht auf das Meer.

Der Seetag führte sie quer über die Adria bis nach Venedig. Die Freundinnen mussten ihre Handys im Bordportal der Adriana anmelden. Dort konnten sie angebotene Internet- und Social-Media-Pakete erwerben, um per Facebook und WhatsApp mit ihren Liebsten zu Hause verbunden zu sein. Wichtig war, dass sie ihr Handy auf See in den Flugmodus stellten, da ein Datenabruf oder gar ein Telefongespräch auf hoher See das Urlaubsbudget hätte sprengen können.

Nach einem ausgiebigen Frühstück ohne jeglichen Zeitdruck galt es das Schiff zu erkunden und das eine oder andere Angebot an Bord zu nutzen. Heute war der einzige Seetag dieser Tour. Dies wollten die Freundinnen ausnutzen. Also schlenderten sie durch die Ladenzeile, sprühten sich mit den Düften der Parfümerie ein und betrachteten die Kunstausstellung direkt am Theatrium mit großem Interesse. In diesem großen Raum, der drei Decks an Höhe umfasste, wurden die Events und Shows an Bord präsentiert und die nächsten Destinationen samt Ausflugsmöglichkeiten vorgestellt. Es war gar nicht so einfach, fanden die drei Freundinnen, sich aus dem vielseitigen tagesfüllenden Programm der Adriana für etwas Spezielles zu entscheiden. Allein im Theatrium fanden vor- und nachmittags informative Veranstaltungen, Vorträge und Lesungen statt. Abends verwandelte sich der Veranstaltungsort in eine Showarena mit Darbietungen auf höchstem Niveau.

Im Laufe des Tages besichtigten sie außerdem den vielseitigen Body & Soul-Bereich sowie das top ausgestattete Fitnessstudio und nahmen sich vor, täglich sportlich aktiv zu sein, was Kristin in ihrer unnachahmlichen Art kommentierte.

„Mädels, das ist unser einziger Seetag. Wir liegen jeden Tag in einem neuen Hafen. Unsere sportliche Betätigung wird wohl die Bewegung an Land sein. Wir können das Hanteltraining sicher durch den Transport der Einkaufstüten kompensieren, aber das war es dann auch. Es sei denn, ihr wolltet in Venedig einfach an Bord bleiben, um euch in Ruhe im Fitnessbereich austoben zu können oder die Sauna zu nutzen."

Lisa intervenierte: „Kommt, das können wir alles zu Hause haben. Ich möchte Land und Leute kennenlernen und mich den kulinarischen Verführungen hingeben. Lasst uns einfach Spaß haben! Die Kilos, die wir uns in dieser Woche antrainieren, arbeiten wir zu Hause wieder ab. Stimmt ihr mir zu?"

Hannah nickte. „Genauso machen wir das. Der Alltag holt uns früh genug wieder ein. Carpe diem!"

Auch Kristin signalisierte ihr Einverständnis.

„Ihr Süßen, ich möchte euch einen Kompromiss vorschlagen", sagte die Moderatorin anschließend mit sentimentaler Stimme. In ihren Augen lag ein feuchter Schimmer. „Was haltet ihr von einem Rund-um-Wohlfühl-Paket im Spa-Bereich? Ihr habt euch derart für mich ins Zeug gelegt, obwohl zwischen uns so viele Jahre Funkstille war. Das hat mich unheimlich beeindruckt. Es ist alles andere als selbstverständlich. Darum würde ich euch gerne zu etwas Wellness einladen und euch auf diesem Weg Danke sagen."

Lisa und Kristin waren einverstanden. Die drei umarmten sich herzlich, warfen sich ihre weißen Bademäntel über und ließen sich im Spa-Bereich verwöhnen, den Hannah für fünf Stunden samt aller Anwendungen, Snacks und Sekt nur für sie drei gebucht hatte.

Jan musste feststellen, dass er einen Umstand nicht eingeplant hatte. Seine Überwachungs-App funktionierte nur bei aktivierter SIM-Karte. Die an Bord empfohlene Einstellung des Flugmodus hatte ihn aus dem Spiel geworfen. Selbst der Zugriff über das WLAN-Netz und Bordportal der Adriana auf Lisas Handy funktionierte nicht. Der Verfolger streifte über die Decks und überprüfte die typischen Hotspots an Bord. Weder in den Bars noch auf dem Sonnendeck entdeckte er seine Beute. Also konzentrierte er sich auf den sogenannten „Beifang" und platzierte sich auf dem Außendeck der Adriana-Bar. Hier hatte er die beiden schmierigen Typen entdeckt, die ihre Getränkeflat ausreizten und sich einen Cocktail nach dem anderen reinzogen.

Die Freundinnen genossen ihre Anwendungen und kehrten zufrieden, mani- und pedikürt sowie top geschminkt und frisiert in ihre Suite zurück. Gut gelaunt machten sie sich dort für den Abend schick.

„Herrlich“, freute sich Lisa, „später müssen wir uns aber auch nach einem leckeren Essen in die Szene werfen. Wonach gelüstet es euch denn?“

„Sorry, Lisa, aber die Frage stellt sich heute leider nicht“, bedauerte Hannah mit einem Augenzwinkern. „Ich war so frei, uns um halb acht ein Sechs-Gänge-Menü im Gourmetrestaurant zu buchen. Es soll den ersten Tag abrunden. Das Essen und sämtliche Cocktails zähle ich heute Abend noch mit zu unserem umfassenden Wellnessprogramm. All das geht natürlich noch auf mich. Also lehnt euch zurück und lasst uns den Abend genießen!“ Ihr gewinnendes Lächeln ließ kein Veto zu. Gemeinsam stießen sie mit dem gekühlten Prosecco an, den der Zimmerservice während ihrer Wellnessbehandlung in die Suite gebracht hatte.

„Bis zum Essen haben wir noch ein Stündchen. Wollen wir uns vor der Primetime noch den Vortrag des Lektors über Venedig anhören? Da ist bestimmt der eine oder andere Tipp für uns dabei“, schlug Lisa vor.

Kurze Zeit später verließen die Freundinnen ihre Suite. Im Theatrium stellte der Lektor Boris Hendersen die geschichtliche Entwicklung Venedigs samt der heutigen Highlights vor. Besonders gefiel den Freundinnen der Hinweis, die Halbinsel Murano zu besuchen. Hier befanden sich wunderschöne Glasbläsereien, in denen einzigartige Souvenirs zu bekommen waren.

Während sich die drei von der Lagunenstadt verzaubern ließen, blieb Jan cool. Er hielt sich im Hintergrund

und wartete wie die Spinne im Netz. Sobald sie in Venedig anlegten, würde Lisa ihr Handy schon wieder aktivieren. Bis dahin blieben sie alle an Bord, eine Flucht war nicht möglich. Belustigt beobachtete er die beiden Kumpels, die sich an der Bar ungeniert abschossen, was sie auch bei den anderen Passagieren kein bisschen sympathischer machte.

Die Frauen genossen ihr Menü, das sich über fast drei Stunden hinzog. Sowohl die Kombination der Speisen als auch die Weinauswahl hatten absolutes Sterneniveau. Trotzdem hielt sich die Zuzahlung für diese Topqualität im Rahmen.

Während der Primetime, die der Entertainment-Manager Tobi von halb acht anmoderierte, war das Theatrium voll besetzt. Allerdings hatte das wohl auch etwas mit dem darauffolgenden Programm zu tun.

Um halb neun betrat Wayne Morris die Bühne und heizte dem Publikum derart ein, dass es niemanden mehr auf den Sitzen hielt. Das gesamte Theatrium bebte, als der englische Sänger und Gitarrist sein vielseitiges Repertoire präsentierte.

Die Freundinnen bekamen davon nichts mit. Nach dem Essen und dem dazugehörigen recht umfangreichen Alkoholkonsum hatten sie eigentlich noch die Bars auf der Adriana besuchen wollen, doch das musste vertagt werden. Müde ließen sie sich, nicht ohne einen letzten Prosecco als Absacker, ins Bett sinken und freuten sich auf ihren Ausflug ins wunderschöne Venedig. Bei leichtem Seegang ließen sich die drei in den Schlaf wiegen.

Kapitel 15 – Venedig

Kristin hatte sich extra den Wecker gestellt, um die Einfahrt in die Lagunenstadt von ihrer Veranda aus beobachten zu können. Das Geräusch der Kaffeemaschine, die in jeder Suite vorhanden war, weckte die Freundinnen. Zu dritt genossen sie beim Duft ihres dampfenden Wachmachers das Einlaufen in den Hafen Porto Passeggeri. Er galt als einer der schönsten Häfen weltweit. Allein die Umrisse der Lagunenstadt, die allmählich aus der Morgendämmerung auftauchten, waren einzigartig. Diesen Moment zu verschlafen, wäre fatal gewesen.

Nach der Morgentoilette und dem Frühstück auf dem Außendeck strömten sie mit einer Vielzahl anderer Passagiere aus dem Terminal der Adriana. Schnell bestiegen sie das nächste freie „Vaporetto". Das Wassertaxi setzte sie nach knapp 30 Minuten direkt am Markusplatz ab.

Das Trio hatte keinen geführten Ausflug gebucht, denn man wollte die Stadt der Kanäle und Brücken auf eigene Faust erkunden.

Beruhigt stellte Jan fest, dass sich Lisa schon während der Einfahrt in den Hafenbereich wieder in ihrem Mobilfunknetz angemeldet hatte. Er war also wieder live on air und beruhigt, dass er stets den Standort mitverfolgen konnte, ohne ihnen direkt auf die Pelle rücken zu müssen. Im Trubel Venedigs war es für ihn also überhaupt kein Problem, den dreien unauffällig zu folgen. Trotzdem musste er aufpassen. Er hätte den direkten Kontakt in einer Boutique fast verloren, weil sie einen weiteren Ausgang in einer Hintergasse hatte. Diese Erfahrungen schulten seine Aufmerksamkeit. Venedig zählte er noch zu seiner Aufklärungsphase, in der kein direkter Kontakt vorgesehen war. Dennoch spürte er, dass er ungeduldig wurde. Hannah trug ein figurbetontes, beiges Sommerkleid mit hellen Punkten. Er beabsichtigte, sich langsam heranzutasten. Vielleicht war es möglich, in den größeren Läden bis an die Umkleidekabinen heran zu gelangen.

Die Freundinnen hatten Venedig schon mit ihren Partnern und der ganzen Familie besucht. Kristin beschrieb ihre Erfahrungen, die sie während eines Aufenthaltes vor einigen Jahren im Februar zur Karnevalszeit machen konnte. In dieser Zeit verwandelte sich die Stadt in eine mystische Welt, in der Narren und Hexen in fantasievollsten Kostümen mit den bekannten venezianischen Masken die Herrschaft übernahmen.

Wie erwartet war der Markusplatz voller Touristen. Mindestens zwei Drittel schienen Kreuzfahrer aus aller Welt zu sein. Japaner und Amerikaner zogen in geführten Gruppen über den Platz, wobei die Reiseleiter sie durch das Hochhalten von Regenschirmen in den Nationalflaggen zusammenhielten.

Die Piazza San Marco war in der Vergangenheit Schauplatz weltlicher und geistlicher Ereignisse gewesen und zeigte sich heute so prachtvoll wie eh und je. Selbst die weißen Tauben rundeten das Bild ab, wobei man hätte denken können, sie seien dressiert. Aber vermutlich wurden sie allein von den Touristen angezogen, die sie für typische Fotos auf dem Markusplatz fütterten.

„Der Markusplatz darf sich übrigens als einziger Platz in der Stadt Piazza nennen", erklärte Kristin den Freundinnen. „Alle anderen, ob groß oder klein, werden als Campo bezeichnet. Die in der Stadt einzigartige Bezeichnung des Markusplatzes muss mit der Pracht und Größe dieser geschichtsträchtigen Piazza zu tun haben."

Beeindruckt ließen die Freundinnen Handykameras glühen und ertappten sich dabei, inmitten der unzähligen Tauben zu posieren.

Auf der Terrasse des berühmten Cafés Florian tranken sie einen Espresso und genossen den prachtvollen Ausblick auf den Platz.

„Das älteste Café der Welt wurde 1720 eröffnet", wusste Kristin. „Bis heute befindet es sich an seinem angestammten Platz unter den Bogengängen direkt am Markusplatz."

Hannah und Lisa staunten und waren glücklich, an so einem besonderen Ort zu sein. Hier zu sitzen und einfach nur die Menschen zu beobachten, wäre tagesfüllend, aber durchaus auch ein teures Vergnügen gewesen. Lisa hatte die Espressi spendiert und samt Trinkgeld 25 Euro gezahlt. Sie waren halt in Venedig.

Frisch gestärkt schlenderten sie weiter zum Dogenpalast, in dem seit dem 9. Jahrhundert die Herrscher Venedigs ihren Sitz hatten. Sie waren von dem prächtigen Gebäude im maurischen Stil, das um 1340 entstanden war, fasziniert und versuchten aber, dem Trubel zu entfliehen. Kristin schlug vor, über die Seufzerbrücke zu gehen, um das Prigioni Nuove, das neue Gefängnis auf der gegenüberliegenden Seite des Rio di Palazzo, zu besichtigen.

„Über diese Brücke führte man einst die Verurteilten vom Gerichtsprozess im Dogenpalast zurück in ihre Verliese“, erklärte Kristin. „Hier konnten sie seufzend einen letzten Blick auf die Lagune werfen. Durch die zwei Gänge der Brücke sollten die Blicke der Gefangenen von denen derer abgeschirmt werden, die erst noch zu ihrem Prozess geführt wurden.“

Mit spannenden Eindrücken im Gepäck war das Trio jetzt für die Gassen mit den zwar völlig überteuerten Boutiquen und den angekündigten Brückenmarathon bereit. Kristin gab ihnen noch einen kurzen Überblick.

„Mehr als 400 Brücken verbinden in Venedig die Straßen und Kanäle sowie das Festland mit den rund 120 Inseln“, erklärte sie. „Die bekannteste von ihnen ist die Rialtobrücke, die über den größten der Kanäle, den Canal Grande führt. Sie verbindet die Viertel San Marco und San Polo und wurde um das Jahr 1500 erbaut. An ihrer Gestaltung beteiligten sich legendäre Künstler und Architekten, darunter auch Michelangelo.“

Mit diesen Hintergrundinformationen stürzten sie sich ins Getümmel. Zwar hatten sie sich die Frühstückskalorien in Kürze abgelaufen, zumal Lisa und auch Hannah in den kleinen Läden, die sie fast systematisch durchstöberten, kräftig zugeschlagen hatten. Souvenirs für Siggi, Kollegen, Nichten und Neffen befanden sich in den zahlreichen Tüten, die sich mittlerweile angesammelt hatten. Kristin fand das alles überflüssig. Shoppen war für sie eigentlich ein Graus. Sie blieb vor den Läden stehen und beobachtete die Touristen, architektonischen Highlights sowie die prächtigen Verzierungen an den Häusern dieser tollen Stadt.

Jan konnte der Versuchung nicht widerstehen und rutschte mit einer Gruppe amerikanischer Touristen, vorbei an Kristin, in das stylische Bekleidungsgeschäft, was sich im Innern wahrhaftig als architektonisches Highlight offerierte. Üppige Säulen stützten die mit venezianischen Malereien verzierte Stuckdecke. Einzig fehlplatziert wirkten die Rolltreppen ins Unter- und Obergeschoss.

Im Erdgeschoss drängten sich die Tagestouristen in der Damenabteilung. Es war fast kein Durchkommen. Die Kinderabteilung im Untergeschoss schien ebenso stark besucht zu sein. Das lag wohl an dem Umstand, dass die italienische Kindermode in Japan und den USA kaum zu bekommen war, vermutete Lisa. Vor den Umkleidekabinen bildeten sich lange Schlangen, die kaum kleiner wurden. Während sich Lisa und Hannah Sommerkleider und Blusen zum Anprobieren bereitlegten, nahm sich Jan zwei Damenhosen vom Ständer, um zu suggerieren, dass er diese für seine Frau aufbewahrte. Er strahlte insgeheim, dass sich ihm so eine unerwartete Chance bot, seiner Liebsten nahe zu sein.

„Lisa, komm, lass uns ins Obergeschoss fahren", schlug die Moderatorin vor. „Bei den Männern ist in den Umkleidekabinen normalerweise nicht so viel los. Hier unten warten wir Stunden. Das können wir Kristin nicht antun."

Lisa war begeistert. „Coole Idee, auf geht's."

Jan schmunzelte, legte die Damenhosen zurück und fuhr in die Herrenabteilung, die wie ausgestorben wirkte. Einige einsame Männer schlenderten eher gelangweilt durch die Etage, während ihre Frauen im Erdgeschoss stöberten. Die Taktik der Freundinnen ging auf. Im Obergeschoss befanden sich fünf Umkleidekabinen in einer Reihe, bei denen jeder der Vorhänge weit geöffnet war. Sie belegten zwei nebeneinanderliegende und zogen den Vorgang zu. Sie waren die einzigen, die etwas anprobierten. Jan griff nach einer Jeans, ohne auf die Größe zu achten, und betrat die Kabine, die an die seiner Traumfrau grenzte. Er schwitzte, sein Puls raste. Durch den unteren Spalt der Trennwand konnte er sehen, dass Hannah ihr gepunktetes Kleid zu Boden gleiten ließ. Er griff in seinen Rucksack, befestigte sein Handy auf einem ausfahrbaren Selfiestick und startete die Videoaufnahme. Langsam und vorsichtig schob er das Handy unter der Kabinenwand durch – und konnte sein Glück kaum fassen. Da stand sie, die Frau seiner Träume und seiner Begierden. Ihr pinkfarbener Stringtanga schmiegte sich an ihren wohlgeformten Knackarsch, der cremefarbene Push-up-BH umschloss ihre mittelgroßen, festen Brüste. Nun bückte sie sich auch noch, um sich ihr Kleid wieder anzuziehen. Plötzlich wurde ihr Gesicht im Display wie ein Porträt sichtbar. Ihr hübsches Lächeln verzerrte sich jedoch. Hannah schrie wie von Sinnen, als sie die Kamera sah. Jetzt musste es schnell gehen. Jan raffte seine Sachen zusammen und sprintete aus dem Anprobebereich zur Rolltreppe. Als sich ihm ein zierlicher italienischer Verkäufer in den Weg stellte, kickte Jan ihn mit einem Bodycheck zur Seite.

Lisa, die nur in Unterwäsche in der Umkleidekabine stand, schaute mit dem Kopf um die Ecke hinter Hannahs Vorhang, wobei sie ihren fast nackten Körper mit einem Kleid bedeckte, das sie gerade anprobiert hatte.

Hannah hockte schluchzend auf dem Boden. „Da war einer mit 'nem Handy und hat mich gefilmt“, sagte sie unter Tränen.

Kristin ließ die Karawane der Touristen an sich vorbeiziehen und stutzte, als plötzlich ein Securitymitarbeiter, der sich ebenfalls im Ausgangsbereich des Geschäftes postiert hatte, aktiv wurde. Er schien eine Nachricht über sein Headset bekommen zu haben und drehte sich zum Ausgang in der Haltung eines Sumoringers um, der kurz vor dem Kampf steht. Mit einem Mal schoss ein Mann aus dem Laden, rammte dem Ladendetektiv im Lauf sein Knie ins Gesicht und tauchte dann in der Menge der Touristen unter. Den ersten Reflex, den Mann zu verfolgen, unterdrückte die Profilerin. Es war unmöglich, den flüchtenden Ladendieb in diesem Trubel einzuholen. Sie kümmerte sich lieber um den verletzten Wachmann, der stark aus Mund und Nase blutete. Mehrere Angestellte kamen hinzu, fluchten, schimpften und alarmierten einen Rettungswagen. Ein weiterer Verkäufer hielt sich vor Schmerzen die Schulter, die offensichtlich ausgekugelt war, und ließ sich auf einem Absatz vor dem Schaufenster nieder. Fast unmittelbar eilten zwei Carabinieri herbei, die eine erste Befragung der Angestellten durchführten. Erst als Hannah in Lisas Begleitung unter Tränen aus dem Laden trat, wurde Kristin bewusst, dass die Angelegenheit auch sie betraf.

Nacheinander wurden die Freundinnen in englischer Sprache befragt, ob sie den Spanner beschreiben konnten. Kristin outete sich als deutsche Kollegin, musste sich aber belehren lassen, dass ihre Freundinnen selbst Schuld hatten. Wenn sich Frauen in der Herrenabteilung umziehen würden, müsse man halt damit rechnen, dass manche Männer einfach mal herüberschauen würden. Schwerwiegender sei der Angriff auf die Mitarbeiter des Geschäftes. Der englischsprachige Carabiniere ergänzte, dass man wegen der möglichen Handyaufnahmen keine Anzeige aufnehmen werde.

Auf Kristins Frage, ob sie die Aufnahmen der Kameraüberwachung einsehen dürfe, reagierte der italienische Kollege mit einem kurzen „Not at all", drehte sich um und ließ die LKA-Beamtin stehen.

„Es ist ja nichts passiert. Das wird irgendein geiler Spanner gewesen sein, der einfach die Gelegenheit ausgenutzt hat, dass wir uns in den Männerkabinen ausgezogen haben. Das war doof von uns, Schwamm drüber", versuchte sich Hannah selbst zu beruhigen.

Lisa streichelte ihre Schulter. „Vom Shoppen haben wir wohl genug", stellte sie fest. „Wollen wir einfach etwas essen gehen und auf den Schreck ein Glas Wein genießen?" Die Freundinnen waren einverstanden.

Jan war froh, einigermaßen fit und mit einem blauen Auge davongekommen zu sein.

Als er sicher war, nicht verfolgt zu werden, mischte er sich in einem normalen Schritttempo unter die Touristenströme und bog über mehrere kleine Brücken in ruhigere Gassen ab. In einem Hinterhof schaute er sich zitternd vor Aufregung seine videografische Ausbeute an. Die waren der Hammer! Alles war drauf, wobei ihm neben den scharfen Aufnahmen im Grunde erst der entsetzte Blick sowie der Schrei von Hannah den eigentlichen Kick gab. Jan entschied sich, die Verfolgung kurz aufzugeben und sein komplettes Outfit zu wechseln. Er kleidete sich in einem anderen Geschäft ein und entsorgte seine alten Klamotten in einem der zahlreichen Müllcontainer in den Seitenstraßen der Lagunenstadt.

Hannah, Lisa und Kristin mieden die reichhaltigen Angebote der vielen kleinen Restaurants im Zentrum Venedigs, da sie schon entsprechende Erfahrungen mit maßlos überteuerten Menüs machen mussten. Sie entschlossen sich stattdessen, mit dem Wassertaxi auf die Insel Murano zu fahren.

„Murano gehört zur italienischen Region Venetien und besteht eigentlich aus zahlreichen kleinen Inseln", informierte Kristin sie. „Die Region erlangte im Mittelalter Weltruhm für ihre Glaskunst, die sich in faszinierenden bunten Farben und besonderen Formen zeigt. Ihr werdet begeistert sein. Bis heute befinden sich auf der Insel zahlreiche Glasfabriken, in denen man die uralte Kunst aus nächster Nähe beobachten kann. Auch die Auslagen der Geschäfte sind voll von buntem Glas: Ketten, Armbänder und Ringe, Schalen, Vasen und Gläser bilden ein buntes Spiel im Sonnenlicht der romantischen Lagunenstadt. Ich wette, ihr werdet hier arm", warnte sie und grinste.

Kristin sollte recht behalten. Die beiden kamen aus dem Staunen nicht mehr heraus. Murano selbst hatte alles vom Charme ihrer großen Schwester Venedig, war dabei aber kleiner, beschaulicher und zeigte das echte Leben einer Lagunenstadt in Italien. Mit weiteren Tüten und Taschen ließen sich die Freundinnen in einem kleinen Restaurant nieder, in dem sie trotz des hohen Preises zumindest ein leckeres Essen genießen konnten. Ihren eigentlichen Plan, das kleine Museum Useo Vetrario zu besuchen und sich über die Geschichte der

Glasbläserkunst auf Murano zu informieren, gaben sie auf. Lisa und Hannah waren bepackt wie Lastenesel auf einer Himalajatour. Kristin hatte nur eine mundgeblasene Vase für ihre Mutter erstanden, die in einen kleinen Stoffbeutel passte. Als sie das Wassertaxi direkt an den Anleger der Adriana brachte und sie sich nach dem üblichen Sicherheitscheck in die Sessel ihrer Suite fallen lassen konnten, waren sie heilfroh.

Auch Jan kehrte in einem nachfolgenden Wassertaxi zurück auf das Kreuzfahrtschiff. Er war hin- und hergerissen zwischen Frustration, Ratlosigkeit und dem ersten Erfolg, auch wenn es knapp gewesen war. Bei dem Einkaufsbummel hatte er immer wieder feststellen müssen, dass die LKA-Beamtin wie ein Bodyguard entweder vor dem Laden stand oder sich in den Geschäften direkt in Hannahs Nähe aufhielt und das Umfeld beobachtete. Sie trug keinerlei Tüten und Taschen, stellte Jan fest. Vermutlich wollte sie reaktionsbereit bleiben, falls sie einschreiten und einen Angriff abwehren musste. Ahnten sie nun doch, dass er auf dem Schiff war, oder war es Zufall? Bislang deutete das Verhalten von Hannah und auch Lisa überhaupt nicht in diese Richtung. Sie waren alle total locker. Nicht einmal die Vorkommnisse aus der nahen Vergangenheit wurden im Ansatz thematisiert. Dennoch musste er gerade vorsichtig sein. Wie würden sie auf die Angelegenheit im Kaufhaus reagieren? Vermuteten sie überhaupt, dass er anwesend sein könnte? Aus dem Verhalten der Freundinnen konnte er dies nicht herauslesen. Als er dem Trio sogar noch bis Murano gefolgt war, stellte er fest, dass sich auch Kristin sowohl den leckeren Genüssen des Menüs als auch dem begleitenden Rotwein hingab. Das wiederum passte nicht im Geringsten zum Verhalten eines Leibwächters.

Der wunderschöne Urlaubstag senkte sich zur Neige. Nach dem italienischen Büfett auf dem Außendeck und der obligatorischen Vorstellungen der Ausflüge in Zadar zog es die Freundinnen auf das Pooldeck. Hier heizte DJ Tim Hecker ein, der in Nienstedt bei Celle, in der Nachbarschaft Hannovers, heimisch war. Deutschland ist ein Dorf, dachten sich die Freundinnen, wobei Kristin vermutete, dass sich Tim und ihr Chef, Thorsten Büthe, bestimmt kennen würden. Thorsten kannte durch seine Hochzeitsfotografie fast jeden, der sich in der Eventszene Hannovers tummelte. Vielleicht ergab sich die Gelegenheit, DJ Tim darauf anzusprechen.

Das Trio gönnte sich gerade ein paar leckere Cocktails an einem Stehtisch direkt an der Tanzfläche, als Vincent und Andreas gut gelaunt und ausgelassen dazustießen.

„Na, ihr drei Süßen, was geht ab? Hattet ihr auch ohne uns einen schönen Tag in Venedig?“, fragte Vincent aufdringlich, was dem eher zurückhaltenden Andreas merklich peinlich war. Sie tauschten sich über die Eindrücke Venedigs aus, wobei sie den Vorfall in dem Kaufhaus bewusst ausließen.

„Was habt ihr morgen vor? Ich habe einige Monate in Zadar gearbeitet und kenne mich recht gut aus. Was haltet ihr von einer persönlichen Stadtführung eines Insiders? Im Anschluss würde ich euch gerne in die schönste Badebucht der Region entführen, die bei Touristen kaum bekannt ist. Was sagt ihr?“, wollte Vincent wissen.

Hannah und Lisa waren sofort begeistert. Kristin ging Vincent total gegen den Strich. Sie hatte überhaupt keine Lust, sich mit dem Kerl auch noch auf den Landausflügen abzugeben. Wenn man einem von diesen Typen den kleinen Finger reichte, rissen sie einem den ganzen Arm ab. Wahrscheinlich würden sie ihn die ganze Woche nicht mehr loswerden. Sie atmete tief durch. Andererseits wollte sie nicht als Spaßbremse gelten. Immerhin waren sie Hannah zuliebe als Kreuzfahrer unterwegs. Dieser Andreas schien ja ganz okay zu sein. Ihren ersten Impuls, Lisa und Hannah mit den beiden Jungs allein zu lassen, verwarf sie allerdings wieder. Sie fühlte sich für Hannah verantwortlich und stimmte dem gemeinsamen Ausflug zu.

Die beiden jungen Männer freuten sich. Gemeinsam verabredeten sie, um acht Uhr gemeinsam zu frühstücken, um dann die Altstadt Zadars zu erkunden.

Nach einigen Tanzeinlagen zog sich das männliche Duo an die Bar zurück.

„Ich hätte auch nichts dagegen gehabt, wenn der Wachhund an Bord geblieben wäre. Mann, ich lege einen Hunderter auf den Tisch, wenn du mir morgen diesen Besen vom Leib hältst. Spätestens in der Bucht ist Hannah fällig", kündigte Vincent an. Andreas schmunzelte nur. Er kannte seinen langjährigen Freund und überließ ihn seinen Tagträumen.

Das OFA-Team in Hannover widmete sich derzeit der Tathergangsrekonstruktion im Fall Hannes. Man startete mit den letzten bekannten Opferaktivitäten. Sie konnten nur mit den sicheren objektiven und gegebenenfalls noch mit gesicherten Zeugenangaben arbeiten. Dabei handelte es sich um Angaben aus dem Opferumfeld, die unabhängig voneinander von mehreren Personen im zeitlichen und örtlichen Kontext bestätigt worden waren. Als objektive Angabe konnte hier die übliche Feierabendzeit der Mutter und Abholzeit im Kindergarten gelten. Die Mutter von Hannes hatte sich bei ihrer Arbeitsstelle um 12:44 Uhr ausgestempelt. Die normale Fahrtstrecke bis zum Kindergarten hatte zirka 12 Minuten betragen und die normale Abholzeit in der Vergangenheit war 13 Uhr gewesen, da die Betreuungszeit von Hannes um diese Zeit endete. Sein Kindergarten berechnete nach einer Kulanzzeit von 30 Minuten einen Preisaufschlag, der am Abholtag nicht dokumentiert worden war. Daher durfte Hannes nicht nach halb zwei abgeholt worden sein. Die Mutter von Hannes Spielkameraden hatte seinerzeit angegeben, sich mit dessen Mutter noch gegen 13:05 Uhr über einen Einsatz der freiwilligen Feuerwehr am Vorabend unterhalten zu haben, in der beide Ehemänner aktiv gewesen waren. Dies wurde als authentischer, zeitlich bestimmbarer Aspekt bewertet, sodass jene Angaben in die Zeitleiste einflossen. Die Weg-/Zeitberechnung vom Kindergarten bis zur Wohnanschrift betrug zirka 13 Minuten, was eine Rückkehr von Mutter und Kind zwischen 13:20 Uhr und 13:30 Uhr eingrenzte. Nach dem gemeinsamen Mittagessen war Hannes vor dem Haus spielen gegangen. Als ein Nachbar mit seiner Tochter gegen 14 Uhr nach Hause gekommen war, hatten beide dem Hannes auf der Straße zugewunken, während dieser mit seinem Rad auf dem Gehweg im Kreis fuhr. Gegen 14:10 Uhr hatte die Mutter von Hannes nach ihrem Sohn sehen wollen und fand das Fahrrad liegend, ungefähr 50 Meter vom Elternhaus entfernt, auf dem Gehweg vor. Daher durfte die Phase eines Täter-/Opferkontaktes und der sogenannten Kontrollaufnahme zwischen 14:00 und 14:10 Uhr stattgefunden haben.

In diesem Zeitfenster hatten sich Anwohner in den Gärten und Vorgärten aufgehalten. Niemand wollte Schreie oder Geräusche wahrgenommen haben, die auf ein gewaltsames Verbringen des Jungen in ein Fahrzeug hindeuteten. Daraus konnte allerdings nicht der Rückschluss gezogen werden, dass es nicht doch so gewesen sein konnte. Möglicherweise hatte es nur niemand bemerkt oder die Geräusche waren womöglich fehlinterpretiert worden.

Hier musste sich das OFA-Team weiterhin offen aufstellen.

Thorsten blickte wieder auf sein Handy, immer noch nichts.

Kapitel 16 – Zadar

Pünktlich um acht Uhr legte die Adriana im neuen Hafen Gaženica an. Dort befand sich der Passagier-Terminal für Kreuzfahrten und den Fährverkehr.

Die drei Frauen kamen bereits mit ihren kleinen Schultertaschen zum Frühstück, in denen sich Handtücher und Badekleidung befanden.

„Was habt ihr denn alles mit?“, erkundigte sich Vincent nicht ohne Hintergedanken.

„Na, was wohl? Unser Badeoutfit, Bikinis, Sonnenöl, Strandlaken. Halt alles, was man für einen Badestopp so benötigt“, erklärte Lisa.

„In der Bucht, in die ich euch entführe, braucht ihr keine Bikinis“, kündigte der Proll an. „Schaut uns an. Wir haben alles dabei, was wir benötigen. Die schwarze Kreditkarte und ein Hauch von nichts.“

Jetzt verdrehte nicht nur Kristin innerlich die Augen, aber sie ließen sich nicht von Vincents Sprüchen abschrecken. Schließlich wussten sie ganz genau, was sie wollten und was nicht.

„Wo ist denn diese geheime Bucht genau?“, fragte Kristin, um zu prüfen, ob sie im Zweifel auch ohne die beiden tollen Hechte zurückkehren konnten.

„Im Norden Zadars gibt es einen kleinen Ort namens Petrčane und dort in einer kleinen Bucht einen der schönsten Strände Kroatiens. Man kann dort schnorcheln, am Strand chillen und in einer kleinen Bar leckere Cocktails genießen. Lasst euch überraschen. Ihr werdet es nicht bereuen“, kündigte Vincent euphorisch an.

Zadar lag so zentral, dass die Fähren vom Hafen aus die vorgelagerten kroatischen Inseln im Norden Dalmatiens und sogar auch das italienische Festland erreichen konnten.

Neben der Adriana hatte die „Mein Schiff 5“ an der Pier angelegt.

„Aufgrund seiner günstigen Lage in der Adria war der Hafen Zadar seit jeher von hoher Bedeutung gewesen“, berichtete Vincent. „Im Laufe der Jahrhunderte war er Ziel zahlreicher Eroberungsfeldzüge und eng mit der Geschichte Zadars verbunden. Er besteht aus einem Container- und einem Fischereihafen sowie der Marina Zadar.“

Die Fünfergruppe schlenderte zwischen den Motorseglern und Jachten durch die Marina und genoss bei sommerlichen Temperaturen ein wunderschönes, maritimes Flair.

Der Hafen grenzte unmittelbar an die Altstadt, die malerisch auf einer schmalen Landzunge am Kanal von Zadar lag. Hier boten sich den Urlaubern kleine Geschäfte und Boutiquen an, die durch örtliche Einzelhändler geführt wurden. Insbesondere Lisa und

Hannah waren erleichtert, dass sich die Preise in Zadar deutlich von denen in Venedig unterschieden.

Vincent führte sie durch einen der vielen Torbogen der alten Stadtmauer an die Hafenpromenade zu der einzigartigen Meeresorgel, die im Rahmen eines Projektes zur Neugestaltung der Hafenpromenade vom Architekten Nikola Bašić gestaltet worden war. Dabei handelte es sich um ein Kunstwerk, das Einwohner und Touristen am Hafen musikalisch willkommen hieß. Zusätzlich fanden in der Nacht Lichtspiele statt.

Vincent erklärte der Gruppe, dass Zadar bereits zu Zeiten der Illyrer in der Antike besiedelt worden war. Im zweiten Jahrhundert vor Christus hatten die Römer die Stadt übernommen. Danach hatten sich die Herrscher abgewechselt. Die Stadt selbst war bis 1873 eine Festung gewesen. Ihr Kulturerbe umspannte bedeutende Kirchen und Bauwerke verschiedener Epochen von der Römerzeit bis heute. Mit diesen geschichtlichen Kenntnissen überraschte der sonst so oberflächlich wirkende Hamburger die Freundinnen. Sie ließen ihn in einem anderen Licht erscheinen.

Mit ihrem persönlichen Stadtführer bummelten sie zum Dom der Heiligen Anastasia, der aus dem 13. Jahrhundert stammte. Sie besuchten die Kirche zur Heiligen Dreifaltigkeit als älteste der Stadt, die heute ein Museum beherbergte.

„Übrigens, im 9. Jahrhundert wurde die Kirche des Heiligen Donat errichtet. Die zweigeschossige Rundkirche von Sankt Donatus ist ein Wahrzeichen der Stadt

Zadar", erklärte Vincent weiter. „Könnt ihr eigentlich noch?"

Die kleine Gruppe nickte. Gemeinsam sahen sie sich ein weiteres sakrales Bauwerk an, das mit einem Reliquienschrein dem Propheten Simeon gewidmet war. Weitere beeindruckende Sehenswürdigkeiten der Stadt erkundeten sie mit dem römischen Forum, den „fünf Brunnen" und dem ehemaligen Palast der Prioren.

Mit neuen geschichtlichen Erkenntnissen, aber hungrig, durstig und erschöpft, kehrten sie in einem kleinen Hafenrestaurant ein, in dem Vincent mit einer innigen Umarmung vom Besitzer begrüßt wurde. Mit der rhetorischen Frage: „Traut ihr euch?", nickte er dem Betreiber zu, ohne die Antwort seiner Gruppe abzuwarten. Der deutschsprachige Wirt tischte großzügig auf, was die dalmatinische Küche aus dem Meer zu bieten hatte.

Nach fast zwei Stunden mit unerwartet sympathischen Gesprächen hatte selbst Kristin keine Bedenken mehr, Vincent und Andreas an diesen angeblich schönsten Strand Kroatiens zu begleiten.

Vincent bestellte ein Großraumtaxi und ließ die Gruppe an den Beach Petrčane chauffieren, um einen entspannten Nachmittag zu verbringen.

Jan hatte die Pläne der Freundinnen verfolgt. Die offensive Anmache von Vincent brachte seinen Plan völlig durcheinander. Solche Typen wie der würden nicht aufgeben, bis sie ihr Ziel erreicht hatten. Das konnte er auf keinen Fall zulassen. Eigentlich waren sich Vincent und Jan sogar etwas ähnlich, wobei er dessen Niveau verachtete. Um weiter im Spiel zu bleiben, musste er Vincent geschickt ausbooten, ohne seinen künftigen Plan zu gefährden. Jan ersparte es sich, die Gruppe in Zadar zu observieren und hoffte, dass sich die Jungs nicht zu blöd anstellten und den Badeausflug gefährdeten.

Er selbst suchte sich im Hafengebiet einen dubiosen Auto- und Motorradverleih, besorgte sich eine Yamaha XT500, eine wirklich abgerockte Enduro, die er großzügig in bar bezahlte, sodass er sicher sein konnte, dass der Vermieter die Summe ohne Vermerk in seinem Kassensystem in die eigene Tasche stecken würde. Daraufhin verließ Jan Zadar entlang der Küste in Richtung Norden und erreichte nach wenigen Minuten den beschaulichen Ort Petrčane, in dem er sich in Ruhe orientieren konnte. Die malerischen Buchten schienen ein Bade- und Tauchparadies zu sein, in denen kleine Tauchschulen und Shops mit Tauchzubehör zu finden waren. Sie waren kaum frequentiert und lagen genauso idyllisch, wie dieser Vincent es beschrieben hatte. Jan deckte sich in einem dieser Tauchshops mit entsprechendem Zubehör ein, das er für seinen Plan benötigte, und setzte sich in eine Bar, um auf die Ankunft der Gruppe zu warten.

Es dauerte lediglich eine Viertelstunde, bis sie von Zadar aus den einladenden Küstenort erreichten. Der

Taxifahrer folgte einem unscheinbaren Schild zum Beach Petrčane. Er bog in einen winzigen Sandweg ein, der an einer Blechhütte endete, die durch ein Holzschild als Beachbar gekennzeichnet war. Als sie nach kurzem Fußweg auf weißem Sand eine paradiesische Bucht erreichten, wussten sie, dass sie alles richtiggemacht hatten.

„Und, habe ich euch zu viel versprochen?“, wollte Vincent wissen.

Allein der farbliche Kontrast des blauen Wassers zum fast weißen und samtweichen Sandstrand war einzigartig. Felsformationen begrenzten die Bucht zu beiden Seiten, sodass der Sandweg, über den sie eingebogen waren, die einzige Zufahrt zu der Bucht war. Durch kleine Trampelpfade zwischen den Felsen konnte man die Bucht vermutlich ebenso zu Fuß erreichen, wenn man sich entsprechend auskannte. Die Freundinnen breiteten ihre Handtücher aus und entledigten sich ihrer Sommerkleider. Enttäuscht mussten Andreas und Vincent feststellen, dass Hannah ihren Bikini und Lisa sowie Kristin ihre Badeanzüge bereits darunter trugen. Wow, sie konnten sich wirklich sehen lassen, stellten die beiden Männer fest, die selbst auch lange Badeshorts unter ihren Jeans trugen. Allerdings hatten die Körper von Vincent und Andreas durch ihren Lebensstil deutliche Spuren hinterlassen. Man konnte ihre Fettpölsterchen kaum als Muskel bezeichnen. Die eigene Wahrnehmung der beiden wich allerdings deutlich von der Fremdwahrnehmung ab, denn vor allem der unwiderstehliche Vincent stolzierte erhobenen Hauptes über den Strand, wobei ihn sein erster Weg zu der Bar in der Blechhütte führte. Andreas ging allein zum Wasser herunter. Lisa folgte ihm und beide schlenderten im knietiefen Wasser der Adria durch die Bucht.

Vincent kehrte mit einer Flasche Prosecco in einem eisgekühlten Sektkühler und fünf Gläsern zurück. Dann ließ er seinen bereits vom üppigen Leben gezeichneten Körper schwerfällig auf die Handtücher plumpsen. Nachdem die drei angestoßen und sich für den tollen Ausflug bei Vincent bedankt hatten, sprang er auf und rief: „Los, ab ins herrliche Meer!"

Hannah folgte ihm und forderte Kristin auf mitzukommen, aber sie entschied sich anders.

„Lass mal, ich passe auf unsere Sachen auf. Viel Spaß!", sagte sie.

Die Bucht war wenig besucht. Ein paar Einheimische hielten sich mit kleinen Kindern vorn im seichten Wasser auf. Im linken Bereich der Bucht tauchte ein Schnorchler am Fuß der Felsen ins Meer ein. Hannah hatte Vincent problemlos eingeholt und lief ins Meer, bis sie nach einem sportlichen Kopfsprung weiter rausschwamm. Als Vincent sie erreicht hatte, tollten sie wie kleine Kinder, spritzten sich mit Wasser an und versuchten sich gegenseitig unterzutauchen. Lisa und Andreas hatten sich rechtsseitig auf einen Felsen gesetzt. Sie ließen ihre Füße im klaren Wasser baumelten.

Hannah fühlte sich endlich wieder unbefangen und fand Vincent nach dem heutigen Tag durchaus sympathisch. Sie war überrascht, mit welchen historischen Kenntnissen und freundschaftlichen Beziehungen zu Einheimischen er aufwarten konnte. Erst als Vincent sowohl Mund als auch Augen weit aufriss und plötzlich unterging, nahm Hannah den großen Schatten unter Wasser wahr, der sich sofort wieder entfernte. Hannah schrie wie von Sinnen und versuchte Vincent an die Wasseroberfläche zu ziehen, was ihr jedoch nicht gelang.

Ihre Freundinnen und auch Andreas sprinteten zu ihnen ins Wasser. Kristin zog Hannah an den Strand. Lisa und Andreas versuchten Vincent zu erreichen und mussten feststellen, dass sich das kristallklare Wasser blutrot verfärbt hatte. Sie konnten einen schlaffen Arm des Verletzten greifen und ihn mithilfe von Kristin und weiteren Badegästen auf den Strand ziehen. Erst hier wurde deutlich, dass Vincent eine zirka 40 Zentimeter lange klaffende Verletzung seitlich über der Hüfte aufwies, die den Blick auf Leber und Niere freigab. Lisa konnte durch den nachlassenden pulsierenden Blutaustritt feststellen, dass offensichtlich auch die Baucharterie durchtrennt und Vincent nicht mehr zu helfen war. Lisa und Kristin tauschten nur einen Blick aus.

Hannah schrie: „Das war ein riesiger Fisch, bestimmt ein Hai!“

Doch Lisa korrigierte die Diagnose: „Das war kein Hai, das ist eine kombinierte Stich- und Schnittverletzung.“

Kristin fiel der Taucher wieder ein, der vor wenigen Minuten an den Felsen in das Wasser geglitten war, und sie sprintete los.

Was war geschehen? Jan hatte sich im Tauchladen mit Brille, Schnorchel, Flossen und einem Tauchermesser eingedeckt, das er in einer Scheide am rechten Unterschenkel befestigte. Er hatte die Zeit genutzt, seine geländegängige Yamaha XT500 vor einem Trampelpfad auf einem hohen Plateau in den Felsen zum Strand abgestellt und sich über diesen Pfad herunter zur Bucht begeben.

Von hier aus konnte er die Gruppe geschützt beobachten und war ins Wasser abgetaucht, als Vincent ins Meer lief. Er schwamm unauffällig an seinen Kontrahenten heran und bemerkte erst vor seinem Ziel, dass auch Hannah sehr nah bei ihm war.

Jan war ein guter Schwimmer, Wasser war ihm nicht fremd. Es stellte für ihn auch kein Problem dar, eine längere Strecke zu tauchen. So konnte er sich den beiden unbemerkt nähern, die nur mit sich selbst beschäftigt waren. Fast hätte es Vincent geschafft, Hannah für sich zu gewinnen. Das durfte nicht sein.

Jan rammte Vincent das scharfe und mit einem Sägeschliff versehene Tauchermesser von vorn in den Bauch und zog kräftig bis zum Rücken durch. Das musste reichen. Schnell entfernte er sich mithilfe der Flossen aus dem direkten Gefahrenbereich, atmete kurz tief über den Schnorchel ein und gewann so wieder 20 bis

30 Meter unter Wasser, bis er zwischen den Felsen geschützt den Strand erreichte. Er sprintete den Trampelpfad hoch zum Plateau, auf dem er seine Enduro abgestellt hatte, setzte sich auf das Motorrad und richtete sich im Sitz auf, um den Kickstarter herunterzutreten, als er völlig unvorbereitet samt seiner Maschine umgeworfen wurde.

Kristin lebte am Rande des Deisters, einem kleinen Gebirgszug in der Region Hannover. Hier walkte und joggte sie regelmäßig mit ihrem Mann oder ihren Freundinnen. Sie war fit und das Überwinden von Steigungen gewohnt. Daher hatte sie kein konditionelles Problem gehabt, dem Taucher den Trampelpfad hier hinauf zu folgen.

Ihre Füße schmerzten, als sie barfuß über den felsigen Weg rannte. Sie benötigte zudem ihre gesamte Kraft für den nicht unerheblichen Aufstieg, sodass sie dem Flüchtenden nicht hinterherrief. Zu was sollte sie ihn auch auffordern, vermutlich verstand er nicht einmal ihre Sprache. Da war er. Sie musste alle Reserven mobilisieren, denn wenn er die Enduro erst einmal starten konnte, hatte sie keine Chance mehr. Im letzten Moment erwischte sie ihn in einer instabilen Stellung, als er sich mit dem linken Fuß auf dem Boden abstützte und mit rechts den Kickstarter heruntertreten wollte. Sie setzte ihr gesamtes Körpergewicht ein und warf sich mit der Schulter gegen den Oberkörper des Motorradfahrers.

Beide kamen zu Fall, und Kristin lag schwer atmend auf dem Mann, der aktzentfrei in deutscher Sprache einfach nur „Scheiße“ fluchte. Kristin umklammerte den offensichtlichen Täter und fixierte mit ihrem Unterschenkel das Tauchermesser, das an seinem rechten Bein befestigt war. Sie stellte sich nun als deutsche Polizistin vor und wollte gerade die Festnahme aussprechen. Da musste sie schlagartig und unerwartet feststellen, dass sie seine Kraft unterschätzt hatte. Jan war es gelungen, mit der rechten Hand in dem felsigen Gelände einen faustgroßen Stein zu greifen. Den schlug er Kristin so stark auf die linke Stirn, dass sie sofort das Bewusstsein verlor. Anschließend gelang es Jan, sich unter der LKA-Beamtin zu befreien. Vorsichtig sah er sich um, aber es waren keine weiteren Verfolger auszumachen. Während er sein Motorrad wieder aufrichtete, hörte er schon die Sirenen von Polizei- und Krankenwagen, die gerade in den Ort einfuhren.

Er konnte kein Risiko eingehen. Die Profilerin hatte ihn gesehen. Also schulterte er den leblosen Körper der stellvertretenden OFA-Leiterin, warf ihn über den Felsvorsprung die Klippen zur Steilküste hinunter und startete seine Enduro, um unauffällig zurück nach Zadar zu fahren.

Der in der Bucht eingetroffene Notarzt konnte die erste Diagnose von Lisa bestätigen. Vincent hatte nach dieser Verletzung keine Überlebenschance mehr gehabt. Gemäß der Vermutung der deutschen Ärztin, dass es sich bei der Wunde um eine kombinierte Stich-/Schnittverletzung handelte, schloss sich der Notarzt ohne eine rechtsmedizinische Begutachtung nicht an. Die kroatische Polizei nahm ihre Ermittlungen auf, befragte die Beteiligten, die anwesenden einheimischen Zeugen. Anschließend ließen sie den Leichnam abholen. An ein vorsätzliches Tötungsdelikt dachten sie in dieser Phase noch nicht.

Hannah saß weinend auf den Handtüchern und wurde von Lisa betreut.

„Wo ist eigentlich Kristin?", fragte Hannah. Lisa hatte nur noch mitbekommen, dass ihre Freundin wie von Sinnen zu den Felsen gelaufen war. Kleidung und Tasche lagen noch am Strand. Sie suchten die Bucht und auch die unterschiedlichen Wege ab, fanden aber von Kristin keine Spur. Als sie den anwesenden Polizisten das Fehlen ihrer Freundin mitteilten, blieben diese wider Erwarten zurückhaltend. Sie vermuteten, dass Kristin wohl schon allein zum Schiff zurückgekehrt war.

Ratlos und voller Unruhe mussten sie sich der Aufforderung der Beamten fügen, sie zum Schiff zurückzubringen, das in der nächsten Stunde ablegen wollte. Die Badetasche ihrer Freundin nahmen sie an sich und wunderten sich, dass sowohl Bargeld, Handy und auch die Bordkarte darin enthalten waren. Sie versuchten der Polizei diese offensichtliche Unstimmigkeit zu erklären, fanden aber kein Gehör. Ihre Einwände wurden mit einer abweisenden Handbewegung abgetan.

Sie wussten sich keinen anderen Rat und verließen die an sich idyllische Bucht am Beach Petrčane, die plötzlich zu einer Opferbucht mutiert war.

Jan hingegen war zufrieden. Er brachte das Motorrad zurück, entsorgte die Tatwaffe sowie seine Tauchutensilien und kehrte als normaler Landausflügler zurück auf die Adriana. Unerwartet hatte er sich heute schlagartig seiner beiden größten Hindernisse entledigt, sodass er nun uneingeschränkt auf der Zielgeraden einlief. Er musste sich nur noch um Lisa kümmern und überlegte, ob er sie, anstatt sie sofort aus dem Weg zu räumen, nicht erst noch für seine Ziele nutzen konnte.

Als Lisa und Hannah auf die Adriana zurückkehrten, wurden sie vom Security-Offizier, Gerrit Sander, empfangen und in den Konferenzraum geführt, in dem neben dem Kapitän mehrere Offiziere und der Schiffsarzt saßen. Sie ließen sich von den beiden Frauen die Vorfälle um den tragischen Tod von Vincent Nansen schildern. Kapitän Michelsen teilte in dieser Runde mit, dass er mit der Polizei in Zadar in Kontakt stehe. Derzeit gehe man von einem Unfallgeschehen aus, wobei der Leichnam sicherheitshalber obduziert werde. Das könne aber aus Kapazitätsgründen erst morgen geschehen.

„Die kroatische Polizei hat seine persönlichen Gegenstände schon von Bord geholt. Wir können ablegen. Ermittlungen an Bord sind nicht erforderlich“, erklärte er.

Nachdem Hannah unter Tränen die Situation aus ihrer Sicht geschildert hatte, stellte Lisa ihren beruflichen Background vor.

„Ich bin keine Rechtsmedizinerin und habe keinerlei Erfahrungen mit Raubfischen, aber diese klaffende Wunde sah deutlich nach einer tiefen kombinierten Stich- und Schnittverletzung und nicht nach einem Haiangriff oder etwas Ähnlichem aus", mutmaßte die Gynäkologin und zeigte dem Schiffsarzt ein Foto, das sie nach der Bergung von Vincents Wunde geschossen hatte. Auch der Security-Offizier ließ sich das Foto zeigen und war skeptisch.

„Ich kann Ihnen nur recht geben. Vor meiner Zeit auf der Adriana war ich lange Jahre bei den Feldjägern. In Afghanistan habe ich viele Erfahrungen mit Verletzungen durch Messerangriffe sammeln müssen. Was meinen Sie, Doc?", fragte er den Schiffsarzt.

„Ich stimme meiner Kollegin voll und ganz zu. Einen Haiangriff oder selbst einen Kontakt mit einem Riff oder Schiffswrack kann man sicherlich ausschließen, dafür sind die Wundränder zu glattrandig und der Schnitt zu tief. Aber erst nach der Obduktion haben wir Gewissheit", stellte der ergraute Bordarzt fest.

Hannah hatte sich ein wenig beruhigt und meldete sich besorgt zu Wort. „Herr Kapitän, wir machen uns Sorgen um unsere Freundin, die am Strand plötzlich aufgesprungen und losgerannt ist. Sie ist Profilerin beim LKA in Niedersachsen und sehr besonnen. Wenn sie uns in dieser Situation allein lässt, wird das seinen

Grund haben. Was ist, wenn ich keinen großen Fisch, sondern einen Taucher gesehen habe, der auf Vincent eingestochen hat. Falls Kristin ihm gefolgt ist, ist sie in großer Gefahr. Sie ist noch nicht zurückgekehrt, hat sich nicht gemeldet, und ihre persönlichen Sachen samt Bordkarte haben wir bei uns. Wir machen uns große Sorgen. Was sollen wir nur tun?“

„Auch wir sorgen uns um Frau Bäumer. Die Polizei hat mir versichert, die Bucht und das Umfeld erfolglos abgesucht zu haben. Sie werden die Augen offen halten und uns benachrichtigen, sobald Frau Bäumer wieder auftaucht. Nach unserer nächsten Destination Kotor legen wir in zwei Tagen in Dubrovnik an. Dort kann sie wieder an Bord gebracht werden. Ohne einen Ansatz, wo sich Frau Bäumer aufhalten könnte, habe ich leider keine Möglichkeit zu warten. Es tut mir leid“, rechtfertigte sich Kapitän Michelsen.

Pünktlich um 18 Uhr legten sie ab.

Kapitel 17 – Schlimme Nachrichten

„Was?“, fragte Henrik Bäumer. Er war außer sich, als Lisa ihn darüber informierte, dass seine Frau in Zadar nach dem ungeklärten Tod eines Passagiers verschwunden und nicht mit an Bord zurückgekehrt war. Lisas Schilderungen festigten seinen spontanen Entschluss. „Ich komme sofort nach Zadar!“, sagte er besorgt.

Das OFA-Team hatte gerade die Rekonstruktion ihres Cold Cases abgeschlossen. Sie besprachen noch, mit der Bewertung des Tatverhaltens am nächsten Morgen zu beginnen und wollten gerade Feierabend machen, als Thorstens Handy klingelte.

„Das ist ja ein Timing, pünktlich zum Feierabend wird Thorsten Opa“, scherzte Thomas Schulte.

Doch es war Henrik, Kristins Ehemann, der Thorsten über die aktuelle Entwicklung in Zadar unterrichtete. Das Team bemerkte die Anspannung ihres Teamleiters sofort. Hier stimmte etwas nicht. Das Gespräch endete mit einer Verabredung.

„Kannst du mit Siggi um 20 Uhr hier sein, wir bleiben hier. Bis gleich.“

Thorsten informierte das Team über das ungeklärte Verschwinden ihrer Kollegin samt der Vermutung, dass sie einem Täter nach der Ermordung eines Passagiers gefolgt sein konnte.

„Henrik und Siggi sind auf dem Weg", erklärte Büthe. „Sie werden morgen früh um vier Uhr nach Zadar fliegen. Wir müssen jetzt abstimmen, wie wir damit umgehen", informierte der OFA-Leiter die Gruppe. Er selbst war sichtlich betroffen.

Kristin und Thorsten kannten sich seit fast 30 Jahren und hatten eine enge kollegiale Bindung. Büthe versuchte vergeblich, Lisa und Hannah telefonisch zu erreichen. Sie waren allerdings schon wieder mitten auf der Adria außerhalb des europäischen Mobilfunknetzes. Nachdem sich Doktor Siegbert Schubert und Henrik Bäumer im OFA-Raum eingefunden hatten, versuchten sie die Situation trotz der mageren Informationslage einzuordnen.

Laut Lisas Bericht war ein Passagier, der sich mit Hannah im Wasser einer Bucht aufgehalten hatte, vermutlich von einem Taucher mit einem Messer angegriffen und tödlich verletzt worden. Lisa vermutete außerdem, dass Kristin ihn beim Verlassen des Wassers verfolgt haben könne. Von ihr selbst fehle seitdem jede Spur. Ihre persönlichen Gegenstände seien in der Strandtasche an Land geblieben.

Thorsten fasste das Wichtigste zusammen.

„Wir alle kennen Kristin und schätzen die Lage als sehr ernst ein. Die Obduktion des Passagiers ist erst für morgen anberaumt worden, was die Situation nicht besser macht. Neben dem persönlichen Verhältnis, das uns alle mit Kristin verbindet, sprechen zwei Aspekte für einen dienstlichen Kontext. Ich versuche, es objektiv und ehrlich zu formulieren. Ist der Angriff auf den Passagier einem Zufall geschuldet, könnte Kristin dem Täter gefolgt sein. Dabei wäre es möglich, dass es zu einer Konfrontation mit ihm gekommen ist. Auch ein Unfallgeschehen ist nicht ausgeschlossen, wobei Kristin zumindest nicht allein in der Lage war oder ist, auf sich aufmerksam zu machen, Hilfe zu holen oder eigenständig zum Schiff zurückzukehren. Dieser zweite Aspekt könnte Absicht sein. Wir können nicht ausschließen, dass jemand den drei Freundinnen auf das Schiff gefolgt ist, sodass neben Kristin auch eine Gefährdung von Hannah und Lisa in Betracht gezogen werden muss. Das heißt, ich werde mich Henrik und Doktor Schubert anschließen. Je nach Entwicklung der Sachlage haben wir mehrere Handlungsorte. Zadar wird unser erstes Ziel sein. Das zweite Ziel macht es problematischer, denn das ist mobil und heißt ‚Adriana'. Daher meine Frage an euch: Wer ist noch mit im Boot?“, erkundigte sich Thorsten.

Die Psychologin Carlotta und auch Maik stimmten sofort zu. Thomas Schulte musste noch familiäre Dinge regeln. Wenn alles glattging, war auch er mit dabei.

„Thomas, ich hätte gerne einen von uns in der Dienststelle, der von hier aus einiges regeln könnte. Wir benötigen eine offizielle Kooperationsanfrage an die kroatischen Kollegen, die wir über IP (die Dienststelle für internationale Zusammenarbeit im LKA) klären müssen. Wir sollten zudem unsere persönlichen Beziehungen nach der Norwegentour nutzen und Kontakt zur Reederei aufnehmen. Idealerweise auf dem kurzen Dienstweg, damit wir möglichst unauffällig aufs Schiff kommen. Das muss reibungslos laufen, Zeit für lange Anträge und Genehmigungen haben wir nicht. Könntest du das übernehmen, Thomas?", bat er seinen jungen Kollegen, der sofort zustimmte.

„Genau diese Formalismen könnten uns in Kroatien behindern", warf Maik ein. „Wenn wir den Flug um vier Uhr nehmen, schlagen wir dort morgen früh zu deren Dienstbeginn auf. Eine offizielle Genehmigung wird bis dahin nicht vorliegen, und es kommt jetzt doch auf jede Sekunde an."

„Okay, Maik. Was ist dein Vorschlag?", hakte Thorsten nach.

„Eine Interessentin auf unsere OFA-Stelle ist Saskia Münter. Sie hat neben den erforderlichen Qualifikationen die letzten Jahre während der Urlaubszeiten als Verbindungsbeamtin in Kroatien gearbeitet. Und zwar in Split, Dubrovnik und Zadar. Sie spricht kroatisch und hat vermutlich Kontakte, die wir sehr gut gebrauchen könnten. Wir kennen uns gut, ich kann sie gern anrufen", bot Maik an.

„Super Idee, frag sie bitte", lobte Thorsten ihn.

Henrik Bäumer war ehemaliger MEK-Beamter und hatte sich nach dieser Zeit als Hundetrainer für sogenannte Mantrailer ausbilden lassen. Diese Fährtenhunde konnten anhand von hinterlassenen menschlichen Epithelzellen die letzten Wege von Personen verfolgen.

„Ich habe über unsere Netzwerke Kontakte zu den sogenannten kroatischen Kadaverdogs, die weltweit angefordert werden. Ich mag es kaum aussprechen, aber sie können anhand von Blutspuren oder auch Verwesungsgeruch Leichen auffinden. Ich kümmere mich darum", erklärte Henrik. Ihm war nicht wohl in seiner Haut.

Maik hatte kurz den Analyseraum verlassen und kehrte zufrieden zurück. „Saskia ist mit dabei. Sie hat entsprechende Kontakte und wird um drei Uhr am Check-in sein", kündigte er an.

Doktor Schubert hatte sich bislang zurückgehalten und ergriff nun das Wort. „Vielen Dank für das Engagement in dieser Situation. Ich wäre sehr dankbar, wenn Sie mich in diesen Kreis aufnehmen könnten. Ich weiß nicht, was ich leisten kann, aber ich werde alles tun, was ich zu einer Unterstützung beitragen könnte. Ich kenne die ganzen verwaltungsrechtlichen Hürden und würde diese erst mal vereinfachen. Henrik und ich sind schon auf der Maschine um vier Uhr ab Hannover eingebucht. Ich ergänze die Buchung auf insgesamt sechs Plätze, dann ist das Thema Anträge auf Kostenerstattung schon mal vom Tisch. Bitte nennt mich Siggi, hier sind Formalismen nicht angebracht."

Diese verwaltungsrechtlichen Hürden waren nicht zu unterschätzen und führten oft zu Verzögerungen, die alles andere als sinnvoll waren.

Thorsten bedankte sich bei Siggi, stimmte sich kurz mit Thomas über die Schritte ab, die vom LKA aus zu leisten waren, und schloss die Gesprächsrunde.

„Okay, Leute, ich glaube es ist jetzt enorm wichtig, dass wir so vorgehen, wie wir es bei unseren Fällen gewohnt sind. Dass jeder von uns emotional betroffen ist, sollten wir hintanstellen. Und das ist genau der Anspruch, den Kristin jetzt an uns hat. Versucht noch ein wenig zu schlafen. Wir treffen uns um drei Uhr beim Check-in am Terminal A. Vielen Dank für euer Engagement, bis nachher."

Thorsten setzte als Erstes Iris Höppner in Kenntnis, die zur aktuellen Dezernatsleiterin aufgestiegen und nun auch wieder die Vorgesetzte der OFA war. Sein direkter Chef, der Leiter der Zentralstelle Gewalt, Hajo van Buick, war zum Wandern in Österreich, sodass Thorsten momentan seine Vertretung wahrnahm.

„Nicht schon wieder!", kommentierte die Kriminaloberrätin Thorstens Anruf in ihrer ersten Reaktion. Nach Darstellung der gesamten Lage galt ihre Sorge aber in erster Linie Kristin und den Freundinnen.

Sie sagte umgehend ihre Unterstützung zu.

„Okay, fliegt ihr erst mal runter, den Rest bekommen wir hier schon hin. Ich stimme mich gleich mit dem Präsidenten ab, der über seine Ebene und IP alles Nötige in Kroatien veranlassen wird. Dann bleiben Thomas und ich eure ersten Ansprechpartner. Haltet uns möglichst aktuell auf dem Laufenden und passt auf euch auf. Ich drücke euch die Daumen."

Es war schon 21 Uhr, und sein zweiter Anruf galt seiner Tochter Celina.

„Hey Süße, wir geht es dir? Ist Lea immer noch nicht neugierig auf die große Welt?"

„Na, Paps, hier ist noch alles okay. Lea tritt mich ständig und sucht wohl schon den Ausgang, aber bislang ist noch alles paletti", beruhigte sie ihren Vater, der dann mit schlechtem Gewissen beichtete, für einige Tage nach Kroatien reisen zu müssen. Aber da auch die Familien des OFA-Teams untereinander stets in Kontakt standen, hatte Kristin die Kindheit von Celina und Emma ebenso verfolgt wie Thorsten die ihrer Söhne. Seine Tochter drückte Kristin die Daumen und verabschiedete sich verständnisvoll.

Für Vicci war es eine dieser Lebensphasen, in der sie ihren Mann an ihrer Seite gebraucht hätte. Aber auch Vicci konnte priorisieren. Es ging mal wieder um Leben und Tod; das war sie zwar gewohnt, doch hier waren Kristin und ihre Freundinnen direkt betroffen. Auch Vicci empfand das als enorme emotionale Belastung.

Sie beteuerte, dass sie und Emma Celina auch alleine unterstützen konnten und dass sie ihn umgehend informieren würde, sobald Lea das Licht der Welt erblickt hatte.

Mit einer innigen Umarmung und einem zärtlichen Kuss verabschiedete Vicci ihren Mann am Terminal A im Flughafen Hannover. Sie hoffte, dass sie ihn und das Team unversehrt wiedersehen würde.

Pünktlich um drei Uhr trafen sich alle am Check-in des Terminals. In der Runde stellte sich Saskia Münter vor. Die 36-jährige Kollegin arbeitete momentan beim Kriminaldauerdienst in der Polizeidirektion Hannover. Der KDD führte in einem Schichtdienstmodell rund um die Uhr die ersten Ermittlungen im Bereich von unklaren und nicht natürlichen Todesfällen, Sexual-/Brand- und Raubdelikten. Die KDD-Teams waren zudem auch für die Tatortaufnahmen sowie die kriminaltechnischen Sicherungen an den Tatorten zuständig. Die junge Kollegin ging bei ihrer Vorstellung insbesondere auf drei Einsätze in Kroatien ein, in denen sie während der letzten Jahre im Rahmen eines Austauschprogrammes mit der kroatischen Polizei zusammengearbeitet hatte. So waren von ihr entsprechende Kontakte in sämtliche Hierarchien und Fachbereiche aufgebaut worden. In dieser Zeit hatte man sie in Zadar, Split und auch Dubrovnik eingesetzt. Kein Wunder, dass sie fließend kroatisch sprach. Saskia war circa 170 Zentimeter groß, schlank und hatte ihr hellblondes Haar auf die Schnelle zu einem Pferdeschwanz zusammengebunden. Glücklicherweise hatte die junge Kollegin einen guten Kontakt zum Leiter der Mordkommission in Zadar, Ivo Bašić. In Abstimmung mit Thorsten hatte sie Bašić über das kurzfristige Eintreffen des hannoverschen Teams per WhatsApp informiert und hoffte, dass er die Nachricht gleich am Morgen lesen würde.

Thorsten war froh, Saskia im Team zu haben.

Als Vielflieger hatte Dr. Schubert aufgrund seiner Kontakte besondere Konditionen. Ihm war es gelungen, in der Lufthansa-Maschine einen durch einen Vorhang separierten Bereich buchen zu können, in dem sie ungestört das weitere Vorgehen abstimmen konnten.

Nach der Landung in Zadar wurden sie von einem mittelgroßen Mann mit breiten Schultern, kantigem Schädel und dunklem Bürstenhaarschnitt erwartet, der in Begleitung von zwei uniformierten Polizisten war. Sein ernster Blick erhellte sich plötzlich. Er strahlte förmlich, als er Saskia erblickte. Mit einer herzlichen Umarmung begrüßte er erst seine ehemalige deutsche Kollegin und dann das Team. In einem fast akzentfreien Deutsch stellte er sich als Hauptmann Ivo Bašić von der Mordkommission in Zadar vor.

„Das ist ein überraschender Besuch aus Deutschland. Ich hätte gerne mehr Zeit gehabt, um mich vorzubereiten. Als ich Saskias Nachricht gelesen hatte, war es mir aber wichtig, euch abzuholen und zu erfahren, warum genau ihr hier seid. Ich bin gespannt, ob ich überhaupt etwas für euch tun kann“, schränkte der kroatische Kollege ein.

Das deutsche Team begleitete die Polizisten in einen Besprechungsraum der Flughafenpolizei. Hier bekamen sie die Gelegenheit, ihr Anliegen und ihre Befürchtungen zu schildern.

Hauptmann Bašić blieb zurückhaltend.

„Nach Saskias Nachricht habe ich den Vorgang heute Morgen bei der Polizei, die den Fall aufgenommen hat, angefordert. Wir hatten bislang noch keine Kenntnis, da das Obduktionsergebnis noch nicht vorliegt und wir noch nicht einmal wissen, ob wir es überhaupt mit einem Tötungsdelikt zu tun haben.“ Als Thorsten das Wort ergreifen wollte, fuhr der Hauptmann fort. „Ich weiß, eure Kollegin ist verschwunden. Sie war hier aber nicht offiziell als Polizistin eingesetzt. Für uns ist sie eine ganz normale Urlauberin. Ihr glaubt gar nicht, was wir hier mit den Touristen erleben, die ein oder zwei Tage nicht auftauchen. Der Bereich der Bucht ist komplett abgesucht worden. Wir haben dort auch keinen Hinweis auf ein Verbrechen finden können.“

Henrik kochte vor Wut. „Kristin ist meine Frau und die verschwindet nicht mal so einfach ein oder zwei Tage. Vermutlich ist ein deutscher Tourist ermordet worden und wahrscheinlich hat meine Frau den Täter verfolgt, denn seitdem ist sie verschwunden. Wir verschwenden Zeit, viel zu viel Zeit.“

Hauptmann Bašić lehnte sich zurück.

„Hätte Saskia mich nicht benachrichtigt, hätte man euch nicht einmal angehört. Ihr schlagt hier mit einer gemischten Gruppe aus deutschen Polizisten und den Ehemännern von zwei Touristinnen auf. Ihr habt mit dem Toten überhaupt nichts zu tun und fordert Ermitt lungen in einem Fall ein, der vielleicht nicht einmal polizeilich relevant ist. Ich könnte mich jetzt locker auf ein offizielles Ersuchen der deutschen Justiz und eine Genehmigung meiner Behörde berufen, die ihr aber nicht vorweisen könnt.“ Er schmunzelte. „Meine deutsche Lieblingskollegin Saskia wird dann allerdings nie wieder nach Zadar kommen, und das kann ich nicht zulassen. Mein Vorschlag: Wir müssen das Obduktionsergebnis abwarten, um zu wissen, mit wem oder was wir es hier zu tun haben. Wir sollten die Zeit bis dahin nutzen, um uns gemeinsam die Bucht anzuschauen. Vielleicht seht ihr Profiler ja andere Dinge, die unseren Kollegen entgangen sind. Ich habe für neun Uhr Einsatzkräfte, Blutspürhunde, Taucher und eine Drohne in der Bucht angefordert. Wir suchen gemeinsam alles ab und haben dann die nötigen Kräfte vor Ort, falls sich ein Tötungsdelikt bei dem Touristen bestätigen sollte. Jetzt lasst uns aber erst mal ein wenig runterkommen, noch einen Kaffee trinken und dann legen wir los. Okay?“, schlug Ivo Bašić vor.

Das deutsche Team nickte. Was sollten sie auch anderes tun?

Die uniformierten Polizisten führten die Gruppe vor dem Flughafengebäude in einen Mannschaftsbus der Polizei und chauffierten sie zum Beach Petrčane in die Opferbucht.

Über einen sandigen Feldweg erreichten sie den Parkplatz an der Strandbar. Schon von Weitem sahen sie, dass dort eine Vielzahl von Fahrzeugen der Polizei und zwei zivile Mercedes Vito geparkt waren.

Hinter der Bar offenbarte sich dem Team aus Hannover einer der schönsten Strände, die sie je gesehen hatten. Im hinteren Bereich waren Pavillons aufgebaut, unter denen Polizisten ihr technisches Gerät für den

Drohnen- und Unterwassereinsatz vorbereiten konnten. Hauptmann Bašić hatte bei seiner Beschreibung maßlos untertrieben.

Saskia lächelte. „Ich hatte schon Angst, er hätte sich verändert."

Das deutsche Team wurde den kroatischen Einsatzkräften vorgestellt, wobei einige der Beamten Saskia begrüßten wie eine langjährige Freundin. Sie schien hier einen guten Eindruck hinterlassen zu haben.

Im Schatten des Pavillons kamen sie zusammen und erörterten die Sachlage unter der Leitung von Ivo Bašić. Zur Sprache kamen die von der Polizei gefertigten Fotos sowie die Aussagen von Hannah, Lisa und Andreas. So konnten sie nachvollziehen, in welcher Höhe Vincent tödlich an seinem Körper verletzt worden war, wo die Handtücher am Strand gelegen hatten und in welche Richtung Kristin gelaufen war.

Alle waren sich schnell einig, vorrangig die Suche nach Kristin voranzutreiben und mit etwaigen Spuren im Bereich der linken Felsen und Trampelpfade zu beginnen. Henrik hatte zu Hause eine Bluse von Kristin aus der Schmutzwäsche gefischt, holte die aus einer DNA-Sicherungstüte hervor und sprach mit einem der Hundeführer. Zwei Mantrailer, ein belgischer Schäferhund sowie ein Terrier, schnüffelten daran und liefen gezielt in Richtung der Felsformationen an der linken Seite der Bucht.

Ein Suchtrupp und das deutsche Team folgten ihnen, während die Drohne parallel aufstieg, um die Suche im selben Bereich aus der Luft zu begleiten.

Die Hunde liefen gezielt auf dem Trampelpfad, der zum Felsplateau führte. Offensichtlich hatten sie die Spur von der Bluse aufgenommen. Nach etwa 300 Metern schlugen sie an, liefen im Kreis zu den Klippen und legten sich an einer kleinen Grasfläche neben dem Pfad ab. Die kroatischen Kollegen und das deutsche Team folgten schwer atmend bis zu der Stelle. Dort wurden sie von den Hundeführern gestoppt, die umgehend den Tatortbeamten der Kriminaltechnik anforderten. Sie riefen Hauptmann Bašić in kroatischer Sprache etwas zu, was Saskia für das Team übersetzte.

„Wie ihr gehört habt, haben die Hunde angeschlagen. Die Hundeführer sind fündig geworden. Vermutlich haben sie Blut und die Reifenspuren eines Motorrades gefunden. Sie sperren alles ab und warten auf das SpuSi-Team", erklärte die junge Kollegin.

Hauptmann Bašić erhielt einen Anruf, antwortete kurz und knapp und kam dann auf Thorsten Büthe zu.

„Das war die Rechtsmedizin. Es ist bestätigt. Vincent Nansen ist durch eine tiefe, kombinierte Stich- und Schnittverletzung getötet worden. Die Klinge scheint einen Sägeschliff gehabt zu haben, vermutlich handelte es sich um ein Tauchermesser. Jetzt sind wir gemeinsam an der Aufklärung dieses Falles interessiert. Die Kriminaltechniker sichern die Blut- und Reifenspuren. Sie werden noch einen Humanbluttest vor Ort machen. Ist er positiv, haben wir vermutlich einen zweiten Tatort. Jetzt müssen wir nur noch eure

Kollegin finden. Mit einem Motorrad wird er sie nicht mitgenommen haben", mutmaßte der Hauptmann.

Thorsten wagte es kaum zu fragen. „Was ist mit den Klippen?"

Ivo Bašić gab eine kurze Anweisung ins Funkgerät. Daraufhin ließ sich die Drohne hinter der Felsformation nach unten in Richtung der Klippen fallen. Nach nur wenigen Sekunden wurde es über Funk laut und hektisch.

Die dröhnende Geräuschkulisse war durch das Aufschlagen der Wellen auf die Steilküste geprägt. Hilferufe verebbten in diesem Rauschen, vor allem, wenn sie nur noch ein Flüstern waren. Kristins Kräfte ließen nach. Das Atmen fiel ihr schwerer, zumal sie immer wieder bewusstlos wurde. Ihre Stimme war nur noch ein leises Flehen. Es ging zu Ende. Du verreckst an einer der schönsten Buchten Kroatiens, dachte Kristin, und keiner kann dir helfen. Das summende Geräusch konnte sie nicht mehr einordnen. Es war das Letzte, was Kristin wahrnahm, bevor sie endgültig das Bewusstsein verlor.

Hauptmann Bašić kam auf das deutsche Team zugerannt und rief hektisch: „Wir haben sie. Eure Kollegin hängt etwa fünf Meter unter dem Plateau in einer Felsspalte fest."

Henrik schrie: „Lebt sie? Bewegt sie sich?"

Der Hauptmann gab die Frage über Funk an den Drohnenpiloten weiter, der nur knapp antwortete. Ivo

Bašić gab es direkt weiter. „Aktuell kein Lebenszeichen“, berichtete er bedauernd.

Henrik sprintete auf das Felsplateau und wurde von den kroatischen Kollegen des Suchtrupps zurückgehalten. Hauptmann Bašić rief ihm zu, dass er sich beruhigen sollte. „Ich habe die Rettungskräfte alarmiert“, erklärte er. „Sie sind in wenigen Minuten hier und bringen Seile und eine Winde mit.“

Doch Henrik war wie von Sinnen. „Das dauert mir zu lange. Ich kann nicht warten!“ Mit diesen Worten durchbrach Henrik die Absperrung und kletterte ohne Sicherung die steile Felswand zu seiner Frau hinunter.

Thorsten hielt seinen kroatischen Kollegen zurück. „Ivo, lass ihn“, bat er. „Henrik kann das. Wir brauchen ein Abschleppseil oder etwas Ähnliches.“

Ivo Bašić nickte nur und rief dem Suchtrupp etwas zu, das einen Kollegen zu einem Sprint zum Parkplatz veranlasste.

Henrik war immer noch total fit. Er hatte während seiner MEK-Zeit etliche Kollegen beim Klettern an Haus- und Felswänden ausgebildet und wusste, was er tat. Vorsichtig tastete er sich von Vorsprung zu Vorsprung an seine Frau heran, denn es hätte niemandem geholfen, wenn er dreißig Meter weiter unten auf den Klippen aufgeschlagen wäre. Kristin hing mit dem Oberkörper in einer Felsspalte. Sie zeigte keine Lebenszeichen und reagierte auf seine Rufe nicht. Nach wenigen Minuten erreichte er sie. Er war erleichtert, dass er noch eine Körpertemperatur spüren konnte. Vorsichtig ertastete er ihren Hals und konnte einen leichten Pulsschlag spüren.

„Sie lebt, schnell, wir müssen sie hochziehen", forderte Henrik verzweifelt.

„Nein, das ist zu riskant, Henrik", schaltete sich plötzlich Doktor Schubert ein. „Wir wissen nicht, was alles gebrochen ist. Wir müssen sie möglichst schonend bergen. Wenn wir sie nur an einem Seil hochziehen, schlägt sie überall mit dem Körper an der Felswand an. Hab Geduld! Ein Hubschrauber ist auf dem Weg zu euch und hebt sie gleich mit einer Luftpolsterschiene an. Bleib bei ihr. Sprich mit ihr und sichere sie."

Von Ferne hörte Henrik schon die Rotorengeräusche des Rettungshubschraubers, der sich über dem Felsplateau positionierte. Ein Retter ließ sich samt Transportschiene an einer Winde herunter. Gemeinsam befestigten sie Kristins Körper auf der frei schwebenden Trage. Sie schlossen eine Art Laken mit einem Reißverschluss um ihren Körper, welches sich schlagartig mit Pressluft füllte und Kristin rundum schützte. Der kroatische Retter streckte den Daumen hoch und ließ sich samt der Trage über die Winde zurück in den Hubschrauber ziehen. Dann verschwand er so schnell, wie er gekommen war.

Die oben auf dem Felsen eingetroffenen Einsatzkräfte ließen ein Rettungsgeschirr zu Henrik herunter und zogen ihn sicher zurück auf das Plateau. Erleichtert, aber auch weiterhin besorgt, da sie die Schwere von Kristins Verletzungen nicht einschätzen konnten, schloss sich das Team in die Arme. Hauptmann Bašić ließ sie in das Krankenhaus bringen, in dem Kristin versorgt wurde, und entschuldigte sich, weil er sich um die Ermittlungen vor Ort kümmern musste.

Ohne einen Blick zurück verließ das deutsche Team die Opferbucht.

Kapitel 18 – Die Diagnose

Im Krankenhaus in Zadar wurde die deutsche Gruppe auf der Station der Unfallchirurgie in den Wartebereich geführt. Hier erfuhren sie, dass bei Kristin eine Erstversorgung erfolgte und dass die multiplen Verletzungen zunächst detailliert diagnostiziert werden mussten. Es war ein Segen, Saskia Münter als Dolmetscherin und Lisas Ehemann, Siegbert Schubert, als Arzt in der Gruppe zu haben, um die ärztlichen Angaben auch verstehen und einschätzen zu können.

Nach etwa einer Stunde erschien Professor Kovač, der Leiter der Unfallchirurgie, um Henrik als Ehemann die ersten Diagnosen mitzuteilen. Er lud ihn dazu in sein Arbeitszimmer ein. Mit Henriks Einverständnis durften auch Saskia und Siegbert zuhören. Fassungslos folgten sie den Ausführungen des Chefarztes, die nicht enden wollten. Als sie sichtlich betroffen zurück in den Warteraum kamen, schilderte Doktor Schubert die ersten Befunde.

„Kristin ist wirklich schwer verletzt. Neben mehreren Rippen-, einer Hüft- und Schulterfraktur hat sie massive Schädelverletzungen erlitten. Ihr musste eine Hirndrainage gelegt werden. Es ist eine sofortige Notoperation erforderlich, die gerade in der Neurologie vorbereitet wird. Erst danach können die Frakturen versorgt werden. Kristin musste in ein künstliches Koma versetzt werden und wird anschließend auf die Intensivstation verlegt. Uns bleibt derzeit nur die Möglichkeit zu beten und ihr die Daumen zu drücken. Sie ist noch lange nicht über den Berg."

Henrik starrte ins Leere und konnte keinen klaren Gedanken fassen.

„Wie schätzt du die Kompetenz der Ärzte ein? Ist sie hier bei diesen schweren Verletzungen gut aufgehoben, Siggi?", hinterfragte Thorsten.

„Ich kann euch beruhigen. Dieses Krankenhaus ist auf dem modernsten Stand und fachlich super aufgestellt. Professor Kovač hat zudem ein Fachärzteteam von Neurochirurgen hinzugezogen, das sich momentan auf einem Kongress in Zadar befindet. In dieser Situation ist das ein wirklich glücklicher Umstand. Kristin ist keinesfalls transportfähig. An eine Verlegung nach Deutschland ist zumindest in den nächsten Tagen nicht zu denken. Lasst uns die erste Operation abwarten und hoffen, dass sie es schafft," erklärte Doktor Schubert betroffen.

Henrik informierte seine beiden Söhne und die Familie in Deutschland über den kritischen Zustand von Kristin, erwähnte aber ebenfalls die hohe fachliche Kompetenz der behandelnden Ärzte. Lisa und Hannah, die auf der Adriana auf Nachricht warteten, erfuhren die schlimmen Neuigkeiten von Doktor Schubert. Sie alle konnten im Moment nichts für Kristin tun und waren zum Abwarten verdammt.

Mittags um 12 Uhr legte die Adriana im Hafen von Kotor an.

Die Ungewissheit, was mit Kristin geschehen war, zehrte an den Nerven ihrer Freundinnen ebenso wie die Ohnmacht, der sie chancenlos ausgeliefert waren. Lisa war von ihrem Mann informiert worden, dass er mit Henrik und Kristins Kollegen bereits morgens in Zadar eingetroffen war, um das Verschwinden von Kristin aufzuklären. Sie hatten sich abgestimmt, ihre Reise in Dubrovnik zu beenden und auszuschiffen. Solange das Schicksal ihrer Freundin nicht geklärt war, konnte ihnen die Kreuzfahrt kein Vergnügen bereiten.

Während die Passagiere den Landgang genossen, blieben Lisa und Hannah an Bord und warteten ungeduldig auf eine Nachricht aus Zadar. Andreas Nolte hatte sich ihnen auf dem Außendeck angeschlossen. Auch er war noch völlig traumatisiert und unsicher, wie er sich jetzt verhalten sollte.

Der Freund von Vincent hatte Janice vom Tod ihres ehemaligen Lebensgefährten in Kenntnis gesetzt, was sie zwar betroffen aufgenommen hatte, allerdings ohne jegliche Unterstützung zu signalisieren. Was sollte Andreas tun?

Die Eltern von Vincent waren verstorben, von weiteren Angehörigen wusste er nichts. Ein Dilemma! Irgendwie fühlte er sich verantwortlich.

Endlich! Lisas Telefon klingelte. Im Display erschien der Name „Siggi“. Sie ging ran.

„Hallo Schatz, was gibt es Neues?“, fragte sie und hörte zu. Dann wurde sie ganz still. Nicht einmal ihr Atem war noch zu vernehmen. Es war die Ruhe vor dem Sturm. Im Verlauf des Gesprächs schossen Lisa plötzlich Tränen in die Augen, als ihr Mann die aktuelle Situation ihrer Freundin Kristin schilderte.

Ihre Reaktion wirkte sich auch auf die von Andreas und Hannah aus, die das Gespräch mit Siggi nicht verfolgen, sondern nur miterleben konnten, wie sehr Lisa geschockt war.

Andreas wurde bleich wie eine weiße Wand. Hannahs Augen wurden feucht. Sie schlug die Hände vor ihr Gesicht, woraufhin Lisa das Gespräch kurz unterbrach.

„Kristin lebt, sie ist aber schwer verletzt“, versuchte die Ärztin beide zu beruhigen und konzentrierte sich dann weiter auf die Ausführungen ihres Mannes.

„Okay, Schatz, das kann ich verstehen, da bist du besser aufgehoben. Wir kommen schon klar“, versicherte Lisa ihm und hörte weiter zu. „Gut, ich bleibe dran“, erwiderte sie kurz darauf und erhob sich von ihrem Platz. Sie entfernte sich ein Stück von Hannah, um eine räumliche Distanz zu schaffen. Mehrere Meter weiter in Richtung Bug lehnte sie sich an die Reling, damit ihre Freundin nicht mithören konnte.

Auf der anderen Seite übernahm jetzt Thorsten Büthe das Gespräch. Er hatte die Ärztin gebeten, einen

Moment lang abseits von Hannah mit Lisa telefonieren zu können.

„Hallo Lisa, ich bin's, Thorsten. Kristin liegt noch im Koma. Wir können also nicht beurteilen, ob der Mord an Vincent und die versuchte Tötung von Kristin Zufall war oder auch mit dem Stalker von Hannah im Zusammenhang stand. Wir müssen auf Nummer sichergehen. Der Täter hat Vincent sehr effektiv getötet. Er ist konsequent und planvoll vorgegangen. Nachdem ihn Kristin vermutlich verfolgt und auch gestellt hat, schreckte er vor ihrer Tötung nicht zurück. Nach einem Kampf muss er sie einfach die Klippen heruntergeworfen haben. Es war reiner Zufall, dass sie überhaupt überlebt hat. Mit Sicherheit geht der Täter von ihrem Tod aus. Tja, und Vincents Ermordung scheint geplant gewesen zu sein. Für eine zufällige Opferauswahl macht es keinen Sinn, ihn auf diese Art im Wasser zu töten. Welches Motiv sollte ein Täter haben, erst einen Badegast gezielt umzubringen und dann eine Touristin die Klippen herunterzustürzen? Falls es allerdings der Stalker gewesen sein sollte, müssen wir davon ausgehen, dass er bei euch an Bord der Adriana sein dürfte. Das heißt, ihr seid in großer Gefahr. Wie wir es einschätzen, will er Hannah, und er wird alles aus dem Weg räumen, was sich ihm entgegenstellt. Vermutlich ist Vincent Hannah zu nahegekommen. Da wir nicht wissen, wie er von der Kreuzfahrt und eurem eigentlich spontanen Plan, die Bucht aufzusuchen, erfahren hat, müssen wir davon ausgehen, dass er euch, wie auch immer, überwacht", vermutete der Profiler. „Wir haben die Situation mit unseren Experten besprochen. Sie glauben, dass er nur über den Zugriff eines Handys an solche Informationen kommen kann. Hannahs Handy ist zerstört und nie wieder aktiviert worden, soweit ich mich erinnern kann, oder hat sie ein neues, von dem wir noch nichts wissen?", erkundigte sich Thorsten.

„Nein, das kann ich ausschließen", behauptete Lisa.

„Okay, dann bleibt nur das von Kristin und deines übrig", stellte der LKA-Beamte fest.

„Nimm bitte Kristins Handy und entferne zur Sicherheit ihre SIM-Karte und den Akku. Falls er dein Telefon manipuliert hat, haben wir im Team zwei Varianten diskutiert. Du machst das gleiche mit deinem Handy oder gibst darüber nur mit uns abgestimmte Infos weiter. Der Täter darf auf keinen Fall erfahren, dass wir Kristin gefunden haben und dass sie sogar überlebt hat. Das könnte ihn zu unkontrollierten Kurzschlussreaktionen veranlassen, die wir verhindern müssen. Ebenso wird es ihn stutzig machen, falls seine Informationsquelle plötzlich abbricht. Es gibt die technische Möglichkeit, dass er auf dein Handy zugreifen kann, während du den mobilen Datenaustausch freigibst. Er hat möglicherweise dann auch Zugriff auf dein Mikrofon, deinen Standort und alles, was du mit dem Handy machst. WhatsApp, Facebook, E-Mails und auch sämtliche Bordaktivitäten. Die Telefonate kann er nicht direkt mithören, da in diesem Moment das Mikro durch dich blockiert ist. Er kann aber sehen, wann und wie lange du mit wem telefoniert hast“, schätzte der LKA-Beamte ein.

„Dann weiß er doch jetzt, dass ich zehn Minuten mit dir telefoniere, oder?“, vermutete Lisa.

„Nein, er sieht, dass du die ganze Zeit mit Siggi telefonierst. Das ist sicher unschädlich und völlig normal. Daher solltest du mich oder jemanden von uns nicht anrufen. Nur Siggi, okay?“, forderte Thorsten.

„Verstanden. Wie sollen wir uns hier am besten verhalten?“, fragte die Gynäkologin.

„So normal und unauffällig wie möglich. Geht an Land, bleibt unter Leuten und seid vorsichtig. Er wird euch beobachten und verfolgen. Auch wenn es euch herausfordert, versucht nicht, ihn zu identifizieren, denn sonst wird's gefährlich. Wenn ihr euch abstimmen müsst, geht ohne Handy gemeinsam aufs Damenklo, dort seid ihr ungestört“, schlug Thorsten vor. „Wir werden morgen zu viert so unauffällig wie möglich in Dubrovnik an Bord kommen und zu euch Kontakt aufnehmen. Ach ja, eine Bitte habe ich noch. Hannah muss nicht alles erfahren, sonst fliegt ihr auf. Okay?“

Lisa hatte verstanden, kehrte zu ihrer Freundin und Andreas zurück, um sie über den Gesundheitszustand von Kristin zu unterrichten. Andreas hatte ihre Reaktion mitbekommen, sodass sie ihn im Wesentlichen einweihen musste. Lisa verdonnerte beide zum Stillschweigen, ließ aber die sensiblen Inhalte des Gespräches mit dem OFA-Leiter aus. Es kostete sie einige Überredungskünste, Hannah zu einem Landausflug zu motivieren.

„Wir helfen Kristin nicht, wenn wir uns hier einschließen", sagte Lisa. „Du kennst sie, sie hätte von uns erwartet, dass wir unsere Reise trotzdem genießen."

Hannah war nach kurzem Zögern einverstanden. Ihre Freundin hatte recht. Es half ja nichts, Trübsal zu blasen. Besser, sie lenkten sich ab.

Lisa gab sich alle Mühe, für Zerstreuung zu sorgen. In kürzester Zeit hatte sie sich Wissenswertes über die Stadt Kotor angeeignet. Nur zwischendurch warf sie einen Blick auf die Aufzeichnungen. „Wahnsinn, was für ein beeindruckender Ort", berichtete sie Hannah. „Kotor liegt etwas südlich von Dubrovnik in Montenegro und blickt auf eine jahrtausendealte Geschichte und eine lange Tradition der Seefahrt zurück, weißt du? Der Hafen befindet sich direkt im Zentrum."

Die Adriana lag an der langen Stadtmole, die wie ein Dorn aus der Altstadt herausragte. Die Freundinnen waren sofort mittendrin. Bei ihrem Rundgang im maritimen Museum von Kotor erfuhren sie, wie sich die Stadt zu einem der wichtigsten Seehäfen der Adria entwickelt hatte – vor allem während der Zeit, als Kotor unter dem Schutz der Seerepublik Venedig stand, die zeitweilig das gesamte östliche Mittelmeer kontrollierte. Vom Hafen aus gelangten sie in wenigen Minuten ins Zentrum und durch das Stadttor in schmale Gassen und auf verwinkelte Plätze, die nach den früheren Handelsgeschäften benannt waren, wie Lisa erklärte. Holz- und Waffenplatz, Mehlplatz oder

Salzplatz. „Schau mal, auf dem Hauptplatz steht der berühmte Uhrenturm Gradska Kula im Renaissance-Stil“, informierte sie ihre Freundin.

Eingehakt schlenderten sie weiter, bis sie zu einem sakralen Gebäude kamen. „Man weiß überhaupt nicht, wie viele historische Schätze irgendwo schlummern, von denen man noch überhaupt keine Ahnung hatte“, sagte Lisa und schmunzelte. „Diese hier finde ich allerdings etwas gruselig. In der Kathedrale Sveti Trifun liegen nämlich die Reliquien des Heiligen Tryphon, des Schutzpatrons Kotors. Die Kirche ist das prächtigste Gotteshaus in Montenegro. Der älteste Teil im Stil der Romanik stammt aus dem 12. Jahrhundert. Die Stirnseite und die beiden Türme wurden nach einem großen Erdbeben im Jahre 1667 errichtet. Aber mit den Reliquien ist das so eine Sache. Splitter vom Kreuz Jesu sind so oft verkauft worden, dass sie das Gewicht des Folterinstrumentes bei Weitem überstiegen. Und so manch ein Heiliger hätte unzählige Finger haben müssen, wenn man die Anzahl der Knöchelchen betrachtet, die irgendwo aufgetaucht sind.“ Lisa lächelte. Hannah schüttelte den Kopf. „Tja, ein Problem von Angebot und Nachfrage ganz besonderer Art, schätze ich“, sagte sie, „und von Gutgläubigkeit, aber man hatte natürlich auch keine Möglichkeit, die Überreste der Gebeine und der Devotionalien zu überprüfen. Immerhin können wir uns heute noch von dem Prunk und der Üppigkeit beeindrucken lassen, die zu Ehren der Heiligen entstanden sind.“

Gemeinsam bewunderten sie im Inneren der Kathedrale byzantinische Fresken, Sarkophage sowie Gold- und Silberschmiedearbeiten aus dem Mittelalter. Die Sonne blendete sie fast, als sie wieder ins Freie traten. Nun ging es bergauf.

„Am Hang der Festung Sveti Ivan windet sich die Stadtmauer viereinhalb Kilometer am Fels hinauf – bis auf 260 Meter Höhe", berichtete Lisa und schnaufte. 1350 Treppenstufen führten hinauf zur Burg, die mit jedem Schritt ihre Kondition herausforderten. Der Aufstieg ließ ihren Puls rasen, wobei sie keine Stufe bereuten. Schwer atmend angekommen, genossen sie einen wunderschönen Ausblick über die Bucht, den Hafen und die roten Dächer Kotors. „Zu allen Seiten schützen die mit Kiefern und Olivenbäumen bewaldeten Hänge vor der Bora", erzählte Lisa weiter. „So heißt der berüchtigte Wind, der im Winter bisweilen mit Sturmstärke bläst."

Ihr eigenes Ausflugsprogramm sah noch eine Fahrt in die Barockstadt Perast vor. Dort zeugten barocke Paläste und stattliche Häuser von der Seefahrertradition Perasts. Auch hier wusste Lisa Interessantes zu schildern. „Während der Herrschaft Venedigs stand Perast in höchster Blüte. Berühmte Kapitäne, Admirale, Schiffsbauer und Eigner großer Reedereien machten die Stadt wohlhabend. Für besonders treue Dienste verlieh die Markusrepublik ihr den Ehrentitel *Treueste Bannerträgerin*. Der gesamte Ort steht heute unter Denkmalschutz." Hannah war beeindruckt und lauschte Lisas Ausführungen auf einer Bank in der Sonne. „Ein Dutzend Sehenswürdigkeiten liegen in der Altstadt verstreut. Da müssen wir unbedingt hin. Unter ihnen sticht die Kirche Sveti Nikola aus dem 15. Jahrhundert besonders hervor.“ Ein 55 Meter hoher Wachturm aus dem 16. Jahrhundert lud die Freundinnen zu einem Panoramablick über die Bucht von Kotor ein. Der Turm war laut Lisas Kenntnis einst zum Schutz vor den Osmanen erbaut worden. Die Anmut dieser architektonischen Perle ließ beide die Sorge um Kristin fast vergessen, aber nur fast. Sie schossen einige Handyfotos, wobei sie die sonst typischen ausgelassenen Selfies vermieden.

Unter ihren Füßen lagen die kleinen Inseln St. Georg mit dem Friedhof der Stadt und St. Maria auf dem Felsen mit einer Wallfahrtskapelle. „Ob du es glaubst oder nicht“, begann Lisa. „St. Maria ist eine künstliche Insel, die über Jahrhunderte durch das Versenken von Steinen und mit Schutt beladener Schiffe entstanden ist. Noch heute werden bei einer jährlichen Prozession von den Einheimischen Steine ins Meer geworfen, um die Insel wachsen zu lassen.“

Mit einem Taxi ließen sie sich weiter in das an der Küste der Adria gelegene Seebad Budva chauffieren. Lisa, die kurz noch einmal nachgelesen hatte, berichtete weiter. „Der Legende nach gründete Kadmos, der Sohn des griechisch-phönizischen Königs Agenor, die Stadt vor über 2.500 Jahren. Ursprünglich lag der Ort auf einer Insel, nur durch eine Sandbank mit dem Festland verbunden. Im Jahre 1979 zerstörte ein verheerendes Erdbeben die Stadt fast vollständig. Doch die Bewohner bauten sie originalgetreu wieder auf. So wirkt das mittelalterliche Zentrum Budvas mit den engen Gassen wie aus historischen Zeiten entsprungen. Also, ich finde das faszinierend."

„Ja, man kann sich gedanklich ein bisschen in die Zeit zurückversetzen", stimmte Hannah zu.

Die kleinen Boutiquen und Cafés luden normalerweise zum Shoppen und Verweilen ein, doch die Freundinnen waren dazu überhaupt nicht in der Stimmung. Sie setzten sich lieber unter einen Baum im Schatten und stöberten in Lisas Reiseführer.

„Da müssen wir unbedingt noch hin", schlug die Gynäkologin vor. „Die Kirchen Sveti Ivana und Sveti Trojica sind beeindruckende Architekturdenkmäler. Eine mittelalterliche Stadtmauer umgibt den denkmalgeschützten Ort, und in der Umgebung sollten wir auch noch die Festungsanlage Kosmač besichtigen."

Bei diesem Rundgang durch Budva lernten sie auch die lukullischen Seiten Montenegros kennen. Irgendwo mussten sie ja nun einmal pausieren und sich stärken. Sie landeten in einer kleinen Kneipe, die wohl vor Hunderten von Jahren schon so eingerichtet war. Nur die dampfende Siebdruckmaschine passte nicht recht in die alte Zeit. Das Angebot an feinem Schinken sowie edlem Käse der Gegend und dazu ein fruchtiger Rotwein war ein Fest für den Gaumen, mit dem sie ihren Ausflug beendeten. Gut gesättigt von Eindrücken und Speisen ließen sie sich mit einem Taxi zurück zum Anleger bringen. Nur die unbeschwerte Leichtigkeit, die ausgelassene Stimmung, die sie noch gemeinsam mit Kristin erlebt hatten, wollten sich nicht einstellen.

In Anlehnung an das Gespräch mit Thorsten Büthe und seiner Befürchtung, sie könnten im Fokus des Stalkers sein, schoss Lisa während des langen und umfangreichen Ausfluges unzählige Fotos, und das nicht nur von den Sehenswürdigkeiten. Sie achtete auf die Touristenströme, bei denen es sich fast ausschließlich um Passagiere der Adriana handelte. Dort hielt sie nach einzelnen Männern Ausschau, die sich wiederholt an denselben Orten aufhielten wie die Freundinnen. Fehlanzeige! Lisa war beruhigt, als sie wieder unversehrt in ihre Suite auf der Adriana zurückgekehrt waren. Beim Blick auf das leere Bett von Kristin holte sie die Realität wieder ein. Wehmut machte sich in ihr breit. Außerdem wurde ihr schmerzlich bewusst, dass sie angreifbar waren.

Jan hielt sich in der Intensität seiner Beobachtungen von Lisa und Hannah zurück. Sie sorgten sich um ihre Freundin, ahnten aber nichts von einem Zusammenhang mit ihm. Bis auf lange Telefonate mit Doktor Schubert konnte er nichts Auffälliges feststellen, das seinen Plan gefährden könnte. So gern er sich den Mädels angeschlossen hätte, war es ihm nach den gestrigen Aktionen doch wichtiger, die Lage auf dem Schiff zu beobachten. Kamen Polizisten an Bord? Wurden die Sicherheitsmaßnahmen verschärft? Aber zu seiner Zufriedenheit alles blieb entspannt. Er war zuversichtlich, dass kein Zusammenhang zwischen den beiden Morden und ihm hergestellt worden war.

Nachdem Lisa und Hannah die Adriana verlassen hatten, konzentrierte sich der Mörder auf Andreas, der an Bord geblieben war. Er lief ziellos über die Decks, trank in den Bars auf den Außendecks ein oder zwei Bier und starrte versunken in seinen Gedanken auf die Bucht hinaus. Wenn Jan mehr erfahren wollte, war der emotional angeschlagene Kumpel von Vincent eine ideale Informationsquelle.

„Na, da verpassen Sie aber eine der schönsten Hafenstädte der Adria. Amüsiert sich ihr Kumpel heute mit den drei hübschen Damen ohne Sie?“, provozierte Jan Andreas bewusst.

Der reagierte stoisch, blickte Jan nur genervt an und starrte weiter auf den beindruckenden Fjord Kotors.

„Sorry, ich wollte nicht unhöflich sein, aber Sie waren ja sonst untrennbar. Ich habe Sie auf der ganzen Reise nur zusammen wahrgenommen und in den letzten Tagen noch mit dem attraktiven Trio aus Hannover gesehen“, blieb Jan am Ball.

„Ich bin momentan nicht in der Stimmung, mich darüber zu unterhalten“, entgegnete Andreas total gereizt.

„Das hört sich aber stark nach Liebeskummer an. Hätte gar nicht gedacht, dass die hübschen Freundinnen auf diese Masche Ihres Kumpels abfahren. Ich hätte gewettet, dass Sie vorn liegen“, versuchte Jan das Gespräch zu retten.

Der Stalker winkte den Ober heran und orderte zwei kühle Pils, von denen er eines Andreas reichte, mit ihm anstieß und sich vorstellte:

„Ich bin Jan."

„Andreas", kam die knappe, nun aber etwas zugänglichere Antwort.

Jan verstand es, das Vertrauen des sympathischen Mitreisenden zu gewinnen. Seinem Gegenüber hörte er zu, warf an passenden Stellen kurze Nachfragen ein, sodass sein Gesprächspartner sich rundum verstanden fühlte. Andreas war stets von zurückhaltender Natur und hatte eher als Mitläufer seine dominierenden „Freunde" gefunden. Er war derjenige, der selbst mit seinen eigenen Problemen klarkommen musste. Andreas war jemand, mit dem man gut auskam, der half, wenn er gebraucht wurde. Allerdings führte das oft dazu, dass er ausgenutzt wurde, so auch von Vincent. Sie waren nie gleichberechtigte Kumpel gewesen, aber er war es gewohnt, die zweite Geige zu spielen. Dieser Jan war ganz anders als all die egoistischen Typen, die er kannte – sympathisch und empathisch. Ihre erste Unterhaltung empfand der Mitläufer als wohltuenden Balsam. Sie war von ganz anderer emotionaler Qualität. Mit Vincent hätte er sich nie so austauschen können. Doch er erkannte den perfiden Plan hinter der freundlichen Zuwendung nicht. Jan war auf höchst eigennützige Art an ihm interessiert und ließ Andreas einfach mal ausreden. So gelang es dem manipulativen Mörder seines Kumpels, dass sich Andreas vollkommen öffnete und alles von der Seele redete.

Er schilderte betroffen den Tod von Vincent und die Vermutung, dass er von einem Taucher erstochen worden sein musste. Jan war derart einfühlsam, dass Andreas auch von Kristin berichtete, die dem Mörder wohl gefolgt und seitdem verschwunden war. Unter Freudentränen verriet er seinem neuen Freund im Vertrauen, dass sie heute schwer verletzt aufgefunden und gerade im Krankenhaus behandelt wurde.

Jan war überrascht und geschockt, ließ sich aber nichts anmerken. Wie konnte die Polizistin das überlebt haben? War sie so eine harte Nuss? Jan wurde unsicher und brauchte mehr Informationen. Er sah seine Chance, noch tiefer in Andreas vorzudringen.

„Du hast gestern so viel erleben müssen und bist ja völlig fertig. Komm, wir gehen von Bord und in den Hafen", schlug Jan vor. „Du musst mal auf andere Gedanken kommen. Ich lade dich zu einem leckeren Essen und einigen Bieren ein. Dann kannst du deinem Herzen Luft machen. Danach wird es dir besser gehen."

Andreas war einverstanden und stimmte erfreut zu. Endlich hatte er einen Gesprächspartner auf Augenhöhe gefunden, der sein Ego zurückstellte, seine Probleme erkannte und mit ihm gemeinsam nach alternativen Lösungen suchte. Das tat ihm gut. So einem Menschen war Andreas seit Jahren nicht mehr begegnet.

„Lass uns in einer halben Stunde draußen am Ausgang zur Pier treffen“, schlug Jan vor, um nicht gemeinsam vom System beim Check-out erfasst zu werden. „Ich freue mich, Andreas. Bis gleich.“

Manchmal ist das Leben doch noch gerecht, dachte der junge Mann. Er war Vincent über Jahre gefolgt und nur ausgenutzt worden. Ohne dessen tragischen Tod hätte er Jan nie kennengelernt. Welch schicksalhafte Begegnung, dachte er sich.

Andreas sollte recht behalten.

Kapitel 19 – Die Henkersmahlzeit

Jan hatte sich im Anschluss an das Gespräch schon nach wenigen Minuten von Bord der Adriana begeben. So wiesen die Check-out-Zeiten zwischen Andreas und ihm eine längere Zeitspanne auf. Niemand würde auf den Gedanken kommen, er sei dem Gast gefolgt.

Gemächlich schlenderte Jan am Hafen entlang und entdeckte dabei ein kleines Restaurant, in dem neben den typischen Fischgerichten auch Steaks angeboten wurden. Der Weg zurück zum Anleger führte ihn an der Stadtmole vorbei, die in seinem Plan eine große Rolle spielen sollte.

Andreas war pünktlich und froh, endlich in Jan einen vielversprechenden Gesprächspartner gefunden zu haben, dem er vertrauen konnte. Arglos folgte er Jan und war mit seiner Auswahl der Taverne am Hafen mehr als einverstanden. Beim Blick in die Speisekarte stutzte Andreas allerdings kurz, da die Gerichte für seine Verhältnisse doch recht hochpreisig waren.

Jan lehnte sich weltmännisch zurück.

„Such dir was Leckeres aus, Andreas", bat er. „Du bist natürlich eingeladen. Es war schließlich mein Vorschlag."

Andreas war begeistert von der Lockerheit, mit der Jan durch das Leben ging. Wie gerne wäre er selbst so gewesen. Vielleicht konnte er sich etwas abgucken.

Nach kurzem Überlegen entschied sich Andreas für die Adriaplatte, die einen Mix aus Fischfilets und Meeresfrüchten beinhaltete. Jan wählte die gemischte Grillplatte und ließ sich für beide einen korrespondierenden Wein empfehlen. Sein Gegenüber staunte. So etwas war er nicht gewohnt. Nach einem landestypischen Gruß aus der Küche und den ersten beiden Gläsern Wein wurde Andreas immer redseliger.

Jan war das nur recht. „Jetzt erzähl doch mal", zeigte er Interesse. „Das ist ja eine wahnsinnige Geschichte, die du gestern erlebt hast. Wie gehst du damit um?"

Wie ein ausgehungerter Fisch biss Andreas an. Es sprudelte nur so aus ihm heraus. Fast so, als habe man einen Wasserhahn aufgedreht.

Der Hauptgang störte beinahe die emotionale Unterhaltung der neuen Freunde. Als zur Fischplatte und dem Grillteller lediglich normales Besteck serviert wurde, orderte Jan bei dem Ober ein passendes Fisch- und Steakbesteck, was umgehend nachgelegt wurde. Jan erhoffte sich, weitere Informationen über Kristin erfahren zu können, musste aber feststellen, dass Andreas nichts weiter bekannt war. Sein neuer Freund hatte vollstes Vertrauen zu ihm aufgebaut. Der Manipulator erwog kurz, seinem Erinnerungsvermögen mittels Gewalt nachzuhelfen, verwarf dies aber. Andreas hätte es ihm anvertraut, wenn er mehr gewusst hätte. So musste Jan davon ausgehen, dass man Kristin schwer verletzt am Fuß der Klippen aufgefunden hatte. Ob und wann sie ansprechbar sein würde, konnte Andreas nicht beantworten. Gott sei Dank, dass er bereits den Helm aufgesetzt hatte, als er von der Polizistin umgerissen worden war. Seine Bekleidung hatte er entsorgt. Er hatte auch keine Tattoos, anhand derer er zu identifizieren wäre. Selbst wenn sie wieder zu Bewusstsein käme, was sollte sie sagen? Bis auf Größe, Statur und Kleidung könnte sie nichts beschreiben. Die Frage war, ob irgendwer eine Verbindung zu seinen Handlungen in Hannover und seiner Person herstellen konnte. Doch das schloss er aus.

Es wurde Zeit. Das Ablegen war für 22 Uhr geplant. Alle Passagiere mussten bis spätestens 21:30 Uhr zurück an Bord sein. Er hatte noch 30 Minuten.

Die Dämmerung kam ihm entgegen, wobei jetzt auch viele Einheimische die Kneipen im Hafenviertel füllten. Die meisten Passagiere der Adriana waren schon zurückgekehrt. Schließlich war das Abendessen ebenfalls im Reisepreis inkludiert, was die meisten Gäste ausnutzten. Für die kulinarischen Genüsse auf den Landgängen zu zahlen und das durchaus leckere Essen an Bord verfallen zu lassen, war den meisten Urlaubern zuwider. Jan war hilfsbereit und stellte das benutzte Geschirr zusammen. So fiel es nicht auf, dass das scharfe Steakmesser und auch eine weiße Stoffserviette fehlten. Anschließend zahlte Jan in bar und hinterließ ein angemessenes Trinkgeld. Andreas bedankte sich nicht nur für das leckere Essen samt dem teuren Wein, sondern auch für die verständnisvollen Gespräche und die neue Freundschaft zu Jan.

Dass er sich bei dem Mörder von Vincent für seine eigene Henkersmahlzeit bedankte, war ihm nicht bewusst. Wie sollte es auch?

Auf dem Rückweg zur Adriana bewegten sich die neuen Freunde entlang der Stadtmole. Dabei beobachtete Jan das Umfeld aufmerksam und wurde wortkarger, was Andreas in seiner zufriedenen Weinlaune kaum auffiel. Spaziergänger waren hier nicht mehr unterwegs. Die Beleuchtung war diffus. Aufgrund des Weinkonsums stoppte Andreas und musste sich an der Mole ins Wasser erleichtern. Diese fantastische Gelegenheit nutzte Jan umgehend. Als ihm Andreas den Rücken zukehrte, drückte er seine Hand kräftig von hinten auf Mund und Nase und rammte seinem neuen Freund das in eine Serviette gehüllte Steakmesser, was noch vor Minuten sein zartes Rinderfilet zerteilt hatte, mehrmals in Hals und Bauch. Andreas sackte lediglich mit einem leisen und endlichen Stöhnen zusammen, wobei Jan darauf achtete, dass der Leichnam in spe nicht laut auf die Wasseroberfläche klatschte. Er ließ ihn sanft in das Hafenbecken gleiten, wo er in der seichten Dünung der Adria versank. Dabei wurde Andreas' Leiche von dem schneller sinkenden blutigen Steakmesser überholt, welches den Grund des Hafenbeckens als Erstes erreicht hatte. Die Stoffserviette hatte die Übertragung der Blutspuren auf Jan verhindert und wurde von ihm in einem Papierkorb unter den normalen Müll gesteckt.

Pünktlich erreichte Jan die Adriana. Es verwunderte ihn nicht, dass sie nicht zeitgerecht auslaufen konnten. Nur er kannte den genauen Grund.

Für das Auslaufen erhielt der Kapitän normalerweise das Signal „alle Passagiere an Bord“, was in Kotor allerdings ausblieb.

„Nicht schon wieder, wer ist es diesmal?“, erfragte Kapitän Michelsen.

„Es fehlt der Passagier Andreas Nolte aus Kabine 5232“, teilte der Security-Offizier, Gerrit Sander, mit, der den Überblick über die Liste der ein- und ausgecheckten Passagiere hatte. „Das Problem ist nur, dass Herr Nolte der Kabinennachbar von Vincent Nansen ist, der in Zadar getötet wurde. Ein Anrufversuch auf seinem Handy verlief negativ. Er hatte um 16:55 Uhr ausgecheckt. Die Kameraüberwachung ergab, dass er das Schiff allein ohne Begleitung verlassen hatte. Eine Tasche oder Ähnliches hatte er nicht mitgeführt.“

Der Kapitän fluchte. „Was ist das für eine Tour? Wir kommen in Teufels Küche, wenn uns nach jedem Landgang ein Passagier fehlt. Lassen Sie die Kabine öffnen, das wird mir jetzt zu heiß.“

Der Security-Offizier suchte Kabine 5232 direkt mit einem Mitarbeiter auf, konnte aber keinen Hinweis auf den Verbleib von Andreas Nolte finden. Sofort meldete er dies dem Kapitän.

„Herr Sander, lassen Sie die Freundinnen der Profilerin ausrufen. Vielleicht wissen sie, wo sich Herr Nolte aufhalten könnte. Die waren doch die ganze Zeit zusammen“, ordnete Kapitän Michelsen an. Der ehemalige Feldjäger bestätigte die Anordnung fast militärisch und veranlasste die Durchsage.

Jan genoss seinen Drink auf dem Außenbereich der Ocean-Bar, als er auf die Durchsage der Brücke aufmerksam wurde.

Die Kabinennummer der drei Freundinnen wurde aufgerufen und die Passagiere gebeten, sich an der Rezeption zu melden. Der Mörder musste es riskieren und suchte ebenfalls das Deck fünf auf. Unmittelbar neben der Rezeption stöberte er interessiert in den vielseitigen Ausflugsangeboten, die dort hinterlegt waren. Lisa und Hannah erschienen nur eine Minute später und wurden vom Security-Offizier empfangen. Auf seinem Namensschild konnte Jan den Namen „Gerrit Sander“ lesen. Die Freundinnen waren die einzigen Gäste an der Rezeption, sodass Jan die Inhalte der Unterhaltung im Kern verfolgen konnte. Der Offizier teilte den Frauen besorgt mit, dass Andreas Nolte nach seinem heutigen Landausflug nicht an Bord zurückgekehrt war. Lisa erklärte Sander, dass sie heute keinen Kontakt mit ihm gehabt hatten, sondern in Kotor allein unterwegs gewesen waren, und keine Angaben über den Verbleib von Andreas machen konnten. Hannah bat den Offizier, ihnen mitzuteilen, sobald er neue Informationen über

Andreas habe. Besorgt machten sich die Freundinnen wieder auf den Weg in ihre Juniorsuite.

Jan kehrte zunächst beruhigt in die Ocean-Bar zurück und verfolgte das Ablegemanöver, das sich um etwa eine Stunde verzögert hatte. Dennoch war alles wie immer, keine Polizei, keine Hektik. Er fühlte sich sicher und kam Hannah immer näher.

Gerrit Sander meldete den Sachstand seinem Kapitän, der daraufhin weitere Schritte anordnete. „Herr Sander, melden Sie den fehlenden Passagier bei der örtlichen Polizei, schicken Sie ein Foto von ihm mit und teilen Sie ihnen auch die dubiosen Umstände mit, dass sie das ernst nehmen. Fertigmachen zum Ablegen!“, ordnete Kapitän Michelsen an.

Thorsten Büthe hatte Iris Höppner und Thomas Schulte im LKA über die aktuelle Entwicklung und den Gesundheitszustand von Kristin in Kenntnis gesetzt. Thomas war zwischenzeitlich mit der Reederei und dann direkt mit dem Kapitän auf der Adriana in Kontakt getreten.

„Du, Thorsten, ich bin mit Kapitän Michelsen so verblieben, dass ihr vor Dubrovnik mit dem Lotsenboot auf die Adriana übersetzt. Der Lotse wird gegen 6:45 Uhr an Bord gebracht. Es ist unauffälliger, wenn ihr so an Bord gelangt. Bitte trefft um sechs Uhr am Hafen bei den Lotsenbooten ein. Die Hafenpolizei weiß Bescheid. Alles andere müsst ihr an Bord selbst klären. Kapitän Michelsen war zwar nicht begeistert, unterstützt euch aber, wo er kann", kündigte der Kollege aus Hannover an.

Nachdem sich der OFA-Leiter bei Thomas bedankt hatte, informierte er Ivo Bašić über die geplante Einschiffung auf der Adriana.

„Ivo, kannst du noch heute Nacht einen Transport nach Dubrovnik veranlassen? Wir müssen in knapp sieben Stunden am Hafen sein", bat Thorsten Büthe seinen kroatischen Kollegen.

Der bullige Polizist nickte und telefonierte kurz. „Ihr werdet von einem Polizeihubschrauber abgeholt, der euch in 90 Minuten nach Dubrovnik fliegt", erklärte er. „In der Dienststelle am Hafen könnt ihr euch noch ein paar Stunden aufs Ohr hauen, wobei ihr dort mit den Haftzellen vorliebnehmen müsst. Der kroatische Kaffee am Morgen entschädigt euch dafür. Versprochen! Wer ist von euch alles dabei?", fragte der Leiter der kroatischen Mordkommission.

Doktor Schubert ergriff das Wort als Erster.

„Auch wenn ich meine Frau auf dem Schiff gern in die Arme schließen würde, halte ich es für sinnvoll, die medizinische Betreuung von Kristin zu begleiten und Henrik hier zur Seite zu stehen."

„Okay, das finde ich prima, vielen Dank, Siggi. Ivo, dann sind wir zu viert", stellte Thorsten fest.

Der Kroate gab die Anzahl der Fluggäste an die Hubschrauberstaffel weiter. „Das passt, seid bitte in 30 Minuten auf dem Deck für den Rettungshubschrauber", sagte er.

Carlotta, Saskia, Maik und Thorsten verabschiedeten sich von Doktor Schubert und Henrik mit einer festen Umarmung. Sie versprachen, Kristin sämtliche Daumen zu drücken.

„Wir telefonieren. Meldet euch bitte, wenn es was Neues gibt", bat Thorsten, bevor sie in den langen und kahlen Gängen des Krankenhauses verschwanden.

Der Polizeihubschrauber erschien pünktlich und flog entlang der Adriaküste über Šibenik und Split nach Dubrovnik, wo sich das Quartett aus Deutschland um ein Uhr auf dem Gelände der Hafenpolizei absetzen ließ. Saskia managte die Ankunft mit den kroatischen Kollegen, die ihnen jeweils eine Doppelzelle zuwiesen. Das Team war hundemüde und interessierte sich weder für irgendeinen Komfort noch Hotelservice. In den Etagenbetten schliefen sie sofort ein.

Kurz vor drei wurde Profiler Thorsten Büthe plötzlich wach. Es musste irgendein ungewohntes Geräusch gewesen sein, das ihn geweckt hatte. Gespannt lauschte er in die Nacht, aber da war nichts. Nur ein paar Grillen zirpten leise. Vielleicht hatte ja einer seiner Kollegen so laut geschnarcht, dass es ihn aus dem Schlaf gerissen hatte. In diesem Fall war Maik sein „Verdächtiger", denn der drehte sich gerade in dem knarzenden Bettgestell um und begann die kroatischen Wälder abzusägen. Das konnte es gewesen sein, dachte er und schmunzelte. Gut, dass er nicht jede Nacht mit ihm verbringen musste. Wie konnte man nur so laut schnarchen? Und wie war es möglich, dass die anderen beiden dabei schliefen wie Babys in ihren Wiegen. Er selbst war jedenfalls jetzt wach. Daran war nun nichts mehr zu ändern. Und wenn man erst einmal dalag in der Dunkelheit, dann kamen die Gedanken. Sie wanderten sprunghaft von einem Geistesblitz zum anderen. Büthe dachte an seine Frau, die er vermisste, und daran, dass er bald endlich Opa sein würde. Dann fiel ihm der Labrador seiner anderen Tochter ein, der inzwischen fast ausgewachsen war und genau wusste, wie er ihm Leckerchen abluchsen konnte.

Krampfhaft versuchte er, sich an diesen schönen Erinnerungen und Hoffnungen festzuhalten, um wieder einschlafen zu können, aber das war ein frommer Wunsch. Die Nacht gehörte vor allem den dunklen Gedanken, den Sorgen und den Vorahnungen. Ihn brachten sie zurück ins Krankenhaus an das Bett von Kristin, die dort an diversen Schläuchen lag und mit geöffneter Schädeldecke um ihr Leben kämpfte. Ein Bild, das sich unauslöschlich in seinen Kopf eingebrannt hatte und das er niemals wieder vergessen würde. Es musste wirklich ein perfider Mörder sein, der auf derart brutale Weise vorging. Ihm bedeuteten seine Opfer nichts. Sie waren nur Steine, die aus dem Weg geräumt werden mussten, und keine Menschen aus Fleisch und Blut, die lebten. Er fegte sie mit brutaler Gewalt hinweg, ungeachtet dessen, dass sie Träume und eine Zukunft gehabt hatten. Vergeblich versuchte Thorsten, sich erneut auf schöne Dinge zu konzentrieren, aber es dauerte eine Weile, bis er wieder einschlafen konnte.

Auch Hannah lag in dieser Nacht lange wach und grübelte vor sich hin. Sie fühlte sich schlecht. Nur ihretwegen war Kristin auf dem Schiff und in diese schlimme Situation geraten. War es das wert gewesen? Sie sah sich noch mit den anderen an diesem herrlichen Strand sitzen, nichtsahnend, dass im Wasser das Grauen lauern würde. In einem unglaublich grässlichen Moment hatte sich alles verändert und auch in Kristins Leben eine heftige Zäsur gesetzt. Hannah hoffte so sehr, dass es der Polizistin bald besser gehen werde, und sandte ein Stoßgebet zum Himmel. Vielleicht würde es etwas nützen. Wenig später fiel sie endlich in einen unruhigen Schlaf.

Die nervtötende Melodie eines Handyweckers schreckte das Profiler-Team um halb sechs aus seinen Träumen hoch. Nicht alle waren gut gewesen. Manchmal war es ein Segen aufzuwachen.

Für Gefängniszellen vollkommen untypisch, waren die schweren Gittertüren nur angelehnt. Die deutschen Profiler ließen sich von dem verführerischen Duft frischen Kaffees leiten und wurden von den kroatischen Kollegen freundlich begrüßt. Während Saskia und Carlotta als Erste die Gemeinschaftsdusche nutzen durften, genossen Thorsten und Maik die frühsommerlichen Temperaturen mit einem Becher heißen Kaffees und einem genialen Blick auf den alten Hafen Dubrovniks.

„Na, könntest du dir vorstellen, hier arbeiten zu dürfen, Maik?“, sinnierte Thorsten fast verträumt.

„Ich glaube, ich würde es nicht einmal Arbeit nennen. Ein Traum", seufzte Maik mit einem romantischen Unterton.

„Na, Jungs, stören wir eure sentimentale Phase?", unterbrach die Psychologin ihre Kollegen.

„Die Duschen sind frei, falls ihr euch aus dem Paradies lösen könnt", frotzelte Saskia. „Das Lotsenboot holt uns in zwanzig Minuten ab."

„Die Zeit brauche ich allein zum Föhnen", warf Maik lachend ein. „Musst du nicht, die Haare trocknen auf dem Lotsenboot in der Meeresbrise viel schneller", ulkte Thorsten.

Auch Carlotta und Saskia genossen den Blick auf die Adria und vergaßen für einen Moment alles Schreckliche. Als sie die Adriana vom Horizont auf die Hafenstadt zufahren sahen, wurden sie von der bitteren Realität schnell wieder eingeholt. Für Romantik war nun kein Platz mehr.

Das Team des Lotsenbootes mit der Aufschrift „Pilot 2" sprach kein Deutsch, sodass sie sich auf Englisch verständigen mussten. Darüber hinaus ergänzten Saskias kroatische Sprachkenntnisse den Small Talk in der Morgensonne. Das Profiler-Team hatte jeweils nur eine kleine Reisetasche oder einen Rucksack dabei, denn gerade hier wäre ein Reisekoffer völlig deplatziert gewesen. Das Team musste sich orangefarbene reflektierende Schwimmwesten überziehen, mit denen auch die Besatzung bekleidet war. So waren sie auf den ersten Blick von dem Lotsenteam nicht zu unterscheiden.

Die „Pilot 2“ fuhr zügig auf die Adria hinaus und ließ das Hafengebiet hinter sich. Eigentlich wirkte die See ruhig, wobei die leichte Dünung in dem kleinen Lotsenboot schon deutlich spürbar war. Der Bootsführer nahm jede Welle frontal. Es krachte, und die Gischt spritzte über das gesamte Boot. Das war nichts für Weicheier.

Sie näherten sich der Adriana schnell, die immer größer wurde, je näher sie herankamen. Die „Pilot 2“ fuhr zügig von der Heckseite steuerbord an das riesige Kreuzfahrtschiff heran und musste die gleiche Geschwindigkeit aufnehmen. In dem nun winzig erscheinenden Lotsenboot wurde den Landeiern erst einmal bewusst, wie schnell so ein Kreuzfahrtriese wirklich fuhr. Was auf dem großen Passagierschiff wie ein Spaziergang aussah, wirkte auf der „Pilot 2“ fast wie eine Highspeed-Geschwindigkeit. Kurz über der Wasseroberfläche öffnete sich eine Luke in der Schiffswand, aus der Crewmitglieder der Adriana einweisende Zeichen gaben. Das in der Seefahrt unerfahrene OFA-Team wurde mit an Karabinerhaken befestigten Seilen gesichert. Je näher sie der Luke kamen, desto eher wurde ihnen die Notwendigkeit dieser Sicherungsseile bewusst.

Die „Pilot 2“ tanzte förmlich auf den Wellen. Die Intensität des Wellenschlages ließ sich aber nicht kalkulieren. Sie mussten zügig einen Sprung vom Lotsenboot in die Luke des Kreuzfahrtriesens wagen. Carlotta war blass. Ein Anflug von Übelkeit schoss ihr in den Magen. Auch von der Adriana wurden Sicherheitsseile in das Geschirr der Schwimmwesten eingeklinkt. Der Lotse sprang als Erster lässig in die Luke, als würde er einer Pfütze ausweichen. Ein Offizier der Adriana rief dem Team auf Deutsch Anweisungen zu. „Los, Leute, wir haben keine Zeit. Ich zähle jeweils bis drei und dann springen Sie nacheinander los!"

Maik begann. Der Offizier wartete genau auf eine bestimmte Wellenbewegung, als er zuerst Maik aufforderte, der souverän sprang. An Bord der Adriana wurde seine Sicherheitsleine gelöst, die ihn mit der „Pilot 2" verband, dann war Saskia dran. Thorsten ließ Carlotta den Vortritt, die insgesamt drei Ansätze benötigte und fast von Thorsten geschubst werden musste. Plötzlich rutschte die Psychologin im Lukenbereich aus und drohte rücklings in die Adria zu stürzen. Jetzt wurde der Sinn der doppelten Sicherung deutlich. Die Crew in der Luke zog die Leine stramm, und der Offizier zog Carlotta am Oberarm an Bord der Adriana. Thorsten folgte zuletzt. Die „Pilot 2" zog mit hoher Geschwindigkeit gerade in dem Moment davon, als Thorsten seinen Karabinerhaken zu dem Lotsenboot gelöst hatte.

Dieses Abenteuer hatten sie überwunden. Jetzt standen sie klitschnass um 6:50 Uhr an Bord der Adriana und wurden über ein Labyrinth von Gängen durch das Crewtreppenhaus in die Offiziersmesse geführt, um mit dem Kapitän das weitere Vorgehen abzustimmen. Begossen wie die Pudel saßen sie in Decken gehüllt auf einer Eckbank an einem großen rechteckigen Mahagonitisch und warteten auf das Erscheinen des Kapitäns. Der Security-Offizier, der sich als Gerrit Sander vorstellte, goss ihnen heißen Kaffee ein, den sie dankbar schlürften. Die Fahrt mit dem Lotsenboot hatten die am Hafen noch spürbaren sommerlichen Temperaturen weggewischt. Ihnen war einfach nur kalt. Die nassen Klamotten trugen dazu bei, dass sich das Team in dieser Runde alles andere als wohlfühlte.

Zu allem Überfluss erschien der Kapitän, wie auch seine Offiziere, in glatt gebügelter weißer Uniform. Mit den Bügelfalten der Hose konnte man sich rasieren, so perfekt saßen sie. Die goldenen Schulterstücke und die imposante Erscheinung des hoch gewachsenen und sportlichen Kapitäns degradierte das Profiler-Team zu Grundschülern, die bibbernd auf der Bank saßen, als habe man sie im Regen beim Rauchen auf dem Schulhof erwischt.

„Soso, Sie sind also die Speerspitze des niedersächsischen Landeskriminalamtes, wenn es um grausame Kapitaldelikte geht“, begrüßte Kapitän Jörg Michelsen seine neuen Passagiere mit einer derart tiefen Stimme, die einem in einem Piratenfilm einen Schauer über den Rücken laufen lässt.

„Ich war erstaunt, als mich Herr Schulte kontaktierte und bat, dass Sie mit dem Lotsenboot unauffällig an Bord kommen möchten. Wir legen gleich in Dubrovnik an, das wäre hier zwar mit weniger Komplikationen möglich gewesen, aber meine Recherchen ergaben, dass Sie keinem Abenteuer aus dem Weg gehen. Also, willkommen an Bord der Adriana", setzte der Kapitän die Empfangsrede auf seine Art fort und ließ sich durch Thorsten in die aktuelle Lage einweisen.

„Ich drücke Ihrer Kollegin die Daumen, dass sie alles unbeschadet übersteht. Der Tod unseres Passagiers in Zadar war schon recht tragisch, aber ich muss Sie leider darüber informieren, dass sein Begleiter, Andreas Nolte, nicht von seinem Landausflug in Kotor an Bord zurückgekehrt ist. Ich hoffe, das wird sich aufklären, oder muss ich mir Sorgen um meine weiteren Passagiere machen?", hinterfragte Kapitän Michelsen.

Lisa hatte sie davon unterrichtet. An Zufälle glaubte das OFA-Team nicht mehr.

„Ich habe Ihnen jeweils eine Innenkabine einrichten lassen, die Außen- und Balkonkabinen sind alle belegt. Als Büro kann ich Ihnen einen Tagungsraum für Workshops anbieten, den wir bis zur Ankunft auf Korfu nicht mehr nutzen werden. Ich hoffe, das ist okay?", bot der Kapitän an.

Thorsten bedankte sich und sagte zu, sämtliche Erkenntnisse und Maßnahmen sensibel mit dem Kapitän abzustimmen. Sie ließen sich die Bordkarten aushändigen und suchten ihre Kabinen auf, um sich frisch zu machen. In diesem Zustand konnten sie sich nicht unauffällig unter die Passagiere mischen.

„Carlotta, kannst du bitte in die Suite von Hannah und Lisa gehen und beide in unseren Tagungsraum bringen, wenn du fertig bist? Das fällt weniger auf und wir haben dort mehr Ruhe als in einem der Restaurants. Ich werde sie über Siggi anrufen lassen und erfahre hoffentlich einen aktuellen Stand über Kristin", bat Thorsten.

Schon beim ersten Klingelton nahm Doktor Schubert den Anruf des OFA-Leiters entgegen.

„Hast du schon auf meinen Anruf gewartet, Siggi, oder war das Telepathie", begann Thorsten das Gespräch.

„Guten Morgen, Henrik hat die ganze Nacht am Bett von Kristin verbracht, ich saß auf dem Flur und bin ab und zu mal eingedöst. An richtigen Schlaf war nicht zu denken. Die erste Operation hat Kristin erst mal gut überstanden, die Blutungen sind gestoppt. Man hat ihr die Schädeldecke entfernt, damit sich die weiterhin vorhandene Hirnschwellung auch ausdehnen kann. Sobald sie das überstanden hat, wird man ihre Frakturen versorgen können. Der Kreislauf ist relativ stabil, wobei sie aber weiterhin künstlich beatmet wird, um die Lunge durch die Rippenfrakturen nicht noch weiter zu belasten. Es bleibt ein Ritt auf der Rasierklinge. Seid ihr an Bord?", erkundigte sich der Arzt.

„Ja, hat alles geklappt und war echt ein maritimes Abenteuer. Ich weiß gar nicht, ob mich deine Schilderungen trösten, so gut hört es sich ja nicht an", sagte Thorsten sichtlich besorgt.

„Natürlich ist ihr Zustand noch kritisch, aber sie hat überlebt, und allein das ist ein Wunder. Eure Kollegin ist in einer guten körperlichen Konstitution und eine Kämpferin. Zudem ist Kristin hier in guten Händen. Mehr können wir im Moment nicht erwarten und müssen ihr einfach Zeit geben", versuchte Doktor Schubert zu beruhigen.

„Das ist wahr, aber nicht gerade befriedigend. Bestell Henrik bitte ganz liebe Grüße. Wir sind alle in Gedanken bei ihm", versicherte Thorsten. „Ach ja, und Siggi, ruf bitte Lisa an. Kündige ihr und Hannah den Besuch von Carlotta Punkt acht Uhr auf ihrer Kabine an. Lisa soll ihr Handy kurz vorher ins Bad legen, ihre Lieblingsmusik laut abspielen und das Wasser in der Dusche laufen lassen. Carlotta wird die beiden einweisen, wie es an Bord weitergeht. Okay?"

Nach der Bestätigung von Siegbert Schubert verabredeten sie den nächsten Anruf für 12 Uhr oder spontan auch früher, falls es Neuigkeiten gab.

In ihren Innenkabinen genoss das Team eine heiße Dusche und verpasste dabei das Anlegemanöver in Dubrovnik.

Kapitel 20 – Dubrovnik

In der Kabine von Lisa und Hannah lief das Bordfernsehen. Interessiert verfolgten die Frauen, was der Lektor über ihr nächstes Ziel zu berichten hatte.

„Die kroatische Perle verfügt über insgesamt drei Häfen", erfuhren sie. „Neben dem großen Handelshafen Gruž gibt es einen Jachthafen ACI Marina sowie den zurecht berühmten Stadthafen, heute Alter Hafen genannt."

Diesen Blick hatte das Profiler-Team heute Morgen vom Gebäude der Hafenpolizei genießen dürfen. Die Adriana legte allerdings im Kreuzfahrthafen von Gruž im Nordwesten von Dubrovnik an, der rund vier Kilometer von der historischen Altstadt entfernt war. Ein Shuttle brachte die Passagiere direkt vor die Tore der Altstadt, wobei man auch Taxis und Busse nutzen konnte, die außerhalb des Hafens auf die Landgänger warteten.

„Dubrovnik besitzt eine intakte Altstadt, die seit 1979 zum UNESCO-Weltkulturerbe zählt", berichtete der Lektor weiter. Beeindruckende Fotos wurden eingeblendet. „Eine mächtige Stadtmauer hält den innerstädtischen Kernbereich auf einer Gesamtlänge von etwa zwei Kilometern eng beisammen und ist bis zu 25 Meter hoch. Die Straßenplatten aus feinstem Marmor werden seit Jahrhunderten von Millionen von Schuhen der Kaufleute, Handwerker, Händler, Mönche und Nonnen – und nicht zuletzt von modernen Kreuzfahrern – blank gescheuert und glänzen im Sonnenlicht, welches in die Gassen strahlt. Insbesondere in den ruhigeren Morgenstunden, wenn die Touristen sich noch am Frühstücksbüfett laben, kann man sich ein Leben in der Renaissancezeit oder im Mittelalter bildlich vorstellen."

„Das möchte ich gerne sehen", sagte Hannah und Lisa nickte. Gespannt hörten sie weiter zu.

„Das heutige Dubrovnik entwickelte sich ursprünglich aus zwei Städten", wusste der Lektor zu berichten. „Die eine Seite hat romanische, die andere slawische Ursprünge. Eine war eine illyrische Siedlung, die seit dem dritten Jahrhundert vor Christus auf einer vorgelagerten felsigen Insel lag. Ihr Name war Lausion, was sich später zu Rausa oder Ragusa wandelte. Auf der Festlandseite siedelten sich hingegen im siebten Jahrhundert nach Christus Slawen an, die ihre Stadt Dubrovnik nannten, was so viel heißt wie Eichenhain und auf die dichten Eichenwälder der damaligen Zeit verweist. Die Nachbarschaftsliebe zwischen den beiden Gruppen wuchs, sodass schließlich der schmale Kanal zwischen ihnen zugeschüttet wurde. So entstand das heutige Dubrovnik, das zu einer mächtigen Freien Republik Ragusa, einem Stadtstaat heranwuchs. Seine Handelsmacht fußte auf dem geschützten Hafen und dem Bau herausragender Schiffe aus besonderem Zypressenholz. Schnell zählten sie zu den besten Schiffen der damaligen Zeit. Im Kroatienkrieg wurde Dubrovnik von Juni 1991 neun Monate lang stark beschädigt. Im Stadtgebiet schlugen mehrere Tausend Granaten ein und laut kroatischem Roten Kreuz kamen dabei insgesamt 114 Zivilisten und 200 Soldaten ums Leben. Da Dubrovnik selbst sowie die weitere Umgebung der Stadt schon seit 1971 völlig demilitarisiertes Gebiet war und keinerlei militärische Anlagen, Depots, Kasernen oder Radaranlagen vorhanden waren, wurde der Angriff auf Dubrovnik und das Umland als Kriegsverbrechen und Verstoß gegen die Genfer Konventionen bewertet, da rein zivile Objekte und Ziele angegriffen wurden. Der Beschuss des UNESCO-Weltkulturerbes durch die Jugoslawische Volksarmee zog keinerlei nennenswerte internationale Konsequenzen nach sich. 33.000 kroatische Bewohner der südlich von Dubrovnik gelegenen Orte, die die Jugoslawische Armee zu jener Zeit eroberte, wurden vertrieben und deren Ortschaften geplündert.

Der nahe Cavtat gelegene Flughafen Dubrovnik wurde ebenfalls geplündert und verwüstet. Insgesamt wurden 11.425 Gebäude zerstört oder beschädigt. Der materielle Sachschaden belief sich auf 245 Millionen Euro.

Heutzutage ist Dubrovnik vor allem eine rege, kulturell reiche Stadt in Kroatien. Ihr Angebot besteht aus wunderschönen Restaurants, Bars, Cafés und allerlei Boutiquen, Galerien und Museen. Dubrovniks

Haupteinnahmequelle ist zweifelsohne der Tourismus. Hier trifft sich die internationale High Society, was sich insbesondere an den Liegeplätzen der Jachten im Hafen erahnen lässt", beendete der Lektor seinen Ausflug durch die Geschichte der historisch bedeutsamen Stadt.

Diese Perle der Adria lag nun im schimmernden Morgenlicht vor den Passagieren der Adriana, die es in den Gängen auf Deck 3 kaum abwarten konnten, durch die historische Altstadt zu bummeln. Die beiden Frauen in der Suite warteten auf Carlotta. Wann sie zu einer Entdeckungstour von Bord gehen konnten, würde sich bald herausstellen.

Lisa spielte wie vereinbart auf ihrem Handy die Playlist von Eros Ramazzotti ab und ließ zu den italienischen Liebesliedern die Dusche laufen. Als es an der Tür zur Juniorsuite klopfte und die Ärztin durch den Spion die LKA-Psychologin erkannte, öffnete sie Carlotta. Ohne einen Satz der Begrüßung umarmten sie sich, wobei beide sowie auch Hannah ein wehmütiges Gefühl beschlich.

„Was sind wir froh, dass ihr an Bord seid", äußerte sich die Ärztin erleichtert. „Siggi hat uns über Kristins Zustand informiert. Glaubst du auch, dass der Typ an Bord ist, Carlotta?", fragte Lisa besorgt.

„Ich weiß es nicht, aber wir sollten vorsichtig sein. Wir gehen gleich mit allen die Vorfälle noch mal durch. Es fällt uns schwer, an Zufälle zu glauben, zumal der Freund von Vincent Nansen jetzt ja auch verschwunden sein soll. Wisst ihr schon mehr?“, hakte die Psychologin nach.

„Leider nein. Wir haben es auch nur vom Leiter der Security erfahren. Als wir in Kotor ablegten, war Andreas nicht an Bord. Nun machen wir uns wirklich Sorgen. Er ist so ein netter Kerl. Hoffentlich ist ihm nichts passiert“, sorgte sich Hannah.

„Ist euch denn irgendwer an Bord aufgefallen, der eure Nähe gesucht oder euch beobachtet hat?“, fragte Carlotta.

Lisa wirkte verzweifelt. „Nein, absolut niemand. Wir haben gestern in Kotor wirklich aufgepasst und auch Fotos um uns herum geschossen. Nichts.“

Hannahs positive Ausstrahlung war verschwunden. Sie saß apathisch auf der Bettkante, hatte ihr Gesicht unter ihren Händen versteckt, um die Tränen zu verdecken, die sie nicht zurückhalten konnte.

„Und das ist alles meinetwegen passiert“, schluchzte sie.

Die Psychologin setzte sich neben die Moderatorin und legte einen Arm um ihre Schulter.

„Lasst uns erst mal zusammenkommen. Dann schauen wir, ob und wie das alles zusammenhängt. Du, Hannah, musst dir überhaupt keine Vorwürfe machen. Hier ist nur einer verantwortlich. Das ist der Täter“, stellte Carlotta fest.

Die Psychologin bat die beiden Freundinnen, jetzt das Handy wieder an den Unterhaltungen teilhaben zu lassen, ohne sie selbst an den Gesprächen zu beteiligen.

„Gestern habe ich kaum etwas essen können. Dafür plagt mich heute Morgen ein Bärenhunger. Lasst uns frühstücken gehen, bevor wir die Boutiquen der Altstadt plündern", schlug Hannah vor.

„Mir geht es ähnlich. Oh, ich habe vergessen, mein Handy aufzuladen, und lasse es in der Ladestation. Beim Frühstück brauche ich es ja nicht", rechtfertigte Lisa diesen taktischen Schachzug, bevor sie gemeinsam ihre Suite verließen.

Thorsten hatte den Kapitän, seinen Staff-Kapitän und auch Gerrit Sander, den Security-Chef, gebeten, an den ersten Gesprächen mit Lisa und Hannah teilzunehmen.

Sie waren bereits im Tagungsraum auf Deck 9 zusammengekommen, als auch Carlotta samt ihren Freundinnen dazustieß.

Thorsten stellte allen Teilnehmern den Stalkingfall in Gänze vor und bat Lisa und Hannah, ihre Erlebnisse in diesem Kontext in der Runde preiszugeben.

Die Offiziere hörten interessiert, aber durchaus skeptisch zu.

„Ihre Schilderungen machen auch uns durchaus betroffen", erklärte der Kapitän. „Wir haben von unseren Passagieren einen Getöteten, eine lebensgefährlich Verletzte und einen Verschwundenen zu beklagen. Die drei stehen zwar irgendwie in Verbindung, aber was mir wirklich noch fehlt, ist Ihre Annahme, dass sich der Stalker von Frau Rohde aus Hannover hier an Bord meines Schiffes befinden soll. Außerdem kann ich Ihren Ausführungen nicht entnehmen, dass sie irgendeinen objektiven Beweis vorliegen haben, dass für die Tötung von Vincent Nansen, die Verletzung von Frau Bäumer sowie das Verschwinden von Herrn Nolte nicht nur eine Person an sich, sondern sogar Ihr Phantom aus Hannover verantwortlich sein dürfte, Herr Büthe."

„Herr Kapitän, ich kann Ihre Zurückhaltung durchaus verstehen, denn einen objektiven Beweis kann ich Ihnen noch nicht liefern. Sie werden mir sicherlich zustimmen, dass es alles in allem ein paar Zufälle zu viel sind. Sicher kann es Zufall sein, dass Vincent Nansen sich mit Hannah Rohde an einem einsamen Strand bei Zadar im Wasser aufhält. Vincent wird dann von einem Taucher gezielt mit einem Messer getötet. Hannah bleibt unverletzt. Bei der Verfolgung des Mörders wird eine LKA-Beamtin, die sich auch zum Schutz von Frau Rohde in deren Nähe aufhält und den Täter verfolgt, fast umgebracht. Des Weiteren verschwindet rein zufällig ausgerechnet der Freund von Vincent nur einen Tag später auf der anderen Seite der Adria in Montenegro. Von ihm fehlt auch heute noch jede Spur. Wir können jetzt weiter nur an Zufälle glauben und morgen darüber sprechen, welchem es nun geschuldet war, dass Frau Doktor Schubert, Frau Rohde oder einem von uns etwas Derartiges zugestoßen ist. Die Alternative ist, dass wir die Hypothese, dass sich ein Stalker, der Frau Rohde im Visier hat, auf der Adriana befindet und der vor Mord nicht zurückschreckt, ins Kalkül ziehen und handeln. Wir beide sitzen jetzt buchstäblich im selben Boot und tragen die Verantwortung für das, was wann mit wem passieren wird. Und genau dieser Verantwortung müssen wir beide uns stellen. Und zwar hier und jetzt, Herr Kapitän."

Die Stimmung wirkte angespannt.

„Was also schlagen sie vor, Herr Büthe?", forderte Kapitän Michelsen.

Der LKA-Beamte holte aus:

„Wir benötigen Zugriff auf die Passagierdaten, sämtliche Videoaufnahmen an Bord, die Ein- und Auscheckzeiten der Passagiere während der Landausflüge sowie die kompletten Kabinenbesetzungen, vor allem die neben und gegenüber der Suite von Frau Doktor Schubert und Frau Rohde. Wenn wir von einer technischen Überwachung des Täters ausgehen, wäre auch das genutzte Datenvolumen der Passagiere an Bord sinnvoll. Können wir auf Ihre Unterstützung zählen, Kapitän Michelsen?"

Die ernsten Blicke der Offiziere trafen sich und der Kapitän beorderte sie mit nur einer Kopfbewegung nach draußen.

„Fünf Minuten!", war der einzige Kommentar, den Herr Michelsen in den Raum warf, bevor er mit seinen Offizieren die Runde verließ.

Das Team aus Deutschland schwieg.

Nach nur drei Minuten kam das Führungstrio der Adriana zurück und Kapitän Michelsen ergriff das Wort.

„Zur Klärung: Sie befinden sich als Gäste auf meinem Schiff und haben hier keinerlei offizielle Zuständigkeit.

Sie können weder einen richterlichen Beschluss vorweisen und haben somit keinerlei Rechte, auf irgendwelche Passagierdaten zuzugreifen. Ich behandele jede Ihrer Forderungen als Anregungen, die ich mit meinen Offizieren abstimme. Haben Sie das verstanden, Herr Büthe?“, hakte er nach.

Der LKA-Beamte holte tief Luft. „Grundsätzlich ja, aber ...“, weiter kam er nicht.

Der Kapitän unterbrach ihn. „Bevor Sie weiterreden, übergebe ich an meinen Security-Offizier. Bitte schön, Herr Sander!“

Der Security-Chef erhob sich zackig und legte mit militärischer Präzision los. „Herr Büthe, ich habe militärpolizeiliche Vorerfahrungen und bin mit der Ermittlungsführung in maritimen Sicherheitsbereichen vertraut. Das Kooperationsangebot sieht wie folgt aus:

- Wir erarbeiten gemeinsam eine entsprechende Matrix der Datenabfragen.
- Sie schildern uns, welche Wahrnehmungen in den Videos und den Zeitstempeln bei Ein- und Auschecken relevant sind.
- Wir präsentieren Ihnen die Ergebnisse, die ich mit meinen Mitarbeitern ausgewertet habe, und beurteilen dann, inwieweit Sie und Ihr Team dann Einblicke erhalten.

Wir sind für die Sicherheit der Passagiere und die der Adriana verantwortlich und werden dieser Verantwortung mit allen Konsequenzen gerecht. Daher ist dieses Angebot nicht verhandelbar.“

Der Kapitän erhob sich und reichte Thorsten die Hand. Was blieb ihm anderes übrig, als einzuschlagen.

„Dann lassen wir Sie mal allein. Kommen Sie einfach auf Herrn Sander zu, wenn Ihr Fahrplan steht", schlug Kapitän Michelsen vor und verließ mit seinen Offizieren den Tagungsraum.

Thorsten Büthe versuchte, sich zu bremsen. „Wir überspringen jetzt alle die Phase, uns zu ärgern, und nutzen die Zeit. Auch wenn wir uns die Verfahrensweise anders vorgestellt haben, ist sie aus Sicht des Kapitäns nachvollziehbar. Die Crew um Kapitän Michelsen macht einen sehr kompetenten Eindruck, auf den wir uns jetzt einfach verlassen sollten. Maik, kannst du dich mit Herrn Sander abstimmen, wie wir die Passagier- und Videodaten möglichst schnell auswerten lassen können. Die Kooperation ist in dieser Form vermutlich doch vielversprechender. Carlotta, ich wäre dir dankbar, wenn du bei Hannah und Lisa bleibst und sie an Bord und in Dubrovnik begleitest." Thorsten stellte Lisa und Hannah die neue Kollegin vor und fuhr fort. „Saskia und ich bleiben während eures Ausflugs im Hintergrund, hoffen auf neue Erkenntnisse über den Verfolger und passen einfach auf euch auf. Falls der Täter wirklich der Stalker aus Hannover sein sollte, ist Saskia aktuell die Einzige, die er noch nicht kennt. Alle anderen hat er mit seiner Drohne auf dem Dachgarten beobachtet und weiß nun, warum wir an Bord sind. Damit müssen wir jetzt leben. Lisa, Hannah, versucht euch bitte in den letzten beiden Tagen normal zu verhalten. Geht bummeln, nutzt die gastronomischen Angebote und bleibt in Bereichen, wo was los ist. Meidet Seitengassen und einsame Ecken. Wir halten euch den Rücken frei. Ist das für euch okay oder habt ihr noch Fragen?"

Die Anwesenden schüttelten ihre Köpfe, waren einverstanden und zogen sich in ihre Kabinen zurück, um sich auf den Ausflug in die Perle der Adria, der Altstadt von Dubrovnik, vorzubereiten.

Jan genoss sein Frühstück auf der Außenterrasse und hoffte auf ein Zeichen von Lisa. Ohne Handy würde sie keinen Landausflug unternehmen. Anscheinend waren sie noch frühstücken, was ihn ärgerte, da seine Kabinenklasse lediglich für die Büfettrestaurants gültig war. Die Suitengäste mussten vor Betreten ihrer exklusiven Bereiche die Bordkarten vorweisen und wurden in den Restaurants bedient. Dem Verfolger wäre der Zugang verweigert worden. Wenn Jan nicht gänzlich auffallen und vor den VIP-Bereichen warten wollte, musste er sich darauf verlassen, dass Lisa ihr Handy wieder nutzen würde.

Er konnte es nicht beschreiben, aber sowohl die Kommunikation als auch ihr Verhalten an Bord und auf den Landausflügen hatte sich wirklich verändert. Jan konnte allerdings nicht einordnen, ob es dem Verschwinden der LKA-Profilerin geschuldet war oder ob sie doch ahnten, dass ihr Verfolger an Bord war. Spätestens nach dem Fehlen von Andreas Nolte hatte Jan mit mehr Maßnahmen des Sicherheitspersonals oder gar der Polizei gerechnet. Vielleicht waren sie ja sogar schon an Bord. Die Ruhe konnte trügerisch sein. Er musste aufpassen und die Zeit für sich nutzen. Er hatte nur noch Dubrovnik und Bari. Wenn sie auf Korfu von Bord gingen, war alles zu spät. Er musste handeln.

„Boah, war das wieder lecker", schnalzte Lisa mit der Zunge, als sie zurück in ihre Suite kamen.

„Jetzt sind wir für den besten Stadtbummel der Reise gut vorbereitet und können stundenlang ohne Pause die Kreditkarten glühen lassen", freute sich Hannah auf den Ausflug in die mittelalterliche Hafenstadt.

Jan ballte die Faust, als hätte er einen Elfmeter verwandelt. „Da seid ihr ja wieder. Dann bis gleich", freute er sich auf die einseitige Verabredung, auf die die beiden Freundinnen freiwillig nie eingegangen wären.

LKA-Psychologin, Carlotta Bayer-Westhold, begleitete Lisa und Hannah. Sie waren nun wieder zu dritt. Saskia hatte dienstliche Vorerfahrungen in einer Observationseinheit und blieb konspirativ an dem Trio dran. Auch wenn es bereits Jahrzehnte her war, konnte auch Thorsten auf mehrjährige Erfahrungen in diesem Bereich beim Bundeskriminalamt zurückgreifen. Er hielt sich noch weiter zurück, hatte Saskia und eventuell abgesetzte Beobachter des Trios im Visier und konnte kurzfristig einschreiten.

Aus sicherer Entfernung beobachtete Jan die Ausflügler in die Altstadt Dubrovniks und erschrak. Lisa und Hannah waren wieder in Begleitung einer dritten

Frau. Das musste eine aus dem Profiler-Team sein, er hatte sie schon auf dem Dachgarten und dann unten auf dem Parkplatz an der Markthalle gesehen. Dann waren auch die anderen nicht weit. Er durfte jetzt – so kurz vor dem Ziel – nicht auffliegen.

Die Freundinnen bestiegen einen Shuttlebus an der Pier, der die Landausflügler der Adriana nach wenigen Minuten in der Altstadt absetzen würde. Man musste sich für diese Fahrt nicht anmelden, sondern zeigte seine Bordkarte vor und stieg einfach ein. Zwischen dem Schiff und dem Zentrum pendelten insgesamt sechs Busse, sodass trotz des hohen Andranges für alle Platz war. Dennoch konnte es einigen Passagieren nicht schnell genug gehen. Sie drängten sich in den schon sichtlich voll besetzten Bus. Saskia hatte sich drei Reihen weiter hinter den Freundinnen noch einen Platz erkämpfen können. Thorsten hatte sich eine Basecap tief ins Gesicht gezogen, wartete draußen in aller Ruhe ab und achtete auf einzelne Männer, die sich noch unbedingt in den Bus hineinzwängen wollten. Einer nutzte selbst seine Körperfülle samt Ellenbogen, um sich eine Schneise durch die wartenden Gäste zu schlagen. Sein Kopf war puterrot, der Schweiß ließ sein schütteres Haar klatschnass auf der Haut kleben. Thorsten konnte es nicht fassen. Er hatte es geschafft, sich unweit der Freundinnen einen Platz zu ergattern. Saskia warf ihrem älteren Kollegen nur einen Blick zu, der bestätigte, dass sie beide diesem Typen ihre Aufmerksamkeit schenkten.

Mit einem Mal teilte sich die Menge vor dem Bus wieder, als ein weibliches Pendant schnaufend und stampfend den vollen Bus stürmen wollte und sämtliche Hindernisse, die sich ihr in den Weg stellten, schlichtweg überrannte. Plötzlich wurde der transpirierende Fahrgast wieder aktiv, der sich soeben seine Sitzbank hart erkämpft hatte.

„Halt, das ist meine Frau! Lassen Sie sie rein, ich habe ihre lebenswichtigen Medikamente. Machen Sie Platz!", rief er dem Busfahrer und den Scouts am vorderen Eingang zu.

Eine junge sympathische Dame mit einem frechen Kurzhaarschnitt, die laut Namensschild Miriam hieß und für diesen Shuttlebus im Auftrag der Adriana zuständig war, bat die wartenden Gäste um Nachsicht. „Entschuldigung, würden Sie die Dame bitte kurz durchlassen. Wir alle haben nichts davon, wenn sich noch jemand unnötig verletzt. Herzlichen Dank für Ihr Verständnis."

Laute Beschimpfungen der weiterhin wartenden Passagiere begleiteten den Kreuzzug der rabiaten Dame, wobei Worte wie „Unverschämtheit" und „Blöde Kuh" eher die harmlosen Kommentare waren.

Als Saskia und Thorsten Blicke tauschten, rollte die junge Kollegin die Augen, was Thorsten als Entwarnung interpretierte.

Das verschwitzte Pärchen quetschte sich zufrieden auf die Sitzbank und rief dem Fahrer zu: „Sie können jetzt losfahren!"

Der Scout sprach ruhig den Busfahrer an, der mit einem Lächeln zufrieden nickte, als Miriam auf das Pärchen zuging und es direkt ansprach.

„Entschuldigung, ich weiß gar nicht, ob wir Sie in Ihrem Zustand mit auf den Ausflug nehmen können?", fragte das sympathische Crewmitglied.

Das Pärchen war echauffiert. „Was bilden Sie junges Ding sich denn ein? Von welchem Zustand sprechen Sie? Natürlich machen wir den Ausflug mit. Den haben wir teuer bezahlt, und jetzt aber los, sonst fordern wir einen Teil der Kosten zurück."

Miriam konterte ruhig, aber derart deutlich und bestimmt, dass alle im Bus interessiert mithören konnten.

„Ich bitte Sie, Ihnen läuft jetzt schon der Schweiß herunter, Sie sind völlig außer Atem und Ihre Frau benötigt akut lebenswichtige Medikamente. Ich glaube, der Bordarzt würde sie sich vor dem Ausflug gern ansehen, bevor wir die Verantwortung für Sie übernehmen. Zeigen Sie mir diese Medikamente bitte!"

Als der Mann sich gerade wieder aufplustern wollte, lenkte seine Frau ein. „Ich benötige keine Medikamente, Sie können beruhigt sein."

Allein die Mimik des weiblichen Scouts sprach Bände, als sie nun deutlich formulierte. „Ich biete Ihnen jetzt zwei Möglichkeiten an: Gern zahlen wir Ihnen die Kosten des Ausfluges zurück, und zwar vollständig, weil Sie jetzt den Bus sofort verlassen. Oder das war das erste und letzte Mal. Sie bleiben bitte so lange am Zielort sitzen, bis alle anderen Gäste den Bus verlassen haben."

Die Frau wirkte fast beschämt und nickte nur. Als sich ihr Mann von der Bank aufrichten wollte, hielt ihn nicht nur seine Körperfülle, sondern auch der Beifall sämtlicher Fahrgäste für die passende Reaktion des Scouts zurück.

Der Busfahrer lachte, drehte stimmungsvolle dalmatinische Musik auf und fuhr los.

Saskia war beruhigt und schmunzelte, als sie feststellte, dass Thorsten fast unbemerkt noch mit in den Bus geschlüpft war.

In der kompakt angelegten mittelalterlichen Stadt lagen die Sehenswürdigkeiten eng beieinander. Wie ein mittelalterlicher Bürger betraten die Ausflügler die Altstadt durch das mächtige alte Pile-Tor. Der autofreie Stadtkern empfing seine Gäste sogleich mit ihrer Hauptstraße, der Stradun. Diese Hauptader führte sie direkt zum Alten Hafen. Sie war die „Gründungsnaht" der Stadt, denn die Stradun lag auf dem zugeschütteten Kanal, der die Inselstadt und die Festlandstadt ehemals trennte.

Die Freundinnen und Carlotta wollten das kulturelle Pflichtprogramm noch ohne Einkaufstüten abarbeiten und begannen ihren Ausflug direkt neben dem Pile-Tor. Sie schlenderten über die fast zwei Kilometer lange und bis zu sechs Meter breite Stadtmauer aus dem 13. und 14. Jahrhundert. Die Blicke von oben waren grandios, und ihr erstes echtes Highlight auf dieser Tour. Thorsten blieb mal hinter dem Trio und lief dann wieder an ihnen vorbei. Mit seiner Streetfotokamera konnte er aus allen Perspektiven schießen und sämtliche Personen, die sich auch nur in der Nähe der Freundinnen aufhielten, zumindest fotografisch einfangen.

Dubrovnik bot seinen Besuchern sowohl das besterhaltene Wehrsystem in Europa als auch vollständig erhaltene Gebäudekomplexe aus allen baugeschichtlichen Perioden seit der Stadtgründung im siebten Jahrhundert.

Diese Altstadt fiel ins Visier von Locationscouts und mutierte zum Spielort der weltweit berühmten TV-Serie „Game of Thrones". Hier fanden zwei- bis dreistündige Stadtführungen für diejenigen statt, die die beeindruckende Festung Lovrijenac (St.-Johannes-Festung) auf einem 37 Meter hohen Felsen sowie andere interessante Originaldrehorte kennenlernen wollten. Die Stadtführer hatten Fotos der Filmsequenzen dabei, sodass die Touristen auf Selfies vor den Drehorten posieren oder sich gar in entsprechenden Kostümen in der Schwarzwasserbucht fotografieren lassen konnten.

Als Lisa, Hannah und Carlotta von den Stadtführern darauf angesprochen wurden, mussten sie für sich feststellen, dass diese berühmte Sendung offensichtlich an ihnen vorbeigegangen war. Auch das Angebot, mit der modernen Seilbahn auf den 413 Meter hohen Hausberg Srđ zu fahren und die atemberaubende Aussicht auf die Stadt, die Inselwelt und die vor dem alten Hafen ankernden Boote und Schiffe zu genießen, lehnten sie dankend ab.

Vor ihrer Shoppingtour ließen sie sich auf einen Stadtrundgang durch die vielen Paläste ein. Sie lauschten interessiert dem Reiseführer. Unter den zahlreichen alten Kirchen ist die barocke des Sveti Vlaho hervorzuheben, die dem Stadtpatron Hl. Blasius geweiht ist“, erklärte der Mann. „Die Kathedrale Mariä Himmelfahrt steht an der Stelle ihrer Vorgängerinnen aus dem siebten und zwölften Jahrhundert, die der Legende nach Heinrich Löwenherz stiftete. Sie ist in dem verheerenden Erdbeben 1667 zerstört und im Barock von einem italienischen Architekten neu errichtet worden. Im Inneren ist eine überreiche Ausstattung der Nebenaltäre und in der Schatzkammer sind die Kopf- und Handreliquien des Heiligen Blasius zu entdecken.“

Zwei bedeutende Klöster lagen gleichfalls auf ihrer Sightseeing-Tour. In einem von ihnen befand sich auch eine mittelalterliche Apotheke von 1317, eine der ältesten erhaltenen ihrer Art in Europa. Ihr Weg durch die Altstadt führte die Frauen unweigerlich an dem Onofrio-Brunnen, dem Minceta-Rundturm und schließlich der Rolandsäule, die an den Bremer Roland erinnerte, vorbei.

Jan hatte sich bewusst in ein stark frequentiertes Café an der Stradun gesetzt und die GPS-Daten von Lisas Handy geortet. Er konnte die gesamte Stadtführung mit verfolgen, wobei sie am Uhrturm, am Ende der Stradun, aktuell offenbar stagnierte.

Die Freundinnen waren von den kulturellen und architektonischen Eindrücken auf engstem Raum völlig überwältigt und platt. Sie waren froh, dass die Stadtführung nun am Uhrturm endete, vor dem sich unzählige Brautpaare fotografieren ließen und vergnügt mit ihren Gästen tanzten. Der Guide beschrieb diese Begebenheit als eine langjährige Tradition, die den Brautpaaren Glück bringen sollte.

Das Trio ließ sich in einem Café direkt davor nieder und genoss die ausgelassene Stimmung an einem Außentisch direkt an der Stradun. Saskia gönnte sich in Sichtweite eine kleine Pause und genoss drei Kugeln Eis, die in Kroatien einfach genial schmeckten. Auch Thorstens Affinität zu Hochzeiten führte dazu, dass er sich von der fröhlichen Umgebung anstecken ließ. Er schwenkte seine Kamera von den mutmaßlichen Verfolgern zu den tanzenden Brautpaaren und ihren Gästen.

In dieser Atmosphäre am Uhrturm und dem Treiben auf der Stradun schienen ausschließlich zufriedene und glückliche Menschen unterwegs zu sein. Lisa und Hannah genossen einen Aperol Spritz und Carlotta eine kühle Weißweinschorle. Die Pause ließ sie für einen Moment die aktuelle Situation vergessen und ihre schrecklichen Erlebnisse in den Hintergrund treten.

Doch plötzlich holte die Realität sie schlagartig wieder ein. Ein Schatten sprintete an dem Tisch der Freundinnen vorbei, griff Lisas Handtasche, flüchtete in Richtung des Rektorenpalastes und verlor sich in der Menge. Saskia ließ ihren Eisbecher fallen und verfolgte den Handtaschenräuber. Thorsten wurde durch die Schreie des Trios und auch der Passanten auf die Situation aufmerksam. Als sein Blick Saskia suchte, sah er sie in der Menge abtauchen und folgte ihr. Er musste feststellen, dass die junge sportliche Kollegin um Längen fitter war als er. Als sie den Täter fast eingeholt hatte, ließ er die Tasche fallen.

Saskia stoppte kurz und folgte dem Dieb weiter, als Thorsten ihr etwas zurief. „Ich nehme die Tasche, bleib dran!"

Die deutsche Polizistin holte auf und konnte dem Flüchtenden im Sprint von hinten ein Bein wegtreten. Er überschlug sich auf den glänzenden Bodenplatten, blieb in Seitenlage liegen und krümmte sein rechtes Knie vor Schmerzen.

Saskia sprach ihn auf Kroatisch an, stellte sich als deutsche Polizistin vor und fixierte ihn am Boden. Fast atemlos kam Thorsten hinzu. „Chapeau, Saskia, das ist mal ein Einstieg", lobte er sie.

Aus der Traube von Passanten, die sich um den Handtaschenräuber und die Verfolger aufgestellt hatten, traten nun zwei uniformierte Polizisten vor. Saskia klärte die Situation in kroatischer Sprache auf. Die Polizisten nahmen den Täter fest und begaben sich mit ihm und der Beute zurück zu der Geschädigten des Handtaschenraubes, um die Personalien aufzunehmen.

Thorsten hatte schon bereut, die Kontrolle der Freundinnen aufgegeben zu haben. Im Stillen hatte er aber auch gehofft, dem Stalker und Mörder gefolgt zu sein. Der Räuber hingegen schien ein drogenabhängiger Kroate zu sein, der mit ihrem Fall nichts zu tun hatte. Er ließ sich widerstandslos festnehmen und wurde von den Polizisten humpelnd in Handschellen zu den Freundinnen geführt. Als sie die Fragen, ob das Lisas Tasche sei und sie den Täter wiedererkennen würden, zweifelsfrei beantworten konnten, gaben sie der Ärztin ihren Lederbeutel zurück. Es fehlte nichts.

Trotz der klaren Sachlage bestritt es der Täter, ein Dieb zu sein, was Saskia übersetzte. Als ein Streifenwagen mit Blaulicht in die Stradun einfuhr, um den Räuber in die Polizeidienststelle zu transportieren, bat Thorsten, mit ihm und Saskia reden zu wollen. Als Saskia übersetzte und erklärte, dass es wichtig sein könnte, stimmten sie zu. Aufgeregt stammelte der bereits polizeilich bekannte Drogenabhängige, dass er von einem Deutschen angesprochen und beauftragt worden war, diese Tasche zu stehlen, wegzulaufen und sie nach hundert Metern einfach fallen zu lassen. Der Tourist hatte ihm 500 Kuna in bar gegeben, die er als Bündel aus seiner dreckigen Jeanshosentasche zog.

Eine Beschreibung des Deutschen konnte er nicht abgeben.

„Scheiße, er hat uns verarscht. Wir sind verbrannt", musste Thorsten feststellen.

Jan schmunzelte. Er musste schließlich sichergehen. In jedem der Touristenmagneten der Welt tummelten sich Typen, die für Geld alles taten. Es hatte sich gelohnt.

Lisa und Hannah wurden von einer Polizistin begleitet, und abseits davon versuchten der Profilerchef und eine absolut fitte, junge Polizistin, die auch noch perfekt kroatisch sprach, ihn zu schnappen.

Jan hatte sie zwar unterschätzt, aber sie ihn offenbar auch. Er kannte jetzt die Jäger, die künftig zu Gejagten werden würden.

Kapitel 21 – Jagd an Bord

Thorsten griff zum Handy, um sofort Maik Holzner an Bord der Adriana anzurufen. Er setzte ihn vom Schachzug des Täters in Kenntnis.

„Maik, positioniere dich bitte in der Nähe des Check-ins", forderte er ihn auf. „Achte auf einzelne Männer, die ab jetzt zurück an Bord gehen. Versuche, unauffällig Fotos von ihnen zu schießen. Wir benötigen die gesamten Daten und Videos der Passagiere samt Kabinennummern vom Sicherheitschef Sander. Außerdem beabsichtigen wir, hier noch eine detaillierte Beschreibung zu erlangen, wobei ich für nichts garantieren kann."

Maik sagte zu, sich sofort auf den Weg zu machen, und legte auf.

„Saskia, du fährst bitte mit auf die Polizeidienststelle und versuchst eine Beschreibung des Deutschen zu bekommen. Alter, Größe, Figur, Kleidung; einfach alles, was ihn von den anderen Passagieren abhebt. Hast du noch einen guten Kontakt in Dubrovnik, der eine Überprüfung veranlassen könnte, welcher deutsche Staatsbürger an Geldautomaten oder Banken in unserem Zeitfenster mindestens 500 Kuna abgehoben hat?", bat er sie.

„Wir sind verdammt nah dran und müssen jetzt am Ball bleiben", motivierte Thorsten Büthe sein gesamtes Team.

Saskia war zuversichtlich. „Klar, ich bekomme von dem Typen schon etwas raus. Und wegen der Überprüfung weiß ich auch, wen ich da ansprechen kann. Ich komme nach, sobald ich alles erledigt habe."

Thomas war so froh, die junge Kollegin im Boot zu haben. „Du hast nur noch zwei Stunden, dann legen wir ab", gab er nach einem Blick auf seine Smartwatch zu bedenken.

Sie nickte.

Gemeinsam mit den beiden Freundinnen und der Psychologin Carlotta kehrten die Profiler zurück auf die Adriana, um Maik bei seinen Recherchen zu unterstützen. Dieser hatte den Security-Chef, Gerrit Sander, über den Vorfall in der Altstadt informiert, der mit seinen Mitarbeitern den Check-in akribisch beobachtete und die Daten sicherte. Maik Holzner selbst hatte sich auf Deck 5 positioniert und fotografierte die Rückkehrer, die in das leider erst grobe Raster passten. Viel hatten sie noch nicht.

Die bisherige Kooperation mit dem Security-Team und ihrem Leiter Sander erwies sich als große Hilfe. Alle waren kompetent und hilfsbereit. Am Abend sollten die Daten vorliegen, die dann gemeinsam im OFA-Team gesichtet, geordnet und nach einer Priorisierungsmatrix bewertet werden mussten. Der Abend konnte lang werden.

Jan war bewusst, dass der Druck auf ihn jetzt weiter zunehmen würde. Der kroatische Junkie sollte ihn bei der Polizei nicht erwähnen. So war es ausgemacht. Selbst wenn, war er derartig zugedröhnt gewesen, dass er ihn sicher nicht detailliert beschreiben konnte. Falls er jedoch das Wenige ausplapperte, brauchten die Profiler nur noch eins und eins zusammenzuzählen. Er durfte jetzt kein Risiko mehr eingehen.

Ein weiteres Mal entschloss er sich, seine Kleidung zu entsorgen und sich nun auch in Dubrovnik neu einzukleiden. Er wechselte gedanklich die Perspektive und fragte sich, wie die Profiler nun wohl vorgehen werden.

Wenn sie die Finte durchschaut hatten, gingen sie spätestens jetzt davon aus, dass er an Bord der Adriana sei. Sie würden die Vorfälle in Hannover, den Mord an Vincent, den misslungenen Mord an ihrer Kollegin und auch das Verschwinden von Andreas Nolte zu einem Gesamtkonstrukt zusammenführen. Bullen mutierten zu erbarmungslosen Jägern, wenn aus ihren Kreisen jemand verletzt oder gar getötet wurde. Allein aus diesem Grund würden sie nie aufgeben, zumal Hannah für sie stärker gefährdet war als je zuvor. Jan hatte nichts mehr zu verlieren. Das wussten sie sehr wohl und hatten damit verdammt recht.

Ja, er musste runterkommen, sich besinnen und rational an die weiteren und vielleicht auch letzten Schritte herangehen – eine Art Kassensturz.

Wo stand er jetzt?

Die Bullen wussten, dass sich der Stalker, der zum Mörder geworden war, an Bord aufhielt. Sie würden alles überprüfen und der Reihe nach die Alleinreisenden checken. An Bord der Adriana sollten sich etwa 2500 Passagiere aufhalten. Beim Singletreff zu Beginn der Reise hatten sich 80 aufgeschlossene Gäste getroffen, wobei sich laut Reiseleiterin etwa 130 Frauen und 67 Männer ohne feste Begleitung an Bord befinden sollten.

Jan ging davon aus, dass die Überprüfung dieser 67 Männer mittlerweile im Hintergrund lief. Es war also nur eine Frage der Zeit, wann sie auch auf ihn zukamen. Nun, vielleicht reichte sein Vorsprung. Er brauchte nur noch ein oder zwei Tage.

Eine Option, über die er kurz nachdachte, war, nicht mehr zurück an Bord zu gehen und auf dem Landweg zurück nach Deutschland zu reisen. Dieser Umstand würde allerdings die Überprüfung sämtlicher männlicher Singles abkürzen und ihn direkt in den Fokus der Ermittlungen bringen. Er hatte keine vorteilhaften Kontakte in Kroatien. Vermutlich würden sie ihn noch hier stellen. Seine Lebensphilosophie ließ nur einen Schluss zu: *Hast du ein Ziel vor Augen, erstelle einen Plan, verfolge es und greif es dir. Hindernisse sind da, um aus dem Weg geräumt zu werden, und ein Plan B lenkt nur von Plan A ab.* In aller Stille belohnte er seine Entscheidung, ballte seine rechte Faust, zischte ein „Yes!“ und war fest entschlossen, sein Ding durchzuziehen. Hannah gehörte zu ihm und keinem anderen. Koste es, was es wolle.

Auf dem Weg durch das Pile-Tor traf Jan auf eine Clique von Alleinreisenden, die sich an Bord kennengelernt hatten. Eine Dame kam lächelnd auf den Einzelgänger zu und sprach ihn an. „Hey, du warst doch auch beim Singletreff auf Korfu. Warst du etwa allein in der Altstadt unterwegs?“, erkundigte sie sich.

Jan war dankbar über die Abwechslung und nahm den Ball auf. „Ja, ich bin ein derartiger Kulturfreak, das wollte ich keinem von euch antun“, versicherte er ihr mit einem Augenzwinkern, weil er sah, dass sie ihre Einkaufstüten kaum tragen konnte. „Wie ich sehe, hast du dich auch der dalmatinischen Kultur unterworfen und die Einheimischen finanziell unterstützt, Respekt! Darf ich dir tragen helfen? Ich bin übrigens Jan.“

„Annalena. Oh, super! Ja, das wäre toll. Einkaufsbummeln ist ein kleiner Tick von mir, wenn ich mal Zeit habe. Ich hoffe, du bekommst keinen falschen Eindruck. Ich kleide mich gern im Urlaub ein. Dafür shoppe ich zu Hause überhaupt nicht. Hilfe könnte ich übrigens gut gebrauchen. Allein die Schuhtüten sind sauschwer. Vielen Dank, Jan.“

Die beiden waren sich sofort sympathisch. Annalena ärgerte sich, dass sie sich nun erst am vorletzten Tag der Reise näher kennenlernten. Sofort nutzte Jan die Chance, die sich ihm bot, und lud seine neue Bekanntschaft in ein kleines Café ein. Die junge Frau war etwa Mitte dreißig, einen Kopf kleiner als Jan und kräftig, was zu ihr passte. Ihre rotbraunen Haare hatte sie hochgesteckt. Der moderne Kleidungsstil ließ sie sympathisch und aufgeschlossen erscheinen. Annalena gefiel Jans lässiges Outfit. Die helle Jeans mit den Chucks, das moderne Shirt und die hellblaue Basecap ließen ihn jung und dynamisch wirken.

Sie tauschten sich trotz der Kürze der Zeit recht vertrauensvoll aus, sodass Jan relativ schnell erfuhr, dass Annalena bei einer Versicherung in Recklinghausen arbeitete, dort auch wohnte und seit vier Jahren Single war. An Bord hatte sich bislang noch kein Kontakt ergeben, wenn man von den typischen Small Talks absah. Jans empathische Art faszinierte Annalena, dadurch vergaßen beide fast die Zeit.

„Mist, es ist schon 17:10 Uhr. Der letzte Bus fährt in fünf Minuten. In einer Viertelstunde müssen alle an Bord sein. Jetzt aber los! Aber keine Bange, das schaffen wir noch", versicherte Jan. Er hinterließ einen 100-Kuna-Schein und nahm Annalena an die Hand. Beide sprinteten mit 12 Einkaufstüten zum letzten Shuttlebus, der sie gerade noch gnädig aufnahm.

Anderenorts hatte sich Saskia an der Vernehmung des drogenabhängigen Kroaten beteiligt und durfte auch eigene Fragen stellen. Zur Person seines Auftraggebers widersprach sich der Handtaschenräuber ständig und konnte weder einen genauen zeitlichen noch örtlichen Kontext beschreiben. Die Aussage war einfach nichts wert. Über ihre Kontakte aus den bisherigen Auslandseinsätzen hatte die junge Polizistin eine Überprüfung sämtlicher Geldautomaten und auch Banken auf Abhebungen von deutschen Staatsbürgern oder deutschen Kredit- oder Masterkarten veranlassen können. Die Ergebnisse würden aber Tage dauern. Weiterhin hatte sie angeregt, das Bündel 500-Kuna-Scheine auf Fingerabdrücke und DNA-Spuren überprüfen zu lassen. Vielleicht hatte der Täter darauf Spuren hinterlassen, die ihn identifizieren konnten. Aber auch diese Maßnahme würde für keinen schnellen Erfolg sorgen.

Auch Saskia hatte den letzten Shuttlebus gerade noch erwischt und wäre beinahe die Letzte gewesen, wenn nicht noch ein Pärchen nach ihr gekommen wäre, das die Zeit offensichtlich vor lauter Shopping-Euphorie völlig vergessen hatte. Schon beim Betreten des Busses war Jan die sportliche blonde Polizistin aufgefallen, die in der dritten Reihe am Fenster saß. Er versuchte sie zu ignorieren, als sie die beiden beim Betreten des Busses sogar freundlich anlächelte. Jetzt musste er cool bleiben. Mit dem letzten Schwung der Landausflügler schlenderten Annalena und Jan turtelnd wie verliebte Teenager über die Gangway zum Check-in. Maik Holzner hatte bis zum Ablegen auf Deck 5 ausgeharrt und die Rückkehrer fotografiert, die ihm verdächtig erschienen. Das verliebte Pärchen mit den Einkaufstüten aus dem letzten Bus gehörte nicht dazu, zumal Saskia ihnen auf den Fersen folgte. Sie waren nicht weitergekommen. Die Gefahr lauerte irgendwo im Ungewissen.

Nach dem ersten Briefing im Tagungsraum stärkte sich das Profiler-Team beim Abendessen, um dann die vorliegenden Passagierdaten zu bewerten und daran die ersten Maßnahmen an Bord mit dem Kapitän und dem Security-Chef abzustimmen.

Maik hatte schon akribisch vorgearbeitet und die 67 allein reisenden Männer anhand der mit den Tatzeiten korrespondieren Check-in und -out-Zeiten während der Landausflüge abgeglichen. 14 dieser männlichen Passagiere waren zudem über 70 Jahre alt. Dieses Alter hatte das Team aufgrund der offensichtlich guten körperlichen Konstitution des Täters vorerst ausgeschlossen. Von den verbliebenen 49 Gästen befanden sich 32 Personen während der tatkritischen Zeiten an Land.

Ein Alter des Täters ließ sich anhand der vorliegenden Daten und Spuren nicht ableiten. Aus Studien und empirischem Wissen priorisierten sie aber ein Altersspektrum von 30 bis 50 Jahren, was an Bord auf 19 der allein reisenden Männer zutraf. In Prio II teilten sie die Passagiere unter 30 Jahren ein, hier waren es lediglich zwei Gäste. Elf Personen verblieben im Alter zwischen 60 und 70, die sie mit Prio III bezeichneten.

Aus den Passagierdaten hatte Gerrit Sander Maik die Personagramme der 32 Gäste in Prio I–III samt Fotos der Reisepässe zur Verfügung gestellt. Die Passagiere der Prio I hatte Holzner mit Fotos an der Magnettafel befestigt.

„Ich habe Thomas die Daten schon übermittelt“, berichtete Maik. „Er prüft die polizeilichen Vorerkenntnisse und wer von diesen Gästen im Besitz eines Motorradführerscheins oder sogar Halter eines Kraftrades ist.

Falls vorhanden, werden auch hinterlegte daktyloskopische Spuren und mögliche DNA-Daten übermittelt. Des Weiteren prüft Thomas, ob eine dieser Personen Bezüge nach Hannover hat, denn wir haben nur einen, der direkt in Hannover gemeldet ist. Es handelt sich um einen Hans Wolfram, der in der Burgwedeler Straße wohnt und am 06.08.1979 in Hannover geboren ist. Lasst uns abwarten, was die Daten aus Hannover hergeben. Dann sollten wir mit ihm beginnen. Thomas legt heute Abend noch los."

„Danke, Maik, das war viel Fleißarbeit – eine super Basis für uns", lobte Thorsten und blickte in Richtung seiner neuen Kollegin. „Saskia, meinst du, es macht Sinn, den Kollegen in Dubrovnik die Fotos dieser Männer zu schicken, um sie dem Junkie vorzulegen. Vielleicht erkennt er seinen Auftraggeber ja doch noch?"

Die blonde Kollegin war skeptisch, aber pragmatisch. „Klar, einen Versuch ist es immer wert. Ich kümmere mich darum."

Thomas Schulte legte mit Jana Stassfurt, der Analytikerin der Zentralstelle Gewalt im LKA Niedersachsen, eine Spät-, wenn nicht sogar Nachtschicht ein. Sie jagten die Personalien der 32 männlichen Passagiere durch die polizeilichen Datensysteme und überprüften die Einwohnermelde- und Führerscheindaten sowie die beim Kraftfahrtbundesamt hinterlegten Informationen, welche Fahrzeuge auf diese Personen zugelassen waren.

Thorsten gönnte sich eine Pause, verschnaufte auf dem Außendeck bei einem alkoholfreien Bier und erkundigte sich bei Doktor Schubert nach Kristins Gesundheitszustand. „Hallo Siggi, was gibt's Neues aus dem Krankenhaus?"

Siggi Schubert war in einer guten Stimmung und konnte berichten, dass die Hirn-OP gut verlaufen sei. Die Schwellung hatte sich deutlich zurückentwickelt, sodass man Kristin die entnommene Schädelplatte am nächsten Tag wieder einsetzen wollte. Die dann folgende Versorgung der Frakturen wäre zwar noch aufwendig, aber eine Kleinigkeit zu dem, was Kristin bislang überstanden hatte. Sein letzter Satz ließ Thorsten Freudentränen in die Augen schießen.

„Professor Kovač hat mir soeben die frohe Botschaft übermittelt, dass Kristin über den Berg ist und vermutlich keine bleibenden Hirnschäden davontragen wird", teilte er ihm mit.

„Toll, Siggi! Vielen Dank für deine Unterstützung und herzliche Grüße an Henrik. Ist Kristin schon aus dem Koma erwacht?", hakte Thorsten Büthe besorgt nach.

„Nein, sie wollen die letzten Eingriffe unbedingt noch in dieser Phase umsetzen und werden sie in zwei bis drei Tagen zurückholen. Dann braucht sie Zeit, und vielleicht ist Kristin in der nächsten Woche transportfähig. Wir bleiben so lange hier. Dann bringen wir sie nach Hause", prognostizierte Doktor Siggi Schubert optimistisch. „Ist es okay, dass ich Lisa auf Stand bringe oder müssen ich oder meine Frau etwas vor Hannah zurückhalten?", fragte er noch.

„Ich glaube, das würden Lisa und Hannah weder uns noch dir verzeihen. Die frohe Botschaft nimmt allen eine Menge Druck vom Kessel. Allerdings sollten wir es aber noch nicht offen kommunizieren und verschwiegen bleiben. Für uns wird es dann interessant, wenn Kristin aus dem Koma erwacht. Ich bin gespannt, ob und an was sie sich noch erinnern oder ob sie den Täter sogar beschreiben kann", sagte Thorsten.

Dem OFA-Leiter fiel ein riesengroßer Stein vom Herzen. Er konnte es kaum abwarten, mit dieser Botschaft in den Tagungsraum zurückzukehren. Euphorisch riss er die Tür auf. „Kristin hat es geschafft!", rief er in die Runde.

Das Team jubelte. Etliche Augen wurden feucht. Selbst Saskia, die Kristin noch nicht kennenlernen konnte, fühlte eine große Erleichterung. Thorsten schilderte die durch Doktor Schubert übermittelten Details und den weiteren medizinischen Behandlungsablauf. Für alle Anwesenden war das ein Motivationsschub, den jeder in dieser Phase dringend nötig hatte. An Schlaf dachte an diesem Abend niemand mehr.

Fast niemand ...

Jan hatte Annalenas Tüten bis in ihre Innenkabine auf Deck 8 gebracht. Sie bedankte sich bei ihrem Begleiter mit einer Umarmung und einem angedeuteten Küsschen auf die Wange. Nur noch ein Ausflug, dann war die Kreuzfahrt schon wieder vorbei. Sie musste die Chance nutzen, jetzt und hier. Mit einem entwaffnenden Lächeln machte sie ihm einen Vorschlag.

„Jan, ich würde mich gern für deine Hilfe bedanken und mich mit einem leckeren Essen im Steakhaus revanchieren. Na, wie wäre es?"

Jan ließ sie zappeln. „Lädst du deine Helfer immer zum Essen ein? Ich hatte die Hoffnung, nach diesem spontanen und wunderschönen Nachmittag mit dir nicht als Gepäckträger degradiert zu werden." Er zog einen Schmollmund.

Annalena musste retten, was noch zu retten war. „Nein, nein, nein, so meinte ich das doch gar nicht, Jan. Ich fand den Nachmittag wunderbar. In den Gesprächen mit dir habe ich das Zeitgefühl völlig verloren. Das ist mir in den letzten zehn Jahren mit keinem Mann passiert. Bitte entschuldige, ich wollte dich niemals als Gepäckträger degradieren."

Auch Annalena war clever und setzte noch einen drauf. „Obwohl ... wenn ich genauer darüber nachdenke, könnte ich mich damit anfreunden, dich öfter auf meine Shoppingtouren mitzunehmen."

Jan musste sich bremsen. Nicht zu schnell, er durfte jetzt nichts kaputtmachen. Anstatt sie in der Kabine aufs Bett zu stoßen, musste er sich zwingen, einen Gang zurückzuschalten. Er legte einen lässigen Blick auf, nahm sie fest in die Arme und gab ihr einen zärtlichen Kuss erst auf die Wange, dann auf das Ohrläppchen. Annalena drohte zu explodieren, als er ihr seine Antwort ins

Ohr hauchte. „Die Einladung nehme ich gern an, aber um den Nachtisch kümmere ich mich. Okay? In einer halben Stunde? Ich hole dich ab."

Ohne sich umzudrehen lief Jan den langen Gang bis zum Treppenhaus entlang und spürte den heißen Blick seiner neuen Eroberung auf seinem durchaus trainierten Hintern.

Voller Vorfreude trampelte Annalena auf der Stelle und kreischte vor Glück. Am vorletzten Tag hatte sie sich einen coolen Typen geangelt. Sie warf ihre Tüten aufs Doppelbett und riss die Etiketten von ihren neuen Dessous und Sommerkleidern ab. Dann stürmte sie ins winzige Bad und stammelte ständig vor sich hin. „Halbe Stunde, halbe Stunde, das schaffe ich nie! Niemals!"

Aufgeregt stieg sie unter die Dusche. Sie musste ihre erotischen Fantasien über den prognostizierten Verlauf des Abends aus Zeitgründen zurückstellen. Das Epiliergerät lief auf Hochtouren, ebenso wie ihr Kreislauf, der rosige Spuren auf ihrem Dekolleté und im Gesicht hinterließ, die sie mit Glitzerpuder abdeckte.

„Viertelstunde, das schaffe ich nie", stöhnte sie anschließend und probierte ihren neuen String zum dunkelrosafarbenen Push-up-BH mit Spitze. Dazu das beigefarbene Kleid mit den weißen Punkten, in das sie sich schon seit Pretty Woman verliebt hatte. Die cremefarbenen High Heels dazu und fertig. Wie Julia Roberts sah sie jetzt nicht unbedingt aus, aber mit einem Schuss „La vie est belle" kam sie nah dran. Schließlich warb die Schauspielerin ja dafür.

„Zwei Minuten, gleich klopft es", murmelte Annalena vor sich hin. „Dich schnappe ich mir, lieber Jan, koste es was es wolle!" Pünktlich auf die Sekunde stand er da. Annalena öffnete die Tür und erschrak. Jan hatte keine Basecap mehr auf, sondern präsentierte eine gepflegte, vollkommen kahl rasierte Glatze. Sein Outfit war geschmackvoll und für den Abend angemessen. Zu seinen Chucks trug er eine hellbraune Hose und darüber ein lässiges, blaues Hemd.

„Egal, ich bin ja auch nicht Julia Roberts", sagte sie leise zu sich.

„Wow!", rief Jan positiv erstaunt. „War das alles in den Tüten, die ich getragen habe?"

„Nicht ganz", konterte Annalena, „das meiste davon saß dir die ganze Zeit gegenüber."

Beide lachten. „Solange du nicht die falsche Erwartungshaltung hast, ich sei ein Multimillionär oder gar Richard Gere ohne Haare, könnten wir gemeinsam einen wunderbaren Abend verbringen. Nein, im Ernst. Du bist wunderschön, und ich freue mich", schmeichelte Jan, hakte Annalena unter und führte sie ins Steakhouse. Dort turtelten die beiden den ganzen Abend, ließen sich eine Flasche Primitivo zu einem „Surf & Turf"-Menü schmecken und unterhielten sich prächtig.

Dieser gemeinsame Abend war jeden Cent wert, fanden die beiden, denn dieser Service im Steakhouse musste extra bezahlt werden. Nachdem Annalena die Rechnung auf ihre Bordkarte hatte buchen lassen, hinterließ Jan noch ein großzügiges Trinkgeld, bevor sich das Pärchen Hand in Hand auf ihre Kabine zurückzog.

Annalena war total enttäuscht, als Jan nicht mit hineinkommen wollte. Er stupste sie zärtlich auf die Nase und gab ihr einen innigen Zungenkuss. „Mach dich schon fertig, ich habe noch eine Überraschung für dich in meiner Kabine. Ich bin gleich zurück und freue mich schon auf eine heiße Nacht mit dir."

Glücklich ließ sich Annalena aufs Bett fallen und konnte es kaum fassen. Sie machte sich frisch, streifte ihr neues Kleid ab und legte sich in ihren heißen Dessous erwartungsvoll auf das Doppelbett der Innenkabine.

Jan hatte seine Minikameras und Mikrofone unauffällig in seiner Kabine platziert und scharf gestellt. Er brauchte einfach eine Alternative, falls ihm die Profiler doch schneller auf die Spur kamen. Morgen musste er in Bari zuschlagen, da konnte er diese Nacht keine Störung gebrauchen, die seinen Plan gefährden würde.

Er nahm einen Teil seiner Überraschung in der Hand mit. Es handelte sich um einen eisgekühlten Moët & Chandon Ice Impérial Champagner in Rosé, für den er im Bordshop 80 Euro investiert hatte. Die zweite Überraschung steckte er unauffällig in seine rechte Gesäßtasche, die durch das Hemd verdeckt wurde.

Wieder einmal hatte niemand im Restaurant bemerkt, dass der Gast das scharfe und spitze Steakmesser nicht wieder auf den Teller gelegt hatte.

Das neue Pärchen freute sich also auf einen Abend, an dem sich beide auslassen konnten.

Jeder auf seine Weise.

Nach der positiven Nachricht rund um Kristins Genesung begaben sich Lisa, Hannah und auch Carlotta ins Theatrium. Der Lektor, Boris Hendersen, stellte die letzte Destination, Bari, vor. Schon während seiner Begrüßung der interessierten Passagiere klang ein wenig Wehmut durch, dass sich die kurzweilige Woche schon wieder dem Ende zuneigte. Gerade in den letzten Tagen hatten sich unter den Gästen viele Kontakte ergeben, die sich mehr und mehr festigten. In den Bars fanden sich zunehmend Gruppen zusammen, die einander von ihren Erfahrungen und Erlebnissen berichteten. Alle Anwesenden waren sich einig: Eine Woche war schön, aber viel zu kurz.

Ihr Kreuzfahrtschiff musste die Adria nun von Dubrovnik aus lediglich mit einer leicht südlichen Tendenz kreuzen. Dann erreichte es Bari in Knöchelhöhe auf Italiens Stiefel, die Hauptstadt der wunderschönen italienischen Region Apulien.

Das Kreuzfahrtterminal befand sich direkt neben dem Fährterminal im Porto di Bari. Fußläufig gegenüber lag die historische Altstadt. Als idealer Ausflug, um das bunte Treiben in der quirligen Altstadt kennenzulernen, bot sich die Stadtführung mit einem Besuch der prächtigen Kathedrale San Sabino aus dem zwölften Jahrhundert an. Ihr weißer, schon von weither sichtbarer Laternenturm leuchtete in der Sonne. Doch wer die Wahl hatte … Auch die zweite bedeutende Kirche der

Stadt, die Basilika San Nicola, in der die Gebeine des Heiligen Nikolaus aufbewahrt werden, lud zu einem Besuch ein. Das Flanieren auf der Piazza del Ferrarese und an der Uferpromenade am alten Hafen entlang war ein entspannter Part dieser Stadtführung.

Die Freundinnen, in deren Kreis nunmehr auch die LKA-Psychologin Carlotta aufgenommen worden war, zeigten sich aufgeschlossen, hatten aber zudem ein besonderes Highlight der Kreuzfahrt hier in Apulien im Visier, welches der Lektor Boris Hendersen fast euphorisch mit dem Trailer eines Actionfilms präsentierte: ein Besuch der Stadt Matera.

„Das außergewöhnliche Stadtbild Materas in der süditalienischen Region Basilikata diente den Locationscouts als Kulisse zu dem neuen James-Bond-Film ‚Keine Zeit zu sterben', in der einige Verfolgungsszenen und Stunts mit dem legendären Aston Martin des englischen Agenten gedreht wurden", berichtete Hendersen. „Nicht minder beeindruckend sind die sogenannten Sassi", fuhr er fort. „Dabei handelt es sich um Höhlensiedlungen in der Altstadt, die vor vielen Jahrhunderten in die Felsen geschlagen und als Wohnungen und Ställe genutzt wurden. Die hygienischen Zustände, in denen die Menschen seinerzeit mit ihren Tieren zusammenlebten, führten dazu, dass Matera zur nationalen Schande erklärt worden war. Noch 1948 lebten hier in 3.300 Räumen etwa 15.000 Menschen ohne Strom und fließendes Wasser. Die Bewohner wurden in den 1960er-Jahren in neue Wohnblocks umgesiedelt. Heute zählen diese Höhlen, die durch unzählige schmale Treppenwege verbunden sind, zu den spektakulärsten Sehenswürdigkeiten Italiens. Matera ist 2019 zur europäischen Kulturhauptstadt erklärt worden."

„Wenn das nicht unser Ausflug ist. Allein dafür hat sich die Reise gelohnt", bemerkte Lisa wehmütig und Hannah nickte.

„Lasst sie uns noch mal wiederholen, wenn es Kristin wieder besser geht und wir alles hoffentlich entspannter angehen können", schlug die Moderatorin vor.

Die beiden Freundinnen blickten zur Psychologin. „Bist du auch mit dabei, Carlotta? Wir meinen nicht als Betrcuerin, sondern als Freundin?", erkundigte sich Hannah.

Die LKA-Beamtin war gerührt, auch ohne ihre Profession so wahrgenommen zu werden. „Sehr gern. Allerdings müsste ich mir vorher mal meinen ersten James-Bond-Film anschauen."

„Gute Idee", erwiderte Hannah, die schon einen Vorschlag parat hatte, der sogleich Zustimmung fand. Sie verabredeten sich zu einem 007-Marathon, wenn sie erst wieder zu Hause sein würden, wobei Hannah ihren Gedanken erweiterte. „Dann können wir uns auch gleich Game of Thrones mit reinziehen und sind ebenfalls für Dubrovnik hervorragend vorbereitet." Das waren tolle Aussichten, fanden die Freundinnen und hofften, auch Kristin von diesen Plänen begeistern zu können.

Der überwältigende Beifall des Publikums holte sie wieder in die Realität zurück. Es bedankte sich auf diese Weise bei Lektor Boris Hendersen, der allerdings noch auf der Bühne blieb. Der Applaus riss auch nicht ab, als der Entertainment-Manager ‚The Tobi' auf die Bühne sprang und das weitere Abendprogramm ankündigte.

„Liebe Gäste, in Anknüpfung an die Ausflugstipps für den letzten Landgang auf den Spuren James Bonds geht es jetzt spannend weiter. Boris Hendersen wird uns ‚Moffenkind' und ‚Niemandsblut' vorstellen. Es handelt sich um die beiden Kreuzfahrtkrimis seines Ehemannes Jörg Böhm, der leider kürzlich verstorben ist. Ab halb zehn erwarten wir Sie alle auf dem Pooldeck, auf dem Wayne Morris durch die laue Sommernacht rocken wird. Wie wir ihn alle schon kennenlernen durften, wird es niemanden auf den Sitzen halten. Tanzen Sie sich die Kalorien der letzten Tage ab und geben Sie Vollgas. Eines kann ich Ihnen garantieren: Wayne wird es tun. Und jetzt wünsche ich Ihnen spannungsreiche Unterhaltung mit den Krimis von Jörg Böhm, präsentiert von Ihrem Lektor Boris Hendersen. Im Anschluss daran viel Spaß und bis gleich auf dem Pooldeck! Euer und Ihr Entertainment-Manager ..."

Carlotta kannte diese fast schon geläufige Zeremonie im Theatrium noch nicht und staunte, als alle anderen Gäste im Chor „The Tobi" riefen.

Das Licht wurde gedimmt und auf der großen Leinwand erschienen die Buchcover des Krimiautors Jörg Böhm. Nach einer kurzen emotionalen Einleitung von

Boris Hendersen las er aus beiden Büchern und zog die Zuhörer in seinen Bann.

Lisa flüsterte ihren beiden Freundinnen zu. „Wäre das nicht auch etwas für Thorsten im Ruhestand? Genug erlebt hat er ja. Wenn ich nur daran denke, was ihr als OFA-Team mittlerweile schon während der Schiffsreisen durchgestanden habt. Allein da kämen ja etliche spannende Geschichten zusammen."

„Glaub mir, mit seiner wachsenden Familie und seiner Hochzeitsfotografie wird Thorsten den Begriff ‚Ruhestand' schon vorab aus seinem Vokabular gestrichen haben. Auch Vicci weiß ihn sicher zu beschäftigen. Ein Freizeitproblem hatte er noch nie. Aber mal abwarten", sagte die Psychologin aus seinem Team und grinste. „Wie war das mit den Pferden vor der Apotheke?"

Nach der Lesung zog es die meisten Passagiere der Adriana auf das Pooldeck, um den einzigartigen Wayne Morris auf der Bühne erleben zu dürfen. Das Publikum war fasziniert von seinem vielseitigen musikalischen Repertoire und der Varianz in seiner Stimme, die von Elvis Presley über Frank Sinatra und Phil Collins bis zu Axl Rose von AC/DC reichte. Hannah, als erfahrene Radiomoderatorin eines Rocksenders, war zudem völlig perplex, als Wayne Morris „Thunderstrack" von AC/DC auf einer Ukulele und im Anschluss den Titelsong vom „Phantom der Oper" auf der E-Gitarre spielte. Ein absolutes Gänsehautfeeling, das sie für einen Moment den Atem des Stalkers in ihrem Nacken vergessen ließ. Sie fühlten sich sicher, denn momentan wurden sie und ihr Umfeld intensiv beobachtet. Der Security-Chef Gerrit Sander hatte mit Thorsten Büthe abgestimmt, die gefährdeten Passagiere nicht aus den Augen zu lassen, während sich das LKA-Team im Tagungsraum auf den Täter konzentrierte. Die vermutlich einzigen Passagiere, die sich nicht auf dem Pooldeck die Seele aus dem Leib tanzten, waren Jan und Annalena. Sie hatten beschlossen, den Abend und die Nacht zu zweit mit anderen Aktivitäten zu verbringen.

Auch das OFA-Team war natürlich anderweitig beschäftigt. Ihm ging es darum, die Schlinge um den Hals des Täters enger zuzuziehen. Saskia stand in ständigem Kontakt mit ihren Kollegen in Dubrovnik. Alle Fotos der 32 Passagiere waren auf der Dienststelle angekommen. Das Problem war nur, dass die Staatsanwaltschaft einen Haftbefehl für den Handtaschenräuber abgelehnt und die Polizei ihn daraufhin wieder entlassen hatte. Saskia erhielt die Auskunft, dass man den Junkie suche, ihn aber noch nicht gefunden habe. Diese Spur entpuppte sich erst einmal als eine Einbahnstraße.

Gegen 22 Uhr teilte Thomas Schulte per NIMes die ersten Ergebnisse der polizeilichen Überprüfungen mit. Über diesen internen polizeilichen Messenger konnten sie dienstliche Erkenntnisse und Unterlagen untereinander austauschen. NIMes verfügte über einen ähnlichen Funktionsumfang wie WhatsApp und konnte auch auf privaten Handys berechtigter Angehöriger der Polizei Niedersachsen genutzt werden. Thomas und Jana hatten in einer Excel-Liste jede der

Personen mit den hinterlegten Daten aufgeführt. Passagiere mit polizeilichen Vorerkenntnissen waren – je nach strafrechtlicher Qualität – in Rot oder Orange gekennzeichnet. Personen ohne derartige Belastungen strahlten hellgrün, was die meisten, nämlich 24 der Personen, betraf. Von den verbleibenden acht männlichen Gästen waren fünf in Orange und lediglich drei in Rot markiert. In den Spalten waren außerdem der Besitz eines Motorradführerscheines sowie der eines eigenen Kraftrades farbig unterlegt. Als klarer Favorit kristallisierte sich der 42-jährige Hans Wolfram heraus. Er wohnte in Hannover, war schon mehrfach wegen mitunter sogar gefährlichen Körperverletzungsdelikten verurteilt und hatte Erkenntnisse im Bereich häuslicher Gewalt. Diese Vorfälle lagen allerdings schon über zehn Jahre zurück. Wolfram hielt sich zudem in der hannoverschen Türsteherszene auf und war zur Zeit Halter mehrerer Fahrzeuge, darunter auch einer Harley-Davidson. In den polizeilichen Systemen waren auch die körperlichen Merkmale aufgeführt, sodass hier eine Größe von 193 Zentimetern und ein Gewicht von 113 Kilogramm vermerkt war. Auf den vorliegenden Fotos war eine Vielzahl von Tattoos bei dem Glatzenträger sichtbar. Rein statistisch ein Volltreffer.

Es folgten zwei weitere Kandidaten in Rot, wobei es sich an Position zwei um einen 59-jährigen verurteilen Sexualstraftäter aus dem Raum Hamburg handelte, der wiederum keinen Motorradführerschein hatte.

Der dritte Proband in Rot war ein 22-jähriger Hooligan aus Sachsen. Seine Kriminalakte war mit Körperverletzungs- und Raubdelikten gefüllt. Er schien in Begleitung eines orangefarbenen Reisenden zu sein, gegen den bereits Verfahren wegen Landfriedensbruch und wegen mehrerer Verstöße gegen das Betäubungsmittelgesetz geführt wurden. Beide waren nicht im Besitz eines Führerscheines. Die weiteren infrage kommenden Personen, die in Orange gekennzeichnet waren, wiesen polizeiliche Vorerkenntnisse im Bereich von Betrugsdelikten und Steuerverfahren auf. Unter den 24 Reisenden, die in Grün markiert waren, befanden sich auch acht Inhaber von Motorradführerscheinen, von denen sechs im Besitz einer Maschine waren. Weitere Auffälligkeiten konnten die Profiler auf den ersten Blick nicht feststellen. Also gingen sie die Gruppen von Rot nach Grün systematisch durch.

„Über allen Kandidaten strahlt Hans Wolfram aus Hannover. Der ist mir fast schon wieder zu perfekt und fällt allein von seinem Äußeren her total auf. Was meint ihr?“, fragte Thorsten Büthe in die Runde.

„Beachtenswert ist natürlich unter anderem die Türsteherszene, in der man sich ohne solche Delikte über Jahre hinweg kaum durchkämpfen kann, aber das ist zumindest erklärbar. Die häusliche Gewalt hingegen bringt ihn schon näher in den Fokus, wobei uns allen so ein markanter Typ als Verfolger sicher aufgefallen wäre. Überprüfen müssen wir ihn, optimistisch bin ich aber nicht“, schätzte Maik ein.

Saskia blieb zurückhaltend. „Mir fehlt wirklich die fachliche Kompetenz, um dazu einen validen Beitrag leisten zu können. Ich habe jedoch einen Typen vor Augen, der sich nimmt, was er will, und zwar mit offenem Visier. Ich kann mir nicht vorstellen, dass einer seines Kalibers Hannah derart subtil verfolgt. Es ist doch seltsam, dass er so viel Zeit investiert, technisch versiert alles versucht, um ihr nahe zu sein, jedoch nie offen auf sie zugeht. Ich glaube nicht, dass Hans Wolfram ein Problem hat, auf Frauen zuzugehen. Es mag sein, dass er mit einem ‚Nein' anders umgeht, aber immer im Busch zu bleiben, ist nicht seine Art."

Thorsten und auch Maik waren beeindruckt. Saskia war wirklich talentiert.

Nach und nach gingen sie jeden der 32 Passagiere durch und waren nachts um zwei Uhr völlig fertig. Es machte sich auch eine leise Enttäuschung breit, denn niemand der möglichen Verdächtigen hatte sie förmlich angesprungen, was bei solchen Analysen durchaus schon vorgekommen war. Sie legten eine Reihenfolge der weiteren Vorgehensweise fest, die sie am Morgen mit Gerrit Sander abstimmen mussten, denn alleine schafften sie es nicht.

Carlotta hatte Thorsten noch per NIMes über die geplanten Ausflüge ab Bari informiert und ihr verbleibendes Team mit auf die Busse nach Matera und Gravina in Puglia gebucht. Sie hatten nur noch den einen Tag an Land. Wenn es ihnen morgen nicht gelingen sollte, den Täter auf frischer Tat zu erwischen, würde es enorm schwer werden. Dennoch stand die Sicherheit von Hannah und Lisa sowie die seines gesamten Teams im Vordergrund. Ein weiteres Opfer konnten und durften sie einfach nicht in Kauf nehmen.

Sie gönnten sich noch knapp fünf Stunden Schlaf und dann ging es auf nach Bari.

Kapitel 22 – Auf den Spuren von 007

Den Rhythmus des Konzertes von Wayne Morris noch im Blut, ließ sich Carlotta als Erste von dem leisen Vogelgezwitscher ihres Handys wecken, ohne die anderen beiden gestört zu haben. Lisa und Hannah hatten mit einigen Cocktails auf Kristins Genesung angestoßen. Carlotta war ein sehr kontrollierter Mensch. Sie hatte es bei einem Glas Rotwein belassen. Von ihrer Veranda aus verfolgte sie um halb sieben das Einlaufen der Adriana in den Hafen von Bari und genoss einen frischen Kaffee aus der Maschine. Sie hatte sich mit ihrem Team Punkt sieben Uhr zum gemeinsamen Frühstück und der damit verbundenen Lagebesprechung verabredet, denn bereits um acht Uhr fuhren die Busse nach Matera von der Pier ab. Die Psychologin machte sich fertig und weckte ihre Freundinnen. „Wenn ihr noch frühstücken und pünktlich am Bus sein wollt, müsst ihr euch jetzt beeilen. Ich hole euch um Viertel vor acht ab. Lisa, schalte bitte dein Handy wieder ein. Unterhaltet euch wie besprochen. Okay? Dann bis gleich."

Von den beiden kam nur ein Brummen, dann drehte sich Hannah wieder um. Als Carlotta beim Verlassen der Suite sah, wie sich Lisa aus dem Bett schleppte, war sie einigermaßen beruhigt und zuversichtlich, dass sie pünktlich sein würden.

Im Frühstücksbereich des Außendecks war kaum noch ein Platz zu bekommen. Die Frühaufsteher hatten die Reling besetzt, um das Anlegen zu beobachten. Am letzten Tag dieser Reise wollte niemand etwas verpassen. Carlotta setzte sich an den OFA-Tisch. Sie war die Letzte und begrüßte ihr Team, das nicht gerade gesprächig wirkte.

„Na, hattet ihr eine lange Nacht?", fragte sie vorsichtig.

„Wenn du damit Schlaf meinst, war sie zu kurz", antwortete Thorsten knapp und brachte die Psychologin auf den aktuellen Stand ihrer nächtlichen Recherchen. „Wir werden euch auf der Rundtour begleiten und müssen heute wirklich aufpassen. Es ist seine letzte Chance vor dem Anlegen auf Korfu, aber auch unsere letzte Möglichkeit, ihn hier zu überführen. Ich hatte heute Morgen schon ein Briefing mit dem Kapitän und dem Security-Chef. Das Team von Gerrit Sander wird die Überprüfungen unserer Kandidaten an Bord vornehmen. Er selbst und ausgesuchte Mitarbeiter werden unsere Ausflugstour nach Matera und Gravina in Puglia als Scouts begleiten. Von den 32 Zielpersonen werden drei unseren Ausflug begleiten. Ein Gefahrenpotenzial sehen wir aufgrund der bisherigen Erkenntnisse bei diesen Passagieren momentan nicht. Carlotta, du bleibst bitte bei Lisa und Hannah, Saskia und Maik werden direkt in eurer Nähe sein. Ich habe mir ein Motorrad gemietet und checke schon mal die Strecke und die Ausflugsziele. So bin ich flexibler. Unser Täter hat in Zadar immerhin auch ein Motorrad genutzt. Mit Gerrit Sander und seinem Team stehe ich im Kontakt, wir bleiben über eure Handys in Verbindung. Okay?", vereinbarte der Teamleiter mit Carlotta, die nur knapp nickte.

Die LKA-Beamten verabschiedeten sich mit den Worten: „Passt auf euch auf!", und waren sich ihrer Verantwortung bewusst.

Gerrit Sander hatte seine Mitarbeiter angewiesen, ihn sofort zu informieren, sobald einer der 32 männlichen Passagiere von der Liste der Alleinreisenden das Schiff verließ. Er selbst begab sich mit drei Mitarbeitern auf die Pier und platzierte sich bei den Bussen, die die Ausflügler nach Matera und Gravina fahren sollten. Erwartungsgemäß war dieser Ausflug sehr begehrt, sodass die Reederei vier Busse eingesetzt hatte. Die Freundinnen waren im dritten Bus platziert, den auch Gerrit Sander mit Maik Holzner und Saskia Münter begleiten wollten. Selbst der Kapitän blickte mit seinem Fernglas auf die Besuchergruppen, die sich den Bussen nach Matera näherten, als er von einem Offizier auf die Brücke gebeten wurde.

„Herr Kapitän, die Polizei aus Montenegro für Sie!", meldete der junge Navigator und übergab Kapitän Michelsen das Satellitentelefon. Die Offiziere auf der Brücke bemerkten sofort, dass etwas Schlimmes passiert sein musste, weil ihrem Kapitän fast die Worte fehlten und seine sonst gesunde Gesichtsfarbe in Blässe umschlug. Erschüttert legte er auf. Nach einer halben Minute der Besinnung informierte er seine Offiziere, dass der Passagier Andreas Nolte gestern Abend tot aus dem Hafenbecken von Kotor geborgen worden war. Noch immer tief getroffen ergänzte er, dass sein Passagier mit über zwanzig Messerstichen getötet wurde. Sollte er an den letzten beiden Tagen dieser Reise noch jemanden verlieren, wäre das ein absolutes Worst-Case-Szenario, und das nicht nur für ihn.

Kapitän Michelsen informierte seinen Security-Chef und auch Thorsten Büthe persönlich über diese tragische Nachricht aus Kotor. Der OFA-Leiter hatte etwas in der Art zwar schon vermutet, war aber dennoch betroffen und gab die Info an sein Team weiter, wobei er Carlotta bat, Lisa und Hannah noch nicht einzuweihen. Sein nächster Anruf galt Ivo Bašić von der kroatischen Polizei.

„Hallo Ivo, wir haben soeben erfahren, dass der Freund eures Opfers aus Zadar in Kotor tot aufgefunden worden ist. Er wurde erstochen. Wenn ihr euch mit den Kollegen aus Montenegro zusammenschließt, habe ich eine große Bitte. Könntest du mir die Fallunterlagen, Tatortberichte und das Sektionsprotokoll samt aller Fotos schnellstmöglich auf die Adriana übermitteln? Vielen Dank. Ich werde unser Bundeskriminalamt informieren. Jetzt sind wir wohl offiziell gemeinsam im Boot."

Hauptmann Bašić sagte zu, umgehend alle Unterlagen zu besorgen und sie dem deutschen Kollegen unverzüglich zu übersenden.

Büthes nächster Anruf galt seiner Chefin im LKA Niedersachsen, Kriminaloberrätin Iris Höppner. „Hallo Iris, Thomas wird dich heute Morgen über unsere gestrige und auch nächtliche Aktion in Kenntnis gesetzt haben. Soeben habe ich erfahren, dass auch der vermisste Andreas Nolte in Kotor erstochen aus dem Hafenbecken gezogen worden ist. Wir müssen von einem Serienmörder ausgehen, der entlang unserer Kreuzfahrtroute agiert. Bitte informiere die Behördenleitung und die Kollegen von IP, die auch das BKA in Kenntnis setzen müssen. Könntest du zudem der italienischen Dienststelle in Bari den Sachverhalt schildern und ankündigen, dass wir hier am Ball sind und bei Bedarf auf unbürokratische Unterstützung hoffen?", bat der OFA-Leiter.

„Lieber Thorsten, du weißt schon, wer da alles beteiligt werden muss und wie lange das dauern wird. Ihr seid vor Ort, es wird schneller gehen, wenn ihr die Behörden ansprecht. Bedenkt zudem bitte, dass ihr nicht in einer offiziellen Mission seid", erinnerte ihn die Vorgesetzte.

„Iris, bei allem Respekt, aber dafür habe ich hier keine Zeit. Wir haben bisher verdammtes Glück gehabt. Kristin ist über den Berg. Leider weiß ich nicht, ob uns das Glück auch die nächsten beiden Tage hold bleibt. Such bitte den Kontakt zum Verbindungsbeamten des

BKA in Rom. Der wird auch hier in Bari seine offiziellen Kontakte haben, die wir nutzen sollten. Wir hingegen sorgen dafür, dass alle heile nach Hause kommen, und das wird anspruchsvoll genug", sagte Thorsten Büthe zu.

„Ich werde nie wieder einen Urlaub mit deinem gesamten Team genehmigen, und bei dir halte ich mich selbst schon bei Auslandsreisen zurück. Ich versuche, was ich kann. Macht keinen Scheiß und meldet euch", kommentierte sie Thorstens Anliegen.

Maik und Carlotta schauten gespannt und fragten: „Und, was sagt sie?"

„Iris wird das Nötige veranlassen, drückt uns die Daumen und wünscht uns alles Gute", interpretierte Thorsten die Worte seiner Chefin, was Carlotta sofort durchblickte.

„Das haben wir verstanden. Vermutlich hat sie es nur etwas anders formuliert, oder?", hakte die Psychologin nach.

„Ich kenne Iris wirklich seit vielen Jahren und war so frei, ihre Worte für euch verständlich zu übersetzen", schmunzelte der OFA-Leiter.

Mit Blick auf die Gangway der Adriana stellte Maik fest: „Da kommen die Mädels. Dann geht's jetzt los. Bis gleich, Thorsten."

Der Chef-Profiler hatte in einer Auto- und Motorradvermietung eine BMW R 1200 GS samt Helm reserviert. Thorsten war sein Leben lang begeisterter Motorradfahrer gewesen, hatte es aber aufgegeben, seitdem er

Vater geworden war. Nun kribbelte es wieder, und er war schon in Deutschland kurz davor, sich genau diese Reiseenduro zuzulegen. Jetzt konnte er sogar in der Landschaft Apuliens ein solches Modell fahren. Er hätte sich gern einen anderen Anlass als die Jagd nach einem Serientäter gewünscht, aber er beschloss, das Beste aus der Situation zu machen. Motorrad fahren war eigentlich wie Fahrrad fahren. Man verlernte es zwar nie, aber mangelnde Fahrpraxis und das Gefühl für die Maschine, das Gewicht und die Geschwindigkeit mussten erst langsam wiedererlangt werden. Thorsten hoffte einfach, dass er die Zeit bekam, anfangs ohne Stress und Hektik in Richtung Matera fahren zu können, um zumindest einen Teil dieser Routine zurückzugewinnen.

Nach einer kurzen Einweisung war Thorsten beruhigt. Die Maschine war top in Schuss und der Inhaber der Vermietungsfirma ein echter Profi. Ihre verstellbare Sitzbank wurde individuell auf Thorstens Größe angepasst. Die ersten Meter fuhr Thorsten noch etwas wackelig, dann, wenige Minuten später, lief es schon besser, und als er auf den relativ ruhigen Straßen durch die wunderschöne Landschaft cruiste, fühlte er sich immer sicherer. Der Biker Thorsten hatte die Sonne im Rücken, die ihn bei angenehmen Temperaturen von 23 Grad wärmte. Er hatte einen Vorsprung von etwa 20 Minuten vor den Bussen der Ausflügler und bog absichtlich in Feldwege und Nebenstraßen ab, um sein Können auch abseits gut ausgebauter Straßen zu testen und auch bestehen zu können, falls es nötig wurde. Der Motorradfan war begeistert. Obwohl die Maschine schwer war, ließ sie sich sicher beherrschen. Er wagte sich immer weiter vor, wobei er den Respekt vor seinem Gefährt nie verlor. Er hatte wieder Spaß, als sei seine aktive Zeit auf dem Bock erst gestern gewesen.

Vollkommen entspannt fuhr der Profiler ins Landesinnere und passierte entlang der Landstraßen idyllische Städte wie Bitritto, Sannicandro di Bari, Cassano delle Murge und Santeramo in Colle. Er verließ Apulien und erreichte die Region Basilikata. Nach insgesamt etwa 70 Kilometern und einer Fahrtzeit von 50 Minuten thronte die wunderschöne Stadt oberhalb der beeindruckenden Schlucht Gravina di Matera direkt vor ihm.

Thorsten ließ sich intuitiv treiben. Er fuhr langsam und aufmerksam durch den Ortskern Materas und die engen Gassen des historischen Ortes. Auch er hatte den aktuellen Bond-Film „Keine Zeit zu sterben" mit Vicci schon gesehen. Er erinnerte sich direkt an die wilden Verfolgungsszenen und bereute es fast, hier nicht mit einem Aston Martin und seiner Frau an der Seite auf einer nur filmischen und harmlosen Verfolgungsjagd unterwegs zu sein. Glücklicherweise war Thorsten technisch optimal ausgestattet, sodass er mit seinem Team stets über seine Freisprecheinrichtung im Helm in Kontakt war und ihnen seinen Standort mitteilte.

In Matera schien noch nicht viel los zu sein. Die Kinder waren vermutlich alle in der Schule, touristische Läden hatten um neun Uhr noch nicht geöffnet, was sich in einer Stunde ändern sollte.

Thorsten versuchte sich in die Gedanken des Täters hineinzuversetzen. Was würde er hier wo tun? Sein Opfer war Teil einer Reisegruppe und er wusste, dass Hannah von LKA-Beamten umgeben war. Schon in Dubrovnik hatte er ein taktisches Ablenkungsmanöver gestartet und erfolgreich beenden können. Thorsten musste sich vorwerfen, dass sie ihm auf den Leim gegangen waren. Das durfte heute nicht passieren. Sie mussten an Hannah dranbleiben, egal, was um sie herum geschah.

Die Busse erwartete er in etwa 15 Minuten. In Anlehnung an den Film mit 007 konnte der unerfahrene Motorradfahrer es kaum abwarten, sich und seine Maschine an die Grenzen des Möglichen zu bringen. So tastete sich Thorsten an Treppen am einsamen Ortsrand heran, die er langsam hinunter-, aber auch wieder hinauffuhr. Er erhob sich aus dem Sitz, stützte sich auf den Fußrasten ab und versuchte erst drei, dann fünf und später auch Treppen mit mehreren Stufen erst hinab- und dann hochzufahren. Hoffentlich sah ihn hier keiner.

Anschließend beschloss er, den Bussen entgegenzufahren, um zu überprüfen, ob sie verfolgt würden. In einem Abstand von 200 bis 300 Metern blieb er an ihnen dran und begleitete sie bis zum Parkplatz nahe der Altstadt.

Im dritten Bus klingelte das Handy von Gerrit Sander, dem Security-Chef der Adriana. Nach dem Gespräch erhielt Maik Holzner eine WhatsApp von ihm mit der Textnachricht: „Zielperson von der 32er-Liste fährt gerade mit einer geliehenen Harley-Davidson in Richtung Matera. Einer meiner Mitarbeiter ist dran."

Maik war verunsichert und schrieb zurück: „Welche der Zielpersonen ist denn gemeint? Wer verfolgt ihn denn?"

Die prompte Antwort, ein Fragezeichen, überzeugte den Profiler nicht. Maik gab die Erkenntnis sofort an Thorsten Büthe weiter, der wiederum nachfragte: „Okay. Typ, Kennzeichen? Genaue Fahrtstrecke und aktueller Standort?"

„Leider Fehlanzeige, Thorsten", musste Maik einräumen.

Mit den Worten „Guten Morgen, Schatz" und einem zärtlichen Kuss weckte Jan seine spontane Bekanntschaft. Sie hatten eine heiße Nacht verbracht. Annalena räkelte sich weiter verführerisch im Doppelbett ihrer Innenkabine. Sie war glücklich und sexuell voll auf ihre Kosten gekommen. Jan war zärtlich und konsequent, wenn es passte. Ein toller Mann, mit dem sie sich eine feste Partnerschaft nicht nur vorstellen konnte, sondern inzwischen fest einplante. Dieses Erlebnis war nicht mit einem ihrer vielen One-Night-Stands zu vergleichen. Da war mehr, viel mehr. Sie spürte es einfach. Ihr zufriedener Schlaf war derart fest gewesen, dass es ihr nicht einmal aufgefallen war, dass ihr Liebhaber schon früh das Bett verlassen hatte.

Jan hatte sich in seiner Kabine überzeugen können, dass er in dieser Nacht nicht überprüft worden war. Alles lag an seinem Platz. Die Handyüberwachung von Lisa gab ihm den Hinweis, dass sie auf den Spuren des Agenten 007 Matera und Gravina in Puglia besuchen wollten. Vermutlich waren die Ausflüge eh ausgebucht, zumal es für ihn in dieser Phase viel zu riskant war, diese Fahrt offiziell zu begleiten. Er musste unauffällig auf eigene Faust an die Drehorte des Actionfilms gelangen und verfolgte einen Plan, der Annalena zumindest heute Nacht das Leben gerettet hatte. Jan musste zugeben, dass die letzte Nacht auch für ihn einzigartig gewesen war. Seine neue Bekanntschaft hatte sich völlig fallenlassen und ihm blind vertraut. Er mochte Annalena. Sie war ihm äußerst sympathisch und vermutlich hätte er sich darauf eingelassen, wenn ihre Begegnung zu anderen Zeiten und Bedingungen stattgefunden hätte. Jan hatte sich anfangs überhaupt nicht auf Annalena einlassen können. Erst als sein Kopfkino Hannah auf seine neue Bekanntschaft projizierte, genoss er die Zärtlichkeit, die ihm entgegengebracht wurde, jedoch erst dann konnte er sie erwidern.

In den Verschnaufpausen sprachen sie angeregt über Gott und die Welt. Annalena vertraute Jan alles an, wirklich alles. Von gescheiterten Beziehungen über sexuelle Probleme bis hin zu ihrem liebsten Hobby, ihrer Harley-Davidson. So stellten sie fest, dass sie nicht nur ihre Motorradleidenschaft, sondern auch ein gemeinsames Faible für James-Bond-Filme teilten. Als der Lektor Boris Hendersen dieses kulturelle Highlight in Matera und Gravina parallel zum Theatrium auch im Bord-TV präsentierte, war genau dieser Plan entstanden. Annalena mietete sich eine Harley und sie fuhren unabhängig vom Zeitfenster der gebuchten Ausflüge durch das landschaftlich attraktive Apulien und Basilikata. Sie als Bikerin empfand es zudem als riesiges Kompliment, dass gerade Jan ihr am zweiten Tag das Vertrauen schenkte und bei ihr auf der Harley mitfuhr. Er war einfach ein toller Mann, den sie festhalten musste. In der Motorradvermietung war die Auswahl nicht mehr allzu groß gewesen. Es war lediglich noch eine Harley Sportster S in der Vermietung mit einem ärgerlichen Problem. Sie hatte lediglich einen Einzelsitz. Für einen Sozius war kein Platz mehr. Annalena war kompromissbereit. „Dann nehmen wir eine andere, die du dann fahren kannst, Jan. Ich bin dann dein Sozius", schlug sie vor.

„Never. Ich will sehen, was du draufhast. Du fährst deine Sportster S, ich nehme eine andere", wobei er den Vermieter fragend ansah.

Der wies seinen Blick nach hinten und forderte Jan auf mitzukommen. „Bist du Harley-Fahrer?", fragte der Vermieter.

„Nein, ich fahre eigentlich eine BMW GS. Wieso fragst du?", hakte Jan nach.

„Eine GS 1200 ist heute schon rausgegangen, aber ich habe noch einen Neuzugang. Schau mal, das passt doch ideal zu euch beiden, oder?", vermutete der Kenner der Szene.

Jan staunte nicht schlecht. „Eine R 18, Respekt! Ich habe noch keine im Original gesehen, aber die ist klasse. Was kostet der Spaß?"

„Wenn ihr jetzt beide nehmt, 250 Euro, inklusive Vollkasko, Helm und Jacke. Ich habe ja gehört, ihr legt um 16 Uhr schon wieder ab. Also bis 15 Uhr, das sind dann sechs Stunden. Deal?", fragte der Vermieter.

„Deal", erwiderte Jan und freute sich. „Annalena, kannst du das mit in deinen Vertrag übernehmen? Dann sparen wir Zeit und ich muss nicht noch mal alles ausfüllen. Das Geld gebe ich dir dann an Bord", schlug Jan nicht ohne Hintergedanken vor. Denn solch hochwertige Maschinen ohne Vertrag und Versicherung gegen Barzahlung zu erhalten, hätte hier nicht geklappt.

Annalena war sofort einverstanden. Sie trugen die R18 mit in ihren Vertrag ein und starteten dann ihre erste gemeinsame Tour.

Die Bikerin war ein wenig traurig. Wie gern hätte sie den starken Griff von Jan als Sozius auf ihrem Körper gespürt. Egal, sie würde als Guide schon darauf achten, dass sie in einer einsamen Ecke eine Gelegenheit finden konnten, um allein zu sein. Eine Nummer auf der Sitzbank einer Sportster S oder gar nagelneuen BMW R18 war ein wirklich fulminanter Start in eine neue Beziehung. Durch dieses Kopfkino euphorisiert cruiste sie vorweg über die einsamen Landstraßen Apuliens. Jede sexuelle Andeutung und ein entsprechender Vorschlag auf eine Pause wurde jedoch von Jan verweigert. Er wollte unbedingt die Zeit nutzen, Matera und auch Gravina in Puglia samt der Schauplätze des aktuellen James-Bond-Films kennenzulernen. Seiner Entschuldigung, in der nächsten Nacht alles wiedergutzumachen, konnte sie nicht widerstehen. So steuerten sie die Sassi di Matera auf direktem Wege an.

An einem Supermarkt an der Landstraße bat Jan, kurz anzuhalten. Er wollte sich mit etwas Mineralwasser eindecken. „Ich gehe kurz rein. Hast du einen besonderen Wunsch, Schatz?“, erkundigte er sich.

Hatte Jan sie gerade „Schatz“ genannt? Annalena genoss den Moment in vollen Zügen. Wie würde es wohl sein, wenn sie wieder in Deutschland waren? Sie konnte sich schon jetzt eine dauerhafte Beziehung mit Jan vorstellen und hauchte ihm zu: „Überrasch mich, Liebster!“

Jan deckte sich mit allem ein, was er für seine weiteren Schritte benötigte.

Schon während der Anfahrt war Matera in der Morgensonne ein beeindruckender Anblick. In den Bussen bereiteten die Scouts die Besucher auf die Highlights dieser Stadt vor. Boris Hendersen begleitete die Gruppe von Bus III und stand den Ausflüglern mit seinem enormen Wissen zur Seite. Der Lektor trug einen hellen Leinenanzug mit hellblauem Hemd und eine dunkle Sonnenbrille. Ein solches Outfit durfte den Eingeweihten – die den Actionthriller im Kino bereits gesehen hatten – bekannt vorgekommen sein, denn genau das trug James Bond in seinem letzten Film während der Actionszenen an diesen Orten. Allerdings war der Lektor nicht mit einer Walther PPK, sondern mit einem iPad Pro bewaffnet, auf dem er die jeweiligen Filmszenen der Drehorte zeigen konnte, in denen sie sich bewegen wollten.

Boris Hendersen erklärte, dass alle Busse zwar zentral vor der Altstadt parkten, sich die Gruppen aber einzeln und auf verschiedenen Routen in der Stadt bewegen würden. Seine Gruppe aus Bus III bestand aus 38 Personen.

Thorsten Büthe näherte sich dem Busparkplatz und beobachtete nicht nur das Einparken, sondern auch die anderen Besucher und insbesondere Motorradfahrer, die sich allerdings auf einem extra Parkplatz nahe der Altstadt einfanden. Von der morgendlichen Beschaulichkeit, die Thorsten noch bei seinem Eintreffen vor einer halben Stunde wahrgenommen hatte, war jetzt nichts mehr zu spüren. Die Stadt füllte sich. Plötzlich sah er ihn, den Harley-Fahrer. Thorsten war sich sicher, das war Hans Wolfram. Der ehemalige Türsteher parkte seine Maschine direkt an der Fußgängerzone und schloss seinen Helm an. Er trug heute ein rotes Piratentuch, um seine Glatze vor der Mittagssonne zu schützen. Mit seiner stattlichen Größe und dem auffälligen Outfit stach der Harley-Fahrer aus der Gruppe der Touristen so stark hervor, dass er sich auch ein Blaulicht auf den Kopf hätte setzen können. So benahm sich niemand, der seinem Opfer konspirativ folgte. Es blieb ein Risiko, aber Thorsten entschied, keine Verfolgung von Hans Wolfram aufzunehmen. Er informierte Maik über seine Beobachtung und bewegte sich langsam auf seiner BMW durch die engen Gassen der Altstadt, um schnell reagieren zu können.

Matera hatte nach Ernennung zur Kulturhauptstadt einen touristischen Boom erfahren, der sich allerdings nach Ausstrahlung des James-Bond-Thrillers potenziert hatte. Wie auch in Dubrovnik wurden spezielle Führungen zu den Drehorten angeboten, sodass 007-Fans aus aller Welt nach Matera und auch Gravina in Puglia pilgerten. Die Stadt hatte sich nach und nach darauf eingestellt. In die ehemaligen Höhlenwohnungen waren edle Hotels, Kneipen und Boutiquen eingezogen. Künstler hatten darin ihre Ateliers eingerichtet und boten heimische Gemälde und Skulpturen an. Ihr heutiger Stadtrundgang war mit drei Stunden knapp kalkuliert und ließ nicht mehr als ein Schnuppern zu. Der Hinweis auf festes Schuhwerk war allein durch die Strecke und Beschaffenheit der alten Gassen und Treppengänge mehr als nur sinnvoll. Boris Hendersen führte die Passagiere der Adriana durch die Sassi und erklärte den historischen Ursprung der Höhlenwohnungen. Alle waren beeindruckt von dieser Wandlung der „Schande Italiens“ bis hin zu einer faszinierenden architektonischen Meisterleistung, die nicht im Geringsten wie ein Fremdkörper wirkte. Der Tenor der meisten Besucher war schon nach den ersten Besichtigungen eindeutig. Hierher musste man einfach mit mehr Zeit wiederkommen. Nach einem anstrengenden Aufstieg zum Friedhof oberhalb der Stadt erreichten die den Drehort, an dem James Bond vor dem Grab seiner verstorbenen Freundin „Vesper" trauerte, bevor die Gruft explodierte. Die Kameras und Handys der Touristen wurden stark in Anspruch genommen. Der Blick auf die Stadt war einzigartig. Selbst hier oben wimmelte es von Touristen. Maik und Saskia wagten es nicht, sich zu weit von Hannah, Lisa und Carlotta zu entfernen. Auch Gerrit Sander sah sich aufmerksam um – wie ein Personenschützer während einer Wahlkampfveranstaltung auf dem Marktplatz.

„Liebe Leute, ich wäre gern mit euch in der zeitlichen Chronologie der Ereignisse geblieben, was mir leider nicht möglich ist. In der nächsten Szene nach der Explosion versuchen die Schergen des Kontrahenten von James Bond, Ernst Stavro Blofeld, ihn auf dem Aquädukt zu überfahren. Diese römische Brücke befindet sich allerdings in unserem nächsten Ort Gravina. Wir nähern uns daher den Szenen der Verfolgungsjagden in den engen Gassen Materas. Und ich glaube, ich kann Ihnen noch eine Überraschung präsentieren. Seien Sie gespannt und öffnen Sie Ihre Ohren!", versprach der Lektor.

Annalena fiel auf, dass Jan in Matera wortkarg wurde und ihr kaum mehr Beachtung schenkte. Er starrte ständig auf sein Handy, das er nicht mehr aus der Hand nahm. „Hey, ich bin auch noch hier. Was ist los? Du hast für diese geniale Stadt und auch für mich kein Auge mehr", nörgelte sie.

„Sorry, ich erwarte einen dringenden Anruf, der meine Firma gefährden könnte. Ich muss dich in dem

Fall leider für einige Zeit allein lassen, um das von hier aus zu klären. Ich melde mich aber danach sofort und habe wieder Zeit für dich. Okay?", entschuldigte sich Jan für sein Verhalten.

„Na klar. Kann ich dir vielleicht helfen?", bot sich Annalena an.

„Das ist lieb, aber da muss ich alleine durch. Wenn wir wieder Zeit zusammen verbringen, weihe ich dich ein", versprach Jan und verfolgte das GPS-Signal von Lisas Handy. Sie kamen ins Zentrum. Er hatte nur noch zehn Minuten. Es war so weit.

„Sorry, Schatz, bis nachher", sagte er noch, dann war er in der Menge der Besucher verschwunden. Er ging in Richtung des röhrenden Geräusches und zog seine Basecap tiefer ins Gesicht. Jan war vollkommen konzentriert und entschlossen. Je näher er dem Platz kam, desto mehr roch es nach verbranntem Gummi. Röhrende Motorengeräusche und das Quietschen durchdrehender Reifen lockte Hunderte von Touristen an, die einen großen Kreis um diesen Platz bildeten. Auch die Gruppe aus Bus III näherte sich und nahm die gleichen Geräusche und Gerüche wahr. Es war kaum zu glauben, aber auf diesem Platz drehte und schleuderte ein silberner Aston Martin, bis die Reifen qualmten. Dann hielt der Oldtimer, der anscheinend direkt aus dem James-Bond-Thriller gerast war, und ein perfektes Double von Daniel Craig und Léa Seydoux stieg aus.

Ein Team von Helfern und Fotografen bot Fotos mit den beiden und dem Aston Martin an, an dem noch immer die Reifen qualmten. Die Fans mussten 50 Euro pro Foto zahlen, dessen Aufnahme nur fünf Sekunden dauerte. Etwa zehn Helfer kassierten, weitere zehn Fotografen schossen die Fotos, während ein privater Sicherheitsdienst den Hintergrund freihielt. Die Doubles verharrten in ihren Posen, während die zahlenden Fans im Sekundentakt wechselten. Was für eine clevere Marketingidee! Sobald sich der Qualm der beanspruchten Reifen verzogen hatte, wiederholte das perfekt eingespielte Team die Szene. Jan suchte und fand eine Gruppe jugendlicher Einheimischer, die lediglich als Zuschauer degradiert waren und sich nicht eines dieser Fotos leisten konnten.

Mit einem Mal sah er sie. Da war sie, Hannah. Die Gruppe stand vorn im Kreis der anderen Touristen und schaute neugierig zu, als der Aston Martin erneut eine Acht auf dem historischen Pflaster hinterließ. Als er stoppte, das Pärchen ausstieg und posierte, sprangen die Jugendlichen auf und tanzten zwischen den zahlenden Touristen und Fotografen hin und her. Das Sicherheitspersonal lief auf die Störer zu, um sie zurückzuhalten. Die schnellen Jugendlichen ließen sich jedoch nicht so einfach einfangen. Sie konnten sich den Griffen der Bewacher entziehen und sorgten für enorme Unruhe. Jan war bereit. Er ging hinter dem Aston Martin in die Hocke, entflammte je einen eckigen Grillanzünder und legte sie auf den Vorder- und Hinterreifen in die Radkästen. Dann tauchte er unbemerkt in der Menge unter. Das Sicherheitspersonal versuchte weiter, die geschäftsschädigende Gruppe zu bändigen, was ihnen aber Probleme bereitete. Sobald sie einen Jugendlichen festhielten, wurde dieser von seinen Freunden befreit. Die ganze Aufmerksamkeit aller galt nur dieser Aktion, auf den wertvollen Oldtimer achtete in diesem Moment niemand.

Thorsten war auf seiner BMW der Gruppe III in gebührendem Abstand gefolgt und hatte sich zur Beobachtung oberhalb des quirligen Platzes positioniert. Als er die Störung des lukrativen Shootings durch die Gruppe Jugendlicher bemerkte, rief er Maik an. „Passt auf und zieht den Kreis enger!“, bat er. Weiter kam er allerdings nicht. Im Front- und Heckbereich des Aston Martin schlugen Flammen hoch. Anschließend kam es zu zwei lauten Verpuffungen, die sich wie Schüsse anhörten.

Thorsten konnte von oben beobachten, wie die Jugendlichen auseinanderströmten und auch die Gruppe der Touristen in Panik geriet. Ängstliche Schreie sowie ein unkoordiniertes Fluchtverhalten erfolgte in alle Richtungen. Der OFA-Leiter hatte es geahnt. Er, der Mann, den sie suchten, war da unten.

„Maik, holt Hannah da raus. Sofort weg mit ihr!“

Aber Jan hatte seine Beute fixiert. Der Aston Martin brannte lichterloh. Das Sicherheitspersonal sowie alle Helfer und das Double selbst starrten ohnmächtig auf den wertvollen Oldtimer. Hier lösten sich gerade 300.000 bis 500.000 Euro in schwarzen Qualm auf. Jan heizte die Stimmung noch auf, indem er in die Menge schrie: „Der hat eine Waffe, er schießt! Weg hier, das ist ein Anschlag!“

Die Schreie wirkten und schürten überstürzte Reaktionen, die sich nicht einholen ließen. Im Hintergrund wurden die Sirenen in der Stadt aktiviert, um die freiwilligen Feuerwehrleute zu alarmieren. Die ersten Polizei- und Rettungswagen waren unterwegs. Jan stellte fest, dass Hannah nicht nur von Maik und Saskia eingekeilt wurde, sondern dass auch der Security-Offizier der Adriana in die Schutzmaßnahmen involviert war. Egal, er musste das Chaos nutzen, sonst war er raus. Einige Besucher stürzten in dem Gedränge und gingen zu Boden. Auch Jan tauchte ab, aber er tat es bewusst. Er beschloss, erst den Security-Offizier auszuschalten, der ihm körperlich weit überlegen war. Aus der Hocke heraus schnitt Jan seinem Kontrahenten Gerrit Sander mit einem gekauften Cutter von hinten durch die rechte Kniekehle, was ihm das Innen- und Außenband durchtrennte. Dasselbe zog er bei Maik durch, der nur einen peitschenden Schmerz verspürte und zu Boden ging. Carlotta und Lisa wurden mit hinuntergezogen. Saskia erkannte die Gefahr aus den Augenwinkeln und versuchte Hannah aus der Menge zu ziehen. Doch Jan folgte ihnen und bahnte sich auf brutale Weise einen Weg durch die fliehenden Besucher.

Während sich Lisa und Carlotta wieder aufrichten konnten, mussten sich der Offizier der Adriana und Maik vor Fußtritten und Stürzen weiterer Passanten schützen.

„Hannah!“, rief Lisa panisch. „Maik, sie ist weg, komm, wir müssen sie suchen!“

Erst als sich die Traube der Passanten langsam aufgelöst hatte, sah man verletzte Personen mit Knochenbrüchen auf dem Boden liegen, die sich vor Schmerzen krümmten. Alle Versuche von Gerrit Sander und Maik Holzner, sich wieder aufzurichten, scheiterten, wobei sie erst jetzt die stark blutenden Verletzungen an ihren Kniekehlen und die glattrandigen Durchtrennungen ihrer Jeanshosen registrierten. Von Hannah und Saskia gab es keine Spur, sodass sich Lisa um die Verletzten kümmerte.

„Ach, du Scheiße! Das sind Schnitte, die eure Kniebänder durchtrennt haben“, stellte sie fassungslos fest.

Thorsten raste über die kleinen Straßen hinunter zur Plaza und bremste kurz vor seinen Kollegen ab. „Was ist los mit euch? Wo sind Hannah und Saskia?“, rief er.

Lisa klärte ihn auf.

„Carlotta, steig auf! Lisa, kümmere du dich um die beiden Verletzten. Wir suchen Hannah und Saskia.“

Carlotta hasste Motorräder, stieg aber trotzdem hinter ihm auf. Was sollte sie in dieser Situation auch sonst tun?

Beide vernahmen Schreie oberhalb der Plaza und glaubten Hannahs Stimme erkannt zu haben. Thorsten ließ die schwere Maschine nach vorn schnellen und forderte seine Sozia auf: „Festhalten!“

Als Carlotta sah, dass Thorsten vor der aufsteigenden Treppe nicht abbremste, sondern sogar noch beschleunigte, klammerte sie sich an ihm fest und schloss die Augen, bevor es beide komplett durchschüttelte.

Saskia hatte gesehen, wie Maik Holzner und Gerrit Sander plötzlich zusammenbrachen. Ein Typ mit Basecap versuchte sich rücksichtslos zu ihnen durchzukämpfen. „Lauf!“, schrie sie Hannah an und versuchte mit ihr aus diesem Chaos zu fliehen.

Dabei rannten sie eine Treppe hinauf und hofften, eines der herannahenden Polizei- oder Feuerwehrfahrzeuge stoppen zu können. Die Gassen, die oberhalb der Plaza lagen, waren allerdings viel zu schmal und verwinkelt für Einsatzfahrzeuge. Jan hatte die Verfolgung aufgenommen und musste feststellen, dass die blonde Polizistin, die er schon in Dubrovnik beobachtet hatte, wirklich fit war. Hannah konnte er sportlich nicht einschätzen. Er vermutete aber, dass sie mit der Beamtin kaum lange mithalten konnte. Die beiden Frauen liefen die Treppen hoch und gelangten in den alten Bereich der Sassi, die sogenannten Höhlenwohnungen. Durch die momentanen baulichen Veränderungen waren viele Bereiche abgesperrt und nicht bewohnt. Jan vermutete, dass sie sich irgendwo versteckten und Hilfe herbeiholen wollten. Von Weitem hörte er das dröhnende Geräusch eines BMW-Boxer-Motors. Der Klang ähnelte seiner GS. Aber dieser Motor wurde gequält. Eine gemütliche Fahrt war das nicht. Jan musste aufpassen und sich seine Kräfte taktisch einteilen. Er sah die beiden Frauen nicht mehr und hörte auch nichts von ihnen.

Oben war es ruhiger, auch Touristen hatten sich nicht bis hierher verlaufen. Er lauschte und sah sich aufmerksam um. Eine Baustellenabsperrung war etwas verschoben. Er glitt durch die schmale Öffnung und schloss sie hinter sich wieder. Sie führte in eine ehemalige Höhlenwohnung, die recht groß dimensioniert war. Nur langsam inspizierte er das Terrain.

Saskia und Hannah hatten sich genau auf dieser Baustelle verkrochen und gehofft, aus der ehemaligen Höhlenbehausung einen zweiten Ausgang zu finden. Sie landeten jedoch in einer Sackgasse und waren mitten im Felsen gefangen. Hannah geriet in Panik. Saskia musste sie beruhigen, sonst hatte sie keine Kontrolle über die Situation. „Ruhig, Hannah. Ich schicke Thorsten unseren Standort, und er wird uns holen. Okay?“, versuchte die junge Polizistin ihr Gegenüber zu beruhigen.

Hannah sah jedoch die Meldung in ihrem Display. Es gab kein Netz im Felsen. Also wagte sich Saskia langsam wieder zum Eingang der Höhle und hielt in der Dunkelheit ihr Handy hoch, damit sie sehen konnte, wann es wieder empfangsbereit war. Jan bemerkte den schwachen Lichtschein, der sich ihm langsam näherte. Er hatte in dem Gedränge seinen Cutter verloren und sah sich auf der Baustelle um. Die Zeit, hier nach einer Waffe zu suchen, hatte er nicht mehr. Vorsichtig tastete er auf einer Werkbank herum, berührte eine Packung langer Kabelbinder und griff zu. Unbemerkt ließ er Saskia passieren, schlang ihr dann von hinten einen

Kabelbinder um den Hals, den er schlagartig zuzog. Ohne ein Geräusch zu verursachen, ließ er die Frau um Luft kämpfend zu Boden gleiten und schlich nach hinten in die Dunkelheit. Er musste nicht lange suchen, sondern folgte nur der leisen Stimme, die „Saskia" rief.

„Hannah, wo bist du?", hauchte Jan.

Ihr Schrei hallte im hinteren Teil der Höhle wider, war draußen aber kaum wahrnehmbar.

„Du musst keine Angst haben, Hannah. Ich werde dir nichts tun. Endlich habe ich dich gefunden. Es war so ein langer Weg. Freust du dich auch, dass wir uns endlich gefunden haben, mein Liebling?"

Hannah war vollkommen außerstande zu reagieren und schlug panisch die Hände vor ihr Gesicht, während Saskia verzweifelt um ihr Leben kämpfte. Der Angreifer hatte den Kabelbinder fest zugezogen. Dennoch gelang es der erfahrenen Polizistin, sich den lebenswichtigen Millimeter zwischen Halsvenen und Kabelbinder zu erhalten. Ihre Extremitäten reagierten nicht mehr, ihr Körper hatte schon auf Notbetrieb geschaltet. Saskia war bewusst, dass es nicht der Atem war, der ihr ein Problem bereitete. Nach ihm musste sie zwar bei jedem Zug ringen, aber die Luftnot würde sie nicht umbringen. Sie musste den Blutrückfluss der Halsvenen gewährleisten und versuchte abwechselnd auf der linken und rechten Halsseite, den Venen so viel Platz zu machen, dass sie wenigstens bei Bewusstsein blieb. Wurde sie ohnmächtig, waren es nur Minuten bis zu ihrem sicheren Tod. Ihr Handy lag zu ihren Füßen am Boden. Sie hatte keine Chance, es zu bedienen. Unter extremer Anspannung versuchte sie es näher zum Ausgang der Höhle zu schieben, um eine Netzverbindung herzustellen. Sie hatte Thorsten über WhatsApp den Standort schicken wollen und nur keinen Empfang gehabt. Sobald sich das Handy ins Netz einloggte, würde die Nachricht versendet werden. Es war ihre letzte Tat. Das Atmen fiel ihr immer schwerer, bis ihr schwarz vor Augen wurde und sie das Bewusstsein verlor.

Carlotta und Thorsten irrten umher. Sie hofften dringend, einen Hinweis über den Verbleib von Hannah und Saskia zu erhalten. Ein Nachrichtenton! Endlich, ein aktueller Standort von Saskia. Ein Glück, es war gar nicht weit weg von ihnen. Dort waren sie schon vorbeigefahren. Sie mussten wieder runter. Carlotta schloss erneut die Augen und klammerte sich an Thorsten, der nun die Treppen im Eiltempo hinabfuhr. Er stoppte auf einem Plateau vor einer Baustelle.

„Hier muss es sein! Ich gehe rein. Du bleibst hier, und versuch bitte, Hilfe zu holen", bat er die Psychologin.

Carlotta war erst einmal froh, diesen Ritt auf der Höllenmaschine mehr schlecht als recht überlebt zu haben. Aber der Tag war ja noch nicht zu Ende. Den Motorradschlüssel steckte Thorsten reflexartig ein. Er behielt den Helm als mögliche Schlagwaffe in der Hand. Im Licht seiner Handykamera bahnte er sich den Weg in die Höhlenwohnung. Am Boden fiel ihm zuerst das Handy von Saskia auf, die einen Meter weiter reglos am Boden lag. Ihr Gesicht war blau angelaufen. Um den Hals war ein Kabelbinder befestigt.

„Carlotta, schnell. Ich brauche mehr Licht!“, alarmierte er die Psychologin, die herbeieilte. „Ich brauche etwas, womit wir den Kabelbinder durchtrennen können. Ein Messer, eine Schere oder einen Seitenschneider. Irgendwas. Schnell, das wird eng!“, rief er ihr zu. Carlotta leuchtete die Baustelle ab und suchte verzweifelt. „Ich habe einen!“, rief sie erleichtert und reichte Thorsten einen Seitenschneider, der sofort den Kabelbinder durchtrennte. „Los, wir tragen sie nach vorn“, forderte Thorsten seine Kollegin auf. Vor der Baustellenabsperrung begannen sie gemeinsam mit Wiederbelebungsmaßnahmen. Carlotta beatmete, während Thorsten eine Herzdruckmassage durchführte.

Ihnen fiel ein Stein vom Herzen, als Saskia plötzlich eigenständig nach Atem rang und wieder zu Bewusstsein kam. Sofort alarmierte Thorsten den Rettungsdienst, der in Matera gerade sowieso im Einsatz war.

Saskia atmete hektisch, aber ihre Gesichtsfarbe erholte sich langsam, nur das Sprechen fiel ihr enorm schwer. Sie gab sich sichtlich Mühe. „Wo ist Hannah? Ist er noch drin?“, fragte sie leise krächzend.

Jan hatte gehört, dass das Geräusch des BMW-Boxer-Motors näherkam und vor der Baustelle stoppte. In diesem Moment stellte er sich hinter Hannah und drohte ihr. „Keinen Mucks, sonst bist du tot!“

Der Täter sah einen Lichtschein, der plötzlich hektisch hin und her leuchtete. Plötzlich rief jemand: „Carlotta, schnell. Ich brauche mehr Licht!"

Die Profiler. Sie waren da vorn, hatten ihre Kollegin gefunden und versuchten offensichtlich, sie wiederzubeleben. Dann wurden die Stimmen leiser. Sie hatten sie rausgetragen, vermutete er. Auch Hannah hatte alles mitbekommen und schluchzte hoffnungslos in sich hinein. Jan saß in der Falle. Er hatte nicht einmal eine Waffe, um Hannah als Geisel nehmen zu können und damit zu drohen. Aus der Höhle kamen sie nicht heraus. Er konnte alles hier und jetzt beenden, was aber auch für ihn den Tod bedeutet hätte, bevor es richtig beginnen konnte.

Zwei Vorteile blieben ihm noch. Niemand hatte ihn erkannt, selbst Hannah nicht. Hier war es stockdunkel. Der andere Vorteil war das Überraschungsmoment. Derzeit waren die Profiler noch mit ihrer Kollegin beschäftigt. Ihr höchstes Ziel würde es außerdem sein, das Leben von Hannah zu retten.

Er hatte nur die eine Chance, hier heil herauszukommen, und die wollte er ergreifen. Schnell zog sich Jan seine Sturmhaube über, die er noch in seiner Lederjacke verstaut hatte, und riss Hannah die Bluse vom Körper. Halb nackt und voller Panik schrie sie auf.

Ein Team italienischer Rettungskräfte rannte von der Plaza zu Fuß die Treppen nach oben und übernahm die medizinische Erstversorgung von Saskia. Plötzlich hörten alle den entsetzlichen Schrei aus dem Innern der Baustelle in der Höhlenwohnung.

Thorsten konnte nicht warten. Er ging tiefer in die dunkle Höhle. „Hannah, ich bin da und komme rein", rief er. „Bist du allein?"

„Ja, aber ich weiß nicht, wo er ist. Gerade eben war er noch da", rief die Moderatorin unsicher.

Mit einem Mal wurde Thorsten wie von einer Dampfwalze zur Seite geschleudert. Der Täter hatte ihm im Sprint seine Schulter auf die Brust gerammt. Er ging zu Boden und war für einen Augenblick handlungsunfähig. Das gab der Gestalt die Möglichkeit, ungebremst durch die Baustellenabsperrung an Carlotta und den beiden Sanitätern vorbeizulaufen. Er trug eine Motorradkluft und eine schwarze Sturmhaube. Sonst war nichts zu erkennen.

Der Profiler konnte sich trotz stechender Brustschmerzen wieder aufraffen und versuchte, dem Täter zu folgen. Der hatte mittlerweile bestimmt einen Vorsprung von 200 Metern und lief die Treppengassen nach oben. Thorsten startete seine Reiseenduro und raste los. Jede Stufe ließ die Schmerzen in Thorstens Brust explodieren, aber er blieb am Ball. Er sah den flüchtenden Täter während der Laufens telefonieren, was ihn erstaunte. Hatte er doch einen Komplizen, waren sie zu zweit?

Als der Verfolger das schnell näher kommende Geräusch eines schweren Motorrades hörte, hoffte er auf Verstärkung. Eine Harley näherte sich auf einer Straße unter ihnen und fuhr mit hoher Geschwindigkeit eine schmale Gasse nach oben.

„Die Harley schneidet ihm den Weg ab, gleich haben wir ihn", hoffte der Verfolger. Tatsächlich holte die Maschine den Flüchtenden schnell ein. Thorsten stutzte, warum das Kennzeichen nicht auszumachen war. Die Harley stoppte kurz und der flüchtende Täter setzte sich vor den Fahrer auf den Tank. Dann gaben sie Vollgas und rasten über eine schmale Treppe wieder nach unten in den Ortskern. Thorsten erhob sich aus dem Sitz und folgte ihnen auf der BMW stehend über die Treppenstufen nach unten. Die geländegängige BMW war für diesen Fahrstil viel besser geeignet als die Harley Sportster S. Sie war ein einsitziger Straßencruiser, der nun sogar mit zwei Personen besetzt war. Die Flüchtenden bemerkten im Rückspiegel schnell, dass der Profiler rasch aufholte. Ihre Verfolgungsfahrt setzte sich auf den engen Straßen fort, auf denen James Bond einst in seinem Aston Martin vor seinen Killern geflohen war. Die Harley baute ihren Vorsprung wieder aus. Thorsten musste mehr riskieren, um dranzubleiben. Kurze Zeit später schossen die Flüchtenden an dem noch immer qualmenden Aston Martin auf der Plaza vorbei, der von der Feuerwehr bereits abgelöscht war. Dummerweise musste Thorsten plötzlich Einsatzkräften ausweichen und geriet so in einer Pfütze aus einem Gemisch von Motoröl und Löschschaum in Schräglage. Das Hinterrad rutschte ihm weg, worauf die Maschine ungebremst in den verbrannten Aston Martin krachte, während Thorsten über das feuchte Pflaster der Plaza geschleudert wurde. Jan und sein Helfer verschwanden in den endlosen Gassen Materas, bis das Geräusch des Harley-Motors in den Ohren des LKA-Profilers immer leiser wurde und schließlich ganz verstummte.

Kapitel 23 – Bonnie & Clyde

Annalena sagte kein Wort, als Jan vor ihr auf der Sportster S beinahe auf dem Tank hockte. „Erst zur R18", forderte er seine Fluchthelferin auf. Dort angekommen stieg Jan wortlos auf seine BMW und fuhr einfach in einem Affenzahn los. Annalena hängte sich an ihn heran und hatte Mühe, ihm zu folgen. Sie tobte innerlich. Auf der Landstraße zwischen Santeramo in Colle und Cassano delle Murge überholte sie Jan und fuhr hundert Meter weiter links in einen Waldweg hinein.

Als auch Jan endlich erschien, stieg sie von ihrer Harley ab und schrie ihn an. „Spinnst du jetzt total? Du verschwindest in Matera einfach und lässt mich in dem Kaff hängen. Dann rufst du mich hektisch an, ich soll dich dringend abholen, weil du verfolgt wirst, und jetzt heizt du wie ein Wahnsinniger zurück, ohne ein Wort zu sagen. Was soll der Scheiß? Wenn du mir nicht vertraust, dann verpiss dich einfach, aber lass mich aus deinen Geschichten raus. Also?" Sie sah ihn wütend an.

Ja, Annalena kochte vor Wut, und Jan war hin- und hergerissen. Sollte er sie hier schon töten? Sie waren allein, keine Zeugen weit und breit. Der Erste, der die Polizei würde informieren können, war der Vermieter der

Motorräder. Er hatte sämtliche Personalien von Annalena. Außerdem hatte man Jan mit ihr an Bord gesehen. Er zögerte. Andererseits war sie so cool gewesen, das Kennzeichen ihres Bikes abzudecken, bevor sie ihn gerettet hatte. In Bari gab es unzählige Harley-Vermietungen und seine seltene R18 hatte niemand gesehen. Die Lederjacken und der Helm waren ausgeliehen. Bei der Rückkehr auf die Adriana würde sie niemand wiedererkennen. Annalena hatte lebend einen größeren Nutzen für ihn, aber es musste eine plausible Geschichte her, die Jan natürlich spontan parat hatte.

„Sorry, Schatz, du hast völlig recht. Ich glaube, du hast mir gerade das Leben gerettet. Weißt du, ich schreibe Sicherheitsprogramme für große Firmen und dringe in deren Systeme ein, um ihnen die Lücken aufzuzeigen, die ich dann bei einer Kooperation schließen kann. Falls sie zustande kommt, mache ich meinen neuen Kunden ein Angebot, das sie nicht ablehnen können. Mit dieser Methode bin ich recht erfolgreich. Nun scheine ich aber leider an eine Firma geraten zu sein, die in großem Stil Gelder für Gruppen der Organisierten Kriminalität wäscht. Es geht hier um Millionen, stell dir das mal vor. Ich habe wohl Einblicke gewonnen, die sie auffliegen lassen könnten. Anfangs haben sie meine Familie nur bedroht. Dann ist mein Vater bei einem mysteriösen Unfall ums Leben gekommen. Mir gegenüber haben sie durchblicken lassen, dass auch ich bald bei einem solchen Unfall sterben werde. In Deutschland waren sie mir schon auf den Fersen und lassen selbst hier nicht locker. Sie haben Politiker, Polizisten und sogar Richter in ihren Reihen. Ich kann niemandem mehr vertrauen. Also wollte ich einfach nur weg, eine Auszeit nehmen, um mich aus der Schusslinie zu bringen. Also hatte ich die Idee mit der Kreuzfahrt und hoffte, hier sicher zu sein. Doch plötzlich waren sie in Matera wieder da. Annalena, du hast mich zwar gerettet, aber du musst sofort weg von hier. Ich darf dich da keinesfalls mit hineinziehen. Du bist mir so ans Herz gewachsen. Ich würde es mir nie verzeihen, wenn dir meinetwegen etwas geschehen würde. So, jetzt ist es raus!"

Annalena war gerührt. „Woher weißt du, dass ich nicht auch eine von ihnen bin?", fragte sie schelmisch.

„Seit letzter Nacht. So etwas kann man nicht vortäuschen. Außerdem war ich dir völlig ausgeliefert und total wehrlos. Du hättest mich ohne Probleme töten können, wenn du gewollt hättest", stellte er fest.

Um Annalena war es geschehen. Ihr Verstand schaltete sich komplett aus. Die Gefühle fuhren Achterbahn mit ihr. Sie kam sich wie Bonnie vor, die von Liebe getragen gemeinsam mit ihrem Clyde jeden Kugelhagel überstanden hatte. „Jan, du kannst mir vertrauen. Ich bin da, wenn du mich brauchst, und genieße jede Sekunde mit dir, selbst wenn du wie ein Affe auf dem Tank meiner Harley sitzt. Ich habe mich in dich verliebt, Jan, und würde alles für dich tun. Wirklich alles", hauchte Annalena.

Diese honigsüßen Worte klangen wie Balsam in seinen Ohren. Allerdings nicht so, wie sie es sich erhofft hätte. Jan war derart abgebrüht und nutzte ihre romantische Verklärung zu seinen Gunsten. Er tat, was er tun musste, um sie noch weiter an sich zu binden. Mit festem Griff hob er sie auf die breitere Sitzbank seiner BMW und zog ihr gierig die Jeans samt Slip herunter. Die Situation machte ihn geil. Nackte Haut auf schwarzem Leder, die sich ihm entgegenräkelte! Erwartungsvoll lag sie vor ihm und wollte verwöhnt werden. Mit versierter Zunge tat er ihr den Gefallen und streifte dabei ab, was ihm zwischen den Beinen noch im Weg war. Anschließend sprang er auf und nahm sie mit einem festen Stoß, der ihr den Atem raubte. Es sollten weitere folgen, die sie fast ins Nirwana trieben. Nie war sie so intensiv gepflügt worden. Dann plötzlich drehte er sie um und nahm sie rücklings auf den Bock, bis sie den Spieß umdrehte und die Oberhand gewann. Es war ein Spiel aus Lust und Dominanz. Mal war er oben, dann wieder sie. Beide ritten leidenschaftlich auf dem Cruiser. Vieles probierten sie aus, bis sie vollkommen verschwitzt und erschöpft von der Maschine in das samtweiche Moos des Waldes rutschten. Schon wieder war ihr von ihrem Helden einer ihrer Träume erfüllt worden, den sie nie wieder vergessen sollte. Auch Jan war froh, sich vorerst gegen die Tötung von Annalena entschieden zu haben.

Als sich beide wieder angezogen hatten, war „Bonnie“ voller Tatendrang. „Ich bin bereit. Wie ist dein Plan, Clyde?“, erkundigte sie sich.

„Lass uns erst die Bikes loswerden, dann decken wir uns in den Boutiquen von Bari mit schicker Tarnkleidung und mit neuen Schuhen ein, tauchen an Bord der Adriana unter und verlassen bis morgen früh keinesfalls die Kabine", schlug er augenzwinkernd vor.

„Da sollen die Verfolger erst mal draufkommen", lachte Annalena und verließ als Erste den Waldweg, um auf der Landstraße nach Bari zurückzukehren.

Kapitel 24 – Im Hospital

Neben weiteren Verletzten von der Plaza in Matera waren Gerrit Sander und Maik Holzner mit einer Ambulanz in die moderne Unfallchirurgie des GVM-Anthea-Hospitals in Bari gefahren worden. Die Schnittwunden konnten im Rettungswagen notversorgt und die Blutungen gestoppt werden. Inzwischen waren die beiden Patienten sogar schon beim Röntgen und im MRT gewesen. Nun saßen sie in der Notaufnahme nebeneinander in einem Rollstuhl, wobei die verletzten Beine hoch gelagert worden waren, und warteten auf die fachärztliche Versorgung.

Aus den Augenwinkeln nahmen sie zwei weiß gekleidete Herren wahr, die zügig auf die beiden Patienten im Rollstuhl zuliefen, was für Ärzte eher untypisch ist. Erst kurz bevor sie sie erreichten, erkannten die beiden Verletzten, dass Kapitän Michelsen und der Schiffsarzt, Dr. Heidemann, in ihren weißen Uniformen auf sie zukamen.

„Mensch, Sander, ich darf Sie wirklich nicht von Bord gehen lassen. Hallo, Herr Holzner. Nein, Spaß beiseite, wie geht es Ihnen. Was ist denn genau passiert?“, erkundigte sich der Kapitän.

Während der Security-Chef seinem Vorgesetzten ausführlich berichtete, sah Doktor Heidemann die Patientenmappen und Befunde ein, die in der Tasche am Rollstuhl steckten. Eine junge Ärztin näherte sich erbost und ließ gegenüber ihrem Kollegen von der Adriana ein verbales italienisches Feuerwerk ab. Heidemann sah sie freundlich an und klärte sie in englischer Sprache auf, dass er der zuständige Schiffsarzt sei und nur im Interesse seiner Patienten ihre Unterlagen einsehe.

Die junge Unfallchirurgin informierte den Kollegen daraufhin, dass für beide Patienten derzeit eine Operation vorbereitet werde. Mit jeder Minute verkürzten sich die durchtrennten Sehnen, sodass sie keine Zeit verlieren durften. Der Schiffsarzt bat, die Operation seines Offiziers begleiten zu dürfen, was die junge Kollegin mit einem Augenzwinkern begrüßte, falls er ihr dann gleich auch assistieren würde. Die Ärztin stellte zudem in Aussicht, dass die Nachversorgung der Patienten bei einem komplikationslosen Verlauf der Operationen auch auf der Adriana erfolgen könne.

Als das Team des nächsten Rettungswagens einen weiteren Patienten an Maik Holzner auf einer Trage vorbeifuhr, schreckte er auf. Er erkannte seinen Chef Thorsten Büthe.

Die Sanitäter sprachen die junge Chirurgin an, die den verletzten OFA-Leiter in den Schockraum bringen ließ.

„Was ist mit ihm?“, rief Maik betroffen. „Das ist Thorsten Büthe.“

Kapitän Michelsen sprach kurz mit Doktor Heidemann, der sofort mit in den Schockraum eilte, kurz darauf zurückkehrte und die Anwesenden der Adriana unterrichtete.

„Herr Büthe hatte in Matera einen Motorradunfall. Momentan ist er nicht ansprechbar und wird jetzt intensiv untersucht."

„Dr. Heidemann wird vorerst bei Ihnen und Herrn Büthe bleiben", versprach der Kapitän den Patienten im Rollstuhl. „Wenn alles gut geht, können wir Sie beide nach der OP im Bordkrankenhaus weiter versorgen. Ich habe bereits mit der Reederei gesprochen. Sie geben uns noch zwei bis drei Stunden. Wir laufen erst aus, wenn wir alle Passagiere vollständig an Bord haben. Das gilt auch für Herrn Büthe. Alles Gute, bis nachher an Bord."

Kapitel 25 – Commissario Carlotti

Saskia wurde in Matera von den Rettungssanitätern versorgt und hatte einen Transport ins Krankenhaus auf eigene Verantwortung abgelehnt. Sie fühlte sich für Hannah verantwortlich und war hier als einzige Polizistin übrig geblieben. Auch jetzt hatte sie noch Kopf- und Halsschmerzen, Probleme beim Schlucken und bekam kaum ein Wort heraus. Hannah war ein Beruhigungsmittel gespritzt worden, während Lisa die medizinische und Carlotta die psychologische Betreuung übernahmen. Das Security-Team von Gerrit Sander wich den Freundinnen nicht von der Seite, während italienische Carabinieri die ersten polizeilichen Ermittlungen vor Ort eingeleitet hatten. Andere verletzte Touristen hatten zum Teil Frakturen und Prellungen erlitten, ernsthafte Verletzungen waren allerdings nicht zu beklagen. Thorsten Büthe war nach dem Sturz auf der Plaza von einem Passanten erstversorgt und betreut worden. Dieser Mann hatte auch den Rettungsdienst gerufen und sich auch um den Abtransport des Motorrads gekümmert. Der aktive Ersthelfer war über 190 Zentimeter groß, kräftig und trug zu seiner schwarzen Lederjacke ein rotes Piratentuch. Es war Hans Wolfram, der ehemalige Türsteher, der auf Prio I der zu überprüfenden Personen stand. Saskia war sich jedoch sicher: Als Täter kam er nicht infrage.

Der Lektor und eingesetzte Scout, Boris Hendersen, kümmerte sich rührend um die Freundinnen und Saskia. Er brachte Hannah sogar eine Strickjacke, mit der sie ihre beschädigte Bluse bedecken konnte. Saskia bat Hannah, ihre Bluse auszuziehen, und ließ sich von den behandelnden Sanitätern zwei Kunststofftüten aushändigen. Eine für die Bluse und eine für den Kabelbinder, den der Täter um ihren Hals zugezogen hatte. Als sie während des Angriffs versucht hatte, den Griff des Täters und auch den Kabelbinder zu lösen, konnte Saskia sich erinnern, dass er keine Handschuhe getragen hatte. So war sie mehr als optimistisch, dass er an diesen Spurenträgern seine DNA hinterlassen haben dürfte.

Auf der Plaza näherte sich ein schnittiger roter Alfa Romeo Stelvio und parkte neben dem ausgebrannten Aston Martin. Der attraktive Beifahrer ähnelte in seinem Designeranzug irgendwie Commissario Brunetti aus den Donna-Leon-Verfilmungen. Lässig elegant kam er auf die Gruppe der Freundinnen zu und stellte sich vor. „Ich bin Commissario Carlotti und suche Herrn Büthe und sein Team vom LKA Niedersachsen. Können Sie mir vielleicht helfen?“

Die Psychologin sah sich um und konnte es nicht glauben. Wo war die versteckte Kamera? In den letzten Stunden wurden in Matera so viele Klischees bedient, dass dieser Commissario, der ausgerechnet auch noch Carlotti hieß, die Krönung des Ganzen zu sein schien.

Seine Beinahe-Namensvetterin Carlotta stellte dem italienischen Commissario die Personen vor, beschrieb ihre derzeitige Situation und berichtete, dass Thorsten Büthe nach einer Verfolgungsfahrt mit einem Motorrad verunglückt und auf dem Weg ins Krankenhaus nach Bari sei.

„Ich bin von Frau Kriminaloberrätin Höppner aus dem LKA Niedersachsen informiert worden, um Sie hier bei der Suche nach einem Serienmörder zu unterstützen. Wenn ich ehrlich sein darf, hat sie mich schon vorab auf ein solches Chaos vorbereitet. Sie erwähnte, dass Ihnen so ein Tohuwabohu nicht fremd sei. Was genau ist denn hier heute passiert?“, erfragte der Ermittler.

Normalerweise hätten sie die Zeit im Nacken gehabt. Der Moment des Ablegens rückte näher, doch Boris Hendersen konnte nach einigen Telefonaten mit der Adriana Entwarnung geben. Das Auslaufen war durch den Kapitän aufgrund der aktuellen Entwicklung verschoben worden. Also konnten sie Commissario Carlotti und seinen Mitarbeitern Rede und Antwort stehen. Er zeigte sich enttäuscht, dass die Angaben über den oder die Täter derart dürftig waren und eine Fahndung mangels aktueller Beschreibung kaum möglich war. Im Anschluss an die Befragung hatte der Lektor einen Shuttle zur Adriana organisiert, der vorsichtshalber von den Security-Mitarbeitern begleitet wurde.

Kapitel 26 – Blessuren

Thorsten Büthe wurde im Hospital regelrecht auf den Kopf gestellt. Nach Röntgen und MRT konstatierten die Ärzte, dass der Patient Glück gehabt habe. Neben einer Schlüsselbeinfraktur links, einer ebenfalls linken ausgekugelten Schulter, einer Gehirnerschütterung, Prellungen am ganzen Körper und Schürfwunden am rechten Bein ging es dem LKA-Profiler eigentlich noch recht gut. Er war einfach nur stinksauer, dass er es verbockt hatte. Der Täter war zum Greifen nah gewesen. Erst hatte ihn der Angriff in der Höhlenwohnung völlig überrascht, dann war er nicht einmal mehr in der Lage gewesen, eine Harley einzuholen, auf der ein Serienmörder auf dem Tank saß. Der Fahrer hatte ihn einfach abgehängt wie einen Anfänger. Seine Wut minderte sich mit der Wirkung der Medikamente, und das Letzte, an das er sich später erinnern konnte, waren die strahlenden, braunen Augen der Anästhesistin.

Maik Holzner kam im Aufwachraum wieder zu sich. Er lag Kopf an Kopf mit Gerrit Sander, wobei beide fast gleichzeitig die Augen öffneten.

„Jetzt bin ich mir sicher, dass ich nicht im Himmel bin", versuchte der Security-Chef zu scherzen.

„Ich will nicht behaupten, dass mir der Anblick einer blonden Elfe lieber gewesen wäre, hätte mir aber auch nie träumen lassen, neben Ihnen im Bett aufzuwachen", konterte der LKA-Beamte.

„Spätestens nach dieser gemeinsamen Bettgeschichte haben wir uns eigentlich ein ‚Du' verdient. Oder? Ich bin Gerrit", bot der Offizier an.

„Nur, wenn es nicht noch intimer wird", schränkte der Polizist mit einem Schmunzeln ein. „Mein Name ist Maik."

„Thorsten. Du kannst mich Thorsten nennen, Gerrit", unterbrach der OFA-Leiter, der am Kopfende hinter den beiden Kniepatienten lag, das Zwiegespräch.

„Mensch, Thorsten, was bin ich froh, deine Stimme zu hören. Du hast uns einen riesigen Schrecken eingejagt, als man dich auf der Trage an uns vorbeigefahren hat", gab Maik erleichtert preis. „Wie geht's dir? Was ist denn überhaupt passiert?"

Der Teamleiter schilderte die Begegnungen mit dem Täter sichtlich betroffen und selbstkritisch. In ihm schmerzte jeder Millimeter seines Körpers, der damit immerhin signalisierte, dass er, Thorsten, noch lebte.

Sein Handy vibrierte, es war Vicci. Ausgerechnet jetzt! „Seid kurz mal leise", bat Thorsten. „Meine Frau ist dran. Ich will sie nicht beunruhigen". Er versuchte eine sorglose Stimme ohne Schmerzen aufzulegen und säuselte in sein Telefon. „Hallo Schatz, schön, deine Stimme zu hören", begrüßte er Vicci überzogen freundlich, was sie sofort spürte. „Oh, störe ich euch gerade bei intensiven Ermittlungen oder in der Fußgängerzone von Bari?", fragte sie skeptisch. „Wie geht es Kristin, gibt es schon etwas Neues?", erkundigte sie sich besorgt.

„Nein, aber die Ärzte und auch Doktor Schubert sind zuverlässig, dass sie auf dem Wege der Besserung ist. Wir sind heute etwas im Stress und gerade auf dem Weg zu einer Einsatzbesprechung. Daher habe ich nicht viel Zeit, Schatz. Gibt es bei euch etwas Neues? Wie geht es Celina?", fragte Thorsten einfach zu beiläufig.

Vicci reagierte ironisch mit einem leicht zynischen Unterton. „Oh, schön, dass du dich erkundigst. Ihr geht es gut, sie ist in guten Händen und Lea ist wohlauf. Glückwunsch, Opi."

„Was, das sagst du erst jetzt? Erzähl, wann, wie schwer, wie groß? Hast du schon Fotos?", entfuhr es ihm aufgeregt, sodass er die Schmerzen in seiner Stimme kaum mehr verbergen konnte.

„Gestern Abend um knapp Viertel vor elf, 54 Zentimeter groß und 3753 Gramm schwer. Ein total süßer Fratz. Beiden geht es gut. Kann es sein, dass es dir nicht so gut geht? Muss ich mir jetzt um dich Sorgen machen?", wollte Vicci wissen.

„Nein, nein, Schatz, alles gut. Nur meine Hexe hat sich wieder gemeldet und der Rücken schmerzt", flunkerte er. Vicci sollte ihre Energie als Mutter und frisch gebackene Oma einsetzen können und sich nicht auch noch um ihren Mann sorgen müssen.

Maik Holzner und Gerrit Sander lachten sich fast tot, während Maik das gesamte Gespräch videografierte.

Vielleicht musste er seinen Chef ja später einmal erpressen. Geeignetes Material hatte er jetzt.

Vicci kannte ihren Mann in- und auswendig. Sie wusste die Nuancen in seiner Stimme einzuschätzen und zog sich taktisch zurück. „Na gut, Schatz, dann wünsche ich euch viel Erfolg bei eurer Einsatzbesprechung. Pass auf dich auf, als Opa wirst du nicht gerade agiler. Melde dich einfach, wenn du wieder Luft hast. Liebe Grüße an alle."

Mit den schlichtenden Worten: „Danke, Omi, bis nachher", verabschiedete er sich und nahm sich vor, sie am Abend in Ruhe zurückzurufen.

Die beiden operierten Patienten hielten es nicht mehr aus vor Lachen und beglückwünschten Thorsten in seiner neuen Rolle als Großvater. Kurze Zeit später öffnete sich die Tür zum Aufwachraum. Sie blickten in das optimistische Gesicht des Schiffsarztes.

„Na, alle schon wieder wach? Die Stimmung scheint ja auch ganz gut zu sein. Nach Rücksprache mit den behandelnden Ärzten sind Sie so weit wieder zusammengeflickt, dass ich die Nachbehandlung an Bord der Adriana fortsetzen kann. Ich schlage vor, wir warten noch eine halbe Stunde, und falls es Ihnen weiterhin gut geht, bringt Sie ein Krankentransport in unser Hospital an Bord. Sind Sie alle einverstanden?"

Wie in einem Männerchor stimmten die Patienten mit einem einhelligen „Unbedingt!" zu.

Kapitel 27 – Wieder an Bord

Annalena und Jan hatten die Motorräder und ihre Schutzkleidung problemlos zurückgegeben. Ihr normales Outfit ließ niemanden die Teilnahme an einer spektakulären Verfolgungsfahrt erahnen. Auf dem Weg zur Pier deckten sie sich noch mit Klamotten und Einkaufstüten ein, sodass jeder an Bord davon ausgehen musste, dass sie den gesamten Landausflug nur mit einer Shoppingtour in Bari verbracht hatten. Händchenhaltend und turtelnd kehrten sie fast pünktlich kurz vor 15:30 Uhr an Bord der Adriana zurück. Der Check-in war mit einer doppelt starken Security-Mannschaft besetzt. Die zurückkehrenden Landausflügler wurden intensiv gemustert, auch die Gepäckkontrollen waren strenger als sonst nach den Landgängen. Sie ließen sich nichts anmerken, denn verliebte Pärchen boten schon immer die beste Tarnung.

Nachdem sie sich in die Innenkabine von Annalena zurückgezogen hatten, checkte Jan die Kameras in seiner Kabine. Nichts. Während seiner Abwesenheit war niemand drin gewesen. Er war sich allerdings unsicher, ob es ihn beruhigen oder eher beunruhigen sollte. Doch die Zeit, sich weiter darüber Gedanken zu machen, hatte er nicht mehr. Annalena hatte sich schon ausgezogen und zerrte an seinen Klamotten. „Was wir auf einer Sitzbank schaffen, geht doch bestimmt auch in der kleinen Dusche einer Innenkabine, oder?" Annalena nutzte jede Gelegenheit. Vielleicht ahnte sie insgeheim, dass ihr nicht mehr viele davon bleiben würden.

Der Kapitän hatte die Freundinnen und das verbleibende Profiler-Team über die Verletzungen und aktuellen Behandlungen von Thorsten, Maik und auch Gerrit Sander informiert. Sie hielten sich alle in der Juniorsuite auf, wobei Saskia keinerlei Risiko eingehen wollte, weswegen sie zu viert zusammenblieben.

Hannah war nervlich völlig am Ende. Lisa und Carlotta hatten alle Mühe, sie zu beruhigen. Allmählich begriff sie, wie knapp sie dem Stalker, nein, sogar dem mehrfachen Mörder, entkommen war. Ihr war bewusst geworden, dass sie niemand schützen konnte, auch nicht das LKA auf einem Kreuzfahrtschiff. Die Moderatorin hatte ihr Leben bislang stets im Griff gehabt. Jetzt war ihr alles, aber auch alles entglitten: ihre Ehe, das idyllische Häuschen auf dem Land, das der Stalker kannte und das sie wohl nie wiedersehen würde. Ihr Job als Radiomoderatorin war nicht nur in Gefahr, sondern zum Scheitern verurteilt. Jeder Anruf, jeder Kontakt zum Hörer, jeder Kommentar konnte eine Gefahr sein. Auch wenn es nach außen so wirkte, sie war nicht so souverän und abgebrüht, wie es in den Sendungen vermittelt wurde. Hannah reagierte sensibel und unsicher, wenn sie die Lage nicht im Griff hatte. Mittlerweile hatte sie nicht einmal mehr ihren Alltag unter Kontrolle. Was war nur aus ihr geworden? Was hatte er aus ihr gemacht? Allein dafür hasste sie ihn. Hannah warf sich vor, dass Menschen ihretwegen gestorben oder schwer verletzt worden waren. Sie fühlte sich vollkommen verzweifelt und wusste keinen Ausweg mehr, wie sie dem Gefängnis entfliehen konnte, das er rund um sie herum mit seiner allgegenwärtigen Bedrohung geschaffen hatte.

Saskia nahm die Psychologin und die Ärztin zur Seite. „Carlotta, Lisa, bitte kümmert euch um Hannah", bat sie mit noch krächzender Stimme. „Wir haben bis zum Anlegen auf Korfu nur noch die eine Nacht auf See. Sie muss durchhalten und einfach funktionieren. Ich schätze, wir werden in den nächsten Stunden noch genug Probleme bekommen und können es uns nicht leisten, dass Hannah ein zusätzliches ist."

Sie sollte Recht behalten.

Kapitel 28 – Zurück ins Leben

Henrik Bäumer saß Tag und Nacht am Bett seiner Frau und hatte ihre Hand nur während seiner Toilettengänge losgelassen. Kristin war nach den ganzen Operationen komplett in Verbände gewickelt und sah aus wie eine Mumie. Lediglich das Gesicht war frei geblieben. Alles in allem hatte sie die ganze Tortur gut überstanden und konnte endlich wieder selbstständig atmen, ihr Kreislauf war stabil.

Seit Tagen hatte Henrik keine Bewegung ihrer Finger wahrgenommen, wenn er sie hielt. Kristins erschlaffte Hand griff nun wieder fester zu. Ihre Augen flatterten und öffneten sich langsam. Sie blinzelte zunächst und konnte ihren Mann erst überhaupt nicht erkennen. Mit der freien Hand drückte Henrik den Schwesternknopf. Wieder und immer wieder. Eine kräftige, resolute, aber unheimlich sympathische Schwester eilte herbei und war eher auf einen Notfall vorbereitet. Sie strahlte, als Kristin vollständig die Augen öffnen konnte und ihren Mann begrüßte.

„Wie siehst du denn aus?“, fragte die Patientin und meinte damit wohl die fahle Gesichtshaut und dunklen Augenränder ihres Mannes. Außerdem hatte Henrik sich in der Woche lediglich von Tee und magerer Krankenhauskost ernährt und bestimmt fünf Kilo abgenommen.

„Gott sei Dank, sie ist ganz die Alte", freute er sich über die typische Reaktion seiner Ehefrau und umarmte sie vorsichtig unter Tränen.

„Ich würde die Umarmung ja gerne erwidern, aber irgendetwas hindert mich daran. Wo sind wir hier?", wollte Kristin noch leicht benommen in Erfahrung bringen.

Henrik berichtete ihr ohne Umschweife von der Schwere ihrer Verletzungen und den durchgeführten Operationen. Kristin hätte auch nichts anderes von ihm erwartet.

Kurze Zeit später klopfte es und Doktor Schubert trat hinzu. Auch Siggi versuchte eine leichte Umarmung. Selbst ihm fielen kiloschwere Steine vom Herzen, dass Kristin nicht nur ansprechbar, sondern darüber hinaus sogar orientiert war. Gerade nach solchen Hirnoperationen war Aussprache und Erinnerung ein elementares Prüfelement für eine erfolgreiche Behandlung.

„Was ist das Letzte, an das du dich noch erinnern kannst, Andrea?", prüfte Doktor Schubert.

„Hey, Siggi, auch wenn ich hier etwas verändert und verkleidet wirke, kannst du mich weiterhin Kristin nennen. Oder war das ein Test, ob die Synapsen wieder zusammengewachsen sind", vermutete die Patientin und versuchte zu einem Lachen anzusetzen, was ihr jedoch noch schwerfiel.

„Na, diesen Test hast du mit Bravour bestanden, Kristin", freute sich der besorgte Arzt und schlug Henrik erleichtert auf die Schulter.

„Meine letzte Erinnerung ist, dass ich diesem Taucher auf den Hügel gefolgt bin. Er wollte gerade sein Motorrad starten, als ich ihn umgeworfen habe. Ich hatte ihn eigentlich und lag auch noch auf ihm drauf, dann ging das Licht aus", besann sich die Profilerin.

„Kannst du ihn noch beschreiben, Kristin?", setzte Doktor Schubert nach.

„Kaum. Er hatte schon einen Helm auf. Ich schätze ihn auf Mitte 30 bis 40, 180 Zentimeter, schlank und sportlich. Ein Deutscher, so flucht nur ein Deutscher. Mehr geht wirklich nicht, sorry", entschuldigte sich Kristin fast.

„Tattoos, Kleidung?", hakte jetzt ihr Ehemann nach, der auch Polizist war.

„Nein, Henrik, da bin ich wirklich raus", bedauerte seine Frau. „Ich bin noch ganz schön kaputt. Gönnt ihr mir noch eine Stunde, dann lasst uns nach Hause gehen", bat sie. „Okay?"

Henrik gab ihr einen Kuss und verließ mit Doktor Schubert das Patientenzimmer, während die Schwester die noch vorhandenen venösen Zugänge kontrollierte.

„Henrik, du hattest ihr aber schon gesagt, wo sie ist, oder? Nicht, dass sie glaubt, sie sei in Gehrden um die Ecke", erkundigte sich Siggi.

„Wir sollten ihr einfach Zeit geben. Ich rufe jetzt die Jungs und ihre Mutter an, dass sie sich nicht mehr sorgen müssen und Kristin bald wieder in die Arme schließen können", schlug Henrik vor.

„Okay, dann werde ich mal die frohe Botschaft auf die Adriana bringen und Lisa sowie Kristins Kollegen in Kenntnis setzen", erklärte Doktor Schubert erfreut.

Kapitel 29 – Verzögerte Abreise

Pünktlich um vier Uhr nachmittags wandte sich Kapitän Michelsen per Lautsprecher an alle Passagiere und schaltete auch die Kabinen für die Durchsage frei. „Liebe Passagiere der Adriana, Sie werden sich wundern, dass wir noch nicht mit dem Ablegemanöver begonnen haben. Leider hat sich während des Ausfluges einiger Passagiere in Matera ein Unfall ereignet. Bei einer nicht autorisierten Vorführung Einheimischer ist ein Fahrzeug in Brand geraten. Unter den Zuschauern kam es deshalb zu panikartigen Fluchtreaktionen, bei denen sich unter anderem auch Passagiere und Besatzungsmitglieder der Adriana verletzt haben. Die Blessuren unserer Gäste konnten vor Ort ambulant oder auch hier an Bord versorgt werden. Bei zwei Passagieren und einem Offizier meiner Crew sind leider kleine operative Eingriffe erforderlich gewesen, die im Hospital von Bari professionell behandelt werden mussten. Unser Bordarzt, Doktor Heidemann, konnte diese Eingriffe fachlich begleiten. Aufgrund der professionellen Ausstattung unserer Krankenstation und wegen der fachärztlichen Kompetenz des medizinischen Teams dürfen wir die drei Verletzten etwas verspätet wieder an Bord begrüßen. Sie werden durch unser Ärzteteam weiter versorgt. Ich bitte Sie daher noch um ein wenig Geduld. Das Ablegen wird sich um etwa 90 Minuten verzögern. Ich verspreche Ihnen aber, dass wir morgen früh pünktlich um sechs Uhr auf Korfu anlegen und unseren Fahrplan einhalten werden. Ich danke Ihnen für Ihr Verständnis, wünsche allen Betroffenen und Verletzten baldige und beste Genesung und natürlich allen Passagieren einen schönen letzten gemeinsamen Abend auf dem Pooldeck mit DJ Tim. Ihr Kapitän Jörg Michelsen."

Die Gäste an Bord warteten in der Nachmittagssonne auf die letzten Mitreisenden. Ihre Neugierde wurde befriedigt, als zwei Krankentransporte über die Pier fuhren und direkt vor der Gangway hielten. Zwei Sanitäter brachten zwei der Patienten in Rollstühlen an Bord, der dritte verweigerte noch am Krankenwagen einen Rollstuhl und sogar das Unterhaken des Sanitäters. Er konnte sich nur humpelnd auf den Beinen halten, trug einen Kopfverband und hielt den linken Arm angewinkelt in einer Schlinge, die in einem Dreieckstuch fixiert war. Das schien ein echt sturer Kerl zu sein.

Nachdem diese letzten drei Passagiere an Bord waren und die Sanitäter die Adriana wieder verlassen hatten, begann das letzte Ablegemanöver dieser Reise und auch der begleitende Song „Sail away" der Sängerin Enya lief letztmalig an Bord zum Auslaufen aus dem Hafen von Bari. Während Gerrit Sander und Maik Holzner auf der Krankenstation eintrafen, hatte sich Thorsten Büthe schon in seiner Innenkabine verbarrikadiert. Endlich allein! Er hatte die Zeit genutzt und Celina zur Geburt gratuliert. Sie hatte ihm gleich zwei Fotos per WhatsApp geschickt. Der neue Opa hatte sich direkt in diese kleine Zaubermaus verliebt. Anschließend kümmerte er sich wieder um sich selbst und „leckte“ seine Wunden. Viele der Klamotten, die er trug, waren durch den Sturz total verdreckt, durchblutet, zerrissen und auch durch die Sanitäter zerschnitten worden. Sein rechter Arm und das Bein waren bräunlich von Desinfektionsmitteln und auch noch von Blut verschmiert. Auf Pflaster oder einen Verband hatte man verzichtet, denn die Haut präsentierte sich dem Betrachter an Unter- und Oberarm sowie am rechten Oberschenkel großflächig abgeschürft. Büthe hatte eine Platzwunde an der rechten Stirn, da ihm der Helm beim ersten Aufprall vom Kopf geflogen war und die Stirn nochmals Kontakt zum Asphalt gesucht und auch gefunden hatte. Der Leihhelm war wohl doch zu groß gewesen.

Vorsichtig entfernte Thorsten den Kopfverband und musste feststellen, dass man seinen eigentlich noch vorhandenen Haaransatz über der rechten Augenbraue rasiert hatte, um die klaffende Wunde besser nähen zu können.

Der LKA-Profiler hasste Mützen und setzte sie nur zur Tarnung auf, wenn es unbedingt sein musste. Ein fester Kopfverband klebte beinahe an der Kopfhaut, das hielt Thorsten Büthe nicht aus. Aber beim Blick in den Spiegel erschrak der OFA-Leiter doch. Jetzt hatte er eine

Vorstellung, wie schön es sein konnte, normal und gepflegt auszusehen.

Er war froh, dass er – trotz aller Verletzungen – zumindest seinen rechten Arm samt Schulter bewegen konnte. Auch sein Hemd war zerschnitten worden. Er zerriss es jetzt ganz, um es überhaupt ausziehen zu können. Obwohl man es ihm verboten hatte, stieg er unter die Dusche und reinigte vorsichtig das, was zu reinigen war. Um einiges frischer kehrte er in die Kabine zurück und schaute desillusioniert in seinen Kleiderschrank. Auf einen Motorradunfall war seine Garderobe, die er für drei, vier Tage eingepackt hatte, nicht eingestellt. Seine Jeans war nicht mehr zu gebrauchen und seine zweite Hose war eine relativ enge Chino in beige. Die konnte er wegen der offenen Hautabschürfungen ganz gewiss nicht tragen. Die Situation zwang ihn zum Pragmatismus. Er griff zur Nagelschere in seiner Kulturtasche und schnitt die Hosenbeine großzügig auf Höhe der Oberschenkel ab. Hier wurde ihm deutlich, wie eingeschränkt man war, wenn man nur eine Hand und einen Arm bewegen konnte. Einarmig war ein filigraner Schnitt mit einer Nagelschere einfach unmöglich. Er quälte sich in die nun kurzen Shorts und musste feststellen, dass die Schnittränder nicht nur völlig unregelmäßig waren, sondern das linke Hosenbein mindestens fünf Zentimeter länger war als das rechte.

Als Thorsten auch noch versuchte, sich ein Hemd überzuziehen, während er die Armschlinge samt Dreieckstuch trug, sprang er vor Schmerzen fast an die Decke. Also entfernte er erst die Schlinge und das Tuch, bevor er sich Millimeter für Millimeter vortastete. Nach fast 20 Minuten hatte er es geschafft. Er war sauber und frisch – wenn auch speziell – gekleidet. Der Team-Leiter machte sich auf den Weg zum Tagungsraum, wo sich die Gruppe um 17 Uhr vollzählig verabredet hatte.

Die Freundinnen, Saskia, Carlotta sowie Maik und auch Gerrit Sander waren schon dort, als Thorsten als Letzter hinzustieß. Beim Eintreffen ihres Chefs waren sie zwischen Mitleid und einer Belustigung hin- und hergerissen. Seine selbst gestaltete kurze Hose mit den angefressenen, unterschiedlich langen Hosenbeinen und den darunter auffälligen Wunden war allein schon eine Fotosession wert. Sein Hemd hatte zudem unterschiedliche und versetzte Zuordnungen der Knopfleiste, was total schräg aussah.

„Was guckt ihr so? Zieht ihr euch bei diesen Verletzungen und Einschränkungen mal alleine an!", brummte Thorsten und war beim Anblick von Maik und Gerrit Sander erstaunt. Wie auch der Security-Chef trug Maik Holzner eine weiße, perfekt sitzende Uniform der Reederei. Selbst um die Beinschiene herum passte alles. Wie konnte das sein? Und im Gegensatz zu den beiden war er nicht einmal auf einen Rollstuhl angewiesen.

Thorstens ungläubiger Blick veranlasste Maik zu einer berechtigen Frage. „Warum bist du nicht mit hinunter in die Krankenstation gekommen. Dort haben alle auf dich gewartet. Jeder von uns hatte seine eigene Pflegerin, die uns beim Ausziehen geholfen hat. Dann hat sie uns geduscht, massiert und wieder angezogen. Weißt du, das Team ist freundlich, kompetent und sieht blendend aus. Die attraktive Krankenschwester, die auf dich gewartet hat, war ein wenig traurig und hat unsere Betreuerinnen bei der Massage unterstützt. Und, wie war es bei dir? Bist du gut klargekommen, Opi?“

„Danke, Maik, für deine ausführliche Beschreibung. Wie ihr seht, ist alles super gelaufen und ich komme prima alleine klar“, rechtfertigte sich der OFA-Leiter. Innerlich kochte er und ärgerte sich über sich selbst.

Dann gratulierten alle dem deutlich lädierten OFA-Chef zu seiner Enkeltochter, wobei es Maik nicht lassen konnte, Auszüge aus dem Telefonat mit seiner Vicci preiszugeben. Eine zweite aufmunternde Nachricht konnte Lisa vorbringen, die über Kristins Genesung und von ihrer Beschreibung des Täters berichtete. In diesem Zusammenhang traten sämtliche Blessuren des Teams augenblicklich in den Hintergrund. Jeder war froh und glücklich, wobei Hannah darüber hinaus unendlich erleichtert war.

„Ich bin so froh und hätte es mir nie verziehen, wenn ausgerechnet Kristin etwas Schlimmeres passiert wäre“, sagte sie mit zitternder Stimme.

Lisa und Carlotta nahmen sie in ihre Mitte und gaben ihr die Unterstützung, die die Moderatorin dringend benötigte.

Kapitel 30 – Lagebesprechung

Währenddessen ließ das Team den Tag Revue passieren. Man ging die Ereignisse samt der Reaktionen und Entscheidungen des Täters durch. Anschließend besprach man die daraus resultierenden Erkenntnisse.

„Okay, dann lasst uns die 32 Personen anhand der neuen Fakten und Beobachtungen noch einmal nach dem Eliminierungsprinzip durchgehen. Wer fliegt warum raus, wer bleibt drin und wer von denen strahlt so stark, dass er heute noch Besuch bekommt", startete Team-Leiter Büthe den neuen Prozess.

„Thorsten, eine kurze Frage zu dem Plan. Wer von uns soll die Verdächtigen denn besuchen? Schau uns doch mal an", erinnerte Maik ihn.

„Vielleicht können wir gemeinsam einen Fragen- und Maßnahmenkatalog entwickeln, und meine Mitarbeiter suchen dann die Passagiere auf", bot der Security-Chef an. „Ich glaube, das erwartet der Kapitän von uns und nicht von euch. Da darf ich an die Ansage des Kapitäns erinnern, dass ihr lediglich Passagiere in einer dubiosen Doppelrolle seid. Einen Ermittlerstatus habt ihr jedenfalls nicht. Was unsere aktuelle Mobilität angeht, kann ich Maik auch nur beipflichten. Und mal im Ernst: Wir werden heute am letzten Abend kaum jemanden in den Kabinen antreffen, geschweige denn alle 32 Personen", gab Gerrit Sander zu bedenken.

Das Problem war, dass er recht hatte.

Plötzlich klingelte Saskias Handy. Sie verließ den Tagungsraum. Thorsten wurde nachdenklich und musste das bisherige Konzept einschränken.

„In Matera hatte unser Täter einen aktiven Fluchthelfer oder auch eine Fluchthelferin. Was wäre denn, wenn wir es mit gar keinem Alleinreisenden zu tun haben? Was, wenn sie zu zweit sind?", gab der Chef-Profiler zu bedenken.

Mit einem Mal flog die Tür auf. „Wir haben ihn!", rief Saskia aufgeregt in den Raum. „Das war gerade Commissario Carlotti. Ich hatte ihm Hannahs vom Täter heruntergerissene Bluse und den Kabelbinder ausgehändigt, mit dem er mich stranguliert hatte. An beiden Spurenträgern konnte je eine vollständige DNA derselben Person gesichert werden. Das Besondere daran ist, dass in Italien bereits die genetischen Spezifikationen herausgefiltert werden dürfen. Unser Täter ist hellhäutig, blond und blauäugig. Was sagt ihr nun?"

Die Gruppe war begeistert und einen riesengroßen Schritt weiter.

„Ich gehe davon aus, dass sich die Spuren nicht in der europäischen DNA-Datenbank einer Person zuordnen lassen? Dann hättest du wahrscheinlich einen Freudentanz aufgeführt, Saskia", schlussfolgerte Thorsten Büthe.

Die junge Kollegin schüttelte den Kopf. „Leider nein."

„Egal, wärst du nicht auf die Idee gekommen, die Sachen zu sichern und schnell untersuchen zu lassen, wären wir von einem Ermittlungserfolg noch weiter entfernt. Prima gemacht, vielen Dank, Saskia," lobte Thorsten die engagierte Polizistin und wechselte kurz einen anerkennenden Blick mit Maik, der die Initiative ergriffen hatte, sie ins Team zu holen.

Das Profiler-Team saß bis spät in den Abend im Tagungsraum zusammen und erarbeitete ein sinnvolles Konzept, um den Täter vielleicht doch noch aus der Reserve zu locken. Dabei stand Hannahs Sicherheit im Vordergrund. Sie durften keinerlei Risiko an Bord eingehen. Eine Gefährdung der Passagiere war unbedingt auszuschließen. Da nach der Ankunft in Griechenland sicherlich ein langer und anstrengender Tag auf sie warten würde, entschlossen sie sich, gegen Mitternacht ihre Kabinen aufzusuchen.

Das Treffen für den nächsten Morgen hatten sie für halb fünf Uhr morgens anberaumt, denn bereits um sechs Uhr war das Anlegen auf Korfu geplant. Saskia begleitete die Freundinnen samt der Psychologin in ihre Juniorsuite und hatte die Funktion inne, aufzupassen, dass niemand in ihre Kabine kam, aber auch, dass insbesondere Hannah ihre Kabine nicht verließ. Die Beamtin hatte es sich auf dem Sofa gemütlich gemacht und verspürte erst jetzt die Ruhe, den ereignisreichen Tag Revue passieren zu lassen. In dem Bewusstsein, in

Matera gerade noch so eben dem Tod von der Klinge gesprungen zu sein, schlief sie schneller und tiefer ein, als es die ihr zugewiesene Aufgabe erlaubte.

Kapitel 31 – In der Nacht

Genauso tief und fest war Annalena nach weiteren explosiven Höhepunkten eingeschlafen. Auch für sie war der Tag ereignisreicher, als es die letzten Jahre ihres sonst eher langweiligen Alltags gewesen waren. Jan war heute seinem Ziel nahe wie nie gekommen. Doch die Profiler hatten es ihm versaut. Und es gab noch ein weiteres Problem. Er musste sich trotz aller Fixierung auf Hannah eingestehen, dass er Annalena wirklich mochte. Ohne sie würde er jetzt im Knast in Bari schmoren. Hätte er sie doch schon vor Hannah kennengelernt. Wer weiß, ob es überhaupt so weit gekommen wäre. Egal, er musste seine Mission zu Ende bringen und hatte nur noch diese Nacht. Er lauschte dem Handy von Lisa und hörte Schlafgeräusche. Sie hatte es nicht abgeschaltet. Also hielt er sich wach, wartete gespannt auf seine Gelegenheit und hoffte inständig, sie zu bekommen.

Um ein Uhr zwanzig wurde Thorstens Halbschlaf vom Vibrieren seines Handys gestört. Er hatte sowieso kein Auge zugekriegt. Jede Zelle seines Körpers schmerzte, sobald er seine Lage veränderte. Der Name Ivo Bašić erschien im Display.

„Hey Ivo, kannst du auch nicht schlafen oder haben sie bei euch in Kroatien eine neue Zeitzone eingeführt?“, brummelte der LKA-Beamte in sein Handy.

„Ich würde auch lieber im Bett liegen, aber ich glaube, nach dieser Nachricht bist du hellwach“, sagte der Hauptmann. „Wir hatten doch die DNA-Spuren auf den Geldscheinen, die der Anstifter dem Junkie ausgehändigt hatte, überprüft. Eine Spur war dann in unser DNA-System eingepflegt worden. Wir hatten da seinerzeit keinen Treffer. Nun findet nachts aber immer ein automatisierter Abgleich mit der europäischen DNA-Datenbank statt. Und jetzt rate mal, was dabei herausgekommen ist?“

„Ich denke, zwei Spurentreffer von heute aus Matera in Italien. Stimmt's?“, vermutete Thorsten.

„Du elender Spielverderber, woher wusstest du das schon? Das ist mir gerade eben erst übermittelt worden“, wunderte sich der kroatische Kollege.

„Ivo, du arbeitest mit Profilern zusammen, und wir können nun mal hellsehen“, scherzte Thorsten trotz der Nachtzeit und klärte seinen Kollegen über die ihm bekannte Zuordnung der Spuren in Italien auf. „Für die weitere Vermutung musste ich kein Profiler sein“, klärte er auf.

„Okay, weiter. Ich habe gerade mit der Nachtschicht in der Dienststelle in Dubrovnik gesprochen und sie aufgefordert, alles in Bewegung zu setzen und in jeder Nische der Stadt nach diesem Junkie zu suchen, damit der sich endlich die Fotos anschaut. Sie haben die Handynummer von Saskia und werden sich sofort melden, wenn sie ihn gefunden haben. Es kann also eine kurze Nacht für euch werden. Na, was sagst du?“, erkundigte sich Ivo Bašić und war selbst schwer begeistert.

Daher musste der LKA-Beamte seinen Kollegen wieder etwas einfangen. „Ivo, wir haben zwischenzeitlich die Erkenntnis, dass unser Täter einen Komplizen haben muss, der – oder vielleicht auch die – ihm in Matera zur Flucht verholfen hat. Wir suchen also nicht mehr unbedingt einen Alleinreisenden. Tut mir leid! Aber solltet ihr den Junkie finden, lasst ihn ruhig durch die Fotos scrollen. Manchmal gehört ja auch eine Portion Glück dazu“, hoffte er.

„Okay, dann weißt du Bescheid. Falls sie ihn finden, melden sie sich sofort bei Saskia und stimmen sich mit ihr ab. Gute Nacht, wir hören voneinander.“

„Gute Nacht, Ivo, und vielen Dank für dein Engagement, das insbesondere zu Beginn nicht selbstverständlich war“, verabschiedete sich Thorsten.

Sein nächster Anruf galt seiner jungen Kollegin in der Juniorsuite. Der Fallanalytiker wollte schon aufgeben, doch dann hörte er eine schlaftrunkene Stimme. „Thorsten? Hast du schon mal auf die Uhr geschaut? Es ist halb zwei“, mahnte sie.

„Sorry, Saskia, es ist wichtig. Wir haben seine DNA auch auf den Kuna-Scheinen in Dubrovnik gefunden. Die Kollegen schwärmen gerade aus, um den Junkie zu finden, ihn auf die Wache zu bringen und ihm die Fotos vorzulegen. Wenn sie ihn haben, rufen sie dich zur weiteren Abstimmung an. Können wir uns kurz bei mir in der Kabine treffen?", schlug Thorsten vor.

„Und wer passt in der Zeit auf Hannah auf?", entfuhr es Saskia.

„Schau erst mal, ob sie überhaupt noch da ist. So tief wie du geschlafen hast, hätte man alle drei Mädels nacheinander raustragen können", unkte er spaßhaft. „Schließ ab, es dauert nicht lange. Bis ich in meinem Zustand bei dir sein würde, wären sämtliche Passagiere in Korfu von Bord gegangen. Also musst du schon zu mir kommen."

„Okay, gib mir fünf Minuten, bis gleich", bat sie.

Jan schreckte beim Zuhören auf. Jetzt bin ich am Arsch, dachte er. Sie haben meine DNA in Matera und aus Dubrovnik. Scheiße! Der Stalker glitt vorsichtig aus dem Bett, zog sich leise an und checkte die Kameras in seiner Kabine, bevor er sich auf den Weg machte. Aus seiner Kabine räumte er alles aus, was irgendeinen Rückschluss auf seine Person zuließ, und reinigte die Bereiche, die er berührt haben konnte. Sein Bettlaken, Kopfkissen und die Bettdecke warf er vom Balkon einfach über Bord. Er reinigte die Kameras, ließ sie aber installiert, um zu schauen, wer wann und wie in seine Kabine eindringen würde. Dann trat er vorsichtig in den Gang und sah sich um, welche Wege er wählen musste, um den Überwachungskameras an Bord ausweichen zu können.

Kapitel 32 – Grauen

Eine innere Unruhe raubte ihr den Schlaf. Hannah schlug die Augen auf und schaute auf die ausziehbare Couch. Saskia war nicht mehr in der Kabine. Das war ihr Zeichen. Keine Sekunde länger hielt es sie im Bett. Sie zog sich ihren Jogginganzug über und trat in Badelatschen auf den langen Gang, der zum Bug des Schiffes führte. Die Moderatorin nutzte das Treppenhaus bis Deck 11, um ihm nicht allein im Fahrstuhl ausgeliefert zu sein. Schnell schritt sie über den Poolbereich ein Deck höher, vorbei am FKK-Bereich nach vorn zum Bug. Hannah schien die einzige Passagierin auf diesem großen Schiff zu sein und war hier ganz allein. Der milde Adriawind zerzauste ihre blonde Kurzhaarfrisur. Es machte ihr nichts aus.

Direkt am Bug stieg sie auf ein dreistufiges Podest, auf dem ein Fernglas befestigt war. Hier genoss sie es, dem Seewind direkt ausgeliefert zu sein. Vor ihr war nur eine schwarze Wand. Beim Blick über die Reling sah sie, wie ein Strahler die Bugwulst beleuchtete. Die wulstige Nase des Schiffes tauchte in der Dünung auf und wieder unter. Hannah hätte diesem Schauspiel stundenlang zuschauen können.

„Nicht so weit, Hannah, du könntest nach vorn über die Reling stürzen“, hörte sie die eindringliche, besorgte Stimme, die ihr wie ein kalter Hauch das Blut in den Adern gefrieren ließ. Sie wagte es kaum, sich umzudrehen, aber sie wollte ihrem Peiniger jetzt endlich in die Augen blicken. In der dunklen Höhlenwohnung hatte sie nicht das Geringste sehen können.

Doch hier war sie gefangen. Das Podest mit dem Fernglas, auf dem sie stand, hatte höchstens einen Durchmesser von einem Meter und war, bis auf die Treppe, rundum geschlossen. Nach vorne oder zu den Seiten konnte sie nicht flüchten, der Weg zurück war durch ihn versperrt. Hannah musste ruhig bleiben, sich immer wieder einreden, dass sie hier nirgendwo allein war. Alle waren um sie herum und beschützten sie. Sie warteten nur auf den richtigen Moment. Aber wo blieben sie? Für sie war dieser kritische Moment längst erreicht, aber sie musste stark bleiben und weiterspielen. Vor ihr stand er jetzt zum Anfassen nahe, der Stalker, der Mörder von Vincent und Andreas. Fast hätte er auch Kristin auf dem Gewissen gehabt. Er trug einen Hoody und hatte die Kapuze tief ins Gesicht gezogen. *Es wird dir nichts nützen*, dachte sie. Er näherte sich dem Podest, von dem sie sich nicht fortbewegen konnte. Zwar stand sie noch drei Stufen über ihm, doch das brachte ihr keine Distanz. Er kam näher und näher, egal, wie weit sie zurückwich. Als sie die Absperrung in ihrem Rücken spürte, war er mit seinem Gesicht direkt vor ihrem Schoß. *Ihr müsst jetzt kommen, schnell, das hatten wir doch so besprochen*, flehte sie verzweifelt in Gedanken.

„Hannah, jetzt sind wir endlich vereint, und niemand wird uns je wieder trennen. Niemand!“, sprach er fast prophetisch zu sich. Seine rechte Hand glitt unter ihr Sweatshirt und berührte ihre nackten Brüste. Die linke Hand steckte er in ihre Jogginghose und stöhnte „Hannah!“ Er war auf dem Gipfel seiner Lust angekommen. Alles andere verblasste vollkommen in diesem köstlichen Moment.

„Nun kommt doch endlich! Thorsten!“, schrie sie in höchster Not.

Da! Endlich! In letzter Sekunde kamen sie vom Pooldeck auf sie zu. Maik Holzner und Gerrit Sander saßen im Rollstuhl. Sie blieben vor der Treppe stehen und konnten nicht zu ihr hochkommen. Thorsten quälte sich humpelnd von Stufe zu Stufe nach oben. Saskia kroch auf allen vieren zu ihr, versuchte aber mit beiden Händen, ihren Kabelbinder zu lösen, der um ihren Hals geschlungen war.

Lisa und Carlotta riefen Hannah vom Pooldeck aus zu. „Komm, Hannah, löse dich von ihm. Komm zu uns. Komm!“

Der Täter jedoch begann sich zu entblößen, dann riss er ihre Jogginghose herunter und ihr Oberteil über den Kopf. Es ging alles rasend schnell. Plötzlich standen sie beide splitternackt auf dem Podest an der Reling. Der Stalker beugte sich mit Hannah vor. Sie wollte sich wehren, sah sich um und alle winkten. Gerrit Sander und

Maik aus ihren Rollstühlen, Thorsten mit einer Krücke in der Hand, Saskia wälzte sich nach Luft ringend weiter auf dem Boden und Lisa und Carlotta riefen: „Mach's gut und melde dich mal wieder, Hannah!"

In ihr klangen noch die Worte nach: „Sag ‚Auf Wiedersehen', Hannah!", bis sie als Letztes den üblichen Auslaufsong der Adriana vernahm – Sail away.

Dann schlugen Hannah und der Stalker auf der Wasseroberfläche auf, gerieten in die Strudel der Schiffsmotoren und ließen die Adriana über sich passieren. Als sie wieder auftauchten, konnte Hannah gerade noch das zum Abschied winkende OFA-Team erkennen, und der Kapitän ließ dreimal das Schiffshorn ertönen. Dann wurden die Lichter der Adriana immer kleiner, bis das Schiff ganz im Dunkel der Nacht verschwunden war. Tanzende Delfine begleiteten die Sinkenden bis in die Meerestiefen der Adria.

Kapitel 33 – Mann über Bord

Saskia hatte die nächtliche Einsatzbesprechung mit Thorsten Büthe beendet und kehrte leise in die Juniorsuite zurück, um niemanden zu wecken. Doch eins fiel ihr sofort auf. Hannahs Bett war leer.

Dieselbe Feststellung traf Annalena, als sie sich an Jan kuscheln wollte. Verwundert schaute sie auf ihren Radiowecker, Viertel nach zwei. „Verdammt, da stimmt doch schon wieder was nicht“, murmelte sie vor sich hin.

Der Staff-Kapitän hatte die Nachtschicht übernommen, damit sich Kapitän Michelsen für das Anlegemanöver auf Korfu und den Wechsel der Passagiere ausschlafen konnte.

Da meldete der Wachoffizier plötzlich Unfassbares. „Auf der Backbordseite ist gerade etwas über Bord gegangen. Mindestens zwei Wahrnehmungen, hell und groß!“

Der Staff-Kapitän ordnete an: „Scheinwerfer an, Motoren stopp. SAROPS (Search and Rescue Optimal Planning System) einleiten!“ Dann griff er zum Bordtelefon und weckte Kapitän Michelsen. „Herr Kapitän, wir haben den Verdacht ‚Mann über Bord‘, eventuell auch zwei Personen. Wir drehen bei.“

Jörg Michelsen war sofort hellwach. „Geschwindigkeit bei ‚Mann über Bord'?"

„15 Knoten, Kapitän", meldete sein Vertreter.

„Wie viel Zeit ist von der Wahrnehmung bis zur Meldung vergangen?", hakte der Schiffsführer weiter nach.

„Zwei bis drei Minuten!", rief der Erste Offizier.

„Dünung?", fragte der Kapitän als Nächstes.

„Zwei bis drei Meter, Wassertemperatur 21°C", entgegnete der Staff-Kapitän.

„Okay. Fertigmachen zum Tendern. Alles andere dauert zu lange. Der Erste Offizier leitet die Aktion. Ich komme hoch und übernehme!", ordnete Michelsen an.

Die Tenderboote wurden nicht nur zum Übersetzen von Passagieren in den kleinen Häfen eingesetzt, sie waren auch für Rettungseinsätze viel flexibler und schneller als der Ozeanriese. Insbesondere das Bergen von Personen aus dem Wasser war mittels der Tenderboote einfacher möglich.

Das Rettungsfahrzeug war in wenigen Minuten zu Wasser gelassen und mit vier Mann besetzt worden. Eilig fuhren sie die Route retour, die über GPS-Ortung direkt zurückverfolgt werden konnte. Von der Brücke aus wurde das Rettungsteam mit den dort vorhandenen technischen Möglichkeiten unterstützt.

Nach den Berechnungen sollte sich der Ort der vermissten Passagiere etwa 1,5 bis 2,5 Seemeilen entfernt befinden, so war zumindest die Vermutung. Obwohl das Rettungsteam exakt auf der Route der Adriana zurückfuhr, war eine Sichtung ungewiss. Strömungen und

Dünung konnten Passagiere, die über Bord gegangen waren, entgegen aller Rechenexempel abtreiben, sodass der Suchradius enorm groß war.

Die Meldung des Nautikers „100 auf 03:15 Uhr treibt etwas Helles!" ließ sie zügig an die Stelle fahren. Etwas großes Weißes schwamm dort im Wasser. Mithilfe eines Enterhakens konnte es geborgen werden. Sie holten ein Bettlaken, einen Bettbezug und ein Kopfkissen aus der Dünung der Adria. Alles trug das Logo der Adriana.

„Kapitän von Tender, Entwarnung. Jemand hat sich von seiner Bettwäsche aus der Kabine getrennt. Suche nach Personen negativ."

„Danke, Tender, kehren Sie zurück", befahl der Kapitän beruhigt, aber verärgert. „Wenn ich den erwische. Den nehme ich mir persönlich zur Brust!", fluchte er zu Recht und übergab das Kommando wieder an den Staff-Kapitän. „Was ist das nur für eine Fahrt", dachte er und schüttelte den Kopf.

Nachdem das Tenderboot wieder an Bord war, nahm die Adriana ihre übliche Route auf, um pünktlich auf Korfu anzulegen.

Kapitel 34 – Neue Erkenntnisse

Saskia wurde beim Anblick des leeren Bettes mulmig. Wo war Hannah? Sie sah sofort im Bad nach. Nichts. Lisa schlief tief und fest. Die Polizistin schlug Hannahs Bettdecke zurück, fühlte und stellte fest, dass es darunter noch angenehm warm war. Lange konnte sie noch nicht fort sein. Als Saskia gerade Thorsten alarmieren wollte, wurde die Schiebetür zur Veranda geöffnet und Hannah stand verstört in der Tür. Der Beamtin fiel ein Stein vom Herzen. „Puh, hast du mir einen Schrecken eingejagt. Ich dachte, du bist entführt worden, Hannah."

„Sorry, du warst nicht da, als ich aufgewacht bin. Ich hatte einen derart schrecklichen Albtraum und musste einfach an die frische Luft", rechtfertigte sich die Moderatorin.

Da vibrierte schon wieder das Handy der Polizistin. Die Kollegen aus Dubrovnik teilten ihr erfreut mit, den Junkie angetroffen und ihm die Fotos der männlichen Passagiere vorgelegt zu haben. Er hatte eindeutig auf Jan Mischke aus Frankfurt gezeigt, der ihm 500 Kuna gezahlt hatte, um die Tasche der Touristin zu stehlen. Es war alles offiziell zu Protokoll genommen worden und war damit gerichtsverwertbar.

Saskia war außer sich vor Freude und Anspannung. An Schlaf war nun allerdings nicht mehr zu denken. Sie weckte Lisa und Carlotta. Es sprudelte nur so aus der jungen Polizistin hervor. „Stellt euch vor, wir haben ihn identifiziert. Er heißt Jan Mischke, kommt aus Frankfurt und hat die Kabine 8256. Ich alarmiere jetzt alle, und dann schnappen wir uns den Kerl noch an Bord. Alles wird gut."

Hannah zitterte nun noch mehr. Sie setzte sich, flankiert von Lisa und Carlotta, auf die Bettkante.

Saskias erster Anruf galt Thorsten, der wieder tief eingeschlafen war. Vom Vibrieren des Handys aufgeschreckt, schossen ihm die Schmerzen durch den Körper und erinnerten ihn unsanft an seine Blessuren. Schlagartig war der OFA-Leiter hellwach und strukturierte seine Gedanken.

„Ihr bleibt zusammen in eurer Kabine, lasst niemanden rein", ordnete er an. Ich setze Maik, den Kapitän und Gerrit Sander von der neuen Sachlage in Kenntnis. Wir dürfen jetzt keine Fehler machen und haben nur noch zwei Stunden bis zum Anlegen. Das wird verdammt eng. Wir treffen uns in 15 Minuten im Tagungsraum. Ich lasse euch abholen und sage euch, wer vor der Tür steht und wann ihr wem öffnen könnt. Okay?"

Die junge Polizistin bestätigte die Anordnung des OFA-Leiters und wandte sich dann an die Freundinnen. „So, macht euch fertig, in 15 Minuten geht's los."

Kapitel 35 – Enttarnt

Jan war mit seinem Gepäck gerade auf dem Weg zurück zu Annalenas Kabine, als er über seine AirPods die euphorische Stimme der sportlichen Polizistin hörte, die seinen Namen nannte. Sie hatten ihn und konnten ihm die Morde sogar nachweisen. Er war geliefert und hatte nichts mehr zu verlieren.

Er schlich sich in die Innenkabine seiner neuen Bekanntschaft und war überrascht, dass Annalena direkt vor ihm stand. „Wo warst du, Jan? Du schleichst dich einfach raus und lässt mich ahnungslos zurück. Nennst du das Vertrauen?“, fragte sie ihn enttäuscht. „Was ist los?“

Wieder musste Jan rasch eine plausible Erklärung finden, denn er war auf dem Schiff ohne die Unterstützung von Annalena aufgeschmissen. Er hätte es nie für möglich gehalten, aber er brauchte sie jetzt mehr denn je.

„Schatz, Entschuldigung, aber ich möchte dich nicht noch mehr in die Sache mit reinziehen. Ich glaube, sie wissen, dass ich hier auf dem Schiff bin. Sie haben weitreichende Beziehungen. Es ist für sie überhaupt kein Problem, meine Kabinennummer herauszubekommen.

Ich bin mir sicher, dass sie mich töten werden, wenn sie mich finden. Das Wichtigste ist jetzt, dass dir nichts passiert", rechtfertigte er seine Abwesenheit.

„Jan, du scheinst mich noch nicht richtig einzuschätzen. Ich habe dich in den beiden letzten Tagen kennen- und lieben gelernt. Du hast mir deutlich gezeigt, dass es dir genauso geht. Wir beide stehen vor der Chance unseres Lebens, an die ich schon fast nicht mehr geglaubt habe. Jetzt ist sie da! Ich werde also an ihr festhalten, komme, was da wolle. Gemeinsam verdoppeln wir die Chance, hier heil rauszukommen, und jetzt lass uns darüber sprechen, wie", forderte sie den Mann ihrer Träume auf.

Anderenorts füllte sich der Tagungsraum. Nach und nach trafen neben dem Kapitän und dem Security-Chef weitere Offiziere sowie der deutlich lädierte OFA-Leiter und auch Maik Holzner im Rollstuhl ein. Gerrit Sander hatte zwei bullige Mitarbeiter seines Teams zur Juniorsuite geschickt, die Saskia, die Psychologin und die beiden Freundinnen sicher in den Tagungsraum begleiten sollten. Wie verabredet, hatte Thorsten diese Maßnahme bei seiner jungen Kollegin telefonisch angekündigt.

Nach wenigen Minuten klopfte es an der Juniorsuite auf Deck 12 samt der tiefen Ankündigung „Security". Saskia ging auf Nummer sicher und hakte nach. „Bitte lassen Sie sich von meinem Chef den Namen seiner Enkeltochter nennen. Dann erst öffne ich die Tür!"

Die junge Polizistin konnte den Funkverkehr durch die geschlossene Tür mithören und erkannte am anderen Ende die Stimme von Gerrit Sander: „Die ist aber misstrauisch. Thorsten, wie heißt deine Enkeltochter? Dein weiblicher Bodyguard in der Suite fragt nach."

Neben Thorsten musste auch Saskia schmunzeln. Sie konnte durch das Funkgerät sogar das Lachen ihres Chefs und den Namen ‚Lea' hören. Beruhigt öffnete sie die Tür, dann wurde die Gruppe von zwei großen und kräftigen Crewmitgliedern sicher in den Tagungsraum geführt. Ihr fiel sofort auf, dass sie ein Gürtelholster unter ihren blauen Poloshirts trugen.

Thorsten informierte den Kapitän, seine Offiziere und sein Team sowohl über die DNA-Treffer als auch über die Identifizierung des Passagiers Jan Mischke. Aus den Schiffsdokumenten stellte Gerrit Sander dessen hinterlegte Pass- und Reisedaten vor.

„Herr Mischke hatte die Reise online erst 10 Tage vor Abreise gebucht, genau einen Tag nach der Buchung der Freundinnen aus Hannover. Er ist in Frankfurt/Main gemeldet und nach Internetrecherche Geschäftsführer und Inhaber einer Softwarefirma. Mischke ist laut Passdaten 38 Jahre alt, 178 Zentimeter groß, schlank, blauäugig und trägt kurzes, blondes Haar in Form einer Halbglatze. Er ist im Besitz eines Motorradführerscheins und ist, neben mehreren Pkw, auch als Halter einer BMW R 1200 GS eingetragen. Wir haben seine Landgänge mit den Tatzeiten verglichen. Auch das passt. Wir sollten ihn in der Kabine aufsuchen, solange er noch nicht wach ist. Was meinen Sie, Herr Kapitän?", schlug Gerrit Sander vor.

„Ich würde hier an Bord die Verantwortung übernehmen, Herrn Mischke aufgrund dieser Faktenlage erst mal in Arrest auf der Adriana zu nehmen, solange wir im Hafen liegen, und das ist bis maximal 21 Uhr. Eine Stunde später legen wir von Korfu wieder ab. Das Problem wird weiter sein, dass die Behörden in Griechenland ihm nichts vorwerfen können. Sie, Herr Büthe, müssen sich jetzt um einen internationalen Haftbefehl kümmern, damit alles seine juristische Ordnung hat", führte der Kapitän aus.

„Dazu müssen wir den Tag nutzen. Wir sind sowohl mit den italienischen als auch kroatischen Behörden in Kontakt, wobei wir auch Montenegro informieren müssen. Denn der Tod von Andreas Nolte wird Jan Mischke ebenfalls vorzuwerfen sein. Wir schreiben alles zusammen und schicken es ins LKA. Von dort können die Kollegen für internationale Zusammenarbeit über Europol alles entsprechend veranlassen. Vermutlich benötigen wir hier in Griechenland einen richterlichen Beschluss für eine DNA-Probe des Täters, um seine Täterschaft auch objektiv beweisen zu können. Maik, kannst du dich darum kümmern? Thomas kann das in unserer Dienststelle vorbereiten. Ich setze Iris Höppner in Kenntnis, um die Behördenleitung zu informieren, denn ich glaube, dass wir auch die Unterstützung unseres Präsidenten gut gebrauchen können. Als Erstes müssen wir Jan Mischke aber zunächst einmal festsetzen, bevor wir über weitere Schritte nachdenken", schränkte der OFA-Leiter ein.

„Einverstanden. Ihr Zugriffsteam geht in die Kabine. Ein weiteres Team sichert den Flur auf Deck 8. Es ist jetzt 20 Minuten vor fünf. Können Sie den Zugriff um Punkt fünf Uhr gewährleisten, Herr Sander?", hinterfragte der Kapitän.

„Natürlich, es ist alles vorbereitet, und das Team ist auf Stand-by", meldete der Security-Chef.

Kapitel 36 – Zugriff

Während Maik sich um den erforderlichen Schriftkram und diverse Anträge kümmerte, näherte sich das Zugriffsteam der Security wie ein Spezialeinsatzkommando langsam und geräuschlos unter gegenseitiger Sicherung der Kabine 8256. Sie waren mit Neun-Millimeter-Pistolen bewaffnet und mittels Weste und Helm geschützt.

Der Kapitän, Gerrit Sander und Thorsten Büthe blieben im Hintergrund.

Das Eingriffsteam öffnete die Tür leise mit einer Generalkarte und glitt elegant in die Doppelkabine. Im Licht ihrer LED-Taschenlampen suchten sie die Kabine samt Balkon ab und meldeten Gerrit Sander: „Kabine leer, keine Person angetroffen."

„Mist, dann haben wir an Bord einen Serienmörder, der außer Kontrolle ist. Genau das galt es zu verhindern", ärgerte sich der Kapitän. Beim Blick in die Kabine fiel ihm sofort auf, dass auf dem Doppelbett der Bettbezug samt der kompletten Bettwäsche fehlte. „Jetzt können wir auch den Verursacher unserer Rettungsaktion zuordnen. Als hätte ich mir das fast gedacht", stellte Jörg Michelsen wütend fest.

„Herr Sander, verdoppeln Sie die Teams beim Ausschiffen und beim Check-out an der Rezeption. Die Zugänge zum Crew-Bereich müssen überwacht werden. Nicht, dass er uns über die Versorgungsluken entwischt. Und informieren Sie die Polizei auf Korfu über diese Lage, die werden wir brauchen können. Zwei Wachen bleiben vor dem Tagungsraum und sichern hier einen reibungslosen Arbeitsablauf. Staff-Kapitän, Sie übernehmen das Einlaufen und Anlegen! Auf geht's!", ordnete der Kapitän resolut an.

Jan verfolgte die Stürmung seiner Balkonkabine gemeinsam mit Annalena über das Handydisplay. Sie sah eine Gruppe bewaffneter Männer, die sich genauso schnell, wie sie gekommen waren, auch wieder in Luft auflösten. Zwei Männer in weißen Uniformen schauten ebenfalls in die Kabine, von denen allerdings nur der Rücken zu sehen war. Zwei weitere durchsuchten die Schränke, Schubladen und das Bad, was Jan bereits geleert und auch gesäubert hatte. Die in den Ecken der Decken angebrachten Minikameras fanden sie vorerst nicht.

„Das war knapp. Glaubst du mir jetzt, dass diese Typen zu allem fähig sind? Hätte ich schlafend in meinem Bett gelegen, hätten sie mich erschossen und vermutlich gleich über Bord geworfen. Die stecken alle unter einer Decke. Wir dürfen niemandem mehr trauen. Hast du verstanden? Niemandem! Nicht einmal dem Kapitän selbst", bläute Jan seiner Vertrauten ein.

„Mensch, Jan, wir stecken hier fest. Wie sollen wir von Bord kommen? Spätestens während der Kontrolle beim Verlassen des Schiffes sind wir fällig“, ängstigte sich Annalena zu Recht.

„Beruhige dich. Von unserem Verhältnis wissen sie noch nichts, sonst wären sie längst hier. Sie werden jetzt die Kameras checken, mit wem ich wann gemeinsam das Schiff verlassen und wieder betreten habe. Wir müssen jetzt schnell sein, und ich bin froh, dass wir gestern Abend noch ausgecheckt haben. Wir haben unsere Pässe und müssen nur vom Schiff herunterkommen. Sobald die Gangway freigegeben ist, verlassen wir so früh wie möglich die Adriana. Okay?“, plante Jan.

Annalena blieb skeptisch. „Wie soll das funktionieren? Das System erfasst deine Personalien, sobald du das Schiff verlässt, und die Security wird dich aufhalten“, befürchtete sie.

„Wir dürfen jetzt nicht die Kontrolle verlieren und müssen ruhig bleiben, sonst fliegen wir sofort auf. Ich habe eine Idee“, verkündete Jan.

So spannend es im Film auch war, Annalena fühlte sich in der Rolle von Bonnie nicht mehr wohl.

Kapitel 37 – Ankunft auf Korfu

Im Tagungsraum liefen die Laptops, Handys und Bordfunkgeräte auf Hochtouren. Maik formulierte die Berichte für die griechischen Behörden. Saskia forderte die Zusendung der Ermittlungsberichte und Spurentreffer aus Kroatien sowie Italien an und Thorsten telefonierte mit dem Lagezentrum des LKA Niedersachsen, das rund um die Uhr besetzt war, um alles Nötige von dort aus zu veranlassen.

Die Lage auf der Brücke und in allen Sicherheitsbereichen war angespannt. Ohne Störungen fuhr die Adriana in den Kreuzfahrthafen von Korfu ein und legte pünktlich um sechs Uhr an der Pier an. Anschließend waren im Hafen und an Bord noch etwa 30 Minuten präzise Arbeit erforderlich, um das Schiff sicher zu vertauen und die Gangway auszufahren. Erst dann konnten die ersten Passagiere die Adriana verlassen, um ihre Anschlussflüge pünktlich zu erreichen.

Annalena und Jan schlenderten scheinbar gelassen durch das Frühstücksrestaurant, um sich einen freien Tisch zu suchen. Niemand konnte ihnen ansehen, wie angespannt sie innerlich waren. Dabei achtete Jan auf männliche Passagiere in seinem Alter, die ihm ähnelten und die samt ihres Gepäcks frühstückten. Weiter hinten war er endlich fündig geworden und ging eng am Tisch eines Ehepaares vorbei. An diesen stieß er so stark, dass neben dem Geschirr und den gefüllten Kaffeetassen auch die Bordkarte des Passagiers zu Boden fiel. Jan entschuldigte sich betroffen und half dem herbeieilenden Personal, alles wieder aufzuheben. Blitzschnell hatte er die Bordkarte des Passagiers gegen seine ausgetauscht, was niemandem aufgefallen war.

Jetzt aber schnell raus hier, dachte Jan, nickte Annalena nur kurz zu und beide begaben sich zügig zur Gangway. Dort waren die Mitarbeiter der Security personell enorm aufgestockt worden. Am Ende der Gangway an der Pier hatten sich bewaffnete griechische Polizisten positioniert. Annalena hielt als Erste ihre Bordkarte an den Scanner. Der grüne Haken bestätigte das ordnungsgemäße Verlassen des Kreuzfahrtschiffes. Jan versuchte cool zu bleiben, hatte seine Basecap tief ins Gesicht gezogen und hielt seine vertauschte Bordkarte vor den Scanner. Mit Erscheinen des grünen Hakens verabschiedete ihn die freundliche Mitarbeiterin. „Eine gute Rückreise, Herr Freiberg, bis zum nächsten Mal."

„Bonnie und Clyde" mussten sich zwingen, langsam zu gehen, um nicht im letzten Moment doch noch aufzufallen. Sie gelangten mit unzähligen anderen Passagieren unbehelligt an den Polizeikontrollen vorbei in den Abfertigungsterminal. Das Pärchen hatte sich entschlossen, ihre Reisekoffer zurückzulassen und nur die wichtigen Dinge in ihren großen Rucksäcken zu verstauen. So waren sie flexibler. Vollkommen frei und ungehindert war es ihnen geglückt, den Hafenbereich zu verlassen. Sie hatten es geschafft.

Durch den Wechsel der Passagiere, die Reinigung sämtlicher Kabinen und die Aufnahme von frischen Lebensmitteln und neuem Kraftstoff herrschte reges Treiben an Bord. Die Abläufe auf der Adriana gingen normalerweise routiniert vonstatten, alles war aufeinander eingespielt. Jede unplanmäßige Störung behinderte diesen Ablauf jedoch. Die Fahndung und Jagd nach einem Serienmörder an Bord des riesigen Kreuzfahrtschiffes forderte den Kapitän und seine Crew enorm. Allein die Abstimmung mit der griechischen Polizei gestaltete sich chaotisch und wurde durch Formalismen heftig verzögert. Dass sich die Polizeibehörden der betroffenen Länder zur Nachtzeit miteinander verständigen mussten, machte es nicht einfacher. Erst um sieben Uhr hatte man an der Pier eine zusätzliche polizeiliche Passkontrolle zur Überprüfung der Bordkarten eingerichtet, die jedoch nicht zu sehen war, solange die Passagiere noch an Bord oder auf der Gangway waren. Man hatte dadurch panikartige Reaktionen des Täters und insbesondere seine Flucht zurück auf die Adriana verhindern wollen.

„Herr Kapitän, die Kontrollstelle der Polizei ist eingerichtet. Jan Mischke hat das Schiff noch nicht verlassen", meldete der Security-Chef.

Das Profiler-Team hielt sich komplett im bewachten Tagungsraum auf. Auf dem Schiff konnten sie derzeit auch wegen ihres aktuellen Gesundheitszustandes nichts weiter tun. Aber die LKA-Beamten verfolgten den Funkverkehr der Crews live mit und wurden aufmerksam, als es an der Gangway hektisch wurde. Eine plötzliche Meldung zog die Aufmerksamkeit aller auf sich.

„Security an alle: Zielperson am Ausgang zur Gangway gestellt und gesichert. Person leistete keinen Widerstand, es wurde niemand verletzt."

Auf der Brücke und im Tagungsraum waren befreiende Freudenschreie zu hören, die Anspannung löste sich explosionsartig, Erleichterung machte sich breit. Einzig Carlotta, Maik und Thorsten sahen sich zweifelnd an.

„Das ist mir zu einfach und passt nicht zu diesem Täter", äußerte sich der OFA-Leiter. Maik Holzner und der Psychologin ergingen es ähnlich.

Gespannt eilte der Kapitän zur Gangway und schob den Rollstuhl seines Security-Chefs vor sich her. In einem Nebenraum trafen sie auf den festgenommenen Passagier und eine Frau, die vollkommen außer sich war.

„Herr Kapitän, gut, dass Sie kommen", rief sie. „Was soll das? Ihre Mitarbeiter haben sich förmlich auf meinen Mann gestürzt, ihn zu Boden gerissen und ihm Handschellen angelegt. Können Sie uns bitte sagen, was los ist?"

„Mein Name ist Kapitän Michelsen, das ist mein Security-Offizier, Herr Sander. Es wird sich alles aufklären. Darf ich Ihren Namen erfahren?“, versuchte Jörg Michelsen die Situation zu beruhigen.

„Natürlich. Ich heiße Ingrid Freiberg, nebenan ist mein Mann Rudolf, mit dem ich nicht einmal sprechen darf“, berichtete sie empört.

Nach einem Zeichen des Kapitäns begab sich Gerrit Sander in den Nebenraum, um den Sachverhalt aufzuklären.

Sein Mitarbeiter, der die Festnahme des Gastes veranlasst hatte, zeigte auf die Bordkarte und den deutschen Reisepass des Passagiers. „Herr Sander, ich glaube, wir haben hier ein Problem“, sagte er und übergab ihm die Dokumente.

Der Pass war auf Rudolf Freiberg aus Stuttgart und die Bordkarte auf den Gesuchten Jan Mischke ausgestellt. Beide Personen ähnelten sich sowohl vom Alter, der Größe und der Statur her. Außerdem hatten sie eine Halbglatze mit Haarkranz.

Der Security-Chef ordnete umgehend an, dem Passagier die Handschellen abzunehmen und wandte sich an den irritierten Gast.

„Mein Name ist Gerrit Sander, ich bin an Bord der Security-Offizier. Ich muss mich entschuldigen, aber meine Mitarbeiter hatten den Auftrag, diesen Herrn Mischke beim Verlassen des Schiffes festzunehmen. Der Grund dieser Maßnahme ließ ebenfalls zu, Sie körperlich zu fixieren und Ihnen Handfesseln anzulegen.

Wie ich sehe, haben Sie beim Verlassen der Adriana die Bordkarte des Herrn Mischke vorgewiesen, daher kann ich meinen Mitarbeitern keinen Vorwurf machen. Sie haben unter diesen Umständen korrekt gehandelt. Dennoch entschuldige ich mich bei Ihnen, muss Sie aber auch auffordern, mir mitzuteilen, wie Sie in den Besitz der falschen Bordkarte gekommen sind und vor allem, was mit Ihrer Karte passiert ist."

Rudolf Freiberg schilderte dem Offizier die Situation, die am Frühstückstisch passiert war. „Dabei muss die Karte offensichtlich vertauscht worden sein", vermutete er.

Gerrit Sander ahnte, was geschehen war, vergewisserte sich bei seinen Mitarbeitern und erhielt sie katastrophale Auskunft, dass Rudolf Freiberg die Adriana bereits um 6:38 Uhr verlassen hatte."

Das war vor 25 Minuten gewesen.

Diese Meldung schlug bei allen ein wie eine Bombe. Der Mörder war wieder direkt vor ihren Augen entkommen.

„Wir müssen sofort an Land und mit der Polizei die Fahndungsmaßnahmen absprechen. Maik, informierst du unsere Dienststelle und veranlasst die Fahndung über Europol? Saskia, du begleitest mich an Land. Carlotta, bleib bitte noch bei Lisa und Hannah. Die können dich hier beide gut gebrauchen", bat Thorsten und versuchte sich dynamisch zu erheben, was ein Fehler war und sich mit Schmerzen im gesamten Körper rächte.

Der Kapitän betrat mit besorgter Miene den Tagungsraum und teilte die aktuellen Erkenntnisse mit.

„Meine Damen, meine Herren, wie sich soeben bestätigt hat, dürfte Jan Mischke am heutigen Morgen seine Bordkarte mit der eines anderen, ihm ähnlichen Passagiers ausgetauscht und unbehelligt um 6:38 Uhr das Schiff verlassen haben. Über die Reisedaten, die uns vorliegen, ist er für einen Rückflug mit Condor von Korfu nach Frankfurt um 11:45 Uhr gebucht. Ich biete Ihnen gern an, eine erste Koordination der Fahndung und auch die Kommunikation mit Ihrer Dienststelle noch von Bord der Adriana aus in Ihrer Verantwortung durchzuführen. Ich muss Sie aber bitten, das Schiff bis 21 Uhr zu verlassen, da wir pünktlich um 22 Uhr erneut in Richtung Venedig auslaufen werden. Bis dahin dürfen Sie gerne die Restaurants und Einrichtungen an Bord nutzen. Nachdem Herr Mischke die Adriana verlassen hat, endet meine Zuständigkeit und auch die meiner Crew in diesem Fall. Sollten wir Sie noch unterstützen können, werden wir das natürlich tun. Herr Sander bleibt weiterhin für Sie ansprechbar. Ich bedanke mich für die wertvolle Kooperation an Bord der Adriana und wünsche insbesondere Ihrer Kollegin in Zadar nur das Beste. Ihnen allen selbstverständlich auch gute Besserung, einen hoffentlich schnellen und positiven Fahndungserfolg und eine angenehme Rückreise. Ich hoffe zudem, dass ich Sie alle bald wieder als reguläre Urlauber und Gäste der Adriana oder auf einem der anderen Schiffe unserer Reederei an Bord begrüßen darf. Nun bleibt mir nur noch, Ihnen Mast- und Schotbruch zu wünschen. So heißt es bei uns", sagte Kapitän Michelsen mit einem aufmunternden Lächeln und verließ den Tagungsraum.

„Dann legen wir mal los", forderte Thorsten sein Team auf. „Wir müssen uns Gedanken machen, welche Aktionen wir jetzt von Jan Mischke erwarten. Ich glaube, niemand hier im Raum wird davon ausgehen, dass wir diesen Täter beim Check-in auf dem Flughafen auf Korfu antreffen und festnehmen können. Aber immerhin muss er erst mal von der Insel runter. Das geht nur per Flugzeug oder mit einer Fähre. Gerrit, könnt ihr uns noch dabei behilflich sein, herauszufinden, welche Fähren er nutzen könnte. Mir geht außerdem die zweite Person nicht aus dem Kopf. Wo war Mischke die ganze Zeit, nachdem er seine Kabine verlassen hatte? Wer hat ihm in Matera zur Flucht verholfen? Ist es möglich, die Videos von heute Morgen zu checken, um zu sehen, wer in seinem Zeitfenster sonst noch das Schiff verlassen hatte, Gerrit?", bat er den Security-Chef, der sofort zustimmend nickte und den Auftrag telefonisch an seine Mitarbeiter übermittelte.

„Maik, wir benötigen dringend einen kompetenten Ansprechpartner bei der griechischen Polizei. Haben sich Iris und Thomas schon gemeldet?", erkundigte sich der Teamleiter.

„Nein, leider noch nicht. Sie wissen aber um die Dringlichkeit der Situation und werden sich vorrangig um die Schengenfahndung kümmern. Sobald Mischke darin ausgeschrieben ist, können die Griechen, als Mitgliedsstaat des Schengener Abkommens, hier rechtssicher agieren", kündigte Maik an.

„Okay", erwiderte der Profiler und wandte sich dem Security-Chef zu. „Gerrit, wir müssen die Fähren kontrollieren lassen, wen können wir da ansprechen? Mischke hat schon einen viel zu großen Vorsprung", befürchtete Thorsten Büthe.

Der Blick des Security-Offiziers sprach Bände. „Ich will dich nicht desillusionieren, aber Korfu ist der Knotenpunkt der Fährverbindungen zu fast allen griechischen Inseln sowie zum Festland und auch nach Italien. Kleine Fährverbindungen und teils private Anbieter sind ebenso weit verbreitet. Das lässt sich selbst bei einer Vorbereitung von Stunden nicht flächendeckend kontrollieren. Das könnt ihr wirklich vergessen", musste sie der erfahrene Offizier enttäuschen.

„Okay, dann lasst uns mal gedanklich in seine Haut schlüpfen", forderte Thorsten sein Team auf. „Er ist auf einer Insel gefangen, muss mit Pass- und Polizeikontrollen rechnen und ist als Mörder zur Fahndung ausgeschrieben. Was würdet ihr tun?", fragte Thorsten in die Runde. „Maik, du fängst an!"

„Für ihn zählt jetzt Geschwindigkeit. Er rechnet mit Kontrollen und Fahndungen. Er hat einfach keine Zeit und muss schnell reagieren", begann Maik mit seinen Gedanken.

Carlotta ergänzte seine Ausführungen. „Die Entwicklung auf der Reise konnte er so nicht planen. Die Tötungen erfolgten spontan, sein angestrebter Plan, Hannah in seine Hände zu bekommen, scheiterte. Es bleibt die große Frage, ob er sein Ziel weiterhin verfolgt oder ob er in einen rationalen Fluchtmodus umgeschaltet hat. Wir dürfen nicht vergessen, dass er für Hannah mehrfach getötet hat. Sein ganzes Leben ist aus den Fugen geraten. Er ist Inhaber einer Firma, also hat oder hatte er wirtschaftliche Ziele, die mit Bekanntwerden seiner Täterschaft komplett geplatzt sind. Nun bleibt ihm keinerlei legale Lebensperspektive mehr, und es könnte sein, dass er sein Bestreben, Hannah zu besitzen, nicht aus den Augen verlieren wird. Das heißt, wir müssen von zwei Varianten ausgehen. Erstens: Er flieht schnellstmöglich zurück nach Deutschland, und zwar auf einer Route, bei der er keiner Kontrolle ausgesetzt ist. Das dürfte der Landweg sein. Zweitens: Er bleibt in der Nähe von Hannah, um letztendlich zum Erfolg zu kommen. Dann müssen wir damit rechnen, dass er Korfu weder verlassen hat noch verlassen wird, solange wir noch hier sind“, prognostizierte die Psychologin.

Saskia hatte sich die möglichen Fährverbindungen parallel zur Teambesprechung angesehen. „Nach Italien und Südgriechenland dauert es mit der Fähre mehrere Stunden, nach Venedig sogar über 20. Er wäre auf einer Fähre gefangen und müsste mit einer Festnahme oder zumindest einer Kontrolle am Zielhafen rechnen. Auch in Italien wird nach ihm gefahndet. Selbst wenn ich Carlottas Befürchtung teile, dass Hannah weiter in seinem Fokus geblieben sein könnte, würde ich die Variante ‚Flucht' favorisieren. Mischke weiß genau, dass wir nicht von Hannahs Seite weichen. Er muss damit rechnen, dass wir sie unter Polizeibegleitung zum Flughafen bringen und nach Deutschland ausfliegen werden. Seine Chancen, an Hannah heranzukommen, sind daher gleich null. Ich würde an seiner Stelle die Fähre nach Saranda in Albanien nehmen und zwar die ‚Joy Lines Fast Ferry', die in nur 30 Minuten dort ist. Das heißt, falls sein Timing bislang erfolgreich war, müsste er genau jetzt dort sein", befürchtete die junge Polizistin.

„Verdammt, falls das geklappt hat, sind wir vollkommen machtlos. Albanien ist kein Schengenstaat! Wir können nichts in die Wege leiten, kein Europol, rein gar nichts!", ärgerte sich Thorsten.

An anderer Stelle saßen Annalena und Jan in einem kleinen Café am Fährterminal und diskutierten, wie es ihnen gelingen könnte, unbehelligt nach Deutschland zurückzukommen.

„Die haben Zugriff auf meine Konten, auf die Firma und bestimmt auch auf mein Handy. Wenn sie wissen, dass du mich begleitest, gilt das auch für dich. Wie viel Geld kannst du jetzt spontan abheben?", fragte Jan.

„Über meine Kreditkarte 1.000 Euro, und da wir in der EU sind, über die EC-Karte ebenso. Also insgesamt 2.000 Euro. Wieso?", wollte Annalena wissen.

„Wir dürfen keine Spuren hinterlassen und dazu gehört auch die Nutzung unserer Kreditkarten. Lass uns beide sofort 2.000 Euro abheben. Ich habe zudem noch eine Karte, die nicht auffällt. Die können wir zumindest an den Geldautomaten weiter verwenden. Es tut mir leid, wenn du mir weiterhelfen willst, musst auch du dich von deinem Handy trennen, sonst finden sie uns sofort", erklärte Jan ihr und warf sein Xiaomi in das Becken des Fährhafens. Seine Begleiterin zögerte, versenkte dann aber auch ihr Mobiltelefon in der Adria.

Anschließend deckten sie sich an einem Geldautomaten mit insgesamt 6.000 Euro Bargeld ein, kauften davon zwei Tickets für die Schnellfähre nach Saranda und verließen Korfu ohne Komplikationen.

„Wir haben was!", rief Gerrit Sander nach einem längeren Telefonat und Blick in seinen Laptop. „Kommt mal rum!"

Die Videosequenz zeigte die Passagiere, die ab 6:37 Uhr ausschifften. Eine Minute später trat Jan Mischke in den Kamerabereich. Vor ihm hielt eine Frau ihre Bordkarte an den Scanner, hinter ihm verließ eine Familie mit kleinen Kindern auf dem Arm die Adriana.

„Bei dieser Frau handelt es sich um Annalena Öhlert. Sie ist am 3. April 1985 in Herne geboren und wohnt in Recklinghausen. Sie reiste allein und hatte eine Innenkabine gebucht, die gerade durch mein Team durchsucht wird. Das Interessante daran ist, dass in dieser Kabine zwei Koffer mit der Bekleidung einer Frau und der eines Mannes zurückgelassen worden sind. Wir haben die weiteren Ein- und Auscheckzeiten von Frau Öhlert während der Reise geprüft. Mischke und sie sind zusammen nach dem Landausflug in Dubrovnik und ebenfalls in Bari bei der Rückkehr vom Landgang von unserem System erfasst worden. Annalena Öhlert wird seine Begleitung sein. Sie ist für den Flug von Korfu nach Düsseldorf mit Ryanair um 13:27 Uhr gebucht. Im Übrigen hat die Befragung des Ehepaares Freiberg ergeben, dass der Mann, der den Tisch fast umgeworfen hatte, in Begleitung einer Dame war, auf die die Beschreibung von Frau Öhlert passt“, berichtete der Security-Chef. „Ich habe die Videosequenzen bereits an die Polizei auf Korfu weitergeleitet und sie gebeten, die Überwachungskameras im Fährterminal wegen möglicher Bilder der beiden zu checken. Vielleicht bestätigt sich ja eine eurer Theorien“, ergänzte er nicht ohne Stolz.

„Super Recherche, Gerrit, vielen Dank,“ lobte Thorsten Büthe ihn, während Maik die Daten zur Überprüfung an Thomas Schulte in Hannover weitergab.

Der Security-Chef winkte in die Runde, während er konzentriert seinen Laptop bediente. „Leute, ich habe gerade den Polizeikommandanten von Korfu sowie eine Dolmetscherin per Skype in der Leitung und würde euch gern zuschalten.“

Der hochdekorierte Polizeiführer stellte sich und seine Dolmetscherin kurz vor, bevor er mitteilte, dass ihm die Fallinformationen und die Fahndungsdaten soeben von Europol zugeliefert worden waren.

Nach einer entsprechenden Vorstellungsrunde der Gesprächspartner aus Deutschland bot der hochrangige Beamte an, alles in seiner Macht Stehende zu tun, um die LKA-Beamten auf Korfu zu unterstützen. Der mutmaßliche Täter war nun auch in Griechenland zur Fahndung ausgeschrieben worden, ebenso wollte er nach seiner Begleitung suchen lassen, sobald er den offiziellen Antrag erhalten hatte. Die Bitte des OFA-Leiters, auch schon im Vorfeld der Fahndung nach Annalena Öhlert den Timeslot für ihren gebuchten Rückflug nach Düsseldorf überprüfen zu lassen, lehnte er im Hinblick auf die fehlenden juristischen Voraussetzungen bedauernd ab.

Als ihm ein hinzukommender Polizeioffizier etwas ins Ohr flüsterte, nickte ihm der leitende Beamte bestätigend zu und wendete sich dann ans Team auf der Adriana. „Meine Damen, meine Herren, ich habe soeben erfahren, dass sich ihr Täter samt Begleitung um 7:45 Uhr mit der Schnellfähre nach Saranda in Albanien abgesetzt hat", berichtete er. „Somit endet die Zuständigkeit der griechischen Behörden. Ich wünsche Ihnen viel Erfolg und würde mich freuen, wenn Sie unsere schöne Insel auch einmal unter anderen Umständen besuchen würden."

Man dankte und verabschiedete sich.

Ein Blick auf die Uhr desillusionierte das gesamte Team jedoch. Es war 8:56 Uhr und damit tatsächlich viel zu spät für Maßnahmen auf Korfu.

„Gerrit, habt ihr irgendwelche Kontakte nach Albanien, die wir nutzen könnten?", erhoffte sich Thorsten Büthe.

„Leider nein, wir fahren das Land nicht einmal an. Tut mir leid“, entschuldigte sich der Offizier.

Die Stimmung des OFA-Teams und das der beiden Freundinnen war am Ende.

„Und jetzt?“, warf Carlotta Beyer-Westholdt in den Raum.

„Wir werden jetzt nicht aufgeben“, sagte Thorsten Büthe bestimmt. „Ich schlage vor, dass ihr, Saskia und Carlotta, Lisa und Hannah zurück nach Hannover begleitet. Der Fluchtweg von Jan Mischke dürfte über Albanien, Montenegro und Kroatien führen. Dort erhalten wir die komplette Unterstützung von Hauptmann Bašić, denn Mischke wird dort wegen Mordes gesucht. Maik und ich mieten uns ein Auto und folgen den beiden Flüchtigen, um sie in Kroatien gemeinsam festzunehmen. Was haltet ihr davon?“

Maik reagierte als Erster mit einer Portion Zynismus. „Wer von uns beiden fährt und wer nimmt den Täter fest?“, hakte er nach. Dabei blickte er an sich selbst, im Rollstuhl sitzend, herunter und an seinem Chef, der sich ohne Schmerzen kaum bewegen konnte, ganz zu schweigen von der Armbinde, die er trug.

Saskia brachte sich erneut ein. „Ich will weder deine Entscheidung kritisieren noch mich in den Vordergrund spielen, aber im Ernst, Maik hat recht. Ihr braucht eine Fahrerin und sicherlich auch wieder eine Dolmetscherin, spätestens in Kroatien“, entgegnete sie.

Diese Argumente waren nicht zu entkräften und selbst die Psychologin setzte einen drauf. „Thorsten, du willst mir ja wohl nicht wirklich den Schutz von Hannah und Lisa allein übertragen. Ich werde den beiden sicherlich nicht von der Seite weichen. Alleine kann ich jedoch keine Verantwortung übernehmen, zumal ich keine Polizistin bin."

Das OFA-Team blickte zu Hannah und Lisa, wobei Hannah als Erste das Wort ergriff. „Wir haben jetzt gemeinsam viel durchstehen müssen. Das ist an allen nicht spurlos vorübergegangen. Ihr habt meinetwegen euer Leben riskiert, andere sind dem Täter zum Opfer gefallen. Ich werde mich niemals freiwillig verabschieden und euch allein lassen. Lisa, wenn du auch einverstanden bist, lasst uns gemeinsam nach Kroatien fahren und die Sache zu Ende bringen. Falls ihr mich dabei als Lockvogel nutzen könnt, bin ich einverstanden. Kurzum: Ich fliege nicht zurück!"

Die Blicke schwenkten zu Lisa. „Zwei Argumente, die für Hannahs Variante sprechen. Ohne ärztliche Begleitung kann ich euch beide überhaupt nicht allein mit dem Wagen reisen lassen. Ihr seid fahruntauglich. Außerdem sollten wir nicht vergessen, dass sich unsere Freundin, also eure Kollegin, und mein Mann noch in Zadar aufhalten, was auf unserem direkten Weg liegt. Ich werde mir jetzt bei Sixt einen VW-Bulli mieten und nach Zadar fahren. Der Bus ist groß genug. Ihr könnt alle mit einsteigen, und deinen Rolli, Maik, bekommen wir auch noch mit rein", bot die Ärztin an.

Bis auf den Chef-Profiler stimmten alle zu. „Das kann ich dienstlich einfach nicht verantworten und schon gar nicht dem LKA verkaufen", wandte Thorsten Büthe ein.

„Lieber Thorsten, ich muss dich wohl darauf hinweisen, dass du uns gegenüber als Tourist auf Korfu nicht weisungsbefugt bist. Ich gehe sogar so weit, dass du momentan krankheitsbedingt nicht einmal dienstfähig bist. Also biete ich dir hiermit einen vollkommen kostenfreien Rücktransport unter fachärztlicher Begleitung an, die deinem Dienstherrn nicht einmal in Rechnung gestellt wird", resümierte Doktor Lisa Schubert ironisch.

„Das Angebot müsste ich allein wegen der Befürchtung einer fachärztlichen gynäkologischen Begleitung ablehnen. Das macht mir nämlich Angst," sagte Thorsten lachend und gab auf. „Buch du den Krankentransport, ich kündige unser kriminelles Pärchen sowie unseren Besuch bei Ivo Bašić an."

„Das klingt zumindest mal nach einem Plan", kommentierte Maik zufrieden.

Das Profiler-Team verabschiedete sich von der Crew der Adriana und insbesondere von Gerrit Sander. Trotz anfänglicher gegenseitiger Bedenken hatten sie sich fachlich angenähert und auf Augenhöhe unterstützt. Währenddessen war der Funke zwischen dem Security-Offizier und Maik übergesprungen. Sie hatten vereinbart, im Kontakt zu bleiben.

Auch der Lektor, Boris Hendersen, wollte unbedingt „Tschüss" sagen. Er händigte dem Team jeweils einen signierten Krimi von Jörg Böhm als Erinnerung an die spannende Kreuzfahrt aus. „Falls euch mal langweilig wird und ihr an uns zurückdenkt, lest ein paar Zeilen aus ‚Moffenkind‘ und ‚Niemandsblut‘ und erinnert euch an uns. Ich wünsche euch viel Erfolg bei der Fahndung, alles Gute und passt auf euch auf."

Als nun auch noch Wayne Morris ein Abschiedslied auf der Ukulele spielte, fehlte eigentlich nur noch die Torte mit den Wunderkerzen vom Traumschiff, die den zu Herzen gehenden Abschied vervollständigt hätte.

Eine den Teammitgliedern unbekannte Stimme sprach plötzlich von der Seite aus ihren Chef an.

„Mensch, Thorsten, da waren wir die ganze Woche gemeinsam an Bord und sind uns nicht einmal über den Weg gelaufen. Wo hast du dich denn versteckt? So wie du gerade aussiehst, wärst du mir mit Sicherheit aufgefallen."

„Wahnsinn, Tim, sag bloß, du bist echt schon die ganze Woche hier. Schön, dich zu sehen! Ist eine Ewigkeit her", freute sich der OFA-Leiter und umarmte den Unbekannten.

„Ich arbeite hier schon anderthalb Monate als Discjockey", sagte Tim und schmunzelte.

„Darf ich euch einen der geilsten DJs vorstellen, die ich kenne?", machte Thorsten ihn bekannt. „Das ist Tim aus Nienhagen bei Celle. Wir haben gemeinsam bei der Agentur Galaxy einige Hochzeiten begleitet. Und jetzt bist du Kreuzfahrt-DJ. Es gibt schlechtere Jobs. Cool", lobte Thorsten anerkennend.

„Das stimmt wohl. Ich habe gerade Bergfest und begleite die Adriana noch weitere sechs Wochen. Eine tolle Zeit", strahlte DJ Tim.

Beide bedauerten es, sich erst heute getroffen zu haben und gleich schon wieder verabschieden zu müssen. Aber so war es eben manchmal. Das Schicksal ließ sich nicht in die Karten schauen. Winkend verließen sie das Kreuzfahrtschiff und mit ihm eine tolle Crew, die sie nicht so schnell wieder vergessen würden.

Kapitel 38 – Verfolgung

Ein relativ neuer VW-Bulli T7 in einer Farbkombination aus Perlmutt und Rot wurde vor die Adriana gefahren. Nach einem Übergabegespräch erhielt Lisa die Schlüssel und die Papiere des Fahrzeugs. Das Team stieg ein, nachdem das Gepäck verstaut worden war. Maik durfte es sich auf einem verstellbaren Einzelsitz in der hinteren Reihe neben Thorsten gemütlich machen und sogar sein verletztes Bein hochlegen. Carlotta und Hannah saßen auf den Einzelsitzen der ersten hinteren Reihe. Als Fahrer der Gruppe hatten sich Lisa und Saskia bereit erklärt, sich die Strecke zu teilen. Beide wollten sich abwechseln, weswegen Saskia auf dem Beifahrersitz Platz genommen hatte.

Noch auf Korfu nutzte Thorsten das europäische Mobilfunknetz und setzte seine Vorgesetzte, Iris Höppner, sowie Thomas Schulte über den Trip mit dem Bulli entlang der Adriaküste in Kenntnis. Seiner Dezernatsleiterin gefiel das ganz und gar nicht.

„Thorsten, das ist unverantwortlich. Ich stimme dieser Rückfahrt nicht zu und lehne jegliche Verantwortung ab. Das musst du komplett allein ausbaden“, wetterte sie.

„Iris, darf ich dich zitieren: Ihr seid nicht in einer offiziellen Mission unterwegs, sondern ganz normale Touristen. Daran hat sich wohl doch nichts geändert, oder? Ich bin aufgeschlossen, wenn du eine bessere Idee hast – oder finanziert uns das LKA sechs Rückflüge aus unserem Urlaub?", erinnerte er sie.

Lisa winkte wild vom Fahrersitz aus, sodass Thorsten noch etwas ergänzte.

„Ach ja, das hätte ich fast vergessen", fuhr er fort. „Maik und ich sind zudem krankgeschrieben. Das Attest legen wir bei Rückkehr vor. Jetzt im Ernst, Iris. Wenn du einen anderen Vorschlag hast, ändern wir gerne unsere Pläne. Ich unterrichte dich, sobald wir etwas Neues haben. Hat Thomas die Handynummern der beiden, die wir verfolgen, herausbekommen und ebenfalls mit zur Fahndung ausgeschrieben? Wir alle gehen allerdings davon aus, dass die Telefone bereits in der Adria liegen, aber vielleicht haben wir ja auch einmal Glück. Ich melde mich, bis dahin."

Iris Höppner war nicht wohl bei dem Gedanken an die „Reisenden" im Bulli, wusste aber auch keine andere Lösung und hoffte, dass alles gut gehen werde.

Auch Lisa nutzte das griechische Netz noch schnell für einen Anruf bei ihrem Mann.

„Hallo Schatz, schön, dass du dich meldest", freute er sich. „Seid ihr schon auf dem Flughafen?", wollte Doktor Schubert wissen.

„Nein, Siggi, wir fahren mit dem Auto zurück", klärte sie ihren Mann auf und schilderte ihm die Situation.

„Das ist nicht euer Ernst, das ist Sache der Polizei. Haltet euch da raus!“, forderte er sie besorgt auf.

„Mach dir keine Gedanken, Siggi, wir sind morgen um die Mittagszeit in Zadar. Ist Kristin schon transportfähig? Wann plant ihr denn den Rückflug?“, erkundigte sich Lisa.

„Kristin hat heute noch eine abschließende Untersuchung, in der auch die Frage der Transportfähigkeit geklärt wird. Ich gehe aber eher von übermorgen aus“, schätzte Doktor Schubert die Situation ein.

„Prima, dann sehen wir beide uns noch und wir alle können Kristin besuchen. Sie wird sich freuen“, plante Lisa. „Bis morgen, mein Schatz.“

Ein letzter Anruf erfolgte nach Kroatien. Thorsten meldete sich bei Hauptmann Bašić.

„Hallo Ivo, wir brechen auf dem Landweg gerade von Korfu in eure Richtung auf. Wir gehen davon aus, dass Jan Mischke in Begleitung einer Annalena Öhlert ist. Diese zusätzliche Fahndung wird von Deutschland aus veranlasst. Sie müsste euch in ein paar Stunden offiziell erreichen. Wir können derzeit noch nicht beurteilen, inwieweit die Frau überhaupt an den Tötungsdelikten beteiligt war. Aber sie hat ihm in Matera aktive Fluchthilfe geleistet. Das Pärchen hat ungefähr einen Vorsprung von zwei Stunden und könnte nach unseren Berechnungen ab 16 Uhr die kroatische Grenze von Montenegro aus passieren. Wir werden etwa gegen 18 Uhr am Grenzübergang sein. Wo und wann können wir uns treffen, Ivo?“, versuchte sich der OFA-Leiter mit seinem kroatischen Kollegen abzustimmen.

„Ruf bitte durch, wenn ihr in Montenegro die Bucht von Kotor hinter euch gelassen habt. Wir haben die Grenzen in zwei bis drei Stunden komplett unter Kontrolle. Wenn sie einreisen wollen, kriegen wir sie. Vielleicht habe ich dann schon eine gute Nachricht für euch. Bis nachher, und gute Fahrt", wünschte der kroatische Polizeiführer.

Als Thorsten aufgelegt hatte, verließen sie das Hafengebiet und steuerten zunächst die Fähre nach Saranda in Albanien an. Mit dem VW-Bus mussten sie allerdings die normale Fähre nutzen, und diese Überfahrt dauerte nicht 30, sondern fast 90 Minuten.

Kapitel 39 – Flucht über Land

Annalena und Jan hatten sich die Küstenstadt Saranda an der Südspitze der Albanischen Riviera völlig anders vorgestellt. Hierher lockte es die Menschen bei strahlendem Sonnenschein. Wunderschöne Badebuchten, weiße Motorjachten vermittelten das perfekte Urlaubsgefühl und eine Vielzahl an Touristen schlenderte durch die Gassen mit niedlichen Boutiquen und urigen Kneipen. Hätten sie sich nicht auf der Flucht befunden, wären sie hier sicher ein paar Tage geblieben.

„Wir brauchen ein Auto", stellte Jan fest und sah sich um.

Annalena strahlte. „Schau mal, da ist sogar eine Sixt-Autovermietung, das hätte ich ja gar nicht gedacht."

„Wir müssen unauffällig bleiben und dürfen keine Kreditkarten benutzen. Also kaufen wir ein Auto", bestimmte Jan.

„Was? Aber warum das denn?", wunderte sich seine Begleitung.

„Bis nach Kroatien brauchen wir etwa 500 Kilometer. Ich denke, wir sind bestimmt neun oder zehn Stunden unterwegs. Zur Sicherheit werden wir einen kleinen, unbewachten Grenzübergang nutzen, sonst kriegen sie uns. Wenn wir ein Auto stehlen, sind 10 Stunden Stress vorprogrammiert. Also lieber kaufen. Lass mich mal machen", schlug Jan vor.

Händchen haltend gingen sie auf eine Tankstelle zu und beobachteten die Autofahrer, die ihre Wagen volltankten. Jan sprach Fahrer älterer Autos in englischer Sprache an, die noch einen zuverlässigen Eindruck machten. Aber sie verstanden ihn nicht. Und Jan war weder der albanischen noch griechischen Sprache mächtig.

Nun versuchte Annalena ihr Glück. Sie sprach einen älteren, ärmlich wirkenden Herrn auf Italienisch an. Der war erst irritiert, antwortete aber. Sie strahlte stolz. „Ich habe vorhin einige Menschen gehört, die italienisch sprachen. Das soll in Albanien so sein, als würden wir englisch sprechen", erklärte sie zu Jans Verwunderung. „Ich wusste nicht, dass du so gut italienisch sprichst", äußerte er sich begeistert.

„Ich bin in meiner Versicherung für Gastronomiebetriebe zuständig und habe viele italienische Betriebe unter meinen Kunden. Meine Gesellschaft förderte entsprechende Sprachschulungen, um das Vertrauen in uns Makler zu stärken", erklärte Annalena.

„Okay, dann führst du die Verhandlungen. In Albanien sind die Lebenshaltungskosten etwa halb so hoch wie bei uns. Lass uns schauen, welches Auto uns sicher nach Kroatien bringt und hier im Straßenverkehr nicht auffällt. Die offizielle Währung ist der albanische Lek. 100 Euro sind etwa 12.000 ALL. Wenn einer zum Beispiel 250.000 ALL für sein Auto haben will, sind das etwa 2.000 Euro. Hast du das verstanden, Bonnie?", erkundigte sich Jan mit seinem typischen, herausfordernden Lächeln.

„Na klar, ist ja nicht kompliziert. Zahlen sind meine Welt. Schon vergessen, Clyde?", konterte sie keck.

„Okay, nehmen wir mal an, der Typ in seinem Golf II fordert einen Preis von 180.000 ALL. Was bietest du ihm in Euro?", testete er sein angebliches Mathegenie.

„Genau 2.000 Euro", sprudelte es spontan aus ihr heraus.

Jan verdrehte die Augen. „Nein, nur 1.500 Euro, soll ich es dir noch einmal erklären?"

„Musst du nicht. Wenn wir hier nicht den ganzen Tag stehen wollen, müssen wir ihnen schon ein Angebot machen, das für sie so attraktiv ist, dass sie sofort zuschlagen. Du möchtest das Auto doch gleich mitnehmen, oder soll der Verkäufer noch eine Nacht drüber schlafen, du Held?", predigte sie fast.

„Was sollte ich nur ohne dich tun, Bonnie? Du bist die Coolste. Okay, ich lege mein Leben in deine Hand und hätte gern diesen alten gelben Mercedes. Leg los!", motivierte er seine Fluchthelferin.

Annalena zwinkerte Jan an. „Ich lasse ihn erst volltanken", sagte sie. Dann ging sie zielstrebig auf den älteren Herrn zu und sprach ihn selbstbewusst auf den spontanen Verkauf seines Autos an.

Der Albaner zögerte, musterte Annalena von oben bis unten. „Sofort, oder?", fragte er.

Die Deutsche blieb cool, blinzelte und hielt seinem Blick stand. „Hier und jetzt", sagte sie zu ihm.

„300.000 ALL", pokerte der Albaner.

„Vergiss es, der ist nicht einmal die Hälfte wert. Ich gebe dir 2.200 Euro bei vollem Tank, wenn das Navi drinbleibt – und selbst das ist schon viel zu viel", verhandelte sie geschickt.

„2.300 Euro, hier und jetzt!", forderte der Albaner weiter.

„Ich lege noch 50 Euro für den Sprit drauf, also 2.250 Euro, das ist mein letztes Wort. Aber nur, wenn du die Papiere mithast."

Der Albaner reichte ihr die Hand, die Fahrzeugpapiere und die Autoschlüssel. Annalena zählte die Euronoten vor, übergab sie dem Verkäufer und beide verabschiedeten sich zufrieden.

Jan staunte nicht schlecht und war froh über seine Begleiterin. Dann bestiegen sie den alten Mercedes, dessen Baujahr Anfang der Achtziger gewesen sein musste. Glücklicherweise war er relativ gut gepflegt und selbst das Navi ließ sich auf deutsche Sprache umstellen. „Clyde" fuhr und „Bonnie" gab als nächstes Ziel Dubrovnik ein. Das Navi zeigte 522 Kilometer bei einer Fahrtzeit von 9:22 Stunden an. Das war mit einer Tankfüllung Diesel locker zu schaffen.

Während sie auf der romantischen Strandstraße entlang der Adria fuhren, legte Annalena ihre Hand in den Schoß von Jan und genoss die prickelnde Phase der Flucht vor ihren Verfolgern.

Hinter der Küstenstadt Vlora führte die Landstraße durch das Landesinnere und das paradiesische Küstenfeeling verebbte. Bis auf kleine Pausen zum Pinkeln und einen Coffee to go gönnten sie sich keine Unterbrechungen. Der alte Diesel lief ruhig und verursachte keine Probleme. Als Jan beinahe eine Ziege auf der Straße übersah, tauschten sie die Plätze und Annalena übernahm das Steuer. Jan schlief sofort ein. Er musste den Schlafmangel der letzten Nacht kompensieren. Das Wetter war bei 22 Grad Celsius sonnig angenehm, wobei Annalena die Strecke im Dunkeln nicht hätte fahren wollen. Nach einiger Zeit passierten sie Tirana, die Hauptstadt Albaniens. Gegen 14:30 Uhr erreichten sie die nordalbanische Stadt Shkodra, kurz vor der Grenze Montenegros.

Eigentlich wollte Jan die Grenze auf einer kleinen Straße passieren, um Passkontrollen aus dem Wege zu gehen. Doch er musste anhand des Navis feststellen, dass der Grenzfluss Buna direkt von der Adria durch Shkodra in den großen Skutarisee führte. Lediglich eine große Brücke überquerte die Buna. Während Serbien, Nordmazedonien und Albanien die Grenzkontrollen in 2023 abschaffen wollten, blieb Montenegro weiter zurückhaltend. Jan rechnete mit einer Fahndungsausschreibung spätestens in Kroatien. Er konnte jedoch nicht beurteilen, wie die polizeilichen Verbindungen nach Montenegro waren. Schließlich warf man ihm hier den Mord an Andreas Nolte vor. Wenn es schlecht lief, war die Fahrt an dieser Grenze schon vorbei.

Das OFA-Team kam im VW-Bus ebenfalls während der Reise zur Ruhe. Bis auf Lisa und Saskia verschliefen die Fahrgäste der hinteren Sitze die Überfahrt. Lisa und Saskia versuchten sich durch den Seewind auf dem Oberdeck fit zu halten. Sie hatten mit Carlotta verabredet, sich zu dritt als Fahrerinnen auszutauschen. Die Männer waren nun einmal verletzungsbedingt nicht dazu in der Lage. Sogar die Passage mit der Fähre in den schönen Badeort Saranda verschliefen die Verletzten des Teams.

Dann führte sie das Navi über Landstraßen ins Landesinnere. Hier wurde schnell deutlich, dass sie den Vorsprung des Täters und seiner Begleiterin auf diesen Straßen nicht würden aufholen können. Sie durchquerten Albanien von Süden nach Norden und hatten 350 Kilometer Landstraße hinter sich, als sie die Grenze nach Montenegro erreichten.

Annalena und Jan hielten an einer Raststätte vor der Brücke über die Buna. Dort präparierten sie sich für den Grenzübertritt. Wenn man ihre Pässe überprüfen würde, war eine intensive Kontrolle vorprogrammiert. Wie sollten sie erklären, dass zwei deutsche Staatsbürger mit einem albanischen Mercedes nach Montenegro einreisen wollten. Falls Jan schon zur Fahndung ausgeschrieben war, endete die Fahrt hier.

„Schatz, könntest du bitte fahren?“, bat Jan. „Versuch deine Frisur wie eine Einheimische zu stylen. Ich stelle mich schlafend und decke mich mit der alten Jacke aus dem Kofferraum zu. Überprüfen sie unsere Pässe, haben wir ein Problem, okay?", befürchtete Jan.

Annalena öffnete ihren Zopf und schüttelte ihre langen rotbraunen Haare, die sie wild zerzauste. Auch fand sie im Kofferraum eine Art Holzfällerjacke, die sie sich überzog. Jan deutete auf ihre moderne Armbanduhr, die sie sofort abnahm und in die Tasche steckte. Anschließend beobachteten sie den Fahrzeugfluss, bis Jan seiner Fahrerin ein Zeichen gab. Annalena setzte sich hinter einen alten VW-Bus mit italienischem Kennzeichen, in dem eine Hippieclique bei lauter Musik Party feierte. Die Geschwindigkeit vor der Grenzkontrolle wurde durch einen Zickzackkurs vorbei an Betonpollern auf ein Minimum reduziert. Grenzpolizisten musterten die Fahrzeuge, Kennzeichen und Insassen. Wie erhofft, winkten sie den italienischen VW-Bus zur intensiven Kontrolle direkt vor ihnen heraus. Als sich die Blicke des Grenzpolizisten mit denen Annalenas trafen, hob sie cool die linke Hand zum Gruß. Der Mercedes wurde durchgewunken. Beide mussten sich bremsen, um nicht vor Erleichterung zu jubeln. Sie hatten Montenegro erreicht und lagen sich in den Armen.

„Ohne dich hätte ich das nie geschafft, mein Schatz. Vielen Dank für dein Vertrauen, Süße", flüsterte er ehrlich. Jan konnte Hannah zwar nicht vergessen, hatte ihre Existenz im Moment aber verdrängt. Annalena war in sein Leben getreten und erfüllte es mit Liebe und Zärtlichkeit. Wären sie sich doch nur eher begegnet.

„Hätte mir vor Tagen jemand erzählt, dass ich für einen Typen, den ich gerade erst kennengelernt habe, meine gesamten Prinzipien über den Haufen werfe und vor Gangstern durch den Balkan flüchte, hätte ich ihn ausgelacht. Ich hoffe, dass wir als Bonnie und Clyde nicht das Ende nehmen, welches sie in ihrer Geschichte ereilt hat. Ich freue mich auf ein Happy End als Annalena und Jan in Deutschland. In Frankfurt, Recklinghausen oder sonst irgendwo. Ich freue mich auf einen Abend bei Kaminfeuer und einem leckeren Rotwein, an dem wir unsere spannende Geschichte Revue passieren lassen können. Stell dir unsere Antwort auf die Frage vor: ‚Wie und wo habt ihr euch eigentlich kennengelernt?' Cooler geht's wohl kaum, oder?", sehnte sich die verliebte Fluchthelferin herbei.

„Vielleicht sollten wir daran arbeiten, dass uns diese Frage irgendwann später unsere Kinder stellen. Fahr mal rechts rein, der Waldweg bietet sich förmlich an", schlug Jan vor.

Ihre Art, auf der Strecke zu pausieren, euphorisierte das Paar. Nach einer schnellen Nummer sanken sie zufrieden und schwitzend in die weichen, bequemen Sitze der ehemaligen Luxuslimousine und träumten – jeder auf seine Weise. Anschließend mussten sie sich zwingen, weiterzufahren. Jan übernahm das Steuer und startete den Motor. Nichts! Der Anlasser schaffte es nicht, den Dieselmotor zu starten.

„Scheiße, nicht hier!", fluchte Jan und versuchte es wieder und wieder.

„Warte“, bat Annalena, ging zum Kofferraum und kehrte mit dem schweren Wagenheber zurück. „Mach mal die Motorhaube auf!“

Jan entriegelte sie von innen. „Was soll das?“, fragte er unsicher.

„Ich erinnere mich an meinen Opa. Der fuhr auch einen Mercedes. Wenn der nicht ansprang, gab er dem Anlasser einen kräftigen Schlag und dann ging es weiter“, erklärte die versierte Komplizin und schlug zu. „Okay, starte!“

Schon beim ersten Versuch hustete der alte Diesel und rappelte sich schnell wieder auf. Der Motor lief wieder.

Jan schüttelte ungläubig den Kopf und lachte. „Unglaublich! Auf geht's nach Kroatien!“

Vor ihnen lagen noch etwa 150 Kilometer bis zur kroatischen Grenze, die sie fast auf der ganzen Strecke an der Küste und der Bucht von Kotor entlangführte. Für Annalena begann eine weitere romantische Phase. Sie träumte vor sich hin und genoss den Ausblick auf die sonnige Adria.

Jan hingegen wurde es zunehmend mulmig, je näher sie der Stadt Kotor kamen. Die Erinnerung an die Tötung von Andreas beschäftigte ihn. Außerdem suchte er nach einer Möglichkeit, ungehindert über die Grenze nach Kroatien einzureisen. Montenegro war seit 2012 offizieller EU-Beitrittskandidat, wobei Kroatien bereits seit 2013 Teil der EU war. Nun wurde es heikel. Sie überschritten demnach mit einem albanischen Pkw eine EU-Außengrenze. Das konnte nicht klappen. Er brauchte einen Plan B und studierte die Straßenkarte.

„Wir können die Bucht von Kotor im Norden umfahren oder die Fähre nutzen, was kürzer wäre. Ich bin für den Umweg, der uns zwar fast eine Stunde kostet, aber viel sicherer ist. Stell dir vor, die Kiste würde endgültig den Geist aufgeben, wenn wir von der Fähre wollen. Das können wir nicht riskieren", überlegte Jan.

Annalena nickte. Ihr war es egal. Sie war von der Schönheit dieses Landes fasziniert, die sie nicht im Ansatz so erwartet hatte. Ihretwegen konnten sie ruhig einen Umweg machen.

Gegen 16 Uhr erreichte das Pärchen den Ort Igalo, der an der nördlichen Seite der Bucht von Kotor lag. Am Ortsausgang steuerte Jan den Mercedes auf den Parkplatz eines großen Einkaufscenters, der HDL Novi Mall. Hier deckten sich neben den Einheimischen auch Touristen mit Lebensmitteln und Getränken ein, da es billiger war als im europäischen Kroatien.

„Schatz, kannst du den Motor laufen lassen und kurz im Auto warten? Ich möchte nichts riskieren. Ich hole uns Getränke und etwas zu essen. Hast du einen besonderen Wunsch?", fragte er fürsorglich.

„Du weißt doch, was ich mag. Ich vertraue dir blind. Bis gleich, Liebling", antwortete sie und warf ihm einen Flugkuss zu.

Jan deckte sich mit allem ein, was sie auf der weiteren Tour gebrauchen konnten. Bevor er zurück zum Mercedes ging, beobachtete er den Parkplatz und insbesondere ein älteres Pärchen vor einem deutschen Wohnmobil, das am Rand pausierte.

Nach der Rückkehr zu Annalena erzählte er ihr, was er sich überlegt hatte. „Mach die Kiste aus!“, forderte er sie auf. „Wir lassen sie hier stehen. Sie werden uns in diesem Auto keinesfalls nach Kroatien einreisen lassen. Komm mit, stell jetzt keine Fragen und mach das, was ich dir sage, sonst sind wir tot. Es gibt keine Alternative. Hast du das verstanden?“, befahl Jan mit einem Unterton, den sie von ihm noch nicht gehört hatte.

Die Lage schien ernst zu sein, vermutete sie. Nur deshalb benahm er sich so. Sie war blind vor Liebe. Mit ihren Rucksäcken gingen sie auf das Wohnmobil zu, dessen Tür zum Innenraum geöffnet war. Für Annalena völlig unerwartet, drang Jan in das Fahrzeug ein, ging auf das überraschte Pärchen zu, das gerade einen Kaffee am Essplatz trank und einen Kuchen aß. Jan zog ein großes Messer aus der Tasche und hielt es der etwa siebzigjährigen Frau an den Hals.

„Keinen Mucks, keine Schreie, dann geschieht Ihnen nichts. Wir werden Ihnen nichts tun. Sie müssen uns nur mit über die Grenze nehmen, dann lassen wir Sie wieder frei. Haben Sie das verstanden?“, hakte Jan nach.

Das Pärchen wagte keine Widerworte und nickte völlig verängstigt.

Annalena war außer sich. „Spinnst du, Jan? Was soll das? Da mache ich nicht mehr mit“, sagte sie entschieden.

„Sei ruhig, das muss jetzt sein. In Kroatien lassen wir sie wieder frei und niemandem wird etwas passieren", kündigte er an. „Sie fahren!", befahl er dem Eigentümer. „Und Bonnie, du gehst auf den Beifahrersitz. Einen Ton und Ihre Frau stirbt vor Ihren Augen. Ist das klar?"

Der Senior nickte. Ihm war die Ausweglosigkeit der Situation schlagartig bewusst. Wenn sie hier lebend rauskommen wollten, mussten sie das tun, was der Fremde forderte.

Jan war vorbereitet und fesselte die ältere Frau mit Kabelbindern an Händen und Füßen. Zusätzlich klebte er ihr mit Panzerband den Mund zu und brachte sie in den Schlafbereich.

Unter großer Anspannung fuhr der Rentner das Wohnmobil durch die bergige Landschaft auf der kleinen Landstraße direkt auf die Passkontrolle in Debeli Brijeg zu. Sie mussten sich in der langen Schlange einreihen. Im Schritttempo näherten sie sich der Kontrollstelle. Der Rentner zitterte vor Angst. Er würde den Grenzbeamten sofort auffallen, fürchtete Annalena.

„Wie heißen Sie?", fragte sie sanft. Mit einem aufmunternden Lächeln versuchte Annalena die Lage zu beruhigen.

„Hartmann, Heinz Hartmann", antwortete er unsicher.

„Herr Hartmann, ich sorge dafür, dass Ihnen und Ihrer Frau nichts geschehen wird. Versuchen Sie bitte, den Grenzpolizisten keinerlei Zeichen zu geben, bewusst oder unbewusst. Wenn wir hier durch sind, verlassen wir im nächsten Ort Ihr Wohnmobil, und Sie können nach Hause fahren. Alles wird gut, Herr Hartmann!“, erklärte sie, glaubte aber irgendwie selbst nicht daran. Noch drei Autos.

Neben den Autoschlangen patrouillierten Grenzpolizisten mit Maschinenpistolen, die die Insassen der Fahrzeuge sehr genau in Augenschein nahmen.

Jan hatte die apathische Frau neben das Bett gelegt und kniete so über ihr, dass man beide nicht sehen konnte, wenn man ins Wohnmobil schaute. Das große Messer hielt er weiter an ihren Hals. Nach der Grenzkontrolle hatte man zusätzlich eine Art Nagelgurt über die Fahrbahn gezogen, um die Reifen zu zerstören, falls ein Fahrzeug durchbrechen sollte. Wenige Meter dahinter hatten sich schwer bewaffnete Polizisten einer Spezialeinheit postiert.

Noch zwei Autos. Annalena legte dem Rentner ihre linke Hand aufs Knie. „Herr Hartmann, bitte!“ Er ahnte, wem diese massiven Kontrollmaßnahmen galten.

Annalena zweifelte allmählich an den Gangstern, die Jan angeblich verfolgen sollten, und war trotz aller Romantik davon überzeugt, dass ihre Flucht andere Gründe haben musste.

Noch ein Auto, dann wurden sie herangewunken. Herr Hartmann öffnete die Seitenscheibe und händigte dem Grenzbeamten seinen Reisepass und die Fahrzeugpapiere aus. Annalena hielt ihren deutschen Pass hoch. Der Rentner erklärte dem Polizisten: „Meine Tochter.“

Eine junge Beamtin öffnete plötzlich die Seitentür, blickte in den Innenraum des Wohnmobiles und auch den Schlafzimmertrakt. Dann schloss sie die Tür wieder. Der Grenzpolizist händigte dem Rentner die Dokumente wieder aus und wünschte ihnen eine gute Fahrt. Sie hatten es geschafft. Herrn Hartmann und auch seiner Beifahrerin liefen Tränen über die Wangen.

„Fahren Sie weiter, los!“, forderte Jan von hinten und zog seine Geisel aufs Bett.

„Jan, mal ehrlich, dieses Empfangskomitee galt dir, oder?“, vermutete die unfreiwillige Fluchthelferin. „Ist nicht jetzt der richtige Zeitpunkt, um aufzugeben, solange noch niemand zu Schaden gekommen ist?“, versuchte Annalena auf ihn einzuwirken.

„Dafür ist es schon zu spät, Bonnie“, erklärte er, und diese Worte machten jetzt auch ihr Angst, Todesangst.

„Fahren Sie von der Hauptstraße ab!“, wies Jan den Rentner an und lotste ihn in einen kleinen Waldweg. „Herr Hartmann, ich lasse Sie und Ihre Frau hier frei, muss Sie aber an einen Baum fesseln. Wir brauchen den Vorsprung, bevor Sie der Polizei alles erzählen können.“

Herr Hartmann nickte und stoppte das Wohnmobil in einem Wäldchen. Jan ließ den alten Mann aussteigen und fixierte seine Hände mit einem der Kabelbinder auf dem Rücken. Auch ihm klebte er Panzerband um den Mund und über die Augen. Letzteres tat er ebenfalls bei dessen Frau, dann brachte er beide nach draußen. Als Jan Annalenas panischen Blick bemerkte, legte er das große Küchenmesser demonstrativ auf den Tisch im Wohnmobil und schüttelte den Kopf.

„Du bleibst hier und rührst dich nicht vom Fleck!“, befahl er und führte das Rentnerpärchen ins Dickicht.

Nach kurzer Zeit kehrte Jan zurück und fuhr aus dem Wald heraus zurück auf die Schnellstraße nach Dubrovnik. Annalena wagte nicht zu fragen, hoffte aber, dass die Hartmanns bald gefunden und befreit werden konnten.

Bei den Verfolgern hatte Saskia das Steuer übernommen, als sie sich der Grenze nach Montenegro näherten. Sie hob nur ihren Pass sichtbar hoch, schon wurden sie durchgewunken und von einem Schild mit der Aufschrift „Welcome in Montenegro“ begrüßt. Die Beamtin wählte den kürzesten Weg und nutzte die Fährverbindung durch die Bucht von Kotor. In dem kleinen Städtchen Igalo wählte Thorsten die Nummer von Ivo Bašić, kündigte ihr Erscheinen am Grenzübergang Debeli Brijeg an und war natürlich neugierig. „Ivo, hast du gute Nachrichten für uns?“

„Leider nein, Thorsten. Bislang dürften sie noch nicht in Kroatien eingereist sein. Die Fahndungsdaten seiner Begleitung liegen uns leider noch nicht vor. Ich werde euch erwarten. Was für ein Fahrzeug nutzt ihr?“, fragte der Hauptmann.

„Einen relativ neuen VW-Bulli in Rot-weiß. Wir haben die Unterlagen von Annalena Öhlert an Bord und stellen sie euch zur Verfügung, bis ihr sie offiziell erhaltet. Bis gleich, Ivo.“

Nachdem sie sich um 18:10 Uhr in der Schlange der wartenden Fahrzeuge eingereiht hatten, wurden sie von einem schwer bewaffneten kroatischen Grenzbeamten herausgewunken und an den anderen Grenzgängern vorbei in den Kontrollbereich geleitet. Ivo Bašić winkte schon von Weitem und freute sich auf das Wiedersehen mit dem deutschen Team, vor allem aber auf Saskia, die als Erste ausstieg und Ivo umarmte. Der Hauptmann begrüßte die Freundinnen und Carlotta und war betroffen, als er sah, dass sich die beiden verletzten Profiler mühselig aus dem VW-Bus quälten. „Was ist denn mit euch passiert?“, erkundigte sich der kroatische Beamte.

„Sorry, Ivo, das ist jetzt unwichtig. Mischke müsste die Grenze längst passiert haben. Kann er durchgerutscht sein?“, fragte Thorsten.

„Schau dich um. Hast du den Eindruck, dass hier jemand durchrutscht?“, hakte der kroatische Einsatzleiter nach.

Thorsten Büthe zeigte eine Mappe mit Fotos aus dem Fährterminal auf Korfu. „Kannst du bitte alle Kontrollbeamten fragen, ob ihnen diese beiden Personen hier heute aufgefallen sind“, bat er seinen kroatischen Kollegen, der alle Kräfte zusammenrief. „Das sind die Kollegen aus Deutschland. Schaut euch die Fotos an. Ist euch heute jemand aufgefallen, der den Flüchtigen ähnlich ist?“, fragte Ivo Bašić in die Runde.

Eine junge Beamtin stutzte und sprach einen Kollegen an.

„Sladko, ist das nicht die Tochter, die auf dem Beifahrersitz in dem deutschen Wohnmobil saß?"

Der Kontrollbeamte bestätigte die Vermutung. „Ja, Chef, ein Hymer mit deutschem Kennzeichen", erklärte er. „Ein älterer Herr ist gefahren, die Beifahrerin hat sich als seine Tochter ausgegeben. Das muss etwa eine Stunde her sein."

„Habt ihr den Innenraum gecheckt?", hinterfragte der Hauptmann kritisch, worauf die Beamtin kleinlaut meldete: „Ich habe hineingesehen und niemanden angetroffen."

„Hineingesehen oder gründlich durchsucht?", hakte der Polizeichef nach. „Nur hineingesehen", gab die junge Grenzpolizistin schüchtern zu.

„Verdammter Mist!", fluchte Ivo Bašić. Als sein Telefon klingelte, verfinsterte sich sein Blick. „Hängt euch ran, ich ahne nichts Gutes", forderte er seine deutschen Kollegen auf. „Ein Lkw-Fahrer hat gerade beim Pinkeln ein gefesseltes Pärchen gefunden. Sie sind beide tot."

Die Fahrt zum Fundort dauerte keine zehn Minuten. In einem kleinen Waldweg an einer Landstraße war ein Notarztwagen geparkt. Mit Ivo Bašić als Frontmann kämpfte sich auch das deutsche Team durch das Dickicht, wobei Maik in seinem Rollstuhl am Weg stehen blieb. „Lisa, Hannah, ihr bleibt bitte bei Maik", wies der Teamchef an.

Im Unterholz fanden sie die Leichen des Ehepaares Hartmann, die gefesselt und geknebelt mit einem Kabelbinder erdrosselt worden waren. Den Spuren war zu entnehmen, dass sich Herr Hartmann, vermutlich im Todeskampf, noch zu seiner Frau geschleppt hatte, um ihr im Tod nahe zu sein.

Ivo Bašić erhielt ein Foto auf sein Handy und rief in die Runde: „Ein Hymer B-Klasse, Lüneburger Kennzeichen, die Frau auf dem Beifahrersitz dürfte Annalena Öhlert sein. Sie haben um 17:17 Uhr die Grenze passiert und haben im Moment einen Vorsprung von einer Stunde. Sofort die Fahndung veranlassen! Sie müssten schon hinter Dubrovnik sein. Vielleicht fühlen sie sich noch sicher und bleiben auf der direkten Strecke. Los, wir folgen ihnen. Bleibt hinter uns. Saskia, nimm mein Funkgerät mit, damit ihr die Fahndung mitbekommen könnt“, wies der Hauptmann sie an.

Das deutsche Team setzte sich hinter den zivilen Škoda Octavia mit Blaulicht, wobei wiederum hinter ihnen ein Škoda Kodiaq mit einer Spezialeinheit anschloss und den VW-Bulli in die Mitte nahm.

Jan und Annalena fuhren zügig, aber im Rahmen der Geschwindigkeitsbeschränkungen auf der gut ausgebauten Autobahn und hatten Dubrovnik bereits hinter sich gelassen.

Sie hatten in der letzten Stunde nicht ein Wort gesprochen. Irgendwann hielt es seine Begleiterin nicht mehr aus. „Hast du sie getötet?“

„Quatsch, warum sollte ich? Ich habe sie an einen Baum gefesselt. Irgendwer wird sie schon finden“, log er.

„Und, waren das auch Gangster, die dich umbringen wollten? Gehörten die ganzen Polizisten am Grenzübergang auch zu der Bande, die dich umbringen will? Gehören eigentlich alle Polizisten, die gerade nach uns fahnden, zu diesen Killern? Ich war so naiv und habe dir vertraut. Ich hätte alles für dich getan, wirklich alles. Aber das war es jetzt. Lass mich bitte raus, oder willst du mich auch aus dem Weg räumen?", erkundigte sich Annalena verzweifelt.

Jan schwieg, was es noch schlimmer machte. Erst einige Minuten später begann er zu sprechen. „Schatz, ich will ehrlich zu dir sein. Ich habe mich in dich verliebt und könnte dir nie etwas antun. Außerdem brauche ich dich noch und lege meine Karten offen auf den Tisch. Ich erzähle dir meine Geschichte und du entscheidest, ob du trotz allem weiter zu mir stehen willst. Falls nicht, was ich gut verstehen kann, lasse ich dich frei. Okay?", garantierte er.

Seine Bonnie heulte und nickte leicht.

Jan bog von der Autobahn auf einen kleinen Rastplatz ab und stellte den Motor aus. Dann begann er von seiner Kindheit zu erzählen und berichtete von der unerfüllten Liebe zu Hannah, der Nachstellung in Hannover und auf der Adriana. Vincent war an seinem Tod selber schuld, behauptete er, und die Polizistin hätte ihn ja nicht verfolgen müssen. Außerdem habe sie überlebt. Andreas Nolte habe sich ihm in den Weg gestellt und musste einfach sterben. Die Profiler aus Hannover haben Hannah gegen ihren Willen vor ihm abgeschottet, sodass es zur Flucht aus Matera kam, wo Annalena ihn gerettet hatte. Durch ihre Begegnung habe er sich plötzlich geborgen und geliebt gefühlt. Hannah spiele nun in seinem Leben keine Rolle mehr, versicherte er. Er werde alles dafür tun, um nur noch mit Annalena, seiner geliebten Bonnie, zusammen zu sein.

„Du hast sie getötet, stimmt's?", fragte sie. In ihrem Flüstern lag Angst.

Jans Magen kollabierte. Er schaffte es gerade noch, Annalena mit einem Kabelbinder ans Lenkrad zu fixieren, dann floh er aus der Fahrerkabine und ließ die Tür offen.

„Wohnmobil gesichtet! Fahrertür ist geöffnet. Ich befinde mich auf der Autostraße 8 in nördlicher Richtung auf dem Parkplatz in Slano und benötige Verstärkung", meldete eine Motorradpolizistin, die sich mit gezogener Waffe vorsichtig der Fahrertür näherte. Zügig visierte sie den Fahrerraum und entdeckte Annalena, die an das Lenkrad gefesselt war. „Sind Sie Frau Öhlert?", fragte die Beamtin prüfend und steckte ihre Waffe zurück ins Holster. Mit ihrem Multifunktionstool wollte sie gerade den Kabelbinder am Lenkrad lösen, als Jan der Polizistin von hinten den Helm ins Genick zog und ihr mehrfach das große Küchenmesser in den Hals rammte. Blut spritzte pulsierend aus den Verletzungen. Er zog die sterbende Beamtin nach hinten aus dem Wohnmobil, startete und fuhr mit hoher Geschwindigkeit zurück auf die Landstraße. Die Polizistin prallte rücklings auf den Asphalt, während ihre Fontänen von Blut aus dem Hals langsam verebbten. Durch ihr Funkgerät forderte Ivo Bašićs Stimme: „Nicht an das Wohnmobil herantreten und auf Verstärkung warten. Haben Sie das verstanden? Bitte bestätigen! Bitte bestätigen! An alle Einheiten: Alle verfügbaren Kräfte sowie einen Notarzt sofort nach Slano auf den Parkplatz an der A8 in nördliche Richtung. Achtet auf ein Hymer Wohnmobil. Vorsicht! Eigensicherung beachten!“

„Verdammt! Was sollte das? Das hast nur du zu verantworten! Scheiße, scheiße, scheiße!“, warf Jan seiner Begleitung vor, die auf dem Beifahrersitz panisch schrie. Während der hektischen Lenkbewegungen wurde ihr fast der noch an das Lenkrad gefesselte Arm ausgekugelt. Annalena war mit Blutspritzern aus den Halswunden auf ihrer Bekleidung und im Gesicht befleckt.

Aus allen Richtungen hörte Jan nun Martinshörner. Er drehte das Wohnmobil und fuhr ins Zentrum der malerischen Küstenstadt Slano. Auf einem Parkplatz an der Promenade stellte Jan das Wohnmobil zwischen ähnlichen Fahrzeugen ab. Dann löste er den Kabelbinder, ging in die Küche des Fahrzeugs und reinigte Annalenas Gesicht, die inzwischen nur noch apathisch vor sich hinstarrte. Er nahm ihre Rucksäcke und zog seine traumatisierte Begleitung vom Beifahrersitz. Martinshörner und Sirenen kamen nun von überall her.

Er musste weg. Jan hakte Annalena ein und führte sie in eine Seitenstraße zu einem Taxistand, an dem nur ein älterer Herr stand, der gerade die Scheiben seines Ford Mondeos reinigte. „Taxi?“, fragte er höflich und legte die Rucksäcke in den Kofferraum der Limousine.

Jan sah sich um, schlug den Fahrer nieder und schubste ihn in den Kofferraum. Dann zog er einen der Kabelbinder aus der Seitentasche seines Rucksacks, legte ihn um den Hals des Mannes, zog ihn unbarmherzig zu und schloss den Kofferraum. Annalena stand bewegungslos vor dem Taxi. Sie war weit weg und hatte diesen Mord nicht einmal registriert. Jan schob sie auf den Beifahrersitz und fuhr über Nebenstraßen parallel der Küstenstraße durchs Landesinnere weiter in Richtung Norden.

Die kroatische Polizei sperrte den Parkplatz sowie die A8 in beiden Richtungen. Entsprechende Polizeikontrollen wurden eingerichtet, jedoch ohne Erfolg. Das Wohnmobil wurde 30 Minuten nach der ersten Meldung verlassen an der Promenade aufgefunden. Von dem Täter oder den Tätern fehlte jede Spur.

Fassungslos trafen Hauptmann Bašić und das deutsche Team auf dem Parkplatz ein. „Jetzt seid ihr dran! Wie soll das hier weitergehen?“, fragte der kroatische Einsatzleiter und zweifelte an seinem Verstand.

„Mischke ist komplett neben der Spur und läuft Amok“, schätzte die Psychologin die aktuelle Situation ein. „Er hat nichts mehr zu verlieren und wird jeden töten, der sich ihm in den Weg stellt. Was ich nicht beurteilen kann, ist die Rolle von Annalena Öhlert. Wenn wir wirklich von einer zufälligen Begegnung auf dem Schiff ausgehen, dürfte ihr die echte Dimension dieses Täters jetzt bewusst sein. Ich glaube nicht, dass sie ihn noch freiwillig unterstützt. Ich vermute, dass sie in akuter Lebensgefahr schwebt."

Es war mittlerweile dunkel geworden. Jan gönnte sich eine Pause in den Bergen im Landesinneren. Er fixierte seine immer noch apathische Beifahrerin mit Kabelbindern an den Türgriff und auch ans Lenkrad.

Dann schlief er erschöpft ein. Er konnte nicht mehr und brauchte dringend eine Ruhephase.

Die kroatische Polizei hatte zwei Einsatzleitstellen eingerichtet, eine in Split und eine in Zadar. Hier wurden Ermittlungs- und Fahndungskräfte gebündelt, die flächendeckend eingesetzt werden konnten.

Das OFA-Team hatte sich entschlossen, bis nach Zadar zu fahren, um Lisa und Hannah an Doktor Schubert zu übergeben, der den Rückweg nach Deutschland mit ihnen fortsetzen konnte. Ivo Bašić hatte zugesagt, sie bis zur slowenischen Grenze polizeilich begleiten zu lassen. Ob sie es mit einem Besuch von Kristin verbinden konnten, war momentan noch nicht absehbar.

Annalena war mittlerweile trotz ihrer Fesseln ebenfalls eingeschlafen. Doch ihr war keine lange Ruhezeit vergönnt. Jan startete den Ford Mondeo bei Sonnenaufgang, um seine Fahrt in Richtung Norden fortzusetzen und löste den Kabelbinder vom Lenkrad. Die Mautstrecke entlang der E 65 war ihm zu riskant, sodass er die Küstenstraße durch Šibenik in Richtung Zadar vorzog.

In der Einsatzleitstelle in Split meldete sich ein Dorfpolizist aus Slano. „Ich weiß nicht, ob das wichtig ist. Die Frau eines Taxifahrers aus unserem Ort vermisst ihren Mann und auch sein Taxi, einen Ford Mondeo. Ich kenne ihn. Er ist zuverlässig und hätte sich sicherlich gemeldet, wenn er für eine längere Tour gebucht worden wäre."

Die Einsatzleitung schrieb das Taxi zur Fahndung aus und informierte sowohl die Einsatzkräfte der Polizei als auch die Zentrale sämtlicher Taxifahrer Kroatiens, die alle Augen aufhielten.

Zu allem Überfluss zog sich auch noch das Wetter zu. Ein Sturm breitete sich aus. Die Adria hatte einen beträchtlichen Wellengang, der für diese Jahreszeit eher untypisch war.

Annalena war wach, sprach jedoch kein Wort, als sie Zadar erreichten. Jan hielt an. „Du fährst!", forderte er sie auf. Widerstandslos tauschte sie den Platz mit ihm. Jan war es in der belebten Stadt sicherer, und so hatte er sie auch besser unter Kontrolle. In ihr rotierten die Gedanken. Sie musste weg von ihm, denn sie war sich sicher, dass er sie töten würde, nein, sogar töten musste. Er konnte sich nicht mehr auf sie verlassen, womit er recht hatte. Es gab nur diese eine Chance, die sie nutzen musste. Annalena schoss wieder der Gedanke an den Moment durch den Kopf, als ihr Opa den Anlasser mit dem Wagenheber aktivierte. Ihr Großvater war ebenfalls Taxifahrer gewesen und hatte viel mit ihr gesprochen, auch über renitente Fahrgäste und Überfälle. Seit Jahren haben darum die meisten Taxis verdeckte Alarmknöpfe, die bei Auslösung in einer Zentrale auflaufen und per Funk an andere Taxis weitergegeben werden, hatte er ihr berichtet. Einen solchen Knopf suchte sie jetzt verzweifelt und möglichst unauffällig. Sie wusste nicht, ob dieser Ford mit so einem System ausgestattet war und ob vielleicht sogar die Kommunikation zwischen Fahrer und Fahrgast über Funk übertragen werden konnte. Sie musste es versuchen. „Such weiter, Bonnie!“, zwang sie sich.

Unten an den mechanischen Sitzeinstellungen des Fahrersitzes fand sie endlich einen kleinen Knopf, den sie nicht einordnen konnte. Der Sitz hatte keinerlei elektrische Funktion und derartige Alarmknöpfe waren stets verborgen angebracht. Sie drückte ihn fest herunter, doch nichts geschah. Nur am Funkgerät leuchtete mit einem Mal eine kleine Diode, die vorher noch nicht zu sehen gewesen war. Vielleicht hatte sie es geschafft.

„Wo fahren wir hin, Jan? Was willst du in Zadar?“, versuchte sie ihn in ein Gespräch zu verwickeln, das möglichen Zuhörern Aufschluss über ihren Aufenthaltsort geben konnte. „Fahr einfach!“, entgegnete er und lotste sie weiter durch die Innenstadt.

Annalena hatte großes Glück. Die Taxis der Stadt hörten das Gespräch zwischen Jan und ihr tatsächlich mit. Sie alarmierten sich gegenseitig. Ein Škoda Octavia meldete: „Ich habe sie. Sie fahren die 306 in Richtung Norden."

Ein VW-Passat folgte: „Ich bin auch dran. Wir sollten die Polizei zu Hilfe rufen", mahnte er.

Eine Mercedes E-Klasse schaltete sich ein: „Wartet, wir müssen erst wissen, was mit Beko passiert ist. Er scheint nicht im Taxi zu sein."

Annalena sah in den Rückspiegel und hoffte, dass die vielen Taxis ihr folgten. Ein älterer Volvo kam ihnen entgegen und drehte auffällig. Zu auffällig. Jan sah sich um und fluchte. „Hast du irgendeinen Knopf gedrückt? Gib Gas! Los!"

Sie beschleunigte den Ford Mondeo erst, als sie das Küchenmesser in ihrer Seite spürte. Starker Regen setzte ein. Er wurde von einem mächtigen Sturm begleitet, der durch die Stadt fegte. Trotz der hohen Geschwindigkeit, zu der Annalena gezwungen wurde, blieben die Taxis dicht an ihr dran und wurden immer zahlreicher.

„Vermisstes Taxi befährt die Landstraße 306 und verlässt momentan Zadar in Richtung Norden", ging als Meldung in der Polizei-Einsatzzentrale von Zadar ein. „Viele Taxifahrer haben die Verfolgung bereits aufgenommen."

„Los, Leute, das geht sonst schief!", schrie Hauptmann Bašić und informierte das OFA-Team.

Als das Fluchtauto Zadar verlassen hatte, kamen ihnen weitere Taxis aus nördlicher Richtung entgegen. Sie blockierten die Fahrbahn. Annalena stoppte den Mondeo. Jan sah nach hinten, auch alles dicht.

„Bieg links ab!“, schrie er und erhöhte den Druck des Messers. Der Mondeo schoss in einen kleinen Ort, der zumindest Jan bekannt vorkommen sollte: Petrčane. Sie fuhr immer weiter geradeaus. Von der Adria näherte sich jetzt ein schwarzes Sturmtief. Schwerer Regen prasselte auf das Taxi.

„Schneller! Los, weiter, weiter!“, brüllte Jan, und Annalena fuhr daraufhin in einen Weg, der immer enger wurde, bis er schließlich zu einem kleinen Feldweg mutierte und an der Plaza Petrčane, dem Geheimtipp des einzigartigen Strandes, endete.

Hinter ihnen folgten zahlreiche Scheinwerferpärchen, die plötzlich stoppten und hupten. Jan geriet in Panik, verließ den Mondeo im regnerischen Adriasturm und rannte einen kleinen Weg zur Kuppe des Hügels hinauf.

Bonnie war von Clyde endlich getrennt worden und hatte überlebt.

Taxifahrer rissen die Fahrertür auf und schrien: „Beko?“, worauf Annalena auf den Kofferraum wies.

Die aufgebrachte Meute fand die Leiche ihres Kollegen und wollte die Komplizin des Mörders aus dem Mondeo ziehen, doch der Kabelbinder, der um ihren Arm und den Türgriff befestigt war, sprach Bände. Sie ließen von ihr ab und folgten dem Mörder ihres Kollegen auf die Kuppe. Die meisten von ihnen waren mit Notfallhämmern und Wagenhebern bewaffnet.

Mit Blaulicht und Martinshörnen näherte sich Ivo Bašić samt der Spezialeinheit. Sie sprinteten hinter den Taxifahrern auf den Hügel und versuchten, sich einen Weg durch die aufgebrachte Meute zu bahnen, aber sie wurden nicht durchgelassen.

Jan stand im Sturm eben genau auf jener Kuppe, von der er die Polizistin geworfen hatte. Hinten unter ihm lag die Steilküste mit ihren Klippen, die Kristins Körper unsanft aufgefangen, aber am Leben gelassen hatten.

Zwischen Jan und den Taxifahrern lagen nur noch drei Meter. Niemand sprach ein einziges Wort, doch die Männer näherten sich ihm Zentimeter für Zentimeter. Hinter Jan tobten die Wellen der Adria, deren Schaumspitzen kräftig an den Klippen kratzten, wie Finger, die nach ihm greifen wollten.

Auch der VW-Bus des OFA-Teams war eingetroffen. Der sportlichste der Insassen bahnte sich einen Weg durch die Gruppe der Taxifahrer. Plötzlich stand Henrik Bäumer dem Täter gegenüber, der seine Frau fast getötet hatte. Die Meute ging weiter.

Die Stimme von Ivo Bašić, der „Stopp!“ rief, ging im Getöse der starken Brandung unter. Bei der Abgabe eines Warnschusses in die Luft trat Jan noch einen letzten Schritt zurück und verschwand in der schwarzen Wand. Nicht einmal einen Schrei hatte man mehr wahrnehmen können. Die eingesetzten Polizisten preschten an den sich wieder zurückziehenden Taxifahrern vorbei und leuchteten mit ihren hellen LED-Taschenlampen die Steilküste hinab. Bis auf die starke Brandung, die an die Felsen donnerte und sich dann tosend wieder zurückzog, war nichts mehr zu sehen.

Auch intensive Suchmaßnahmen über den ganzen Tag hinweg verliefen negativ. Die Adria gab Jans Leichnam nicht mehr zurück. Die Mordserie begann und endete in der Opferbucht, in der immerhin Kristins und auch Annalenas Leben gerettet werden konnten.

Nach den ersten Vernehmungen der Fluchthelferin wurden die strafrechtlichen Vorwürfe entkräftet. Annalena Öhlert musste sich mehreren Therapien unterziehen, um wieder Vertrauen in andere Menschen fassen zu können.

Das OFA-Team blieb mit den Freundinnen zusammen und setzte seinen Heimweg im VW-Bulli fort. Doktor Schubert begleitete Kristin und Henrik in einem Krankenflug zurück nach Deutschland.

Glücklicherweise erholte sich Kristin schnell und war zumindest ohne körperliche Folgen nach drei Wochen wieder im Dienst.

Der malträtierte Maik Holzner fiel fast vier Wochen aus und blieb in engem Kontakt zu seinem Leidensgenossen Gerrit Sander.

Carlotta freute sich auf ihr einsames Landleben und kehrte jeglichem Trubel den Rücken.

Lisa und Siggi luden die ganze Truppe zu einer Sommerparty in ihre Villa in Gehrden ein, um auch einmal die schönen Dinge des Lebens gemeinsam zu genießen.

Nach einem intensiven Personalgespräch kehrte Saskia vorerst auf ihre alte Dienststelle zurück, hatte sich aber in der OFA für eine Nachfolge von Nina in Stellung gebracht.

Chef-Profiler Thorsten Büthe schleppte sich nach Hause und war überrascht, dass Vicci nicht über seinen Gesundheitszustand verwundert war. Sie hatte es allein anhand seines unschuldigen Telefonates geahnt und ihre heimlichen Quellen angezapft, von denen Thorsten nie etwas erfahren sollte.

Hannah benötigte sehr viel Geduld, um in ihren geliebten Beruf als Moderatorin bei Radio Kröpcke zur Normalität zurückzukehren. Das kleine Häuschen in Großgoltern war ihr Refugium geworden, in das sie sich abzusetzen vermochte und in dem sie nun nach langer Zeit wieder unbefangen Kaminpartys mit ihren Freundinnen feiern konnte. Erfreulicherweise war der Kreis mit Carlotta und Saskia gewachsen.

Für die Fans war es ein Segen, dass Hannah ihre Moderatorentätigkeit nicht aufgegeben hatte. Endlich konnten sie ihre gewohnten Sendungen weiterverfolgen. Die große Begabung Hannahs und das positive Feedback der Hörerinnen und Hörer waren unbeschreiblich, denn sie erfüllte gern und souverän deren Programmwünsche. An diesem Ort war sie in ihrem Element. Hannahs Beliebtheit zog immer größere Kreise.

„Hi, hier ist Hannah Rohde von Radio Kröpcke. Oh, ich sehe eine Telefonnummer von weit her. Wer ist da am anderen Ende der langen Leitung?“

„Hey, Hannah, ich bin’s, Jan. Ich höre dir täglich zu und finde es toll, dass du wieder on air bist“, freute sich die sympathische Stimme.

„Prima, Jan, was darf ich dir auflegen? Und wenn du möchtest, darfst du gern noch jemanden grüßen!“

„Gern, Hannah! Ich wünsche mir von dir ‚Sail away‘ von Enya“, bat die angenehme Stimme, die dann jedoch mit einem Mal völlig anders klang und bedrohlich flüsterte:

„Herzliche Grüße an Lisa, Carlotta, Saskia und Kristin. Ich freue mich, dich und euch wiederzusehen. Bis bald, Hannah!“

Dann legte der Hörer mit der Vorwahl +385 einfach auf und Enya stimmte ‚Sail away‘ an.

Danksagung

Wenn ich diese Zeilen anfertige, habe ich es geschafft. Mit „Opferbucht" ist mein vierter Profilerthriller und zweiter AIDA-Kreuzfahrtkrimi entstanden, den Sie derzeit in den Händen halten.

Daher gilt mein erster Dank den Menschen, denen meine Bücher gefallen, die sie verschenken und die mir auf meinen Lesungen folgen. Ohne euch könnte ich diesen Text nicht schreiben. Ich könnte auch nichts persönlich Erlebtes in meine Geschichten einfließen und sie gut ausgehen lassen.

Der über 25-jährige Ritt in meiner Realität zwischen Wolke 7, während der langjährigen Hochzeitsphotographie und dem täglichen Blick in die Abgründe grausamer Tötungs- und sexueller Gewaltdelikte prägen die Geschichten dieser Bücher. Aber auch die Menschen, die mich in meinem privaten und beruflichen Alltag begleiten, sind Teil dieser Handlungen und erkennen sich häufig selbst.

Diesen Wegbegleitern gilt mein besonderer Dank. Meiner Frau, die in den Büchern „Vicci" genannt wird, meinen Töchter Celina und Emma sowie ihren Familien samt Enkelkindern im echten Leben bin ich unendlich dankbar. Sie halten mich aus in all diesen facettenreichen Lebensphasen, in allen Höhen und Tiefen. Sie geben mir die erforderliche Kraft, jedem Tag aufs Neue zu begegnen. Darum liebe ich euch von ganzem Herzen.

Durch die jahrelange kreative und konstruktive Zusammenarbeit wunderbarer Kolleginnen und Kollegen gelingt dem OFA-Team dieser in den Romanen beschriebene Zusammenhalt, für den ich mich bei euch, Kristin, Carlotta, Saskia, Maik, Thomas, aber auch Jana, Iris und Hajo van Buick (der ja gerade wandern war, als die Post abging), bedanken möchte. Ebenso einen riesengroßen Dank dem gesamten Team der Zentralstelle Gewalt im realen Leben.

Back to the roots ... Ein Rollentausch ist für die Entwicklung von „Im Fokus“ bis „Opferbucht“ verantwortlich. Die Autorin, die mich vor elf Jahren wirklich zufällig angesprochen hatte, ob ich ihr erstes Manuskript polizeilich prüfen könnte, ist heute mein nicht nur wichtigster Coach, sondern eine liebe Freundin geworden, Nané Lénard. Liebe Nané, ohne deine Initiative und Beharrlichkeit hätte ich weder den Schritt gewagt, diesen Weg zu gehen, noch daran geglaubt. Herzlichen Dank für diese innige Freundschaft, die sich mit unseren Familien daraus entwickelt hat.

Dieser Dank gilt in gleicher Weise dir, lieber Carsten Holzendorff, dem Geschäftsführer der CW Niemeyer Buchverlage in Hameln, sowie seinem hervorragenden Team mit Sarah Krasemann und Florian Kubas und allen anderen guten Seelen. Euer persönliches Engagement, die sympathische und stets serviceorientierte Betreuung ist beispiellos. Herzlichen Dank dafür und vor allem für euer Vertrauen von Anfang an.

Bücher schreiben ist das eine, sie persönlich vorstellen zu dürfen das andere. Auch diese einzigartige Begegnung auf meiner ersten Buchmesse in Frankfurt 2018 war für die Zeilen, die ich hier formulieren darf, prägend.

Auf dem Stand des CW Niemeyer Verlages trafen sich zwei Personen, die Fuß fassen wollten. Ein unerfahrener Autor namens Carsten Schütte und eine angehende Lesungsagentin, Charlotte Zeiler. Wir hatten anfangs ein oberflächliches Gespräch, was aber bei beiden Neugierde weckte. Ich hatte – sicher mangels Erfahrung – noch nie etwas von ‚Lesungsagenten' gehört und sie noch nie etwas von mir. Heute jagt sie mich quer durch die Republik und kümmert sich so engagiert um meine Lesungen und die weiterer Autoren, dass ich dir, liebe Charly, auch auf diesem Wege einen innigen Dank ausspreche. Es zeigt mir immer wieder, dass diese so manchmal unverhofften und besonderen Aufeinandertreffen von Menschen nicht hoch genug einzuschätzen sind. Danke, Charly, für dieses erste Gespräch und unser beider Beharrlichkeit. Ich freue mich auf eine lange Kooperation und tolle Lesungen in – den coolsten Locations ever.

Auch „Opferbucht" ist wieder ein AIDA-Kreuzfahrtkrimi. Ich war schon über die Möglichkeit an sich begeistert, „Schärengrab“ in Kooperation mit AIDA schreiben zu dürfen. AIDA ermöglichte mir Lesereisen auf der AIDAnova während der Kanarentour und auf der AIDAsol in der großen Winterpause in der Karibik. Es ist immer ein Highlight, auf den Schiffen und Touren zu lesen, auf denen die Handlungen meiner Romane spielen. Auf der AIDAsol im Herbst/Winter 2021 sind die letzten Seiten von „Opferbucht“ entstanden, sodass ich sogar direkte Inspirationen von Bord und den Landausflügen in die Geschichten einbringen konnte. Die Kontakte zu den anderen Edutainern und dem Entertainment-Manager Tobias Klaus, ‚The Tobi‘, waren sehr bereichernd. Wo trifft man schon mal einen Weltmeister im Treppenmarathon, Horst Liebetruth, oder lernt einen sympathischen und genialen Lektor, Michael Cornély, kennen, der eigentlich – bei dem, was er im Leben schon alles intensiv betrieben hat – über 100 Jahre alt sein müsste. Ich durfte dem erfahrenen Reisejournalisten und Fotografen Martin Helmers begegnen, der meine Fotoausrüstung (ich hatte mal wieder vier Kameras dabei) belächelte, aktuell ausschließlich mit dem iPhone arbeitete und an Bord entsprechende Kurse gab. Ich war erstaunt – und ratet mal, was ich mir zu Weihnachten gegönnt habe?

Eine weitere Begegnung hat mich total beeindruckt, nämlich die von AIDA-Kapitän ‚Out‘, Dieter Wieprecht. Einfach ein toller Typ, dem man tagelang zuhören kann.

Und dann kam er: Eine komplette Rockband in einer Person, Power pur: Wayne Morris. Ich habe noch nie einen solch variablen Musiker gehört und gesehen. In seinen Gigs bebt das Schiff, was kaum ein noch so starker Seegang schafft. Zudem ist er ein super netter Typ. Wir sind auch heute noch in Kontakt und werden uns wiedersehen.

Euch allen gilt mein Dank, denn diese Eindrücke bleiben einfach erhalten. Me(h)er geht nicht.

Auf der AIDAsol hatten wir beim Wechsel zumindest noch kurz Gelegenheit zum persönlichen Austausch, lieber Boris Henn. Nach dem Tod von Jörg Böhm liest du aus seinen Büchern, die meinen AIDA-Werdegang geprägt haben. Wir haben uns verständigt, irgendwann, irgendwo und vielleicht an Bord von AIDA gemeinsam eine Lesung zu veranstalten, worauf ich mich total freue. Vielen Dank für die Begegnung und den offenen Dialog.

Diese Zusammentreffen hat mir das AIDA-Cruises-Entertainment-Team in Hamburg ermöglicht, dem ich tief zu Dank verpflichtet bin. Lieber Borris Brandt, liebe Miryam Scholl, einen herzlichen Dank für die engagierte und sympathische Kooperation.

Ich wünsche Ihnen und Euch alles Gute, Gesundheit und das richtige Maß im Umgang mit den Einschränkungen, mit denen wir aktuell umgehen müssen.

Ihr/Euer
Carsten Schütte

Index

AFIS	Automatisiertes Fingerabdruck-Identifizierungs-System
BKA	Bundeskriminalamt
Glock	Selbstladepistole
IP	Dienststellen für internationale Zusammenarbeit im LKA
JVA	Justizvollzugsanstalt
KDD	Kriminaldauerdienst
LBvD	Leitender Beamter vom Dienst
LKA	Landeskriminalamt
MEK	Mobiles Einsatzkommando
Moko	Mordkommission
OFA	Operative Fallanalyse
POLAS	POLizeiAuskunftsSystem
SAROPS	Search and Rescue Optimal Planning System (ein Such- und Rettungsplanungssystem)
SEK	Spezialeinsatzkommando
Suicide by cop	das eigene Leben durch tödliche Schüsse eines Polizisten provozieren statt Selbstmord (Suizid) zu begehen
ViCLAS	Abkürzung für: Violent Crime Linkage Analysis System und bedeutet: Analyse-System zur Verknüpfung von Gewaltdelikten

Informationen zur Operativen Fallanalyse (OFA)

Die Operative Fallanalyse ist in der deutschen Polizei ein Instrument der Ermittlungsunterstützung bei sexuell motivierten Gewalt- und Tötungsdelikten sowie anderen Fällen von besonderer Bedeutung.

Die OFA-Dienststellen sind im Bundeskriminalamt (BKA), den Landeskriminalämtern (LKA) und mit einer Ausnahme in Bayern, dem Polizeipräsidium München organisatorisch angebunden.

In diesen Einheiten arbeiten sogenannte Fallanalytikerinnen und Fallanalytiker, die in den Medien als „Profiler" bezeichnet werden.

Ihren personellen Nachwuchs rekrutieren sie in der Regel aus den Fachbereichen für Sexual- und Tötungsdelikte.

Die Bewerberinnen und Bewerber müssen in diesen Deliktsbereichen mehrere Jahre lang Erfahrungen gesammelt haben, um dann nach einer vier- bis fünfjährigen Modulausbildung im Bundeskriminalamt als polizeilicher Fallanalytiker Mord-, Sonder- und Ermittlungskommissionen in diesen Deliktsbereichen kompetent beraten zu können.

Die OFA-Teams sind bundes- und europaweit vernetzt und arbeiten in sogenannten Fallanalysen und Beratungen in interdisziplinären Teams zusammen. So kann ein solches Beraterteam zum Beispiel aus polizeilichen Fallanalytikern, Psychologen, forensischen Psychiatern, Biologen und Rechtsmedizinern bestehen.

In den Analysen sind zum Beispiel bei einem Tötungsdelikt folgende drei Säulen als Informationsquellen von besonderer Bedeutung:

- Informationen über das Opfer, das sogenannte Opferbild,
- eine interpretierbare objektive Spurenlage eines Tatortes,
- ein rechtsmedizinisch begutachtetes Verletzungsbild des Opfers.

In einer ersten Phase gilt es, sämtliche Informationen, die im Moment des Einsatzes der OFA vorliegen, zu erheben. Welche Feststellungen wurden durch den Finder der Leiche, die ersten Einsatzkräfte und den Notarzt getroffen? Welche Veränderungen hat wer von ihnen vorgenommen?

Das erste Ziel ist natürlich eine Identifizierung des oft unbekannten Leichnams. Erst dann erfolgt eine Analyse des familiären und sozialen Umfeldes des Opfers, um es bestmöglich „kennenzulernen". So können Rückschlüsse aus dem Verhalten und möglichen Reaktionen bei einem Täter-/Opferkontakt interpretiert werden.

Im Rahmen einer Obduktion werden das Verletzungsmuster, sexuelle Handlungen, die Todesursache und der Einsatz einer möglichen Tatwaffe durch die Rechtsmediziner diagnostiziert. Diese Feststellungen sind die Basis für eine Interpretation des Täterhandelns am Opfer.

Falls zeitlich möglich, wird durch die OFA die direkte Teilnahme an der Obduktion angestrebt.

Auf Basis der objektiven Spurenlage, also anhand der gesicherten Spuren vom Tatort, den Verletzungen am Opfer sowie den Grundinformationen zum Opferbild versuchen die Fallanalytiker dann, die Tat zu rekonstruieren. Sie sequenzieren die Tathandlungen, bringen sie in eine nachvollziehbare chronologische Abfolge und bilden Hypothesen zum Tathergang. Um den Handlungsverlauf besser begreiflich zu machen, stellen sie häufig entscheidende Szenarien – am besten unter realen Bedingungen – nach. Hierbei ist es wesentlich, alles möglichst am echten Tatort und zur Tatzeit unter den Bedingungen zu rekonstruieren, mit denen auch Opfer und Täter konfrontiert waren.

Hatte sich ein Mord in einem Tatort nachts gegen zwei Uhr ereignet, ist das OFA-Team genau zu diesem

Zeitpunkt vor Ort, um die Verhältnisse möglichst realistisch einschätzen zu können. Sie nutzen dabei nachts lediglich die Lichtquellen, die mutmaßlich auch einem Täter zur Verfügung standen, manchmal auch nur ein Handy.

Die Fallanalytiker bedienen sich insbesondere bei Rekonstruktionen der Tathandlungen am Opfer eigener realistischer Kinder- und Frauenpuppen.

Dieser rekonstruierte Tatablauf ist die Basis für weitere Rückschlüsse auf das Verhalten des Täters, die Motivstruktur und die Täterpersönlichkeit. Erst wenn die Fallanalytiker schlüssig beschreiben können, welches Täterverhalten in welcher Reihenfolge stattgefunden hat, können sie die nächste Phase beurteilen.

Hier stehen die Einschätzung des Täterhandelns, sein Erregungszustand, die Stressresistenz und seine Fähigkeiten an sich im Fokus.

Diese Informationen können dann in Folge Aufschluss über die Tatmotivation an sich geben.

Mit welcher Intention ist der Täter auf das Opfer zugegangen?

Wollte er es missbrauchen/vergewaltigen (sexuelle Motivation)?

Hat das Opfer ihn erkannt? War er maskiert? Wie massiv war die Gegenwehr des Opfers?

Wie stellt sich die Situation nach vollendetem Missbrauch/Vergewaltigung dar? Lässt der Täter sein Opfer gehen?

War die Tötung von vornherein geplant? Erfolgte sie zur Verdeckung eines Sexualdeliktes?

Bei dieser Bewertung kommt es oft auf Nuancen im Täterverhalten an. Um es an einem Beispiel zu erklären: Man stelle sich die Zeugenaussage eines Vergewaltigungsopfers vor. Das Opfer weist Gesichtsverletzungen von stumpfer Gewalt auf und erklärt, wiederholt vom Täter geschlagen worden zu sein. In diesem Zusammenhang ist es von Bedeutung, warum der Täter geschlagen hat. Ging es ihm darum, das Opfer gefügig zu machen und unter Kontrolle zu bringen? Oder wurde der Täter gewalttätig, als das Opfer um Hilfe gerufen hat? Oder hat der Täter ohne vorerst erkennbaren Grund geschlagen? Die Bewertung seines Verhaltens wäre doch bei jedem Beispiel unterschiedlich. An dieser Stelle würden die Fallanalytiker diskutieren, ob die Gewaltanwendung funktional, reaktiv oder aggressiv, möglicherweise sogar sadistisch motiviert erfolgte. Die Art und Weise von Gewaltausübung lässt somit unter Umständen Rückschlüsse auf die Persönlichkeit und das Motiv des Täters zu. Es ist unerlässlich, die Details zu betrachten. Bei der fallanalytischen Arbeit fließen natürlich auch Erkenntnisse aus wissenschaftlichen Studien und Befunden ein. In der Betrachtung der Fallcharakteristik stellt sich für die OFA die Frage, was die

Tat auszeichnet und wie sich die Individualität dieses Falles von anderen Taten unterscheidet?

Erst wenn diese Informationen anhand der OFA-Methode seriös erhoben und bewertet wurden, können daraus Angaben zu einer Täterpersönlichkeit, dem Täterprofil, erarbeitet werden.

Aus dieser Fülle an Hypothesen, die auf dieser Methodik basieren, erarbeitet die OFA „alternative" Ermittlungshinweise.

Die Mordkommissionen agieren sehr professionell, sind kompetent und haben ein enormes Portfolio an Maßnahmen. Die Aufgabe der OFA besteht in ihrer Fallanalyse darüber hinaus, weitere Ermittlungshinweise zu erarbeiten, die noch nicht im Fokus der Mordkommission stehen. Gerade diese Erkenntnisse aus der alternativen Betrachtung einer Fallanalyse bieten Chancen, einen anderen Blick auf die Tat und die objektive Spurenlage zu werfen.

Häufig stehen die Fälle, in denen die OFA beratend tätig wird, in enormem medialen Interesse. Das Fallanalyseteam agiert allerdings stets im Hintergrund. Nach außen wird diese Begleitung in den Medien nicht publik.

Weitere Infos zur Arbeit der OFA Niedersachsen können auf der Homepage oder der Facebook-Seite des LKA Niedersachsen abgerufen werden.